등꽃 아래서

이금조 장편소설

늪꽃

아래서

2

가하

등꽃 아내서

지은이 이금조
펴낸이 이형기
펴낸곳 도서출판 가하

초판인쇄 2013년 12월 5일
1판 2쇄 2014년 3월 21일
출판등록 2008년 10월 15일 제 318-2008-00100호

주소 서울 영등포구 양평로 67, 1209 (당산동5가, 한강포스빌)
전화 02-2631-2846 **팩스** 02-2631-1846

www.ixbook.co.kr

ISBN   978-89-6647-884-2   04810
       978-89-6647-880-4   04810(set)

값 9,000원

11장

천후전의 아침은 밤사이 전각 주변에 걸어둔 등롱을 거두는 것으로 시작된다.

동녘 하늘이 희미하게 밝아오자 시비들의 걸음이 바빠졌다. 황제의 환후 때문에 시비들은 조용하고 재빠르게 꺼진 등롱들을 수거했다.

태의가 황제의 용태를 살피기 위해 조심스럽게 침전의 문을 열었다.

"폐하. 기침하셨사옵니까?"

황제는 기척에 예민해서 그가 다가가면 눈을 뜨곤 했다. 그러나 오늘따라 금빛 휘장 너머는 조용하기만 했다.

고개를 갸우뚱거린 태의가 침상 쪽으로 몇 발짝 더 움직였다. 그는 황제의 가슴이 희미하게 오르내리는 걸 보고 안도의 한숨을 내뱉었다.

진맥을 위해 손을 내밀던 태의가 순간 움찔거렸다. 엄청나게 뜨거웠다.

"폐, 폐하!"

황제의 옥체는 불덩이였다.

한 달여 만에 보는 서운궁은 묘한 기운이 감돌고 있었다. 연무장을 지나쳐 사인당으로 향하는 걸음마다 시선이 여럿 달라붙었다.

암영의 숫자가 눈에 띄게 준 것은 사오룬 황자를 따라간 자들의 빈자리라고 쳐도 어쩐지 분위기가 무겁고 이상한 적대감마저 느껴졌다.

결국 사인당 앞을 지키던 암영의 무사들이 이리하를 막아섰다.

"들어가실 수 없습니다."

"뭐?"

이리하는 자신의 시선을 외면하는 그들을 내려다보았다.

"중랑께서 무위시랑의 출입을 금하셨습니다."

"너희가 날 막을 수 없다는 건 잘 알고 있을 텐데? 비켜라."

노려보는 그의 시선에 움찔한 무사들이 고개를 숙이며 한 발물러섰다. 이리하는 사인당의 문을 밀어젖혔다.

치백이 주재하는 회의였던 듯 황자의 외조부인 우사부와 몇몇 이황자 파 귀족들이 모여 있었다. 갑작스런 난입에 인상을 찌푸렸던 사람들은 그가 누군지 깨닫고 슬그머니 뒤로 물러났다. 이리하는 한쪽으로 물러서는 사람들에 아랑곳하지 않고 치백에게 다가갔다. 치백은 여상한 태도로 회의록을 쓰는 일에 열중하고 있었다.

"어째서 전하의 노주행을 내게 알리지 않았지?"

이리하는 서운궁 대문 앞에서 그 소식을 듣고 놀라 곧장 이리로 온 것이다.

"전령을 거절하신 분께 타박을 들을 줄은 몰랐군요."

"뭐?"

영문 모를 소리였다. 무슨 말인지 캐물으려는 순간 치백이 가로막았다.

"게다가 이젠 무위시랑께서 신경 쓰실 일이 아니지 않습니까?"

말 속에 뼈가 느껴졌다. 무언가 미묘하게 어긋나는 느낌에 이리하는 눈살을 찌푸려졌다.

"전하의 일이 내가 신경 쓸 일이 아니라고?"

"동위궁에서 매우 바쁘셨다고 들었습니다. 자객도 잡으셨다지요."

치백의 무심한 대꾸에 이리하는 잊고 있었던 사실 하나가 생각났다.

"맞아, 그 자객 중에 암영이 있었어."

"그럴 리가요. 얼굴을 확인하셨습니까?"

안경알 위로 치백의 눈썹이 삐죽이 추켜 올라갔다.

"아니. 하지만 분명히……."

"잘못 보셨겠지요. 무위시랑은 암영의 이름들도 잘 모르시잖습니까? 그보다."

확연히 무시하는 기색이 드러나는 말투였다. 아닌 척 귀를 세우던 이들이 놀라 일제히 치백을 바라볼 정도였다. 치백은 느긋하게 붓에 먹을 묻혔다.

"얼마 전 암영의 무기총람과 인명록이 도난당했습니다. 무위시랑께서 모처럼 서운궁에 오신 날이었지요. 아시다시피 암영에 관한 모든 문서는 극비입니다. 그 문서가 사인당에 있다는 사실을 아는 이도 많지 않지요. ……그날 무위시랑이 사인당에서 나오는 것을 본 목격자들이 많습니다."

"어흠!"

"흠!"

치백의 말에 작은 소란이 일었다. 슬그머니 고개를 빼고 둘의 대치를 지켜보던 귀족들이 치백과 눈을 마주치자 당황해 헛기침을 해댔다. 탁자 앞에 버티고 선 이리하 때문에 앉아 있는 치백의 모습은 반쯤 가려졌지만 그의 냉담한 눈은 또렷했다.

"그래서?"

분명 파사의 일로 사오른 황자를 만나러 사인당에 갔었다. 하지만 예전부터 수백 번도 넘게 드나들던 곳이다. 새삼스레 자신의 사인당 출입이 무슨 특별한 일이라도 된단 말인가.

잔뜩 언짢은 기세를 뿌리는 이리하 앞에서 치백은 태연하게 글씨를 써내려가고 있었다. 이리하가 붓을 쥔 치백의 손끝을 못마땅하게 노려보았다. 살벌함이 뚝뚝 떨어지는 그 눈초리에 누군가 헛숨을 터뜨렸다.

"황녀전하와 혼인하실 뻔하셨다지요? 무위시랑."

"뭐?"

"그런 자리까지 거절하시고 원한 것이 고작 자미희입니까? 동대륙제일검이 자미희의 치마폭에 싸여 날이 무뎌졌다는 소문이 파다합니다."

서운궁은 그 이야기로 술렁이고 있었다. 암영 내에선 적의 여자에 빠진 이리하에 대한 불신이 치솟았다. 무위시랑이 일황자에게 포섭되었다는 소리까지 나오고 있었다. 물밑에서 은밀히 나돌던 이야기들이 연회에서의 이리하의 행동으로 들불 번지듯 퍼졌다.

"그리고 일황자 전하가 친히 내린 여인들까지 취하셨다고요?"

"무슨 소리야?"

치백이 처음으로 고개를 들어 이리하를 마주 보았다. 귀족들은 다들 조마조마한 눈으로 둘의 대치를 바라보았다.

"일황자가 무엇을 약속하던가요? 무위시랑."

"그런 일 없었어."

"대장군의 자리라도 보장받으셨습니까?"

"없었다니까!"

수정알 속 치백의 눈에서 한기가 뻗어 나왔다.

"당분간 암영의 일에는 신경 쓰지 않으셔도 좋습니다. 이리하.

11

원하시던 대로 멀리 여행을 가보시는 것도 좋겠지요. 요즘 제국 남쪽의 운치가 좋다 하더군요."

주변에서 소리 없는 경악이 터졌다. 누가 들어도 그 말은 무위시랑의 자리를 내놓으라는 소리였다. 루 이리하는 그 신분 때문에 기꺼운 존재는 아니었으나 그렇다고 함부로 내버리기에는 아까운 패였다. 귀족들은 너도나도 치백을 말리기 시작했다.

"이보게, 중랑. 그런 일을 이렇게 결정하는 것은 성급한 게 아닌가 싶네."

"황자전하께서도 안 계신 이런 때에……."

"그렇소. 일단은 전하께서 돌아오신 연후에 결정하는 것이 어떻겠소?"

"전하께서 자리를 비우실 때는 제게 모든 일을 일임하십니다. 다들 잘 아실 텐데요? 이런, 차가 흘렀군요."

다른 이들의 우려를 냉담하게 자르던 치백이 조용히 혀를 찼다. 차를 따르다 잠시 한눈을 판 사이 탁자 위는 참상이 벌어져 있었다. 찻잔에서 흘러넘친 찻물이 회의록 위로 번져나가 글씨를 알아볼 수 없을 지경이었다. 치백은 엉망이 된 종이를 미련 없이 구겼다.

"너……!"

굳은 얼굴의 이리하가 입을 열려다 치백과 시선이 마주쳤다.

"준비하시는 데 하루 이틀은 걸리시겠지요. 여기저기 둘러보시고 빠뜨린 것은 없는지 잘 살펴보십시오. 그 이후에 난경을 떠나시면 되겠군요."

"좋아, 네가 원하는 대로 해주지."

순간 낮게 이를 가는 듯한 소리가 들려와 다들 모골이 송연해
졌다. 그들은 루 이리하에 대한 소문을 떠올렸다. 전쟁터에서 피
를 마셨다든가 하루에 천 명을 죽였다든가 하는. 중랑은 목숨이 두
개라도 되나. 뭘 믿고 저 사내에게 저리도 강하게 나간단 말인가.

"검도 놓아두고 가십시오."

"뭐?"

이번에야말로 이리하의 안색이 돌변했다.

"황실의 패천검은 일개 개인이 함부로 지닐 수 있는 물건이 아
닙니다."

"내가 이 검을 가지고 다닌 지 이미 십 년이 넘었어."

"더 이상은 불가합니다. 보검의 안전을 위해서 회수하겠습니
다."

흉흉한 이리하의 시선에도 치백은 한 치도 물러서지 않았다.

해가 지기도 전에 암영의 무위시랑이 검도 빼앗긴 채 서운궁에
서 내쫓겼다는 소문이 황도 전체로 흘러나갔다.

그때 이황자 일행은 난관에 봉착해 있었다.

노주의 치소(治所)인 갈현으로 들어서려는 찰나 황자 일행의 앞
에서 화탄이 터졌다. 화탄의 위력은 그리 크지 않았지만 한순간 치
솟은 불꽃과 연기에 놀란 말들이 날뛰었다. 검고 매캐한 연기를 뚫

고 그들 앞에 나타난 것은 무기를 쥔 백여 명의 사람들이었다.

처음에는 산적인 줄 알았다. 그러나 그들의 손에 들린 것은 제대로 된 병장기가 아니라 대부분 농기구였다. 조잡한 무기로 상대도 되지 않을 게 뻔한 무사들의 길을 막아선 그들은 절박함에 몰린 백성들이었다.

암영은 함부로 그들을 죽이지 말라는 황자의 명에 따라 일일이 무기를 빼앗아 생포하고 있었다. 분명 무위에 있어서 자신들과 상대가 되지 않는 촌부들이지만 워낙 막무가내로 덤벼들다 보니 쉬운 일이 아니었다. 암영에서도 자잘한 부상을 입는 자들이 나오고 있었다.

"대체 이 무슨 짓이냐! 너희를 구하러 불철주야 달려오신 전하를 공격하다니!"

분노한 부위관[1] 한월이 사로잡힌 자들에게 일갈했다. 자신의 행차를 알리지 말라는 황자의 명으로 갈현에서 마중 나온 자들도 없었다. 관리들이 그렇지 않아도 힘든 백성들을 자신 때문에 동원할까 걱정한 황자의 배려였다. 덕분에 노주 주사는 황자의 피습 사실을 까맣게 모르고 있을 테니 지원군이 올 리도 만무했다.

"하! 이젠 안 속는다!"

마지막까지 저항하던 젊은 사내 하나가 분통을 터뜨렸다. 줄줄이 묶여 땅바닥에 무릎을 꿇은 백성들의 눈은 죽음을 목전에 둔 병

---

1) 副尉官. 조7품의 보좌관.

연꽃 아내서

자처럼 황폐하고 절망에 차 있었다.

"그만둬라. 호루야. 다 소용없는 일이다."

"어차피 우린 다 끝났다."

"우리도 사람입니다! 생목숨을 끊는다는데 가만히 앉아 당할 순 없지 않습니까! 살아보겠다 발버둥치는 것도 죄랍니까?"

주변의 다른 자들이 만류하는데도 호루라는 젊은 사내는 쉽사리 분기를 가라앉히지 못했다.

"대체 그게 무슨 소리냐?"

"몰라서 물으시오! 우릴 다 죽이려 했잖소!"

그때까지 가만히 듣고 있던 사오룬이 질문을 던지자 억울함을 참지 못한 사내가 악을 썼다.

"감히 전하께 이 무슨 무엄한 태도냐!"

"됐다. 그만두어라."

소리치는 한월을 제지한 사오룬은 사내에게 다가갔다.

"그보다 네 이야기를 듣고 싶구나. 말해보아라."

사오룬의 말에도 호루는 불신어린 눈을 거두지 못했다.

"너희가 이렇게 나섰을 때는 분명 목숨을 걸었을 것이다. 내게 하고 싶은 이야기가 있지 않나? 억울한 일이 있다면 밝혀야지."

이를 악문 호루는 천천히 입을 열었다.

얼마 전부터 노주에는 소문 하나가 입에 입을 타고 급속히 번졌다. 둘째 황자가 수많은 병사들을 이끌고 노주로 오는 중이란 소문이었다. 그가 노주에 도착하면 남녀노소 할 것 없이 모조리 죽여 백성의 씨를 말릴 예정이라고 했다. 이황자는 자신의 형이 시작한 일을 끝마치기 위해 노주로 오는 것이란 이야기였다.

파다하게 퍼진 소문으로 공포에 몰린 백성들은 결국 농기구를 들고 황자 일행을 습격한 것이다.

"어째서 그런 얼토당토않은 이야기가 퍼진 것이지?"

이야기를 들은 한월이 인상을 쓰며 물었다.

"발뺌할 생각 하지 마시오! 당신들의 동료인 무위시랑에게서 직접 들은 말이니까."

"무위시랑?"

놀란 한월의 눈썹이 찌푸려졌다.

"당신들이 이곳에 먼저 보낸 암영이라는 그 무사들 말이오."

노주에 이미 암영의 병사들이 와 있다니? 이게 대체 무슨 소리지? 사오룬의 미간에 의아함이 내려앉았다.

"나는 노주에 암영을 보낸 적이 없다. 그리고 무위시랑은 지금 난경에 있지."

"그럴 리가! 난 그자를 내 눈으로 똑똑히 봤단 말이오."

"네가 말하는 무위시랑은 어떻게 생겼나?"

"듣던 대로 육 척을 넘는 키에 마치 산처럼 몸집이 컸소. 얼굴은 온통 곰보자국에다 그 이름만큼 흉악하고 무시무시한 짐승이더이다."

사오룬 황자의 질문에 호루는 일부러 무위시랑의 욕을 섞어 대답했다.

"무위사랑이 한눈에 알아볼 정도로 키가 크다는 건 잘 알려진 사실이지만 몸집이 크거나 둔하진 않네. 그는 마치 그림자처럼 조용히 움직이지. 얼마 전 봤을 땐 오히려 마른 듯해서 걱정이었는데. 그리고 얼굴엔 얽은 자국도 없지. 난 한 번도 그가 흉악하게 생겼다는 생각을 해본 적이 없는데 말이야. 꽤 잘생기지 않았나? 한월, 자네 생각은 어떤가?"

"뭐, 옥골선풍이라고 할 순 없어도 추남은 아니지요."

그래도 무위사랑이 좀 무서워 보이는 인상인 건 사실이잖습니까, 한월이 동의할 수 없다는 듯 덧붙였다.

그들이 주고받는 대화에 호루의 눈이 금세 튀어나올 듯 커졌다. 그자가 무위사랑이 아니라고?

이황자의 주위를 둘러싼 사람들은 한눈에도 범상치 않아 보였다. 그들의 옷은 평범했지만 훈련된 무인이라는 것을 알 수 있었다. 그들의 행동에는 절도가 있었고 무인다운 기개가 흘러넘쳤다.

그에 비하면 자신들이 갈현에서 본 자들의 행동은 어땠던가. 병사들이라기보다 마치 무뢰배들 같았다.

호루를 비롯한 사람들의 얼굴이 천천히 흙빛으로 변하기 시작했다.

"수상합니다. 전하. 아무래도 뒤에서 일을 꾸민 자가 따로 있을 듯합니다. 이런 화탄은 자객들이나 쓰는 것인데 일반 백성이 구하기 쉽지 않은 물건입니다."

한월의 지적에 사오룬이 고개를 끄덕였다. 게다가 일개 백성이

황자의 일정을 미리 알 수 있을 리 없다. 누군가 배후에서 그들을 조종하고 있음이 분명했다.

"내가 노주로 내려오고 있다는 사실을 누구에게 들었느냐?"

"……서우골 너머에서 포목상을 하는 자가 알려주었습니다. 화탄도 그자가 구해주었습니다."

"그자가 이중에 있는가?"

"……아닙니다. 갈현에는 잠시 다니러 왔다고 했습니다."

호루는 얼이 빠진 채 멍하니 대답했다.

그러고 보니 아들이 갈현에 산다고 했는데 누군지 들은 바가 없다. 호루는 누군가 뒷머리를 돌로 후려친 듯한 충격을 받았다.

"네 이놈들! 황자를 시해하는 죄가 얼마나 큰지 알고 있느냐? 연루된 자의 구족을 멸하는 중죄이다. 그런데 감히 이런 일을 벌이다니!"

이황자만 죽여 없애면 모든 일이 끝날 거라고 했다. 시신만 비밀스럽게 처리하면 노주의 사람들은 모두 안전할 거라 했다. 한월의 호통에 호루는 눈을 흡떴다.

"어리석구나. 황자 시해가 그냥 묻힐 거라 생각했다니. 전하와 우리가 실종되면 황도에서 그냥 넘어갈 것 같으냐? 조사단이 파견될 거고 너희는 물론 가족과 혈족까지 모조리 참수될 것이다."

한월이 한심하다는 듯 혀를 찼다.

이, 이럴 수가. 자신들 때문에 오히려 갈현에 남아 있는 가족들과 백성들이 사지로 몰리게 된 것인가.

"저, 절 죽여주십시오!"

눈이 벌겋게 물든 호루가 땅에 머리를 박으며 소리쳤다.

"용서해주십시오! 벌은 저희가 받을 테니 다른 사람들은 용서해주십시오!"

"부탁드립니다! 저희들을 죽이시고 제발 저희 마을은 살려주십시오."

"제발 선처해주십시오!"

모든 이들이 땅바닥에 머리를 조아리며 읍소했다. 젊거나 나이 들거나 상관없이 모조리 울먹이고 있었다. 사오룬은 착잡한 마음으로 그들을 내려다보았다.

"한월."

"예, 전하."

"모두 풀어주어라."

"하오나, 전하!"

"내가 길을 잃을까 봐 이렇게 마중까지 나와준 고마운 백성들이다. 어찌 찬 흙바닥에 두겠는가."

사오룬의 말에 한월이 미간을 찌푸렸다. 황자는 이 불충한 일을 덮으려는 것이다. 어리석게도 검은 속셈을 가진 자들에게 이용당한 것뿐이지만 황자를 습격하는 극악무도한 죄를 저지른 자들이었다. 늘 백성을 아끼는 황자는 이 우둔하고 억울한 사람들이 극형을 받는 것을 볼 수 없었겠지. 아랫사람으로 그냥 넘어가고 싶지는 않지만 주군의 명이니 따를 수밖에 없었다.

"알겠습니다."

한월은 부하들에게 지시해 어리둥절해하는 백성들을 풀어주라 일렀다. 자신들을 그냥 풀어주다니 무슨 다른 속셈이라도 있는 건 아닌지 불안해하는 눈들을 바라보며 한월이 혀를 찼다.

"무얼 그리 멀뚱거리며 있는 것이냐?"

"소, 소인들은."

"듣지 못했나? 전하께서 오늘 일은 용서해주신다 하셨다. 모두 은혜에 감사드려라."

"저, 전하!"

"고맙습니다! 고맙습니다! 황자전하!"

그들은 다시 눈물을 쏟으며 바닥에 엎드렸다.

빗방울이 떨어지기 시작했다. 그러나 백성들은 모두 땅바닥에서 일어설 줄 몰랐다. 그들의 통곡소리가 골짜기를 가득 메웠다.

사오룬은 어서 피를 피하시라 재촉하는 한월에게 고개를 저었다.

이 비는 백성들이 흘리는 눈물이다. 백성들이 저렇게 깊은 고통과 시름에 잠겨 있는데 어찌 외면한단 말인가. 하늘에서 쏟아지는 빗방울이 무력한 자신을 채찍질하는 것 같아 움직일 수 없었다.

황자가 꼼짝 않고 백성들과 함께 비를 맞고 있는 것을 본 한월은 차라리 한시라도 빨리 노주의 일을 해결하러 가자며 등을 떠밀었다. 그제야 돌아서던 이황자가 문득 걸음을 멈췄다.

"그런데 말일세, 내가 목적이라면 고작 저 정도의 백성들만으로 나를 노렸다는 것이 이상하지 않은가?"

"그러고 보니……."

한월의 말이 채 끝나기도 전이었다.

휘이익.

날카로운 소리와 함께 어디선가 화살이 날아왔다. 순간 황자의 몸이 크게 휘청거렸다.

"전하!"

무위시랑이 서운궁에서 쫓겨났다는 소식에 이어 또 한 번 사람들을 충격에 빠뜨리는 일이 생겼다.

그것은 쫓겨난 루 이리하가 늦은 오후 제 발로 간 곳이 바로 동위궁이라는 사실이었다.

암영의 무사들은 믿을 수 없다는 무리와 변절자에게 분노하는 무리로 엇갈렸다. 배신감에 서운궁을 이탈하는 자들까지 생겼다고 했다. 암영의 내부에 균열이 생겼다는 이야기는 재빠르게 퍼졌다.

서운궁에 심어놓은 간자들이 전해온 소식에 누구보다 기뻐한 이는 당연히 하사신 황자였다.

"흥, 비루먹은 개 꼴로 돌아온 놈을 보니 어찌나 속이 시원하던지요."

아침나절 이리하가 서운궁으로 돌아갔을 때만 해도 하사신은 무슨 희생을 치러서라도 그가 난경을 벗어나지 못하도록 손을 쓸

21

작정이었다. 제아무리 놈이라도 혼자서 수백 명을 상대할 순 없을 것 아닌가.

그러나 틀어졌다고 생각한 일이 엉뚱한 쪽에서 해결되었다. 서운궁에서 놈을 쫓아내준 것이다. 간자들이 뿌려둔 의심의 씨앗에 넘어가 결국 이리하를 버리기로 결정한 것이리라.

"자칫 노주로 향할까 싶어 미행도 붙여두었는데 다시 기어들어 오다니. 하하. 제가 그 모습을 보지 못한 것이 실로 애석한 일 아닙니까? 하오나 전하, 행여 딴 속셈을 품고 있을지도 모르니 마음을 놓지는 마십시오."

상서위가 주의 깊게 상기시켰다.

"그랬다면 놈은 내게 충성을 맹세하거나 환심을 사려 애썼을 테지요. 괜한 노파심은 접어두십시오. 외숙부. 놈이 돌아온 것은 제가 던져놓은 미끼 때문입니다."

하사신은 자랑스럽게 이 일의 공로가 자신에게 있음을 알렸다.

자희에 대한 이리하의 집착은 연회에서 이미 확인했다. 그런 놈이 자희를 품을 유일한 기회가 생겼는데 그냥 지나칠 수 있을까? 놈은 결국 돌아올 수밖에 없었던 것이다.

종일 난경의 대장간과 공방을 기웃거리던 이리하는 해가 뉘엿뉘엿 지자 터벅터벅 동위궁으로 향했다고 한다. 도살장에 끌려가는 소 같은 그 모습이 어찌나 처량한지 뒤를 밟던 자들도 측은함을 느낄 정도였다고 입을 모았다.

자신에게 굽혀야 하는 상황이 치욕스러운 듯 일그러진 놈의 얼굴이 제법 볼 만했다. 다시금 이리하를 떠올린 하사신이 즐거운 미소를 지었다.

"충직한 개니 뭐니 떠들어도 사실 그런 천박한 출신을 어찌 믿겠습니까? 이리 가볍게 버려질 놈인 줄 알았으면 애초에 신경 쓸 필요조차 없었을 것을요."

말은 그렇게 해도 하사신은 오늘의 결과에 상당히 흡족해하고 있었다.

제 앞에서 항상 잘난 척 입바른 소리를 하는 사오룬이다. 자신이 노린 그대로 자중지란을 일으켜 그 수족을 잘랐는데 왜 아니 통쾌하겠는가.

"하지만 아깝게 되었습니다. 그자가 내쫓기는 바람에 이황자와 엮을 구실이 약해지지 않았습니까?"

이리하가 돌아왔으니 원래 계획대로 덫을 놓을 것이다. 하지만 애초에 기대한 만큼의 효과는 얻기 글렀다. 상서위는 혀를 찼다.

"아직 군적에서 지워진 게 아니니 별문제 없을 겁니다. 그보다 노주에선 아직 연락이 없는 겁니까? 외숙부."

놈의 불손한 눈빛을 참아주는 것도 며칠이면 된다고 생각하니 하사신의 마음이 조급해졌다. 이제 놈은 제 주인을 궁지로 몰아넣은 배은망덕한 개가 될 것이다.

"조급해하지 마십시오. 전하. 하루이틀 내로 기별이 올 것입니다. 그보다 오늘 전하를 찾아뵌 것은 소개드릴 손님이 있어서입니다."

"손님이라뇨?"

"예. 멀리서 온 귀한 손님입니다. 전하. 외조모님을 기억하시는지요?"

자신이 태어나기도 전에 세상을 뜬 외조모를 기억할 리가. 미간을 찌푸리던 하사신은 문득 외조모의 출신에 생각이 미쳤다.

"설마?"

"예. 그분의 모국에서 온 손님입니다. 전하의 외조모님께는 당질이 되지요."

상서위의 얼굴이 뿌듯함으로 환해졌다.

그들은 그동안 많은 수의 대귀족을 포섭했지만 제국의 정규군을 움직일 만한 힘은 없었다. 제국의 병권을 가지고 있는 자들이 고지식한 인물들이라 끌어들이기 쉽지 않았던 것이다.

그나마 혜 가라난이 자신들의 편에 서겠다고 한 유일한 대장군이었다. 그러나 워낙 약삭빠른 자라 믿을 만한 인물은 아니었다.

자신들에겐 제국군을 압박할 수 있는 든든한 동맹이 필요했다. 그래서 상서위는 삼 년 전부터 은밀하게 준비를 해두었다. 이런 일에 혈육만큼 믿을 만한 게 어디 있던가.

문밖에 대기하고 있던 시비들이 상서위의 지시에 방문을 열었다. 안으로 들어선 것은 개나리꽃을 연상시키는 노란 비단옷을 입은 삼십대의 사내였다. 부담스러울 정도로 화려한 자수가 놓인 옷이 풍채 좋은 사내에겐 제법 잘 어울렸다.

"처음 뵙겠습니다. 황자전하. 제국의 여름은 마치 봄 날씨 같군요."

하사신에게 예를 올리는 사내의 얼굴에는 노련한 웃음이 떠올라있었다.

한순간 구름 사이로 달이 가려지자 지붕 위로 검은 인영(人影) 하나가 뛰어올랐다.

어둠속인 데다 아무런 소리도 나지 않았기에 전각을 지키는 병사들은 그 움직임을 눈치 채지 못했다.

회랑을 지나는 기척에 인영이 몸을 낮추었다. 지붕 위에 엎드린 그는 조심스럽게 아래를 내려다보았다.

상서위가 서둘러 어딘가로 가고 있었다. 그를 알아본 이리하의 눈이 가늘어졌다. 어째서 상서위가 움직이는 방향이 후궁전 쪽인거지?

잠시 승양전을 바라보던 이리하가 상서위의 뒤를 쫓기 시작했다. 이리하는 마치 진짜 그림자라도 된 것처럼 흔적 없이 지붕 위를 넘나들었다. 여러 겹의 문과 담을 건너 후궁전을 향하는 동안 누구도 그를 알아차리지 못했다.

상서위가 멈춘 곳은 후궁전 안이긴 했지만 후미진 구석에 있는 건물이었다. 제대로 관리가 되지 않은 듯 낡고 허름한 곳이었다.

열린 창문으로 희미한 불빛이 새어나오고 있었다. 가늘고 희미한 소리가 들려오자 이리하는 멈칫했다. 그것은 어린 아이의 울음소리였다.

방 안에는 나이든 시비가 예닐곱 살은 되어 보이는 아이를 안아 달래고 있었다. 일황자의 딸들 중 하나인가?

"무엇 때문에 나를 보자 하였더냐? 그리고 어찌 그 아이의 울음소리가 담 너머까지 들리게 해!"

급하게 방 안으로 들어선 상서위는 나지막하게 소리를 죽여 시비를 꾸짖었다.

"송구하옵니다. 아이가 열이 나는지 자꾸만 보채는 터라."

"무어라? 중요한 아이니 소홀히 하면 안 된다고 하지 않았더냐?"

"명심하고 있습니다. 다만 아이를 잠시 의원에게 보이면 어떨까 하여…….''

"안 된다. 남의 눈에 띄지 않게 하라 하지 않았더냐?"

"여자아이처럼 꾸미면 되지 않을까요?"

"어리석기는! 의원이 그것도 못 알아볼 것 같으냐? 아이가 이곳에 있다는 사실이 새어나가면 안 된다."

"하오나 아이가 요사이 부쩍 제 부모를 찾습니다."

"잘 달래보아라. 그것이 네 소임 아니더냐? 아이는 살아 있어야 하지만 절대 제 아비에게 이곳이 알려지면 안 된다."

상서위가 돌아가고 아이의 칭얼거림이 잦아들 때까지 이리하는 움직이지 않았다.

일황자에겐 분명 아들이 없다. 그런데 후궁 안에 사내아이를 숨기고 있다니? 황자의 아이라면 숨길 이유가 없다. 게다가 주고

받는 말로 미루어보면 아이의 부모는 따로 있는 게 분명했다.

인질?

그렇다면 과연 누구의 아이일까.

부모가 아니라 '아비'라 했으니 아이의 아버지가 중요한 인물일 것이다. 상서위가 아이를 인질로 겁박할 만한 사람이 누구지?

전혀 짐작 가는 바가 없었다. 역시 이런 건 치백에게 물어봐야겠지.

얼굴을 찡그린 이리하는 지붕에 등을 대고 비스듬히 누웠다.

밤하늘에 걸려 있는 달이 처연할 만큼 밝았다.

그는 달빛 아래 검푸르게 보이는 지붕의 선을 하나하나 눈으로 짚었다. 겹겹이 겹쳐진 기와지붕들이 마치 울창한 산맥의 봉우리처럼 보였다.

너는 지금 저 너머에서 꿈을 꾸고 있을까.

보랏빛 가득한 꿈속에서 또다시 혼자 있진 않을까.

이리하는 그 자리서 꼼짝 않고 하얗게 밤을 새우고 말았다.

화사했던 꽃들을 어느새 다 떨궈낸 등나무는 무성한 잎들로 회랑을 덮어 그늘을 만들고 있었다. 가느다랗게 뻗어나간 줄기 끝까지 싱싱한 푸른 물이 올라 있었다. 꼬불꼬불 말린 줄기들은 이따금 바람을 타고 이리저리 흔들렸다.

하사신은 이 후원이 싫었다.

자희가 이곳을 좋아하는 이유를 알기에 더 그랬다. 그녀의 고향을 연상시키는 저 나무 때문이다.

그녀는 이곳에서 저 나무들을 보며 무슨 생각을 하는 것일까.

그저 꽃을 바라보는 것뿐일까. 아니면 과거를 떠올리며 자신에 대한 증오를 되새기고 있을까. 그 답을 확인하기 두려워 하사신은 자화원의 후원에 거의 발걸음하지 않았다.

그럼에도 후원에 서 있는 자희는 눈이 멀 정도로 아름다웠다.

황자의 손짓에 자희의 곁에 있던 호위들이 재빨리 옆으로 물러났다. 그저께 연회가 끝난 이후로 하사신은 자희가 눈을 뜨고 잠드는 모든 순간을 감시했다. 밤에는 문과 창을 걸어 닫고 물샐틈없이 지키도록 했다. 후원에서의 산책도 예외는 아니었다.

하사신은 보랏빛 요를 깐 것처럼 꽃들이 떨어진 회랑을 걸었다. 그의 발밑에서 연약한 꽃잎들이 짓이겨졌다.

"자희."

갑자기 들려온 황자의 목소리에 파사가 뒤를 돌아보았다. 불길한 예감이 그녀의 등줄기를 타고 흘러내렸다.

"놈이 '자미희와의 밤'을 청했다."

심장 한가운데 얼음조각이 꽂힌 기분이었다.

자미희와의 밤.

그것은 일황자가 그녀를 내걸고 하는 더러운 거래의 이름이었다.

세상 그 누구라도 상관없었다. 하지만 이리하는 그것을 청하면 안 되었다. 그만은 그녀와의 하룻밤을 거래하면 안 되는 것이다.

얼어붙은 입술에서 저도 모르게 거부가 튀어나갔다.

"싫습니다."

하사신의 눈에 이채가 떠올랐다. 싫다니. 오래전 자희에게 다른 귀족과의 밤을 명령한 날 이후로는 처음 듣는 말이었다. 그 첫 번을 제외하고 그녀는 이제껏 '자미희와의 밤'을 거부한 적 없었다.

"어째서냐?"

"그와는 싫습니다."

"그 이야기를 들은 것이냐?"

하사신의 붉은 입술이 만족감으로 휘었다. 자희가 놈을 꺼리는 것은 반길 일이었다. 그것이 놈의 행동에 기인한 것이라면 더욱.

궁은 무위시랑과 동침한 두 여인에 대한 이야기로 떠들썩했다.

무위시랑이 돌아왔다는 소식을 들은 그녀들은 자청해서 다시 그의 시침을 들었다. 두 여인이 서로 가려 다투기까지 했다고 한다. 이리하는 거부하지 않았다. 그녀들은 이번에도 날이 밝은 후에야 함께 이리하의 방을 나왔다.

"놈이 다른 계집을 먼저 취하여 기분이 상했더냐?"

하사신의 질문은 무딘 칼날처럼 그녀의 가슴을 베었다.

이리하는 싫은 일을 억지로 할 사람이 아니다. 그러니 그들과 밤을 보낸 것은 온전히 그의 뜻이리라. 단지 이리하의 마음이 바뀌어서였든 자신의 거절로 마음을 상해서였든 간에.

사람의 마음이란 건 덧없고 변덕스러워 쉽게 불타오르는 만큼 빨리 질리는 법이다. 변심한 연인을 원망하고 이별에 아파하는 수많은 연가들이 그것을 증명하지 않던가.

이리하는 그저 마음이 변한 것뿐이다. 그를 거절한 주제에 원망하는 건 말도 안 된다. 머리는 그렇게 이해하는데 심장이 제멋대로 조여들었다.

당신이 다른 사람을 안았다고? 내게 했던 것처럼 다른 여인에게 입 맞추고, 나를 감쌌던 그 팔로 누군가를 안았다고?

낯선 아픔에 숨이 제대로 쉬어지지 않았다.

"차라리 그들을 보내십시오."

"그 계집들로는 성에 차지 않는지 제 놈이 먼저 '자미희와의 밤'을 달라 하였다. 네 목숨을 구해줬으니 그 정도 보답은 받아야 겠다더구나."

심장에서 싸늘한 고드름이 서걱거리며 자라났다. 목숨을 건졌으니 몸으로 갚으라고? 황자와 거래한 순간 이리하마저 그녀를 창부 취급한 것이다.

"몸이 좋지 못합니다. 전하."

진위를 가늠하듯 하사신의 눈이 샅샅이 그녀를 살폈다. 안색이 유달리 창백해 보이는 것이 거짓은 아니었다. 하사신이 혀를 찼다.

"하루면 충분할 것이다. 놈을 네 곁에 붙들어두어라."

"전하."

"나도 물론 그런 짐승같이 천박한 놈에게 널 보내고 싶진 않다. 자희. 허나 이번뿐이다. 그놈에게 너를 보내는 건."

하사신은 천천히 그녀의 머리카락을 쓰다듬었다.

"놈에게 최고의 밤을 주어라. 한 번뿐인데 그 정도 아량은 베풀어도 좋겠지."

황자의 눈에 섬뜩한 것이 스쳤다. 하지만 놈이 감히 널 흔든 대가는 받아야겠지.

"때가 되면 네 몸을 만진 그 손을 자르고, 눈알을 뽑고 혓바닥을 잘라내주마. 마지막으로 놈의 물건은 갈가리 찢어 들개의 먹이로 줄 것이다."

파사가 황자에게서 가장 혐오스러워하는 부분은 바로 이런 잔혹함이었다.

하사신은 자신에게 쓸모없다고 생각되는 사람에겐 가차없었다. 이제껏 황자가 그녀에게 보낸 사내들은 효용가치가 사라지면 반드시 잔혹하게 죽임을 당했다.

이리하는 이제까지의 사내들 중 신분으로는 가장 비천했고 황자는 유독 그런 그를 싫어했다.

하지만 진정 천박한 짓을 하는 것은 누구란 말인가.

하사신은 자신의 연혼이라는 이유로 그녀를 가두었다. 연혼을 담보로 매번 몸을 내놓으라 요구했다. 늘 입버릇처럼 그녀에게 소중하다, 사랑한다고 말하면서 그녀의 고통을 돌아보지 않았다.

원하는 것을 얻기 위해서라면 황자는 사랑한다는 그녀조차 얼마든지 부술 수 있는 사람이었다.

　대륙의 북쪽에 위치한 난경은 해가 지면 여름밤이라도 서늘했다.

　보랏빛 꽃잎을 띄운 향기로운 목욕물에 몸을 담가도 추웠다. 아무리 곱고 아름다운 비단옷으로 몸을 감싸도 가슴이 시렸다. 파사의 손끝은 차게 얼어붙어 있었다.

　시비들이 물러가자 자화원 주위에는 아무런 인기척도 느껴지지 않았다. 이런 날이면 일황자는 호위들까지 모조리 물렸다. 자화원에 들어서는 이의 신분이 알려지지 않도록 하기 위해서였다.

　방 안에는 다른 향을 모조리 지워버릴 만큼 진한 사향 냄새가 피어오르고 있었다. 파사는 영견으로 젖은 머리를 닦았다.

　은경에는 표정을 잃어버린 한 여자의 얼굴이 비치고 있었다. 마치 생기 없는 가면 같았다. 파사는 파리한 입술 위에 붉은 연지를 칠했다.

　그녀는 감정이란 것이 한번 뿌리를 내리면 자란다는 것을 몰랐다.

　언제나 이 정도는 괜찮을 거라고, 아직은 괜찮다며 스스로를 속였다. 그래서 제멋대로 자란 마음이 어느새 감출 수 없을 만큼 커졌다는 사실을 알지 못했다.

　있는 줄도 몰랐던 감정이 흘러넘쳐서 이제는 부정할 수 없었다.

흑꽃 아내서

……하지만 당신이 원하는 것은 이 마음이 아니겠지.

사랑하라 말하고선 다른 이들과 밤을 보낸 당신이니까.

평생을 기다리겠다 하고선 황자와 하룻밤을 거래한 당신이니까.

목숨과 혼까지 주겠다던 당신이 원한 것은 고작 제국 제일이라 소문난 창부의 몸뚱이였다.

애당초 이곳에서 그녀의 가치는 그것뿐이었다. 그러니 새삼 신경 쓸 필요조차 없는 일인데. 그런데 왜 이렇게 가슴이 아픈 것일까. 왜 이렇게 당신이 미운 걸까.

파사는 지끈거리는 가슴을 움켜쥐었다. 얼어붙은 심장이 비명을 지르고 있었다.

달이 뜨고 깊은 한밤까지 문은 열리지 않았다.

마침내 선연한 달빛과 함께 문이 열렸을 때 그녀는 절망했다. 자신을 향해 웃고 있는 그를 보자 가슴에 선득한 바람이 불었다.

어쩌면 당신이 오지 않을지도 모른다고, 모든 게 황자의 거짓말이길 바랐다.

하지만 운명은 단 한 번도 그녀의 편을 들어주지 않았다.

12장

방 안에 들어서자마자 가득 피어오르는 향에 이리하는 낯을 찌푸렸다.

주렴 너머 침상에 앉아 있는 파사를 발견한 그는 환하게 웃었다. 하지만 그녀가 시선을 마주치지 않는 바람에 이리하의 미소는 갈 곳을 잃고 말았다.

가까이 다가서던 이리하의 눈이 점차 휘둥그레졌다. 파사의 옷이 눈에 들어온 탓이었다.

좀 얇지 않나. 얇은 유 너머로 흐릿하게 비치는 살갗이 수줍은 꽃잎 같았다. 이리하는 어디다 눈을 둬야 할지 몰라 벽에 일렁이는 촛불 그림자를 노려보았다.

생각지 못한 복병이었다. 가슴이 제멋대로 부풀었다.

물이 떨어지는 맑은 소리가 들렸다. 파사는 두 개의 술잔에 투명한 술을 따르고 있었다.

"들겠어요?"

낯선 행동에 이리하의 미간에 굵은 주름이 잡혔다.

대답을 기다리지 않고 파사는 단숨에 술잔 하나를 비웠다. 익숙지 않은 술에 순간 휘청할 정도로 어지러움이 덮쳤다. 이 밤을 견디려면 차라리 그게 나을지도 모르지. 파사는 지그시 혀끝을 깨물었다. 차가워진 손에 식은땀이 배어났다.

파사는 이리하의 앞에 무릎을 꿇고 거침없이 그의 허리띠를 풀었다. 검은색 무명천이 스르르 떨어져 내렸다. 이어 바지를 여민 매듭을 찾던 손은 억센 손아귀에 붙들렸다.

이리하는 억지로 파사의 몸을 일으켜 침상 위로 앉혔다. 그의 긴 눈매가 이해할 수 없다는 듯 가늘어져 있었다.

"무슨 짓이지? 너답지 않게. 게다가 이 꼴은 또 뭐고? 사향을 들이붓기라도 했나?"

이리하는 찡그린 얼굴로 코를 킁킁거렸다. 불쑥 다가온 엄지손가락이 조심스레 연지를 문질러 닦아냈다.

"창부 노릇에 걸맞은 모습이겠죠."

내내 그의 입가에 머물던 미소가 흐려졌다.

"고작 하룻밤이라니. 목숨을 구해준 보답치곤 너무 약소하지 않나요?"

담담하게 비꼬는 말에 이리하의 얼굴이 시무룩해졌다.

서운궁에서 내쫓겨 하사신에게 며칠간 머물 곳을 달라 청해야 했을 땐 속에서 욕지거리가 올라왔다. 이런 짓을 하게 만든 치백의 목을 조르고 싶었다. 쫓겨난 일로 하사신이 조롱 섞인 위로를 건넬

땐 다 엎어버리고 싶을 정도였다.

거기다 파사를 만나고 싶어도 만날 방법이 없었다. 자화원의 모든 문과 창문 앞에 밤낮을 지키고 선 호위들 때문에 조용히 숨어 들어가는 건 불가능했다. 그녀의 얼굴을 보기 위해선 하사신이 말한 자미희와의 밤을 받아들이는 것 외엔 다른 수가 없었다.

"화가 난 건 알겠는데 아니야, 사실······."

말을 끊은 이리하가 난감한 듯 턱을 문질렀다. 이건 자신이 함부로 발설해선 안 되는 일이었다.

황제가 위독하다. 그 때문에 치백은 동위궁에서 무슨 수상한 일을 꾸미고 있는지 염탐해야 한다고 했다.

할 말이 막혀버리자 이리하는 땅이 꺼져라 한숨을 내쉬었다.

아무런 변명도 하지 않는 이리하에게 소리치지 않기 위해 파사는 입술을 깨물었다. 깨물고 나서야 자신의 이에 닿은 것이 이리하의 손이란 걸 깨달았다.

"그러면 다치잖아."

잇자국이 남은 손가락이 파사의 입술을 스쳤다.

"널 아프게 하려던 게 아니었는데."

바닥에 한쪽 무릎을 꿇은 이리하가 파사의 손을 감쌌다. 오늘 밤 처음으로 그녀의 손에 온기가 돌았다.

"나와 함께 가자."

이리하의 목소리가 달콤하게 귀에 스며들었다.

당신의 목소리가 왜 이렇게 따뜻할까. 언제 이 다정한 독에 중

독돼 귀가 멀어버린 걸까. 이 더러운 거래에 진심 따위 있을 리 없는데 왜 이렇게 진짜처럼 들리는 걸까.

매운 연기를 삼킨 것처럼 파사의 목이 따끔거렸다.

"나가면 바다로 데려가줄게."

선물이라며 작은 꽃을 내밀던 당신이, 신이 젖을까 봐 날 안아주던 당신이, 어떻게 내게 이런 짓을 하지?

황자의 말은 얼마든지 참을 수 있었다. 그 뱀 같은 입에서 나오는 거짓말은 결코 그녀를 흔들리게 하는 법이 없으니까.

하지만 자신을 설레게 만드는 이리하의 말은 차마 용서할 수 없었다.

"난 가지 않아요."

파사는 천천히 고개를 저었다. 그것은 이룰 수 없는 허황된 꿈이다. 달콤한 거짓 약속일 뿐이었다.

"언제까지 이런 곳에 있을 셈이지? 일황자는 내게 너를 내어준 것처럼 다른 놈들에게도 너를 보낼 거야."

"그렇겠죠."

"그래도 여기 있겠다고?"

이리하가 믿을 수 없다는 듯 반문했다.

"난 전하를 떠날 수 없다고 말했을 텐데요?"

이곳은 그녀에겐 끝나지 않을 지옥이지만, 그를 따라간다면 잠시 온기를 느꼈던 마음조차 미움으로 얼룩질 것이다. 유일하게 따뜻했던 기억마저 잃긴 싫었다.

"당신은 고작 내 하룻밤을 얻었을 뿐이지만 전하는 내 운명을 잡고 있죠. 어차피 내겐 당신이 아니라 그 누구라도 마찬가지예요. 어서 끝내고 가줘요."

이것은 무수히 지나간 악몽 중 하나일 뿐이니까. 파사는 스스로에게 되뇌었다.

"일황자를 위해 내게 안길 수는 있어도 그를 버리고 내게 올 순 없다고?"

이리하의 얼굴에서 다정함이 흔적도 없이 씻겨나갔다.

자신을 피하기 위해 뭇 사내들에게 몸을 내주겠다는 파사에게 이리하는 충격을 받았다.

그래, 비인이라 하나 엄연히 십 년 넘게 살을 맞대고 살아온 사이지. 일황자에게 아무런 감정이 없을 수는 없으리라. 하지만 그 사실에 미칠 듯한 기분이 되었다. 심장 안에 불꽃이 튀는 것 같았다.

분노와 질투로 범벅된 이리하는 거칠게 파사의 옷을 잡아당겼다. 커다란 손 아래서 얇은 비단이 찢겨나갔다. 그에게 밀린 그녀는 침상 위로 눕혀졌다. 진홍빛 이불 위로 창백한 나신이 흐트러졌다.

"이런 걸 원한다고?"

이리하는 소리가 날 정도로 이를 갈았다. 그의 무례한 행동과 말에도 파사는 대꾸하지 않았다.

"고작 창부 취급을 받으며 이렇게 내게 안기길 바라? 다른 자들처럼 널 능욕하고 그렇게 함부로 대하길 바란다고?"

막상 그녀를 잡아챈 손길은 아프지 않았지만 파사의 마음은 허무함으로 가득 찼다.

무엇 때문에 이제껏 그리도 피하려 애썼을까. 차라리 오래전 그 첫 번째 밤에 고통으로 심장이 멎어버렸다면 좋았을걸. 그러면 지금 마음이 죽어가는 건 느끼지 않아도 됐을 텐데.

그를 읽지 못한다 해도 지금 이 순간만은 이리하가 얼마나 화가 났는지 뚜렷하게 알 수 있었다.

저항하지 않고 눈을 감아버린 그녀를 노려보며 이리하는 옷을 벗어던졌다. 침상의 주렴에 달린 자수정들이 소리를 내며 서로 부딪쳤다.

얼굴을 차갑게 굳힌 이리하는 곧장 그녀 위로 몸을 겹쳤다. 맞닿은 뜨거운 체온에 놀란 듯 파사의 긴 속눈썹이 파르르 떨렸다. 단단한 허벅지 아래 갇힌 가느다란 몸은 애처로울 정도로 새하얗게 빛나고 있었다.

이리하는 그녀의 가슴골 사이로 천천히 손을 미끄러뜨렸다. 그의 손끝이 지나간 자리에 붉은 연지가 번졌다. 새하얀 피부 위에 그려진 자국은 놀랄 만큼 색정적이었다.

그의 손이 다리 사이를 파고들자 파사의 몸이 흠칫 떨리는 것이 느껴졌다. 그러나 이리하는 주저 없이 좁고 매끄러운 틈으로 손가락을 밀어 넣었다. 따뜻하고 여린 살이 낯선 침입에 놀란 듯 조여들었다. 반사적으로 아랫배에 힘이 들어가고 그의 물건이 단단해지기 시작했다.

그러나 파사를 내려다보는 이리하의 눈빛은 시리도록 냉담했다.

그가 나고 자란 곳은 황도의 매음굴이었다. 눈을 뜨고 처음으로 보고 들은 것은 전부 남녀 간의 교합과 방사에 관한 것뿐이었다. 알고 싶지 않아도 자연스레 깨닫게 되었다.

이곳에서 이런 식으로 파사를 안고 싶지 않았다. 하지만 두꺼운 고치 속에 꽁꽁 숨어 모질고 못된 말로 자신을 내치려 하는 그녀가 미웠다.

뿌연 달빛이 창을 가린 비단을 통해 비쳐들었다.

이리하는 파사가 충분히 젖어들 정도로 오랜 시간 공을 들였다. 교묘하고 능란한 손길로 철저히 그녀의 안을 더듬고 훑어 내렸다. 그는 손만으로도 그녀를 억지로 절정으로 끌어올릴 수 있었다.

그러나 파사는 낯설기조차 한 그 모습에 모멸감을 느꼈다. 가슴 떨리게 하던 달콤한 입맞춤 따윈 없었다. 다정하게 체온을 나눠 주는 애무도 없었다.

닳고 닳은 난봉꾼처럼 이리하는 그저 그곳만 철저히 희롱하고 있었다. 그녀의 말대로 정말 창부를 대하듯. 물론 진짜 창부에게라면 이토록 오랜 시간 기다려주진 않을 터이지만.

"눈을 떠."

낮은 속삭임이 귓전에 흘러들었다.

파사는 이리하의 손이 전해주는 온기에 흔들리지 않으려 입술을 깨물었다.

사람의 온기에 목마른 몸은 그의 따뜻한 체온을 기꺼워했다. 그러나 감정이 느껴지지 않는 싸늘한 눈과 마주치면 소름이 돋았다.

익숙지 않은 열기에 몸이 달아오를수록 파사의 마음은 차츰 얼어붙었다. 이리하와 맞닿지 않은 팔다리는 이미 싸늘하게 식어 있었다.

손가락을 빼내자 파사의 입에서 얕은 신음이 흘러나왔다. 이리하는 그녀의 다리를 벌려 당장이라도 터질 듯 부푼 그것을 가져다 댔다.

"말해봐. 너에겐 내가 아무것도 아닌가?"

이리하는 뜨겁게 달아오른 아랫도리를 매끄러운 허벅지 위로 슬쩍 미끄러뜨렸다. 비단에 감싸인 강철 같은 느낌의 그것이 당장이라도 파고들 듯 입구에 닿았다.

순간 두려움으로 파사의 손끝이 얼어붙었다. 그녀는 아무런 대답도 하지 못했다.

"정말 날 원하지 않아?"

이리하가 다시 답을 요구했다. 굳어 있던 파사는 그의 목소리가 조금 애달프게 들린다는 걸 깨닫지 못했다.

길게 한숨을 토해낸 이리하는 그녀의 다리 사이에 자신을 묻었다. 마치 교접을 흉내 내듯 그가 천천히 허리를 움직이기 시작했다.

살갗이 스치는 자리마다 불이 붙는 것 같았다. 허벅지에 화인이 새겨지는 것처럼 화끈거렸다. 애를 태우는 듯한 움직임에 파사는 하마터면 이리하를 끌어당길 뻔했다.

마음은 시리고 아픈데 몸속은 뜨거웠다. 용광로에라도 빠진 듯 열이 끓고 숨이 가빠졌다. 그의 손길에 길들여진 몸은 이리하를 원하고 있었다.

이런 짓을 하는 이리하가 미웠다. 다정한 입맞춤을 해주던 그 입술로, 따뜻하게 안아주던 팔로 다른 사람을 안은 이리하가 밉고도 미웠다.

얼굴도 모르는 여인들과 얽혀 있는 그가 떠올랐다. 마치 이리하의 기억을 읽기라도 한 것처럼 수많은 장면들이 머릿속에서 휘몰아쳤다. 이런 자신이 싫었다. 멋대로 기대하고 배신감에 분노하는 스스로를 용서할 수 없었다.

이리하를 밀어낼 수도 끌어안을 수도 없어진 파사는 이불 위에서 주먹을 움켜쥐었다.

한순간 이리하가 그녀 안으로 조금 파고들었다. 낯선 압박감에 파사는 숨을 멈췄다.

"내가 아니라 누구라도 상관없다고?"

이리하는 스스로의 말에 상처 입은 것처럼 얼굴을 일그러뜨렸다.

"그래요."

파사는 마음과 정반대의 말을 내뱉었다. 차라리 그가 어서 일을 끝내고 떠나주었으면 싶었다.

따뜻하게 손을 감싸주던 그 사람은 더 이상 없었다. 그는 그녀의 마음을 저버렸다. 이 밤이 지나면 잊을 것이다. 다시는 이리하 때문에 흔들리지도, 아프지도 않을 거라 스스로에게 다짐했다.

갑작스럽게 이리하가 몸을 빼내자 놀란 파사는 숨을 삼켰다.

"제기랄!"

이리하가 욕설을 내뱉으며 일어섰다.

파사의 몸은 자신이 원하는 대로 얼마든지 반응을 이끌어낼 수 있었다. 하지만 고집스런 입술은 끝내 원하는 답을 주지 않았다. 투명한 갈색 눈동자는 철저히 그를 거부하고 있었다.

더 이상은 그녀와 닿아 있을 수 없었다. 지금 멈추지 않으면 당장이라도 따뜻하고 촉촉한 그 속살로 거칠게 파고들고 말 것이다.

머리끝부터 발끝까지 이 여자의 모든 부분을 자신의 흔적으로 물들이고 싶었다. 그녀가 거짓을 말하든 말든 곧장 안으로 들어가 그 안에 자신의 씨를 뿌리고 싶었다.

하지만 그래선 안 된다. 고작 한 번의 쾌락과 맞바꿔 그녀를 잃고 싶진 않았다.

바로 눈앞에 원하는 단 하나의 여자가 있는데 돌아서려니 몸이 말을 듣지 않았다. 이리하는 이가 부러질 정도로 악물었다.

거칠게 머리칼을 쓸어 올리는 이리하의 손은 부들부들 떨리고 있었다. 파사는 혼란함을 담은 눈으로 그를 바라보았다.

보기에 두려울 정도로 부풀어 오른 그것이 항의하듯 꿈틀거렸다. 위협적인 그 상태는 이리하가 만족의 끝자락에도 닿지 못했음을 알려주었다.

그런데도 왜 자신을 안지 않은 걸까.

그가 원한 게 정말 '자미희와의 밤'이 아니라고? 그녀를 이곳에서 데리고 나가고 싶다는 말이 진심이라고?

하얗게 힘줄이 돋아난 팔을 본 파사는 자신도 모르게 손을 뻗었다. 그녀의 손이 닿자 놀란 이리하는 벼락이라도 맞은 듯 허리를 굽혔다. 그 바람에 파사의 손끝이 단단히 뭉친 아랫배를 스쳤다.

그는 알아들을 수 없는 소리를 내뱉으며 난폭하게 그녀에게서 몸을 떼어냈다. 하지만 곧바로 무너져버렸다. 이리하는 목구멍에서 거친 신음을 토하며 격렬하게 몸을 떨었다.

삽시간에 죽음과도 같은 고요함이 내려앉았다.

자제할 수 있을 줄 알았다. 화가 나 그녀를 벌주듯 유혹하면서 스스로는 얼마든지 참을 수 있다고 생각했다. 그러나 그것은 자신을 감싸는 부드러운 그녀의 피부와 닿기 전의 생각이었다. 자칫 녹아버릴 듯 다디단 피부와 체향에 이리하의 의지는 속절없이 무너져 내렸다.

"왜……?"

"왜냐고?"

작게 들려온 속삭임에 이리하가 날카롭게 받아쳤다.

"넌 내가 아니라 누구라도 상관없어도 난 네가 아니면 안 되니까!"

다시 고개를 돌려버린 이리하가 이를 악물었다.

"하지만 당신은……."

파사는 문득 말을 멈췄다. 그녀가 들었던 수많은 말과 의심이 귓전에서 소용돌이쳤다.

「놈이 먼저 자미희와의 밤을 달라 하였다.」

「두 계집이 밤새도록 그자의 시침을 들었다더군.」

그 모든 것은 그저 소문과 황자의 말일 뿐 이리하에게서 직접 들은 것이 아니다.

처음 만났을 때부터 이리하의 시선은 한순간도 그녀를 벗어난 적이 없었다. 퉁명스러운 말투 속에 숨은 따뜻함은 언제나 하나만을 말하고 있었다. 화려하게 치장된 백 마디 말보다 그의 행동이 진실을 알려주었다.

이리하의 눈과 마음을 사로잡고 있던 것은 오직 그녀였다.

심장을 뒤덮은 얼음조각들이 녹아내렸다. 파사의 눈동자가 급격히 흔들렸다.

왜 남의 말을 그대로 믿어버렸을까. 그녀가 아는 이리하는 결코 자신에게 거짓을 말하지 않는데.

"다음번엔 이렇지 않을 거야. 절대……."

입 밖으로 내뱉자마자 이리하는 자신이 사내구실 못 하는 늙은 오입쟁이처럼 변명을 늘어놓았다는 걸 깨달았다. 게다가 파사에

게 오늘이 어설프고 끔찍한 밤으로 기억될지 모른다는 생각이 들
자 순식간에 핏기가 가셔버렸다.

거칠게 돌아선 이리하는 아무렇게나 팽개쳤던 바지를 입었다.

"제기랄!"

분을 참지 못한 그의 주먹이 탁자 위를 내려쳤다. 단단하기로
유명한 흑단 탁자가 놀랍게도 쩍 소리를 내며 금이 가버렸다.

그때 이리하의 등 뒤에서 가벼운 한숨소리가 들렸다.

"무슨 짓이지?"

이리하는 아래를 노려보았다. 정확히는 뒤에서 자신의 허리를
감싸 안은 가느다란 팔을.

"난 당신과 함께 궁을 나갈 순 없어요. 하지만."

살벌한 기세에도 아랑곳없이 파사는 천천히 그의 등에 얼굴을
기댔다. 바위처럼 단단한 근육들이 움찔거리는 것이 느껴졌다.

"누구보다 당신을 원해요."

낯설 정도로 능수능란한 그보다 당황한 얼굴로 화를 내는 이리
하를 보자 오히려 마음이 풀어졌다. 이 사람은 자신에게 유일한 온
기를 주던 바로 그 사람이다.

이리하의 심장소리가 크게 울렸다. 귀를 통해 들리는 사나운
심장소리가 그녀의 심장까지 뛰게 만들었다.

이리하의 손이 거칠게 파사의 팔을 잡아챘다. 다음 순간 미친
듯이 입술이 파고들었다. 잡아먹힐 듯 격렬한 입맞춤이었다. 벌어
진 입술 사이로 뜨거운 혀가 들어왔다. 그의 혀가 스친 곳마다 꽃

이 피어나듯 열이 올랐다.

이리하는 그녀의 이마와 뺨, 목덜미에 마구 입술을 눌렀다. 보이는 모든 곳에, 닿을 수 있는 모든 곳에 입맞춤을 퍼부었다.

방금 전까지 냉정하게 그녀를 희롱하던 사내는 열에 들떠 어쩔 줄 모르는 풋내기처럼 서둘렀다. 그의 입술 사이에서 신음과도 같은 헐떡임이 새어나왔다. 파사. 파사. 파사.

자신의 이름이 불릴 때마다 파사의 등줄기에 전율이 흘렀다. 사납고 뜨거운 눈이 삼킬 듯 자신을 바라볼 때마다 희열에 떨었다. 고작 일 각 전에 소름 돋을 만큼 차갑게 느껴지던 손길이 지금은 그녀의 몸에 불을 지피고 있었다.

그에게 자신을 주고 싶었다. 아니 그를 가지고 싶었다. 영원히 잊을 수 없는 각인처럼 온몸에 그의 흔적이 남겨지길 원했다.

다리 사이로 그의 손가락이 파고들자 저도 모르게 아랫배가 단단히 굳었다. 곧바로 손을 거둔 이리하는 다정하게 그녀를 눕혔다.

"날 원한다고?"

그녀의 귓불을 물며 속삭이는 목소리에는 수컷의 만족감이 배어 있었다. 파사에게서 짜증이 뒤섞인 신음이 흘러나왔다. 이리하가 낮은 웃음소리를 흘렸다.

"나도 널 원해. 아니 너보다 몇십 배, 몇백 배 더 널 원하지."

이리하는 그녀의 손을 끌어다 자신의 몸 위로 가져다 댔다. 어느새 터질 듯 부풀어 오른 그것은 옷 너머로도 델 정도로 뜨거웠다.

파사의 손이 닿자 온몸의 근육이 위험할 정도로 팽팽해졌다. 이리하의 호흡이 한층 거칠어졌다.

"하지만 널 안는 건 내 의지다. 황자의 명령이나 하룻밤 적선 따위 필요 없어."

그의 목소리가 흥분으로 낮게 쉬었다.

"네가 완전히 내게 오는 날, 그때가 오면 두 번 다시 널 놓아주지 않을 테니까."

다짐과 같은 속삭임이 끝나자마자 다시금 이리하는 그녀를 덮쳤다. 촉촉한 입술을 샅샅이 맛보고 그녀가 내뱉는 숨결까지 남김없이 먹어치웠다.

입맞춤을 퍼부으며 이리하는 이번에야말로 마음껏 파사를 어루만졌다. 달아오른 몸은 따뜻한 꽃잎 같았다. 녹아버릴까 두려울 정도로 달콤한 몸이었다. 그는 세상 무엇보다 귀한 꽃송이를 피우려는 사람처럼 정성스럽게 애무했다.

이리하는 손안에 딱 맞게 들어오는 탐스러운 가슴을 감싸 쥐었다. 흰 눈밭에 내려앉은 두 장의 꽃잎처럼 보이는 그것을 손바닥으로 감싸고 천천히 문질렀다. 손안에서 단단해질 때까지. 그러곤 주저 없이 입안으로 삼켰다.

혀끝에 닿는 젖꼭지를 굴리다 조심스레 이로 깨물자 파사에게서 달뜬 한숨이 흘러나왔다. 이리하는 다디단 그 소리가 새어나올 때마다 입맞춤으로 달래주었다.

창백한 진주 같은 피부가 연하게 물들기 시작할 즈음에야 그의 손이 아래로 움직였다. 작게 파인 배꼽을 지나 매끄러운 아랫배를 쓸어내렸다. 다리를 벌리고 마침내 보드라운 허벅지 사이에 다다랐을 때 뭔가가 그의 턱을 간질였다.

옅은 홍조를 띤 뺨에 드리운 속눈썹이 가늘게 떨리고 있었다. 자신을 온전히 받아들이고 있는 투명한 눈동자를 마주한 이리하의 눈이 웃음으로 접혔다. 발갛게 부푼 입술 위로 이리하가 자신의 입술을 겹쳤다.

다시 두 사람의 혀가 만났을 때 이리하는 조심스레 그녀의 몸 속으로 손가락을 밀어 넣었다. 더할 나위 없이 부드럽지만 한편으론 거침없는 움직임이었다.

오늘밤 몇 번이나 그녀를 환락의 끝까지 몰아붙였던 그였다. 어떻게 하면 그녀가 몸을 떠는지 어디를 만지면 그녀가 아찔한 한숨을 터뜨리는지 모조리 알고 있었다.

하나하나 되새기며 이리하는 부드럽고 따뜻하게 조여드는 그곳을 어루만졌다. 때론 약탈자처럼 빠르고 강하게, 때론 어린아이를 달래듯 조심스럽고 느리게.

몰아치는 감각의 파도 속에 파사는 정신을 잃어버릴 것 같았다. 자신도 모르게 내지른 신음은 전부 이리하의 입술이 삼켜버렸다. 수천 개로 피어난 불꽃들이 그녀의 온몸을 뜨겁게 달궜다. 눈앞이 새하얗게 터지듯 명멸하고 있었다.

그러나 그녀가 절정에 오르기 직전 갑자기 이리하가 멈춰버렸다. 파사는 흥분으로 떨리는 몸으로 멍하니 그를 올려다보았다.

눈 깜박할 사이에 침상에서 멀리 떨어진 이리하는 아이처럼 환하게 웃고 있었다.

"너만 혼자 즐기는 건 불공평하지."

순간 그 웃음이 너무도 얄밉게 보여 파사는 손끝에 잡히는 걸 집어던져버렸다.

"하하."

그녀가 던진 베개를 쉽사리 잡아낸 이리하는 한 걸음 만에 다시 다가왔다. 파사의 이마에 가볍게 입술을 누른 그는 비단이불로 그녀를 꽁꽁 둘러 싸매기 시작했다. 잔뜩 투덜거리는 음성이 이따금씩 끊어졌다.

"그러니까, 툭하면 납치나 해대는 놈들이 득실대는 이곳에, 널 두고 가란 소리지, 응? 그런 놈들한텐 털끝만큼도, 널 보여주기 싫다고."

불평을 늘어놓는 와중에도 이리하는 쉴 새 없이 그녀에게 입을 맞췄다. 어린 새의 솜털처럼 간질간질한 입맞춤이었다. 이마와 눈가를 스친 입술이 귓불에 닿자 낮은 속삭임으로 변했다.

"날 기다려. 최대한 빨리 데리러올게."

뭔가가 이불 위로 툭 떨어졌다. 파사는 이불 속에 갇힌 손을 빼내어 물건을 집어 들었다. 그것은 손잡이가 은과 자수정으로 장식된 비수였다.

"당장이라도 널 데려가고 싶지만 그건 힘들 것 같으니, 대신 이

걸 주지."

그녀에게 어울리는 물건을 찾기 위해 하루 종일 난경을 뒤지고 돌아다녔다. 자신이 아니라 파사가 쓸 것이기 때문에 크기와 무게, 칼날의 상태까지 고심해서 골랐다. 새파란 예기가 흐르는 비수는 장인이 제법 공을 들여 만든 물건이었다.

"네게 덤비는 놈들은 다 거기를 잘라버려."

칼을 잡는 법을 알려주며 하는 말에 파사는 이리하의 몸 한가운데를 가만히 노려보았다. 그녀의 시선이 머무르는 곳을 알아챈 이리하가 웃음을 터뜨렸다.

"하하. 내가 억지로 네게 달려든다면 그걸 써도 좋아."

이리하는 향로의 불씨를 꺼버리고 창문을 모조리 열어젖혔다. 신선한 밤공기가 방 안으로 흘러들었다. 창문 옆 바닥에 털썩 주저앉은 이리하는 파사를 바라보았다.

"다음에도 날 유혹할 마음이 들거든 사향 따윈 쓰지 마. 난 이미 등꽃에 중독돼 있기 때문에 그게 아니면 서지 않는다고."

"거짓말."

파사는 여전히 가라앉지 않은 채 바지를 팽팽하게 부풀리고 있는 그를 바라보며 나직하게 중얼거렸다. 이리하의 웃음소리가 방 안 가득 울려 퍼졌다.

"이건 네 체향 때문이야. 네 심장소리와 향기는 날 짐승으로 만드는 유일한 미약이거든. 그러니까 좀 멀리 떨어져 있어. 가까이 오면 혼날 줄 알아."

짐짓 으름장을 놓는 이리하를 보며 파사는 눈을 깜박였다. 긴장이 풀리자 잠이 쏟아지기 시작한 것이다. 그와 좀 더 이야기를 하고 싶었으나 눈꺼풀이 천근처럼 무거웠다.

잠들고 싶지 않았다. 잠이 들면 원치 않는 꿈을 꾸게 된다.

파사가 조절할 수 없는 유일한 꿈은 스스로의 것이다. 그녀는 반평생을 자신의 꿈에 갇혀 고통받아왔다. 매번 꿈에서 잃어버린 사람들과 악몽 같던 그날을 되새겨야 했다. 파사는 그날 이후 단 한 번도 편한 마음으로 잠을 청한 적이 없었다.

그러나 어쩌면 오늘은 그 꿈을 꾸지 않을지도 모른다는 생각이 들었다.

설사 그 꿈을 꾼다 해도 아마 혼자는 아닐 거라는 안도감으로 파사는 잠에 빠져들었다.

그날 아침 파사는 평소와 달리 늦잠을 잤다.

그녀가 늘 새벽같이 일어나는 걸 이리하도 잘 알고 있었다. 그러나 편안히 잠든 얼굴을 보자 도저히 깨울 수 없었다.

옅은 홍조가 어린 얼굴은 부드럽고 달콤했다. 정수리에 난 어여쁜 가마와 세다가 잊어버린 긴 속눈썹, 보드라운 귓불의 감촉까지. 이리하는 자신이 보는 모든 걸 눈 속에 새기고 싶었다.

밤새도록 지켜봤음에도 부족했다. 해가 뜨고 아침이 밝아오는 것이 이토록 안타까운 적이 없었다.

겨우 며칠 못 본 것만으로도 이렇게 그리운데 어떻게 널 두고 갈까. 이리하는 무거운 한숨을 내쉬었다. 이제 떠나야 하는 걸 아는데도 몸을 일으킬 수 없었다.

그냥 데려가버릴까.

불안한 마음을 억누를 수 없어 함께 가자고 했다. 그러나 파사가 이곳에 있는 편이 더 안전하다는 걸 그도 알고 있었다. 곧 두 황자 간의 본격적인 싸움이 시작될 것이다. 파사가 그 위험에 휩쓸리지 않도록 하는 게 맞았다.

그런데 왜 이렇게 불안한 것일까.

이리하는 자화원으로 다가오는 가벼운 발걸음소리를 들었지만 시비일 거라 생각하고 무시했다. 어차피 그들은 파사가 부르지 않으면 결코 안으로 들어오는 법이 없기 때문이다. 그렇기에 거친 소리를 내며 문이 열리자 눈썹을 추켜세웠다.

방 안으로 들어선 것은 마르고 작은 여인이었다.

고작 사흘 만인데 소윤은 완전히 달라져 있었다. 온통 구겨지고 흐트러진 차림에 초췌한 얼굴은 연회 때 보았던 사람과 동일인인지 의심스러울 정도였다. 병자처럼 퀭하던 눈동자가 이리저리 불안하게 움직이더니 한순간 번쩍였다.

"헛소문이 아니었어!"

의기양양해진 소윤이 큰소리로 외쳤다.

문이 열릴 때부터 잠에서 깨어난 파사가 천천히 몸을 일으키자 이리하가 엷은 보랏빛 포를 가져다주었다. 파사는 드러난 어깨 위로 옷을 걸쳤다.

"무례하군요."

"뭐, 뭐라고?"

"이렇게 남의 처소에 함부로 침입한 데는 분명 합당한 이유가 있겠죠?"

자신을 꾸짖는 말투에 소윤은 일순 기가 죽었다. 게다가 잠자리에서 막 일어난 자미희에게선 평소와 다른 느낌이 풍겼다. 누구라도 시선을 빼앗길 것 같은 나른한 요염함. 그러자 자신의 초라한 모습이 더욱 부각되는 것 같았다.

순식간에 용기를 잃은 소윤은 초조하게 입술을 짓이겼다. 난 전하의 소윤이야. 상대는 고작 비인일 뿐이라고. 질투심과 분노에 힘입어 그녀는 다시 목소리를 높였다.

"그, 그런 더러운 짓을 하고도 뻔뻔스럽게!"

바닥에 떨어져 있는 찢어진 침의, 나신의 자미희를 보지 않았더라도 방 안의 묘한 분위기로 알 수 있었다. 두 사람은 함께 밤을 보낸 것이 분명했다.

소윤이 처소에 갇힌 이후로는 누구도 그녀를 찾아오지 않았다. 단 한 사람, 인자했던 황자비만이 그녀의 처지를 위로하기 위해 들러주었다.

어젯밤 황자비가 알려준 소문에 소윤은 경악하고 말았다. 자미희가 황자의 눈을 속이고 매일 밤 다른 사내를 끌어들여 음탕한 짓을 벌이고 있다는 이야기였다. 황자비는 황자가 자미희의 진실을 알아야 소윤의 유폐가 풀릴 것이라며 몹시 안타까워했다.

들꽃 아내서

황자비가 돌아간 후 소윤과 그녀의 시비들은 은밀히 계획을 세웠다.

한밤이 되자 소윤은 문을 지키던 시종에게 온천욕을 하고 싶다고 사정했다. 처음엔 안 된다고 하던 시종도 그동안 황자에게 받은 보물을 모조리 건네자 태도를 바꿨다. 시종은 몰래 문을 열어주며 다른 사람들이 깨기 전에 돌아와야 한다고 신신당부했다.

소윤은 시종의 감시 속에 시비들과 함께 후궁 안에 있는 온천탕으로 향했다. 시비들의 도움으로 창문을 통해 빠져나온 소윤은 마침내 자화원에 몰래 숨어들 수 있었다.

"전하께 기별을 넣었으니 곧 오실 거야. 그러면 다, 당신 따윈!"

새된 목소리가 애처롭게 덜덜 떨렸다.

곧이어 불쾌한 표정의 하사신이 자화원에 들이닥쳤다. 시종도 없이 혼자 방 안으로 들어선 하사신이 낮은 목소리로 소윤을 힐난했다.

"대체 아침부터 이 무슨 소란이냐!"

"전하!"

황자를 본 소윤은 쪼르르 달려가 그 품에 안기려 했다.

"전하, 글쎄 저 계집이……."

순간 살이 맞부딪치는 날카로운 소리가 울렸다.

"……전하?"

뺨을 맞은 어린 후궁의 눈은 경악과 배신감으로 흔들리고 있었다.

"자희는 네까짓 게 함부로 말할 수 있는 사람이 아니다."

"하오나 전하, 자미희는 감히 저 사내와 사통하였습니다!"

"닥치지 못할까! 네가 정녕 투기로 제정신이 아니로구나."

"저는 단지 전하께서 속고 계신 듯하여 사실을 알려드리고자 했을……!"

울먹이던 소윤은 갑자기 숨이 막혀 말을 멈췄다. 어쩐지 가슴이 타는 듯 뜨거웠다. 그녀는 고개를 숙여 아래를 내려다보았다. 자신의 가슴 위로 무언가 길쭉한 것이 비죽 튀어나와 있었다. 낯설고 비릿한 냄새가 코끝에 맡아지자 더 이상 숨을 쉴 수가 없었다.

"시끄럽다."

하사신이 짜증스럽다는 투로 내뱉었다. 그의 손에는 소윤의 가슴을 찌른 단검의 손잡이가 들려 있었다.

"전……하?"

눈앞에 보이는 사실을 믿을 수 없다는 듯 소윤의 눈이 느리게 깜빡였다. 작은 손가락들이 황자의 옷자락을 잡으려 허우적거렸다. 그러나 황자가 단검에서 손을 떼자마자 그녀의 몸은 바닥으로 미끄러져 내렸다. 몇 번의 간헐적인 떨림과 함께 소윤의 숨이 멎었다. 그러나 생기가 사라진 동공은 여전히 하사신을 향해 있었다.

"그러게 닥치라고 했거늘."

자희를 닮은 구석이 있어 곁에 두었을 뿐인데 제 주제도 모르고 나대다니. 하찮은 대용품 주제에 감히 누굴 밟고 올라서려 해?

흥꽃 아내서

하사신에게 후궁 따위는 아무런 가치도 없었다. 널린 것이 계집이고 후궁이다. 이해득실을 따져 들인 이도 있고 소윤처럼 욕구 해소를 위해 들인 이도 있지만 누구 하나 다를 것이 없었다. 그에게 특별한 사람은 오직 자희뿐이었다.

그래도 어리석은 계집 덕분에 일이 오히려 수월해졌다. 원래는 자신이 이리하에게 피습당한 것처럼 꾸밀 예정이었다. 하지만 이렇게 시신이 생겼으니 굳이 자신이 연극을 할 필요가 없어졌다.

"대체 왜 이런 짓을……?"

놀라 말을 잇지 못하는 이리하를 보며 하사신이 입술을 비틀며 웃었다.

"여봐라!"

하사신이 소리치자 밖에서 기다리던 병사들이 문을 부술 듯이 들이닥쳤다. 난폭한 그들의 등장에 이리하의 눈살이 찌푸려졌다.

"여기 황족시해범이 있다. 잡아라!"

황자의 명령에 십여 개의 창끝이 이리하를 포위했다. 반사적으로 허리춤에 손을 가져갔던 이리하는 혀를 차고 말았다. 빌어먹을, 치백!

뒤로 물러설 듯하던 이리하는 오히려 앞으로 달려들어 순식간에 가장 가까이 있던 병사의 창을 빼앗아들었다. 눈 깜박할 사이에 가슴팍을 차고 무기를 빼앗긴 병사의 얼굴이 새파랗게 질렸다. 나머지 병사들은 놀라 창을 단단히 움켜쥐었다.

"무엇 때문에 이러십니까?"

"소윤이 내 눈앞에서 변을 당했다. 네놈이 한 짓을 부인할 셈이냐?"

"제가 왜 이런 짓을 한단 말입니까?"

"그저께 아침 네놈은 서운궁에서 쫓겨났다. 하지만 동위궁에 들어선 것은 저녁이 다 되어서였지. 그날 혜 서란위의 집에 자객이 들었다. 서란위를 온통 난도질한 자객이 시신 옆에 이것을 떨어뜨리고 갔다는군."

하사신이 이리하의 발치에 무언가를 던졌다.

그것은 낯익은 모양의 옥패였다. 푸른 옥 위에 선명한 영(影)자가 아로새겨져 있었다. 자신이 아는 그 옥패가 맞는다면 반대쪽에는 소유자의 이름이 쓰여 있을 것이다.

"암영의 출입패로 쓰이는 것이라지? 이것처럼 네놈의 물건이니 잘 알겠지."

하사신의 손끝이 소윤의 몸에 깊이 박혀 있는 칼을 가리켰다. 단검의 손잡이에 새겨진 영(影)자가 또렷했다. 그것은 옥패의 글자와 무척 흡사하게 보였다.

이건 함정이다.

이리하는 어금니를 사리물었다. 일황자가 자신을 없애지 못해 안달하는 것은 알고 있었지만 설마 제 후궁을 죽여서까지 자신을 잡으려들 줄은 몰랐다. 자신이 서운궁에서 쫓겨난 후라 방심했던 것이다.

이대로라면 꼼짝없이 살인범으로 몰리게 생겼다.

수중에 검이 없다 해도 십여 명 정도는 얼마든지 상대할 수 있다. 문제는 이대로 누명을 쓴 채 달아날 것이냐 하는 것이다. 일단 자리를 피하고 후일을 도모하는 게 나을까?

"내 궁에 다시 기어들어 온 목적이 무엇이냐? 나를 해하기 위해서인가? 물론 내 아우가 시킨 일이겠지?"

처음 이리하를 동위궁에 억지로 데려온 것은 바로 하사신 자신이었다. 게다가 이제껏 이황자에게 무수한 자객들을 보냈던 것은 오히려 일황자 쪽이 아니던가.

이리하는 제멋대로 지껄이는 하사신을 노려보았다.

"혜 서란위를 살해하고 내 비인의 내실까지 침입하여 이런 일을 벌이다니 간도 크구나."

"저는 누구도 해치지 않았습니다."

"그럼 누가 소윤을 해쳤단 말이지? 내가? 아니면 여기 있는 자희가?"

뱀처럼 비린 웃음을 머금고 하사신이 물었다. 그는 가까운 병사의 허리에 달린 검집에서 검을 뽑았다. 하사신이 파사의 목에 검을 대는 꼴을 본 이리하의 눈에 불길이 치솟았다.

"무슨!"

앞으로 튀어나오려는 이리하를 병사들이 위협하듯 일제히 창끝으로 겨눴다.

"말해보아라. 자희."

턱에 닿는 금속의 느낌이 시리게 차가웠다. 파사는 담담한 눈으로 황자를 돌아보았다.

"소윤을 저리 만든 것이 너더냐?"

황자의 후궁은 황족의 신분이다. 일개 비인이 후궁을 시해했다면 아무리 총애 받는 이라도 사사(賜死)를 면하기 어려울 것이다. 자신을 잡기 위해 파사를 겁박하다니.

이리하는 이를 갈며 창을 내던졌다. 병사들이 난폭하게 그의 몸을 묶었다. 일황자가 느긋하게 검을 바닥에 떨어뜨렸다.

"무릎을 꿇려라."

놈의 키가 워낙 큰 탓에 자신을 내려다보는 게 거슬렸다. 게다가 사지가 결박당한 주제에 마치 스스로 잡혀주기라도 한 듯 뻣뻣한 고개 역시.

명령을 받은 병사가 이리하의 무릎 뒤쪽을 걷어찼다. 황자의 눈앞에서 이리하의 무릎이 강제로 꿇려졌다. 아까 창을 뺏겼던 병사가 창끝으로 그의 등을 쿡 찔렀다. 하사신의 붉은 입술이 만족스런 호선을 그렸다.

"이번 사냥은 너의 공이 컸다. 자희. 약속대로 네가 원하는 것을 들어주마."

사냥? 약속? 이리하의 눈에 의문이 떠오르는 것을 본 하사신이 소리 내어 웃었다.

"그래, 사냥감이 아무것도 모른대서야 말이 안 되지. 하하. 나와 자희는 네놈을 사냥하기 위해 덫을 놓았다. 사오룬의 개가 내비인에게 빠져 허우적대는 꼴은 무척이나 볼 만하더군. 설마 자희가 진심이라 믿은 건 아니겠지?"

하사신은 한껏 비웃음을 담아 내뱉었다. 감히 네까짓 게 자희를 넘볼 수 있을 성싶었더냐.

"주제도 모르고 감히 자희에게 연정을 품고 있었더냐? 네놈은 절대 자희를 가질 수 없다."

말을 멈춘 하사신의 고개가 이리하의 얼굴에 닿을 정도로 숙여졌다. 조롱기로 비틀어진 붉은 입술이 그의 귓전에서 속삭였다.

"왜냐면 자희는 하늘이 정한 내.것.이니까."

병사들에게 억지로 끌려 나가는 이리하의 뒤쪽에서 웃음소리가 울려 퍼졌다. 이리하가 방을 벗어나기 직전 하사신이 문득 생각났다는 듯이 말을 던졌다.

"아 참, 네 주인이 죽었다는구나. 주인을 지키지 못한 개는 어찌해야 할까?"

13장

"그놈에게 험한 일을 당하진 않았더냐? 자희."

하사신은 자희의 얼굴을 샅샅이 살폈다.

놈이 끌려 나가는 마지막 순간까지 자희는 한 마디도 하지 않았다. 하지만 무언가 기분이 뒤틀렸다. 야릇하게 달라진 듯한 자희의 분위기가 신경에 거슬렸다. 차가운 눈빛은 그대로인데 묘하게 나른하게 보였다. 늘 아름다운 그녀였지만 오늘은 어쩐지 곁에 있는 것만으로 숨이 막히는 느낌이었다.

달라진 그녀의 모습이 그자의 영향일지 모른다는 생각에 불쾌해졌다.

"하하. 어리석은 놈이 아니냐?"

하사신은 조롱 섞인 웃음을 지으며 그녀의 머리칼을 쓰다듬었다.

"하물며 내가 널 다치게 할까. 넌 나의 소중한 연혼인데."

파사는 황자의 속삭임을 무심한 표정으로 듣고 있었다.

등꽃 아래서

그녀는 하사신을 잘 알았다. 만약 자신이 한 마디라도 이리하를 편들었다면 그 자리에서 그의 목을 칠 사람이었다.

자신의 생각보다 황자의 행동이 빨랐다.

하사신이 그녀와 밤을 보낸 상대를 그냥 두지 않으리란 건 뻔한 일이었다. 혜 서란위 역시 더 이상 쓸모가 없어져 그렇게 목숨을 잃은 것이다.

그러나 이제껏 황자는 상대가 궁에서 나간 다음 일을 꾸미거나 목적한 것을 얻은 후 흔적이 남지 않게 사고로 위장하곤 했다. 자신이 보는 앞에서 이런 일을 벌인 적은 한 번도 없었다.

파사는 천천히 눈을 내리깔았다.

주인을 배신한 개라고 손가락질 받는 이리하는 이제 그 주인을 거꾸러뜨리기 위한 무기가 될 것이다. 그를 낚은 추잡한 미끼는 바로 자신이었다.

다정한 척 구는 황자의 말을 듣는 것이 갑자기 역겨워졌다. 그의 손길을 참을 수 없어진 파사는 황자에게서 떨어졌다.

"그만 쉬고 싶습니다. 전하."

파사가 몸을 돌리는 바람에 부드러운 머리채가 그의 손안에서 빠져나갔다.

돌아선 그 등이 마치 자신을 향한 거부처럼 보여서 불쾌했다. 하사신은 가늘게 뜬 눈으로 비어버린 자신의 손을 내려다보았다. 빈 주먹을 움켜쥔 그가 비틀린 어조로 내뱉었다.

"……하지만 말이다, 아무리 귀한 것이라도 내 것이 아니라면 무슨 소용이 있을까?"

살인사건에 대한 조사를 하겠다며 기세등등하게 서운궁으로 갔던 포찰위장이 빈손으로 돌아왔다.

서운궁은 혜 서란위와 소윤의 죽음에 자신들이 연루된 바 없다고 강력하게 부인했다. 무위시랑이 서운궁에서 퇴출된 일은 이미 온 난경 안에서 모르는 이가 없는데 무슨 소리냐며 포찰위장의 코앞에서 대문을 닫아버렸다.

포찰위장의 보고에 하사신은 슬쩍 미간을 찌푸렸다. 요사이 간자들의 연락도 뜸해 굳게 닫힌 서운궁의 내부 사정은 알기 어려웠다.

"어찌할까요? 전하. 억지로라도 문을 열까요?"

포찰위장 조현의 질문에 하사신이 한심하다는 눈으로 노려보았다.

평소에 입속의 혀처럼 구는 자였지만 이렇게 건방지게 굴 때는 잘라버리고 싶었다. 하지만 지금 내치기엔 그간 키운 공이 아깝긴 했다.

조현은 오래전 하사신의 수족이 되겠다 자청한 자였다.

그는 당시 한 화공의 죽음을 수사하던 포찰위의 하급관리였는데, 일의 배후가 반옥과 일황자라는 사실을 알아채고 스스로 찾아왔다. 그때도 자신의 신분에 맞지 않게 포찰위장 자리를 탐내고 있었다. 결국 수년 만에 그 자리를 꿰차고도 만족하지 못할 만큼 탐욕으로 뭉친 인간이었다.

그러나 적당한 대가만 쥐여 주면 제법 충직한 개 노릇을 하기도 했다. 조현은 이황자와 관련된 일은 황제보다 자신에게 먼저 보고를 올릴 정도로 열성적이었다.

"황자궁이 일개 진 따위가 억. 지. 로. 열 수 있는 곳이던가?"

"예?"

"황명이라도 있지 않은 이상 황자궁은 포찰위 따위가 함부로 휘젓고 다닐 만한 곳이 아닐 텐데?"

"송구합니다! 전하. 소신이 미처 생각을 못 하고……!"

"주제를 모르고 함부로 날뛰지 마라. 개는 개답게 굴어야 쓸모가 있는 것이지."

가차없는 황자의 폭언에 포찰위장이 비굴할 정도로 머리를 조아렸다.

사실 하사신은 서운궁의 속내를 짐작할 수 있었다. 그들에게도 이황자의 피습 소식이 전해졌을 것이다. 당장 눈앞에 불똥이 떨어졌는데 이미 버린 패나 다름없는 이리하가 눈에 들어오기나 하겠는가.

노주의 주사가 보낸 서신에는 계획한 대로 일이 성사되었다고 쓰여 있었다. 지금쯤 사오룬은 황천으로 가는 길목에 서 있을 것이다. 운이 좋아 아직 살아 있다 해도 상관없었다. 그의 아우가 황도로 돌아올 때쯤이면 이미 모든 것이 늦었을 테니.

때맞춰 황제가 위중해진 것도 천운이었다. 갑자기 병세가 악화

된 부황은 며칠째 의식을 되찾지 못하고 있었다. 아들로 보자면 안타까운 일이나 대의를 생각하면 시의적절한 일이었다. 외숙부의 말대로 이 천재일우의 기회를 잡아야 했다.

"그럼 먼저 죄인을 포찰위로 압송하겠나이다. 대귀족과 황족을 시해한 중죄를 저지른 자이니 제가 엄히 다스리겠습니다."

"아니다. 일단 자백을 받아내야겠다. 죄인은 배후를 밝힌 다음에 넘겨주지."

하사신은 이리하를 쉽게 죽이지 말라는 명을 내려놓은 터였다. 놈의 입에서 사오룬의 명이었다는 자백이 나와야 했다. 어차피 죽을 목숨, 제 주인까지 무덤에 끌고 들어가준다면 더할 나위 없이 좋은 마무리가 아니겠는가.

노주의 주사(州事) 혜 우이담은 희희낙락한 얼굴로 붓을 들고 있었다.

그의 맞은편에는 황도에서 내려온 사내 하나가 서 있었다. 말수가 적고 우울한 낯빛의 청년은 반옥에서도 꽤 실력이 좋은 자객이라 들었다. 그래서인지 일처리가 깔끔하고 빈틈이 없었다.

백성들이 일으킨 소란을 틈타 그가 직접 이황자에게 손을 썼다고 했다. 치명적인 독화살이니 지금쯤 불운한 황자의 명줄은 끊어졌을 것이다. 어제 소식을 듣자마자 우이담은 난경에 전서응을 날려 보냈다. 이제야 고모부인 상서위의 오랜 숙원이 이뤄진 것이다.

자신도 이런 촌구석에서의 지긋지긋한 생활을 끝낼 때가 되었지. 적어도 조정에서 한자리 정도는 챙겨 받아야 하지 않겠나. 뱃속에서 끓어오르는 희열을 참지 못한 우이담이 킬킬댔다.

하루가 지난 지금에서야 우이담은 정식 파발을 보낼 준비를 하고 있었다.

이황자 일행이 어디쯤 있나 알아보러 사람을 풀었으니 곧 비보가 올 것이다. 우이담은 그때 필요한 장계를 미리 쓰는 중이었다. 황자의 비명횡사에 대한 비통함이 절절히 배어나는 문장에 스스로도 감탄할 지경이었다.

"주사영감."

"무슨 일이냐!"

문밖에서 시종이 부르자 우이담이 귀찮은 기색으로 대답했다.

"잠시 나와보셔야 할 것 같습니다. 손님들이 오셨습니다."

"내가 지금은 바쁘니 나중에 다시 오라 전해라!"

"화급한 일로 찾아오셨다 합니다."

"나중에 들라 하라니까!"

"손님들께서 지금 꼭 뵈어야 한다고…….."

화가 난 우이담은 시끄럽게 구는 시종의 머리라도 깨줄 셈으로 연적을 집어든 채 거칠게 문을 열어젖혔다.

"이놈! 방해하지 말라 내 그리 일렀…….."

채 말을 끝맺지도 못한 우이담의 눈이 화등잔만 해졌다. 연적이 요란한 소리를 내며 땅바닥을 굴렀다.

"어찌 귀신이라도 본 얼굴이로군. 주사."

우이담은 물밖에 나온 고기처럼 입을 뻐끔거렸다. 눈앞에 버티고 선 자는 지금쯤 연개령 너머에서 죽어가고 있어야 할 이황자였다. 그의 등 뒤로는 무장한 병사들이 뜰 앞을 가득 메우고 있었다. 게다가 맨 앞에 그물에 걸린 고기처럼 줄줄이 엮여 있는 자들의 낯이 익었다. 상서위의 명으로 노주에서 암영 행세를 하고 다니던 자들이었다.

자신을 따라 방 밖으로 나온 자객이 황자에게 부복하는 모습을 보자 정신을 차릴 수 없었다. 이, 이게 어떻게 된 일이지?

"아, 아니옵니다! 전하. 무사하신 모습에 기쁜 나머지 소신이 잠시 말문이 막혔나이다."

"왜 내가 무사하지 못할 거라 기대했는지 그 이유를 꼭 듣고 싶군. 혜 우이담."

"그, 그럴 리가 있겠습니까! 전하."

"포박하라!"

사오룬의 명이 떨어지자마자 두 명의 병사가 우이담의 몸을 붙잡아 묶었다. 저항하는 우이담과 달리 스스로 무릎을 꿇은 자객은 말없이 줄에 묶였다.

"왜, 왜 이러시는 겁니까! 신은 잘못한 것이 없사옵니다. 억울하옵니다! 전하!"

"걱정 말라. 지금부터 그대의 억울함을 낱낱이 밝혀줄 생각이다. 그대가 뇌물수수와 구휼미 착복, 금지된 고리대놀이까지 하였

다는 고발이 들어왔다. 그 누명을 벗어야 하지 않겠는가? 혜 우이
담."

사오룬의 말에 피둥피둥 살찐 우이담의 얼굴이 백짓장보다 더
하얗게 질렸다. 우이담은 병사들에게 들려가다시피 끌려 나갔다.
암영의 부위관 기연천이 묵묵히 걸어 나가는 자객의 뒷모습을 힐
끗 쳐다보았다.

"전하. 잠시 휴식을 취하시는 게 어떻습니까? 피습 당하신 이
후로 일 각도 쉬지 않으셨습니다."

기연천과 그의 수하들은 황자 일행이 서운궁을 출발한 후 시간
을 두고 비밀리에 뒤를 따라왔다. 그들은 연개령에서 황자의 일행
과 합류했다. 하필 자신들이 도착하기 직전에 황자가 피습 당했다
는 사실에 기연천은 내내 안절부절못했다. 게다가 그 후로 온 노
주를 뒤져 거짓으로 암영 행세를 한 자들을 색출하느라 눈코 뜰 새
없이 바빴다.

"난 괜찮네. 한월 덕에 아무렇지도 않다네. 오히려 날 감싸던
한월이 바닥에 넘어져 팔이 부러지지 않았나. 난 고작 멍만 좀 들
었을 뿐이네. 그보다 먼 길 달려오느라 고생한 자네에게 바로 일거
리를 맡기게 되었군. 힘들겠지만 작은 것 하나 빠뜨리지 말고 낱낱
이 조사하도록 하게."

"맡겨만 두십시오. 전하. 다들 먼지 한 톨이라도 나오면 가만
두지 않겠다고 잔뜩 벼르고 있습니다. 감히 암영을 사칭하여 전하
를 음해하다니 용서할 수 없는 일입니다. 대체 저런 덜떨어진 놈들

의 어디가 우리처럼 보인단 말입니까!"

기세등등한 기연천의 말에 사오룬이 웃음을 터뜨렸다.

상관인 이리하는 모든 일에 시큰둥한 반면 그 부위관들은 어찌 하나같이 모두 저리 다혈질인지. 그중 기연천은 이리하의 일이라 면 물불 가리지 않고 달려드는 걸로 유명했다.

"자신의 이름이 도둑맞았다는 걸 알면 무위시랑이 펄펄 뛸 게 야. 탈옥을 해서라도 당장 이리로 달려오려 하지 않겠나? 그전에 가서 말려야지."

기연천의 얼굴이 돌처럼 굳었다. 가짜 암영을 붙잡아 수색하던 중 황도에서 보내온 전서가 발견되었다. 그 안에는 무위시랑 루 이 리하가 살인죄로 동위궁에 억류 중이라는 내용이 들어 있었다.

사오룬 황자는 무위시랑을 구명할 생각임이 분명했다. 곧바로 황도로 귀환하겠다는 명이 떨어질지도 모른다.

"전하. 이 일은 무위시랑을 이용해 전하를 엮으려는 속셈이 분 명합니다. 말려드시면 안 됩니다."

"뜻밖이로군. 난 자네가 제일 먼저 돌아가자고 할 줄 알았는 데."

기연천이 묵묵히 머리를 숙였다. 움켜쥔 그의 주먹 위로 새파 랗게 핏줄이 돋아났다.

황도를 떠나기 전 기연천은 중랑 치백에게서 따로 밀명을 받았 다. 황도에 어떤 일이 생겨도 연락이 있기 전까진 절대 돌아와선 안 된다는 것이었다. 중랑은 황자의 안위가 달린 일이니 반드시 막아야 한다며 다짐했다.

"알고 있나? 황족 시해 같은 중죄인의 경우엔 심문 전에 곧바로 고신(拷訊)부터 시작하는 법이지."

쓸쓸하게 울리는 사오룬의 말에 기연천의 낯빛이 흐려졌다. 무위시랑이 지금쯤 어떤 짓을 당하고 있을지 그도 잘 알았다.

"……그렇긴 하오나 무엇보다 중요한 것은 전하의 안전입니다."

"그는 서운궁의 무관이기 이전에 내 혈육과 다름없는 사람이네. 연루될까 무서워 비겁하게 그를 모른 척하란 말인가?"

잠시 말문이 막혔던 기연천이 크게 침을 삼켰다. 그는 떨어지지 않는 입을 억지로 열었다.

"……전하께서도 소문을 들으셨지 않습니까?"

한동안 서운궁에는 무성한 소문이 떠돌았다. 무위시랑 루 이리하가 자미희에게 현혹 당했다거나 일황자에게 회유당해 기밀을 빼돌리고 있다는 이야기들이었다.

"그것이 사실로 드러날 수도 있습니다."

기연천의 음성에는 초조함이 배어 있었다.

사실 누구보다 먼저 황도로 달려가고 싶은 것은 바로 기연천 자신이었다.

무위시랑은 소이국과의 전쟁에서 자신의 목숨을 두 번이나 구해주었다. 그런 그가 갇혀 있는데 자신은 고작 여기서 이따위 소리나 지껄이고 있어야 하다니. 하필 자신에게 이런 임무를 맡긴 중랑이 원망스럽고 스스로가 한심해서 견딜 수가 없었다.

"자네가 무엇을 걱정하는지 아네만 때론 눈에 보이는 것보다 사람을 믿어야 할 때가 있지. 난 이리하를 믿네. 실은 자네도 믿고 있지 않은가? 기연천."

기연천은 자신을 낱낱이 꿰뚫어보는 듯한 황자의 시선에 고개를 떨어뜨렸다.

무위시랑은 지금껏 수많은 사지를 넘나들면서 황자의 곁에서 가장 든든한 버팀목이 되어주었던 사람이었다. 그는 암영의 영웅이자 암영 그 자체인 것이다.

그런 그가 배신을 했다고? 일황자에게 붙었다고? 죄다 헛소리였다. 하늘이 무너진다는 말은 믿어도 무위시랑이 변절했다는 소릴 어찌 믿을까.

"함께 난경으로 가세나."

"송구합니다. 전하. 명을 따르지 못함을 용서하여주십시오."

이를 악문 기연천은 검을 뽑았다.

"무슨 짓인가! 기연천!"

스스로의 목에 칼날을 겨눈 기연천의 눈은 비장했다. 당장이라도 제 목을 베어버릴 듯한 기세였다.

"전하를 보내드릴 순 없습니다. 대신 제가 난경으로 가겠습니다. 반드시 무위시랑을 구해낼 겁니다. 옥 따윈 단숨에 부숴……."

사오룬이 탄식하며 고개를 내저었다.

"암영이 나서서 그를 탈옥시키면 어떻게 될 것 같나?"

"예?"

"이번에야말로 이리하는 물론 암영 전체에게 반역죄를 씌울 것이네."

"!"

"내가 가야 하네. 자네 힘으로 그를 구할 순 없을 게야."

죄목이 황족 시해였다. 실상 이황자가 나선다 해도 이리하를 구명할 수 있을지 없을지 불확실한 상황이었다.

사오룬의 말에 기연천이 새파랗게 질렸다. 이러지도 저러지도 못하는 그의 얼굴이 절망으로 물들어갈 때였다.

"쯧쯧, 이럴까 봐 달려왔더니. 전하를 말리랬지 누가 칼 들고 위협하랬나?"

갑자기 들려온 혀 차는 소리에 놀란 두 사람이 뒤를 돌아보았다.

"자네!"

"전하, 무탈하신 것 같아 소신 기쁘기 그지없습니다. 그리고 기연천, 피를 보고 싶은 마음은 없으니 그 칼 좀 집어넣는 게 어떤 가?"

그들의 눈앞에서 한가롭게 웃고 있는 사람은 바로 중랑 치백이 었다.

밤이 되자 주변의 공기가 제법 서늘해졌다. 멀리서 밤새가 구 슬프게 울고 있었다.

가까이에 인기척은 없었지만 주시하는 시선들은 분명 느껴졌다. 앞을 볼 수 없자 청각과 다른 감각이 예민해진 탓이다.

조금 전 기라는 눈이 가려지고 묶인 채 이곳으로 끌려나왔다. 아마 형을 집행하려는 것이 아닐까 짐작되었다.

잡히자마자 처형당할 거라 생각한 것과 달리 기라는 그동안 옥사에 갇혀 있었다. 그때는 그것을 다행스럽게 여겼다. 덕분에 암영의 무사들과 직접 눈을 마주치지 않을 수 있었으니까.

우습지 않은가. 주군이던 이황자에게 화살도 쏜 주제에 고작 그들의 시선을 무서워하다니.

하지만 어제까지 동료로 바라보던 시선들이 경멸로 뒤바뀐 것을 볼 자신이 없었다. 자신이 그들의 믿음을 배신한 것이 사실이기에 더욱.

난생처음 가져본 친우였고 듬직한 동료들이었다. 허상일지라도 꽤 좋았던 시간들이었다. 이제 그에게 남겨진 것은 이 기다림이어서 끝나기를 바라는 것뿐이었다.

기라의 집안은 허울뿐인 귀족이었다. 신분은 진(眞)이었지만 실상 형편은 일개 농민보다 못한 처지였다.

집안의 장남으로 홀어머니와 동생들을 책임져야 했지만 어린 나이의 그가 할 수 있는 일은 거의 없었다. 작은 자리라도 하나 얻으려면 뇌물을 바쳐야 했다. 그러나 끼니도 겨우 잇는 기라의 집안에 뇌물로 쓸 재물이 있을 리 만무했다.

그때 반옥이 그에게 손을 뻗었다. 낮은 신분으로 출세는 요원

했고 당장 굶어 죽지 않으려면 반옥에 들어가는 수밖에 없었다.

땅을 밟는 발소리가 들려오자 기라의 마음은 오히려 편안해졌다. 드디어 참수인이 왔는가. 볼품없이 태어나 더러운 살수로 살다가 결국은 이렇게 어리석은 삶을 끝낸다.

느긋하게 다가온 사람이 기라의 눈을 가린 천을 벗겨냈다. 눈을 깜박여 앞을 보려던 기라는 상대를 알아보자 오히려 고개를 떨어뜨렸다.

그의 앞에 서 있는 것은 중랑 치백이었다.

"암영의 문은 일 년에 단 한 번만 열리지. 난경으로 돌아온 후 지난 사 년간 암영에 새로 들어온 자는 백오십 명. 그중에서 과거가 불분명한 자는 그리 많지 않아. 더구나 자객의 검을 익힌 자는 드물지."

자객의 검이라니? 자신이 자객 출신이라는 것을 알았단 말인가? 놀란 기라는 저도 모르게 고개를 들었다.

"혹시 무위시랑의 특기가 뭔지 알고 있나?"

바람에 일렁이는 화톳불에 그림자들이 마구 춤을 추었다.

"무위시랑은 누구든 한 번이라도 검을 든 모습을 보면 절대 잊지 않지. 그의 말로는 천 명의 암영 중에서도 똑같이 검을 쓰는 사람은 단 하나도 없다고 하더군."

치백은 기라의 눈에 놀라움이 서리는 것을 보며 만족스럽게 웃었다.

"암영의 문서가 사라진 것도 네가 저지른 짓이겠지. 일부러 무위시랑이 다녀간 날을 노려 그에게 덮어씌울 셈이었나? 미리 소문을 흘려 그에게 혐의가 가도록 한 다음에?"

치백이 안타깝다는 듯 혀를 찼다.

"사실 그건 매우 어리석은 짓이었다. 암영의 전력을 무위시랑보다 잘 파악하고 있는 이가 있다고 생각하나? 그가 변절하려 마음먹었다면 애써 문서 따윌 훔칠 필요가 어디 있을까? 그저 입만 열면 되는데 말이지."

이리하를 겨냥한 소문이 돌기 시작하고 문서가 사라지자 치백은 곧바로 그의 누명을 벗기려던 생각을 바꿨다. 역으로 간자를 잡기 위해서였다. 큰일을 앞두고 암영 내에 숨어든 벌레들을 깨끗하게 추려낼 필요가 있었다.

치백은 의심 가는 자들에게 꼬리를 붙이고 이황자 주위에는 낙주 시절부터 함께 한 믿을 수 있는 자들만 두었다. 일부러 거짓 문서를 만들어 흘리자 간자들이 하나씩 미끼를 물었다. 간자는 모두 다섯 명이었다.

그는 간자들이 상서위에게 잘못된 보고를 하도록 충분한 시간을 주었다. 그리고 더 이상 쓸모없다고 판단한 후에야 그들을 덮쳐 잡아들였다. 어느 날 갑자기 사라져버린 기라만 놓치고 말았다.

"그런데 요즘 자객들은 암살에 이런 화살을 쓰나?"

치백은 쇠 촉을 제거한 빈 화살대를 손가락으로 빙글 돌렸다. 기라가 사오룬 황자를 향해 쏜 화살이었다. 이 화살 때문에 그를 살려두었다. 그러나 고개를 푹 숙인 기라에게선 대답이 나오지 않았다.

"······우리가 너를 잡아주길 바랐던 것이냐?"

치백의 질문에 기라는 입술을 깨물었다.

처음 암영에 들어간 것은 분명 반옥의 간자로서였다. 그런데 그는 언제부턴가 자신도 모르게 갈등에 휩싸이기 시작했다. 이황자와 치백, 이리하까지 그들은 모두 불가능한 꿈을 꾸고 있었다. 기라는 오랫동안 가슴에 담아두었던 말을 내뱉었다.

"정말 세상을 바꿀 수 있다고 믿고 계십니까? 그래봤자 아무것도 바뀌지 않습니다!"

울분이 뒤섞인 외침이었다. 치백의 입가에 미소가 걸렸다.

"맞다. 그런 패배자 같은 생각으론 아무것도 바꿀 수 없지. 그런데 네 그 생각이 진짜 네 것이냐? 아니면 네놈이 그렇게 살다가 죽길 바라는 대귀족들의 생각인 것이냐?"

"뭐라고요?"

"스스로 구하지 않으면 아무도 널 구해주지 않는다. 너조차 널 포기하는데 누가 널 위해 싸우길 바라느냐?"

머리를 한 대 맞기라도 한 것처럼 기라의 눈이 부릅떠졌다. 그런 그를 내려다보며 치백이 입을 열었다.

"원래 난 반골 기질이 강해 조정에 출사할 생각 따윈 없었다."

치백은 어린 나이에 집을 나와 제국의 비틀린 모습을 직접 두 눈으로 보고 겪었다.

평생 땅을 일궈도 세금도 제대로 내지 못하는 백성들이 많다.

그러나 권세 있는 귀족들은 수없이 땅을 사들이고 그것으로 부를 축적했다.

"내가 읽은 모든 성현의 책에는 나라의 근본이 백성이라 쓰여 있었다. 그러나 현실은 그 근본의 대부분이 하루하루 입에 풀칠하기도 힘든 처지일 뿐이었다. 대귀족들 중 그 누구도 백성을 걱정하지 않았다. 타고난 신분 하나만 믿고 어떻게 하면 좀 더 백성을 쥐어짤까, 기름진 제 배를 불릴 수 있을까 궁리하는 자들뿐이었지."

그들에게 진정 나라를 이끌어갈 자격이 있을까. 고작 어느 집안에서 태어났는지에 따라 그 자격을 준다는 사실이 불합리하게 느껴졌다. 치백은 낡은 신분제에 의문을 품게 되었다.

"오랫동안 지푸라기라도 잡는 심정으로 방황하며 제국을 떠돌았다. 그러나 결국 세상은 가진 자들만을 위한 것이고, 타고난 신분에 따라 인생이 결정되는 이 나라에 미래는 없다 생각했다."

그때의 암울했던 기억이 떠오르자 치백은 쓴웃음을 지었다.

"그러다 사오룬 황자전하를 만났지. 내 말을 들으신 전하는 그러면 왜 바꿀 생각을 하지 않느냐고 물으셨다. 조금씩이라도 바꾸면 언젠간 원하는 세상을 만들 수 있지 않겠냐고. 그것이 내 대에서 이뤄지지 않는다 해도 내 자식, 그 자식의 자식 대에서라도 이룰 수 있다면 꿈을 꿀 가치가 있다고 하셨지."

백성들의 눈을 보고 그들의 곁에서 함께 걸어가려는 황자. 치백은 오랜 가뭄 끝에 마침내 단비를 만난 심정이었다.

"난 그분에게서 세상에 없으리라 생각한 제왕의 모습을 발견했다. 그런 주군이 있다면 함께 꿈을 꾸는 것도 좋겠다 생각했지."

뜨거운 것이 목까지 차오르는 기분에 기라는 입술을 꾹 다물었다.

"어떠냐? 그래도 너는 우리의 꿈이 가치가 없다고 생각하느냐?"

고개를 떨군 기라가 머리를 땅에 박았다.

"죽여주십시오."

"뭣하러? 쓸 만한 병사 하나를 키우는 데 돈이 얼마나 드는지 아느냐? 구태여 너를 죽여 숫자를 줄일 필요는 없지 않겠느냐?"

고민하고 갈등하다 결국 제 스스로 옳은 길을 깨친 놈이었다. 기라가 한 치 앞도 내다보지 못할 만큼 아둔한 자였다면 사오룬 황자를 죽이라는 명령을 어길 생각도 못 했을 것이다.

더러운 진창 속에 빠졌지만 그 속에서 함께 썩어버리지 않으려 발버둥치는 놈이다. 어찌 이런 자에게 손을 내밀지 않을 수 있겠는가.

"절 용서하시겠단 말씀입니까?"

자신에게 기회를 주겠다는 말이 기라는 믿기지 않았다.

"물론 공짜론 어림없다. 너 때문에 입은 손해가 얼마나 막심한지 알고 있나? 그러니 일을 하나 해야겠다."

치백이 계획하고 있는 일에 기라만큼 적임자는 없었다. 수정알 너머로 치백의 눈이 힐끗 기라를 쳐다보았다. 설마 구하러 간 사람한테 화풀이하진 않겠지?

"위험한 일이다. 당연히 목숨을 걸어야 하지. 할 수 있겠느냐?"

"하겠습니다."

기라의 두 눈에 굳은 의지가 흘러넘쳤다.

드러난 우이담의 죄상은 너무 많아서 일일이 열거하기도 힘들 정도였다.

우이담과 그 측근들은 서로 작당해 공사비를 부풀리는 방법으로 세금을 착복했다. 그렇게 가로챈 돈을 다시 백성들에게 고리로 빌려주었다. 빌려간 돈과 곡식을 제때 갚지 못하는 사람에게는 땅과 가축을 빼앗았다.

결국 나랏돈으로 고리대를 한 것이다.

거기다 그들은 조정에서 푼 구휼미에까지 손을 뻗었다. 그 때문에 수많은 백성들이 굶주림에 시달려 목숨을 잃는 일조차 생겼다.

또한 우이담은 제 일가친척을 감찰관에 앉히고 관리를 임명할 때도 뇌물을 받았다. 그러니 그를 감시해야 할 관리들조차 서로의 비리를 눈감아주고 있었던 것이다.

우이담이 받은 뇌물의 상당량을 상납 받는 인물은 상서위가 분명했다. 그가 상서위와 꾸준히 주고받은 서신도 고스란히 발견되었다. 아마도 상서위를 믿지 못해 보신용으로 남겨둔 것으로 보였다. 그러나 서신에 뇌물과 관련된 언급이 아예 없어 상서위가 연루

되었다는 결정적 증거가 되지는 못했다.

"무릇 관리는 능력 있고 덕 있는 자를 선별해 써야 하는 법이다. 무능하고 악한 관리만큼 나라에 해악을 끼치는 존재가 없기 때문이지."

끝없는 우이담의 죄상이 밝혀지자 사오룬은 탄식했다.

"무능하면 어질기라도 해야 하는데 이자는 백성의 고혈을 쥐어짜는 데만 혼신의 힘을 다하니 관리가 아니라 도적과 다름없구나."

사오룬은 국법에 따라 엄중하게 혜 우이담과 뇌물을 받은 관리들을 처벌했다.

그동안 억울하게 옥에 갇혔던 사람들을 풀어주고 부당하게 빼앗긴 땅과 재물도 되돌려주었다. 구휼미 배급에도 어떠한 부정이 없도록 철저히 관리했다. 또한 병사를 풀어 수해에 부서지고 무너진 백성들의 집을 복구하도록 도왔다.

백성들은 사오룬 황자의 공정한 처사에 깊이 감읍했고 노주에서는 이황자의 덕을 칭송하는 소리가 끊이지 않았다.

마침내 그와 암영이 황도로 떠나는 날이 되자 수많은 인파가 황자를 배웅하기 위해 몰려들었다. 수백 명의 백성들이 아쉬워하며 십 리도 넘게 그들을 따라왔다.

사오룬 황자와 암영의 행방이 감쪽같이 사라진 것은 그로부터 사흘 뒤였다.

하늘에 구멍이라도 뚫린 것 같았다.

오후부터 쏟아지던 빗줄기는 밤이 되도록 잦아들 줄 몰랐다. 이따금 천둥까지 울리니 그야말로 흉흉하기 짝이 없는 날씨였다.

"빌어먹을 날씨로구먼."

여덟 달 전 동위궁에 병사로 들어온 여 달우는 부루퉁하게 입을 내밀었다.

옥사를 지키는 임무는 가장 말단 병사에게 주어졌다. 게다가 그처럼 신참일 경우 옥사 바깥에서 비바람을 맞으며 번을 서야 했다.

궁에 들어오자마자 처음 맡은 일이 고신으로 죽은 시신을 치우는 일이었다. 그때 왜 다들 동위궁 병사로 들어오길 꺼려하는지 알았다. 형체조차 알아보기 힘들 정도로 망가진 시신에 그날 먹은 것을 모두 게워내야 했을 정도였다. 지금도 가끔 악몽에 시달릴 정도로 그 모습은 참혹했다. 정말 고향에 있는 어미의 약값만 아니었어도 당장 때려치웠을 것이다.

그렇다고 이황자의 암영에 지원하자니 자신의 실력이 너무도 일천했다. 날고 기는 자들조차 떨어진다는데 자신 같은 피라미는 감히 엄두도 내지 못할 곳이었다.

그러고 보니 지금 옥사에 갇혀 있는 사람이 바로 암영의 무위 시랑이라지? 일황자의 소윤을 죽였다던데. 달우는 힐끔 계단 아래를 내려다보았다.

그가 갇힌 지 엿새를 넘겼지만 아래에서는 비명소리 한 번 들려오지 않았다. 분명 하루에도 몇 번씩 고신을 한다고 들었는데 그

묘한 침묵은 좀 오싹했다.

쉴 새 없이 들이치는 비 때문에 처마 아래에 서 있어도 소용이 없었다. 여름임에도 비에 젖은 발가락에서 슬슬 냉기가 올라오는 것 같았다.

그때 자박거리는 발소리가 들려왔다. 창을 고쳐 쥔 달우는 어른거리는 그림자를 향해 소리쳤다.

"게 누구냐?"

어둠을 뚫고 나타난 것은 두 손에 소반을 받쳐 든 어린 시비였다.

"황자전하께서 보내신 것이옵니다."

"전하께서?"

달우의 눈빛이 의심을 담고 소반 위의 안주와 술병을 훑었다.

"궂은 날씨에 고생이 많다 하시며 위로차 내리신 하사품입니다."

"네 이년! 어디서 되도 않는 수작을 부리는 것이냐!"

달우는 위협적으로 창을 겨누며 호통을 쳤다. 하사신 황자가 병사들을 푸대접한 것은 어제오늘의 일이 아니었다. 황자의 비위를 거스르면 손짓 하나에도 죽어나가는 게 궁의 병사들이다. 그런데 황자가 일개 병사의 사정을 생각해 음식을 보낼 리가 없지 않은가.

"무슨 일이냐?"

말소리를 들었는지 지하 옥사로 내려가는 입구에 다른 병사들이 나타났다.

"황자전하께서 우리에게 음식을 보내셨다는데 거 믿어지쇼?"

"실은 비마마께서 내리신 것인데, 황자전하께서 하사하신 걸로 전하라 말씀하셨습니다. 허나 원치 않으신다 하니 이만 돌아가 보겠습니다."

새치름하게 턱을 추켜들고 말을 내뱉은 시비가 휑하니 몸을 돌렸다. 놀란 병사들이 그녀의 앞을 가로막았다. 그렇지 않아도 바위처럼 입을 다물고 있는 죄인 때문에 밤을 새워야 하는데 이런 소소한 즐거움이라도 있어야 하지 않겠는가.

"에이, 그러시면 쓰나. 저런 덜떨어진 놈의 말 따윈 신경 쓰지 마시오. 자, 어서 이리 주시게나."

그들은 시비의 손에서 잽싸게 소반을 건네받았다. 서로 맛을 보겠다며 달려드는 손들로 옥사 앞이 부산스러워졌다.

"역시 비마마는 마음씨도 고우시다니까. 우리 같은 아랫사람까지 이렇게 살펴주시다니."

"얼마 전에는 소유천 아래 사는 걸인들에게 잔치음식도 내리셨다지? 정말 훌륭하신 분이 아닌가."

"이런 날씨에는 더운 술 한 잔이 제일이지, 암."

"크으, 이렇게 향기로운 술은 처음이구먼."

달우는 감탄사를 내뱉으며 서로 술잔을 돌리는 병사들을 불퉁한 얼굴로 바라보았다.

"한 모금이라도 목을 축이시는 게 어떻습니까? 술이 제법 따뜻하니 한결 나을 텐데요."

"난 술은 입에도 못 대니 됐수다."

조심스런 시비의 권유를 달우는 단칼에 거절했다. 잠시 그녀의 눈에 낭패스런 기색이 스쳤다.

"하하, 걱정 마시게나. 술은 우리가 다 해치우기에도 부족하다오."

"이제 그만 가보쇼."

달우가 퉁명스런 목소리로 축객령을 내리자 시비는 물러갔다. 다른 병사들도 술과 음식을 가지고 옥사 안으로 내려가고 달우는 혼자 남겨졌다.

어차피 교대해줄 생각 같은 건 쥐꼬리만큼도 없었겠지. 달우는 질척해진 신발 안에서 불어터진 발가락을 꼼지락대며 병사들을 욕했다.

빗줄기는 한층 더 거세지고 있었다. 사방이 어둑한 가운데 희뿌연 무언가가 달우의 눈에 비쳤다. 시비가 다시 돌아온 것이라 생각한 그는 고개를 내밀고 소리쳤다.

"뭐 빠뜨린 거라도 있수?"

때마침 내려친 번개로 한순간 눈앞이 밝아졌다.

빗속에 서 있는 것은 사내였다. 목이 한쪽으로 꺾이고 팔이 기이하게 뒤틀린 형체는 다리를 질질 끌고 있었다. 무언가 말하려는 듯 벌어진 입안은 이가 모조리 뽑혀 휑했다. 온몸에 피칠갑을 한 사내가 천천히 눈꺼풀을 들어 올리자 눈이 있어야 할 자리에는 시커먼 구멍만이 뚫려 있었다.

"으아아악."

창을 내던진 달우는 걸음아 날 살려라 도망치고 말았다.

진 기라는 저도 모르게 마른침을 삼켰다.

어두컴컴한 옥사의 계단을 한 걸음씩 내려갈 때마다 등허리에서 땀이 솟았다. 지하 특유의 쾨쾨한 공기 속에는 비릿한 피 냄새가 섞여 있었다.

검을 쥔 손바닥이 축축이 젖어들었다. 자객으로 교육을 받았고 실제 사람을 죽인 적이 없는 것도 아닌데 기라는 잔뜩 긴장하고 있었다. 실패하면 안 된다는 사실 때문인지, 아니면 그와 마주하기가 두려운 것인지.

오늘 낮 기라는 당당하게 동위궁의 대문으로 들어왔다.

노주에서의 일을 까맣게 모르는 일황자는 돌아온 기라를 반갑게 맞았다. 사오룬 황자가 사경을 헤매는 중이며 곧 황도에 도착할 거라 말하자 상도 내려주겠다 했다. 크게 기뻐한 하사신은 궁에서 하룻밤 묵게 해달라는 그의 청도 별다른 의심 없이 받아들였다.

한밤이 될 때까지 기다린 기라는 지난번 자화원에 숨어들 때와 같이 움직였다. 일황자가 내어준 출입패를 사용해 문을 통과하고 시종들이 다니는 길로 숨어들었다. 단 이번에는 일황자의 지시 없이 움직이고 있다는 점만이 달랐다.

원래는 옥사 바깥을 지키는 자를 해치운 후 수면초를 피워 숨어들 생각이었다. 그러나 입구 앞에는 아무도 없었다. 비 때문에 모두 내려가 있는 걸까 생각하며 기라는 발소리를 죽여 지하로 내려갔다.

예상대로 병사들은 지하에 모여 있었다. 하지만 수면초는 필요가 없는 상황이었다. 한편에 놓인 탁자와 바닥 여기저기에 쓰러진 그들은 이미 코를 골며 자고 있었다.

팽팽한 활시위처럼 긴장하고 있던 기라의 어깨에서 힘이 빠져나갔다.

치백이 도와줄 사람이 있다곤 했지만 이렇게 완벽하게 일을 마쳐놓을 줄은 몰랐다. 약간의 도움 정도라 들었는데 이건 자신이 손 댈 것도 없지 않나. 궁 안에 잠입해 있다는 조력자는 뛰어난 실력을 지닌 게 틀림없었다.

좀 더 안쪽으로 들어가자 창살 너머로 쇠사슬에 묶여 벽에 매달린 형체가 어렴풋이 보였다. 기라는 얼굴을 확인하기 위해 고개를 내밀었다. 순간 어둠 속에서 낮은 목소리가 들리자 기라는 심장이 철렁할 만큼 놀랐다.

"네가 왜 이곳에?"

자신과 달리 그는 희미한 불빛만으로도 기라를 알아본 것이다. 기라가 반색하며 물었다.

"절 알아보시겠습니까?"

"넌 그때 그 자객……?"

무심한 대답에 기라는 입을 다물어버렸다. 기라는 그가 자신을 알아본 게 아니란 사실을 깨달았다. 잠시 들뜨던 마음이 그만 시들해졌다. 하긴 눈앞의 사내는 한 번도 자신 같은 일개 무사에게 관심을 보인 적이 없긴 했다.

"구하러 왔습니다. 무위시랑."

기라가 병사의 허리춤에서 훔친 열쇠를 눈앞에 들어올렸다.

"뭐?"

"전 암영입니다."

기라는 코와 입을 가린 천을 끌어내렸다. 잠시 침묵하던 무위시랑이 고개를 끄덕였다.

"……그렇군. 네가 간자였나 보군."

기라의 안색이 순식간에 흙빛으로 변했다. 고개를 숙인 그는 옥사의 문을 열고 안으로 들어섰다. 한쪽 팔이 풀리자 기라에게서 열쇠를 빼앗은 이리하는 손쉽게 나머지 사슬도 풀어버렸다.

불빛 아래로 한 걸음 나선 무위시랑의 모습을 본 기라는 혀를 깨물었다. 가까이 갔을 때 왜 그렇게 짙은 피비린내가 났는지 그제야 이유를 알 수 있었다.

갇혀 있는 동안 일황자는 충실히 그를 고신했던 듯했다. 조금 마른 듯한 상체는 빼곡한 채찍 자국으로 물들어 처참할 지경이었다. 등과 옆구리에는 인두로 지진 흔적과 살갗을 벗겨낸 곳도 있었다. 수없이 찢어지고 벌어진 상처들이 온통 붉은 속살을 드러내고 있었다. 지금도 피가 줄줄 흐르고 있었지만 그는 아픈 내색도 하지 않았다. 왼손가락 몇 개는 기이하게 부어오른 모양이 부러진 것이 아닌가 의심되었다.

"뭐지, 이건?"

계단 옆에는 정신없이 코를 고는 병사들이 널브러져 있었다. 잠시 그들을 내려다보던 무위시랑이 기라를 돌아보며 물었다.

"네가 한 건가?"

"저도 잘 모르겠습니다. 제가 왔을 땐 이미 다들 이렇게 누워 있어서."

늘어진 병사의 맥을 짚어본 무위시랑은 주변에 나뒹구는 술잔에 혀를 대고 맛을 보았다. 고개를 끄덕이나 싶더니 능숙한 솜씨로 잠든 병사들의 손발을 묶고 재갈을 물렸다. 그는 병사들을 자신이 있던 옥사 안으로 짐짝 나르듯이 질질 끌어다 놓았다.

"동이 트려면 얼마나 남았지?"

"한참 전에 오경을 알리는 북소리가 울렸습니다."

"묘시가 되면 궁문이 열리니 그때 사람들에 섞여 빠져나가면 되겠군."

이리하는 대충 핏물을 닦아내고 기라가 가져온 지혈제를 뿌렸다. 이어 기절한 병사에게서 벗겨낸 옷으로 갈아입었다.

"제게 출입패가 있으니 나가는 데 문제는 없을 겁니다."

"궁을 나가면 넌 곧바로 돌아가라."

"제가 모시겠습니다. 중랑께서도 제게……."

"필요 없다. 치백에게 돌아가 목이나 잘 닦고 있으라고 전해."

"예?"

뜻밖의 말에 기라가 되물었다. 그가 왜 갑자기 치백에게 적의를 드러내는지 알 수 없었다.

"그렇게 전하면 알아들을 거다."

"……그래도 제가 모시면 안 되겠습니까? 부상도 있으신데."

"걸리적거려."

단칼에 자르는 그 말에 기라의 어깨가 힘없이 처졌다.

앞장서 옥사를 빠져나가는 이리하의 뒤를 고개를 떨군 기라가 따랐다. 잠시 후 그들의 뒷모습이 칠흑 같은 어둠속으로 녹아들어 갔다.

벽성관은 난경으로 들어가기 위해서 반드시 거쳐야 하는 관문이었다.

볕이 내리쬐는 한낮, 무장한 병사들이 벽성관의 길목에 거마창[2]을 둘러치고 누군가를 기다리고 있었다. 그들은 포찰위장을 비롯한 백 명의 포령(捕鈴)들이었다.

멀리 목적한 마차가 모습을 드러내자 포찰위장이 지시를 내렸다. 창을 든 포령들이 우르르 앞으로 뛰쳐나갔다.

"멈추시오!"

갑작스레 병사들이 길을 가로막자 달려오던 세 대의 마차들이 일제히 멈춰 섰다. 흥분해서 거칠게 투레질을 하는 말들을 마부들

---

2) 拒馬槍, 둥근 통나무에 창을 꽂아 적을 막는 장치.

이 진정시켰다.

"이제부터 이 마차는 우리가 모시겠다!"

포찰위장이 우렁찬 소리로 외쳤다. 이황자가 마차 안에 타고 있다는 정보를 받고 새벽부터 기다린 참이었다.

"아이고, 이제야 오셨구먼!"

자신들을 반기는 마부의 태도에 포찰위장의 인상이 찌푸려졌다.

"네놈들은 뭐냐?"

"마부입지요. 나리. 안 그래도 이제나저제나 하고 기다린 참입니다. 난경 근처에 다다르면 분명 사람이 마중 나올 거라 하던데 좀 늦으셨습니다? 허허."

"뭐라고?"

"어쨌든 잘 부탁드립니다. 삯은 이미 받았으니 저희는 이만 돌아가보겠습니다."

영문을 몰라 당황한 사이 마부들은 잽싸게 마차에 매여 있던 말을 한 마리씩 풀어 올라탔다. 어찌할까를 묻는 부하들의 시선에 포찰위장은 내버려두라는 눈짓을 했다. 어차피 마부 따위가 중요한 게 아니었다.

먼지를 일으키며 세 마리의 말이 떠나자 포찰위장은 제일 큰 마차로 다가갔다.

"전하. 신 포찰위장 조현이옵니다. 전하를 모시러 왔습니다."

마차 안에서는 아무런 대답도 돌아오지 않았다.

"문을 열겠습니다. 전하."

잠시 기다리자 안에서 희미한 소리가 들렸다. 신음처럼 들리는 소리였다. 피습을 당했다더니 위중한 상태인가 보군. 회심의 미소를 지은 조현은 조심스럽게 마차 문을 열었다.

"!"

그가 기대한 사람은 안에 없었다.

물론 마차 안은 미어터질 정도로 가득 차 있기는 했다.

넓은 마차 안에는 재갈이 물려진 채 손발이 꽁꽁 묶인 사내들이 십 수 명씩 포개져 있었다. 그들의 얼굴에는 먹으로 각자의 죄상이 빼곡하게 쓰여 있었다.

동위궁의 옥사에서 대역죄인이 탈출했다.

옥을 지키던 병사들은 시비가 가져다준 술을 마시고 모두 정신을 잃었다고 했다. 그 여인이 누구인가로 의견이 분분했지만 진상은 곧 밝혀졌다. 그 밤 자화원에 있던 시비 하나가 궁에서 도망친 것이다.

계집과 진 기라는 놈이 작당해서 이리하를 탈옥시킨 것이 분명했다. 발칙한 반옥의 변절자가 거짓 정보를 흘리고 자신의 코앞에서 루 이리하를 낚아채다니. 기회가 있을 때 이리하를 죽여버리지 못한 것이 뼈저린 실책이었다.

자신이 속은 것을 깨달은 하사신은 반옥의 짓이니 상서위의 책임이라며 화를 냈다. 상서위는 유독 무위사랑에게 집착하는 조카를 진정시키려 애썼다. 어차피 놈의 평판은 땅에 떨어진 지 오래고, 추살령이 내려졌으니 이젠 사오룬에게 돌아가려 해도 갈 수 없을 것이라는 말로 겨우 달랠 수 있었다.

그들은 그보다 더 화급한 일에 당면해 있었다.

벽성관에서 포찰위장이 덮친 마차 안에는 상서위가 노주로 내려보낸 반옥이 묶여 있었다.

백여 명에 가까운 포령이 놈들의 얼굴에 적힌 죄목을 똑똑히 보았다. 보는 눈이 많아 풀어줄 수도 없을뿐더러 그 꼴로는 바깥을 활보할 수도 없었다. 포찰위장은 그들을 압송하여 모조리 옥에 가둘 수밖에 없었다.

상서위는 반옥에게서 이황자가 멀쩡히 살아 있으며 오히려 노주 주사와 그 수하들이 옥에 갇혔다는 사실을 전해 들었다.

이황자가 반격하기 전에 자신들이 먼저 쳐야 했다. 상서위는 이황자의 손발을 묶기 위해 거짓 황명을 꾸며 포찰위를 움직였다. 그러나 포령들이 문을 열고 들어간 서운궁은 이미 텅 비어 있었다. 언제 빠져나갔는지 그 많던 암영이 흔적도 없이 사라졌다.

게다가 노주를 떠난 사오룬 일행조차 행방이 묘연했다.

연달아 허탕을 친 상서위는 재빨리 자신의 사병을 황궁에 불러들였다. 불온한 무리에게서 황제와 황궁을 보호하기 위해서라는 명목이었다. 황제의 악화된 병세가 좋은 구실이 되어주었다.

이어 상서위는 조정에서 이황자의 문제가 공론화되도록 일을 꾸몄다.

"이황자 전하는 혜 서란위의 죽음과 황족 시해에 간여하지 않았다는 증명을 해야 합니다!"

아침 조회 중에 몇몇 귀족들이 이황자를 잡아들여야 한다며 목소리를 높였다. 미리 상서위에게 지시를 받은 자들이었다.

"그 무슨 해괴한 말씀이오? 지금 이황자 전하께 죄가 없다는 증거를 대라는 소리요?"

"다들 알다시피 혜 서란위는 장자이신 하사신 황자전하가 황위를 이어야 한다고 주청을 드렸던 이요. 이에 수많은 학사들이 뜻을 모아 그를 지지하였소. 이를 못마땅하게 여길 사람이 누구일지는 생각해보면 뻔한 일이 아니오?"

한 귀족이 조롱조로 중얼거리자 이황자 파 귀족들이 눈에 불을 켰다.

"지금 물증도 없이 함부로 이황자 전하를 모함하는 것이오?"

"먼저 제대로 된 물증부터 가져오시지요. 또다시 우세를 당하고 싶지 않으시다면 말입니다."

통렬하게 꼬집는 말에 일황자 파 귀족들이 불편한 기색으로 인상을 찌푸렸다.

이리하에게 혜 서란위의 살인혐의를 씌운 옥패가 어제 가짜로 밝혀졌다. 사오룬 황자의 외조부인 우사부가 진짜 옥패를 들고 나온 것이다.

무위시랑의 출입패는 다른 암영의 것과 달리 낙주에서만 나는 특이한 청옥을 사용해 만든 것이었다. 물결무늬가 있는 그 옥은 부러뜨리면 무늬를 따라 갈라지는 특이한 성질을 가지고 있었다. 우사부는 낙주의 주사가 생명을 구해준 답례로 주었다는 유래까지 덧붙이며 보란 듯 옥패를 내밀었다.

이리하가 서운궁에서 쫓겨나던 날 현장에 있던 우사부는 무슨 이유에선지 중랑으로부터 그 옥패를 맡아달라는 부탁을 받았다. 그 자리에 있던 귀족들이 모두 증인을 자처하고 나섰다.

이리하가 검과 함께 출입패까지 몰수당했다는 사실을 알지 못한 것이 패착이었다. 그것도 모르고 암영의 옥패를 본떠 가짜를 만들었으니 들통이 날 수밖에.

덕분에 이리하를 혜 서란위의 살인범으로 계속 몰아붙이기에 무리가 생겼고, 조작된 물증 때문에 일황자 파의 주장은 점점 힘을 잃고 있었다.

"그 무위시랑이라는 자는 소윤마마를 해치고 현장에서 잡혔지 않소!"

"그래서 무위시랑은 지금 어디 있소이까?"

조소어린 질문에 큰소리로 이리하를 성토하던 귀족이 헛기침을 했다.

"흠, 흠, ……탈주하였소이다."

"어허! 이것 참! 도무지 말이 안 되지 않소. 이황자 전하가 연루됐다는 물증도 없고, 잡았다는 범인도 없으면서 지금 전하께 죄를 덮어씌우려는 것이오?"

"사오룬 황자전하가 사라지셨소. 죄가 없다면 왜 나서지 않는 것이오!"

"무고한 전하를 음해하기 전에 물증부터 가져오시오!"

강익전에 모인 귀족들이 양쪽으로 나뉘어 팽팽하게 맞섰다. 여기서 밀리면 안 된다는 위기감이 모두의 머릿속을 지배하고 있었다.

"지금 궁에는 그 일을 사주한 자가 따로 있다는 소문이 돌고 있는 걸 다들 알고 계시오?"

갑자기 우사부가 입을 열자 다른 귀족들이 바짝 긴장했다.

"무슨 소문 말씀이십니까?"

"왜 소윤이 자신의 처소가 아닌 자화원에서 변을 당했겠소? 그리고 무위시랑은 어찌 손쉽게 해할 수 있는 자미희를 두고 애꿎은 소윤을 해쳤겠소? 이것 역시 누가 보아도 뻔한 일이 아니겠소."

그 말에 강익전 한쪽에 물러나 있던 하사신 황자의 눈이 슬쩍 가늘어졌다. 빌어먹을 늙은이! 상서위는 속으로 우사부를 욕했다. 이 일에 하사신이 직접 나서는 건 모양새가 좋지 못하니 관망만 하시라 했는데 우사부가 초를 치고 있었다.

"그래서 사주한 자가 누구란 말입니까?"

"그 비인이지 누구겠소?"

"어흠!"

"어찌 그런 망측한 일이……!"

"고금 이래 여인들의 시기와 암투는 새삼스런 일도 아니잖소. 자세한 내막은 그 비인을 문초해보면 될 일이 아니오? 무위시랑처럼 행방을 모르는 것도 아니니."

하사신 황자가 애지중지하는 자미희를 문초하자고? 일황자 파가 다들 꿀 먹은 벙어리마냥 하사신의 눈치를 살폈다.

상서위는 가늘게 찢어진 눈으로 우사부를 노려보았다. 자식들을 모두 앞세워 보낸 늙은이 주제에 어찌 저리 정정한 건지. 한때는 사돈지간인 우사부의 도움으로 첫 관직을 얻기도 했는데 지금은 철천지원수가 따로 없었다.

상서위는 조카가 노여운 낯으로 고개를 가로젓자 이것은 엎어야 하는 판이라는 걸 알았다. 자미희가 엮이지 않고는 이대로 밀어붙이는 것이 불가능했다. 그러나 하사신은 그 비인을 문초하도록 내버려둘 생각도, 그녀를 버릴 생각도 없는 것이다.

게다가 이리하를 도망치게 만든 것들이 자화원의 시비와 반옥이다. 자세히 파헤치면 무엇 하나 자신들에게 유리할 게 없었다.

그러나 어찌 만든 기회인데 이렇게 흐지부지 포기하겠는가.

"사안이 중대하니 일단 황도방위군을 풀어 이황자 전하를 찾는 것이 우선일 것이오. 전하를 황궁으로 모셔와 연유를 들어보면 될 게 아니오?"

상서위가 점잖게 한발 물러나는 척 의견을 꺼냈다.

"불가한 일이오."

그때 이제껏 잠자코 지켜보던 태사부가 끼어들었다.

"정규군은 이 일에 개입할 수 없소. 두 황자전하 사이에서 군이 한쪽을 편드는 꼴이 되지 않겠소? 자칫 내전으로라도 번지는 날에는 나라의 기강이 흔들리고 외적에 대한 경계가 소홀해지오."

"이것은 황족 살해가 걸린 중차대한 일이 아니오!"

태사부의 방해에 상서위가 역정을 냈다.

"앞서 우사부가 말한 대로 이황자 전하가 개입했다는 물증이 없지 않소? 배후가 있다면 누구인지 밝혀야 하니 우선 그 비인의 입을 열어 소문의 진위를 알아보시겠소? 상서위. 확인되지 않은 일에 군사를 동원할 수는 없는 법이오."

냉정한 반박에 상서위가 분한 듯 입을 다물었다.

"그러니 절대 정규군을 움직여서는 아니 되오. 모두 명심하시오."

꼬장꼬장한 태사부의 말에 다수의 귀족들이 동조했다.

영향력이 큰 거물이다 보니 그의 말을 무시하고 막무가내로 일을 진행하기는 어렵다. 오대장군의 수장이기도 한 태사부가 저리 못을 박아놓았으니 명분을 중시하는 무리들은 움직이려들지 않을 것이다. 황명이라도 있지 않은 이상.

번거롭게 됐군. 상서위가 입술 끝을 비틀었다.

하지만 황명, 그것이 무에 어려울까. 황제가 이미 자신들의 손 안에 있는데.

정규군을 움직인다면 좀 더 수월했겠지만 자신의 사병만으로도 충분히 일을 성사시킬 수 있었다. 일단 자취를 감춘 이황자와 암영을 먼저 찾아야 했다. 황자를 끌고 오려면 사소한 충돌도 벌어질 테지. 싸움을 하다 보면 운 나쁘게 목숨을 잃을 수도 있는 법 아닌가?

상서위의 얼굴 위로 음흉한 웃음이 번졌다.

방을 나선 파사는 홀로 자화원의 후원으로 들어섰다.

이리하가 끌려 나간 그날 이후 호위의 숫자는 다시 원래대로 줄었다. 그러나 그동안 그녀가 앓아누웠던 탓에 오랜만의 산책이었다.

새로 바뀐 시비들이 두려움에 질린 눈으로 파사의 뒷모습을 지켜보고 있었다.

파사가 자리에서 일어나지 못하는 동안 소윤의 죽음이 자미희의 짓이란 소문이 퍼졌다. 자미희의 음탕한 소행을 고하려던 어리고 순진한 후궁이 비명에 갔다는 이야기가 궁을 휩쓸고 있었다.

하루아침에 주인을 잃은 소윤의 시비들은 통곡했다. 그들은 한목소리로 자미희가 소윤의 입을 막기 위해 이리하를 끌어들인 것이 분명하다고 울부짖었다.

파사는 치밀어 오르는 쓸쓸함을 삼켰다. 새삼스러운 일도 아니었다. 그녀는 늘 이런 식으로 무성한 소문 속에 매도되어왔다.

비가 온 뒤라 그런지 여름날의 바람은 어딘가 서늘함을 품고 있었다.

흘깃거리는 낯선 시선들에 활처럼 곤두섰던 감각이 바람 속에 누그러졌다. 파사는 한 번도 숨을 쉬어보지 못한 사람처럼 깊게 숨을 들이마셨다.

언제였던가, 그 어린 시비의 기억을 읽은 적이 있었다. 그때부터 그녀가 서운궁의 중랑이 심은 사람이라는 사실을 알고 있었다.

중랑이 옥에 갇힌 이리하를 그대로 내버려둘 리가 없다고 판단한 파사는 다시 한 번 그녀를 읽었다. 누군가 이리하를 구하러 궁에 들어올 것이다. 분홍빛 연심과 새파란 두려움 사이로 중랑이 그녀에게 지시한 계획을 엿볼 수 있었다.

파사는 몰래 어린 시비의 뒤를 따라갔다. 다른 이들의 눈에 띄지 않기 위해 주변에 어둠을 장막처럼 펼치는 환영을 만들어야 했다. 고통이 뒤따르는 일이었지만 이리하가 무사히 빠져나가는 것을 확인하고 싶었다.

그런데 일이 틀어져 그냥 지켜볼 수만은 없게 되었다. 술을 마시지 않은 병사에게 환영을 보여주고, 어둠속에 그들을 감추기 위해 파사는 지나치게 많은 힘을 소비했다. 그처럼 한꺼번에 힘을 쓴 적은 예전 궁에서 도망치려던 때 이후 처음이었다. 그 여파로 사흘간 끔찍한 고통에 시달렸지만 후회는 없었다.

다행히 그들은 이리하를 구해 무사히 궁을 벗어났다. 지금쯤이면 난경에서 멀리 벗어났으리라.

그녀는 다시 혼자가 되었다.

처음부터 이리하는 그렇게 스쳐가야 할 사람이었다.

호위들에게 끌려 나가던 그를 보며 깨달았다. 자신이 욕심을 부린 결과라는걸. 그녀 때문에 이리하마저 불행한 운명에 휘말렸다는 것을.

백석으로 만든 작은 다리 앞에서 파사의 걸음이 멈췄다.

짙푸른 잎사귀들이 바람이 불 때마다 부스럭댔다. 한때 그곳을 가득 메웠던 꽃향기는 사라지고 후원은 진한 녹음으로 채워져 있었다.

그 녹빛의 풍경 한가운데서 이리하가 놀란 눈의 파사와 마주서 있었다.

"……어떻게?"

"내가 말했지, 이 궁은 의외로 허술하다고. 제기랄, 설산의 물은 꽤 차군."

이리하는 머리에 달라붙은 수초를 떨쳐내며 투덜거렸다.

이리하가 들어온 방법은 바깥에서 궁 안으로 연결된 수로를 이용하는 것이었다.

일반적으로 수로를 물이 빠져나가는 통로라고만 생각했지 사람이 들어올 수 있다고 생각하는 이는 없었다. 수로의 일정구간은 지하로만 연결된 곳도 있어 반 각 가까이 숨을 참을 수 있는 자가 아니라면 통과가 불가능한 점 때문이었다. 게다가 아무리 여름이라 해도 설산에서 내려온 물은 얼어붙을 듯 차갑다.

"또 그런 차림이군. 고뿔이라도 들면 어쩌려고?"

자신은 얼음장 같은 물을 뚝뚝 흘리면서 그녀의 옷이 얇다 타박이다. 어이가 없어진 파사의 목소리는 매정하게 들릴 만큼 딱딱했다.

"날 찾아온 이유가 뭐죠? 복수라도 하고 싶어선가요?"

문득 든 생각은 그것이었다. 함정에 빠져 그 고초를 겪었으니 이리하는 그녀를 원망할 충분한 이유가 있었다. 그러나 돌아온 대답은 예상 밖이었다.

"좀 멀리 가야 할 일이 생겼는데, 그전에 널 꼭 보고 가야겠다 싶어서."

순간 파사는 말문이 막혔다. 쫓기는 몸으로 고작 그녀를 보겠다고 동위궁에 숨어들어오는 위험천만한 짓을 저지른 이리하를 이해할 수 없었다. 하지만 그 말을 들은 심장이 제멋대로 뛰기 시작했다.

"아침저녁으론 날이 제법 쌀쌀하니 귀찮아도 겉옷을 입고 다니도록 해. 몸이 안 좋으면 꼬박 하루를 앓아누우면서 무슨 배짱이야. 먹기 싫어도 음식투정은 하지 말고. 더 이상 마르면 바람에 날려가지 않게 기둥에 묶어놓아야 할지도 몰라."

이리하는 그녀가 물가에 내놓은 아이라도 되는 것처럼 걱정스럽게 바라보았다. 하지만 그의 당부가 늘어갈수록 파사의 눈에서 표정이 사라졌다. 두근거리던 심장의 고동도 잦아들었다.

이젠 그만할 때가 되었다.

이 작은 유희에 지나치게 몰두한 탓에 이미 여러 번 그를 위험에 빠뜨리지 않았나. 그의 장난스런 미소를, 따뜻한 손을 뿌리치기 싫어 지나치게 오래 끌었다.

저 다정하면서도 거친 열정을 담은 눈이 혐오감을 품는 것을 보느니 여기서 자르는 게 나았다. 그러면 저 눈을 기억하고 살 수 있으니까. 그것만으로도 살아갈 수 있다는 걸 그녀는 이미 알고 있었다.

「아무에게도 말하면 안 된다.」

하사신은 늘 그녀에게 속삭였다.

「그들은 널 두려워할 거야. 사람들은 그런 끔찍한 힘을 무서워하지. 이 세상 누구도 널 진심으로 사랑할 수 없다.」

그 말들은 독처럼 그녀의 귀를 덮고 눈을 가렸다.

난 당신의 눈이 변하는 걸 보진 않을 거야. 당신을 만날 수 없는 것보다 그게 더 무서워. 그러니까 이제 그만 이 달콤한 꿈을 깨뜨려야지.

파사는 천천히 입을 열었다.

"꿈을 잣는 자에 대한 얘기를 들어본 적 있나요?"

"그게 뭐지? 처음 듣는 말인데?"

"잠을 자면 다른 사람의 꿈속으로 들어갈 수 있는 이가 있어요. 마치 물레로 실을 잣는 것처럼 꿈을 자아내고 새로운 꿈을 꾸게 만들죠. 꿈을 꾸는 이들이 생시로 착각할 만큼 생생하고 뚜렷한 꿈을. 그런 힘을 가진 사람을 꿈지기라 불러요."

태초의 꿈지기는 신을 모시는 무녀였다. 그녀는 꿈을 매개로 신의 뜻을 인간에게 전하는 일을 맡고 있었다. 사람들의 꿈을 지키고 행복한 꿈을 꾸게 만드는 꿈지기의 힘은 당시 수백 수천 명에게 영향을 미칠 만큼 강력했다고 전해진다.

오직 한 일족 안에서만 태어나고 한 세대에 단 한 명만 존재하는 꿈지기.

그 특별한 힘을 원한 권력자들은 꿈지기를 찾아내 그들을 가두고 강제로 약을 먹여 꿈을 꾸게 했다. 많은 꿈지기가 잠을 자다 짧은 생을 마쳤다.

한때는 자신이 가진 꿈지기 외의 다른 꿈지기가 나타날까 두려워한 권력자에 의해 일족이 멸족 당하다시피 한 적도 있었다.

그래서 그들은 사람들을 피해 깊은 산으로 숨어들었다. 세월이 흐르면서 꿈지기가 태어나는 일이 드물어졌고 어쩌다 세상에 나타난 꿈지기는 점차 그 힘이 미약해졌다.

그녀는 백 년 만에 태어난 꿈지기였다. 그것도 형편없이 약한 힘을 가진. 그녀의 힘은 잠든 사람이 가까이 있을 때에만 겨우 꿈꾸게 만들 수 있을 정도였다.

"내가 할 수 있는 건 이런 꿈을 꾸게 만드는 거죠."

파사가 가볍게 손을 휘젓자 순식간에 그들은 꿈에서 본 마을 한가운데에 서 있었다. 짚으로 만든 뾰족지붕과 담을 타고 오른 등나무. 바람을 타고 수천 개의 보랏빛 꽃들이 실제처럼 춤을 추었다.

생시에 환영을 보게 만드는 것은 꿈을 꾸게 하는 것보다 몇 배로 힘든 일이었다. 삽시간에 피가 역류하는 듯한 고통이 그녀를 덮쳤다. 파사는 이리하가 눈치 채지 못하도록 덜덜 떨리는 손을 치맛자락 뒤로 감췄다.

"오랜 옛날 신을 섬겼던 꿈지기가 씻을 수 없는 죄를 범했어요."

죄를 지은 꿈지기가 꿈을 바꾸는 데는 대가가 따랐다. 그것은 수많은 꿈지기들이 단명한 이유이기도 했다. 누군가의 꿈에 손대는 것은 꼼짝없이 하루를 누워 있어야 할 정도의 생명력을 요구하는 일이었다.

이리하는 천천히 눈을 감았다 떴다. 눈앞의 풍경은 사라지지 않고 그대로였다. 마치 눈을 뜬 채로 꿈속에 들어와 있는 듯한 기분이었다. 파사의 목소리가 몽롱하게 귓전을 울렸다.

"그 벌로 신은 꿈지기와 연혼을 갈라놓았죠."

신의 분노는 잔혹했다. 신은 꿈지기의 연혼을 데려가고 혼의 연결을 끊어버렸다.

"연혼?"

"꿈지기는 연혼(緣魂)이라 불리는 혼의 반려를 가지고 있어요. 한날한시에 태어난 그 연혼이 없으면 살아가지 못해요."

하나의 혼으로 태어난 두 사람은 세상에 나는 순간부터 서로를 느끼고 갈망했다. 둘 중 하나가 없으면 견디지 못하는 불완전한 혼들이었다.

그 연혼을 잃고 영원히 환생의 굴레에 얽매이게 된 꿈지기는 새 생명을 잉태할 수 없다. 한 세대에 두 명의 꿈지기가 태어나지 않는 까닭은 그 모두가 첫 번째 꿈지기의 환생체이기 때문이다.

꿈지기의 일생은 매번 고통스럽고 비참했다. 그 자신뿐 아니라 주변인들까지 불행으로 몰아넣었다. 반으로 갈라진 혼은 늘 황폐하고 짧은 삶을 살았다. 수없이 되풀이되는 고통스런 삶 속에서 꿈지기가 스스로 목숨을 끊는 일도 잦았다.

"영겁의 시간 동안 자신의 연혼을 찾아 헤매는 꿈지기를 가없게 여긴 신이 내려준 약속이 있어요. 단 한 번의 기회가 주어졌죠."

수백 번의 환생 속에서 언젠가 그들의 운명이 교차되는 순간이 올 것이다.

갈라진 연혼이 이어져야만 그 어긋난 환생의 수레바퀴를 멈출 수 있다. 연혼을 찾아 혼을 묶으면 꿈지기의 운명에서 벗어나 다음 생에서는 평범한 인간으로 태어날 수 있는 것이다.

그러나 그것은 잔혹한 고문과도 같은 희망이었다. 매 생애마다 기약 없는 기다림에 지친 꿈지기는 끊임없이 황량한 삶을 살다 생을 마쳤다.

천 번의 꿈과 천 년의 엇갈림이 그렇게 지나갔다.

"하사신 황자가 바로 내 연혼이에요."

사랑하고 사랑받아야 할 유일한 사람. 그러나 결코 사랑할 수 없는 사람.

"꿈지기인 것이 내 운명이듯 나의 연혼도 바뀌지 않아요. 그러니 날 내버려둬요."

"그런 이야기를 믿으라고? 설사 그 연혼이라는 게 있다 쳐도, 널 가두고 다른 사내들에게 널 내주는 그런 것이 네가 말하는 운명이야?"

운명 따윈 모른다. 이리하는 이를 악물었다. 이 사랑은 내 심장이 스스로 정한 것. 보이지도 않는 운명 따위보다 이리하는 자신의 심장의 고동을 믿었다.

"뭐라 해도 이젠 당신을 만나지 않을 거예요."

"내가 네 운명이 아니라 안 된다면 그 운명이란 것, 내가 깨부숴주지."

북의 빙벽처럼 단단한 거부에 이리하의 눈이 불타올랐다. 돌아서려는 파사의 어깨를 붙잡은 이리하는 거칠게 입술을 겹쳤다.

얼음처럼 차가운 입술에선 평소의 온기가 느껴지지 않았다. 그 낯선 체온에 그녀가 흠칫한 순간 뜨거운 혀가 밀려들었다. 거친 입맞춤이 그녀의 숨 한 올까지 모조리 삼킬 듯 빨아들였다. 격렬하게 그녀의 입술을 훔친 이리하는 가라앉은 목소리로 중얼거렸다.

"반드시 돌아오겠다. 다시 이 후원을 밟을 때 넌 나와 함께 가는 거야."

미처 답할 여유도 주지 않고 이리하는 훌쩍 담을 뛰어넘었다. 순식간에 눈앞에서 사라져버린 뒷모습은 잔상조차 남기지 않았다. 그가 있었던 흔적은 백석 위에 떨어진 검은 물방울이 전부였다.

하지만 그 차갑고 뜨거운 입맞춤은 평생이 가도 잊히지 않을 것이다. 전신을 휩쓰는 고통에 더 이상 버티지 못한 파사는 쓰러지듯 바닥에 주저앉았다. 그녀는 덜덜 떨리는 두 팔로 스스로를 껴안고 고통이 지나가길 기다렸다.

햇살을 받은 새하얀 백석이 지나치게 눈부셨다. 파사는 눈을 감았다. 어쩐지 눈 안쪽이 시렸다. 하지만 눈물일 리 없겠지.

끝없는 환생 속에 깨어지고 부서진 그녀의 혼은 바짝 메말라 눈물조차 흘리지 못한다. 신의 안배로 전생을 기억하진 못해도 그 혼에 새겨진 상처들은 고스란히 쌓여 있었다.

들꽃 아내서

14장

강양(康良) 31년 칠월

이황자의 외조부인 우사부는 황도의 외곽에 낡은 철광산을 가지고 있었다.

십여 년 전부터 그는 버려진 폐광을 사병들의 훈련장으로 사용해왔다. 주변 20리 내에 인가가 없고 한적한 데다 황도에서 불과 하루거리라 위치상으로도 최적의 장소였다.

황도에서 자취를 감춘 암영이 모두 이곳에 집결해 있었다. 그들은 군영을 세우고 만반의 태세를 갖췄다.

달포 만에 이황자의 소재가 알려지자 상서위는 곧장 병력을 보내왔다.

암영이 일당백이라 하나 일천에 불과하고 우사부의 사병을 합쳐도 고작 천오백 명이었다. 언덕 아래 몰려 있는 상서위의 사병은 한눈에 보기에도 거의 서너 배에 가까운 숫자였다.

"이리 군사를 대동하고 온 것은 나를 겁박하겠다는 뜻인가?"

"그럴 리가 있겠습니까? 저희는 단지 전하의 안위를 염려하여 호위를 늘렸을 따름이옵니다."

누가 봐도 사병을 끌고 와 무력시위를 하는 게 분명한데도 상서위의 사자로 온 사내는 태연히 부인했다.

"전하, 속히 황궁으로 돌아와 황족 시해의 진상을 밝히라는 황명이 내려졌사옵니다."

"폐하의 황명이라면 마땅히 칙서를 가져왔을 터, 칙서를 보여라."

"소신이 황급하게 오느라 미처 칙서를 가져오지 못했나이다."

사오룬의 요구에 기름진 얼굴이 능글거리며 웃었다.

"네놈이 지금 감히 황명을 사칭하는 것이더냐?"

"그럴 리가 있겠사옵니까? 일단 소신과 함께 난경으로 가시지요. 전하. 그러면 칙서를 보실 수 있을 것이옵니다."

챙.

사오룬이 검을 뽑아 사자의 늘어진 턱살을 겨누었다. 놀라 허둥대던 사자가 앉은 채로 의자와 함께 뒤로 넘어갔다.

"불응한다."

"지, 지금 황명을 거역하시는 것이옵니까? 전하! 이런 행동은 모반으로 간주되옵니다!"

엉덩방아를 찧은 사자가 벌벌 떨면서 흙바닥에서 기었다.

"옥새가 찍힌 칙서를 가져와라! 그러면 내 발로 기꺼이 황궁에 돌아가겠다."

황자의 일갈에 사자가 얼굴을 붉으락푸르락하며 말을 달려 내려가버렸다.

반 시진마다 정찰병들이 보고를 하러 치백의 막사 안으로 들어갔다.

그러나 정오가 넘도록 아무런 명령도 하달되지 않았다. 치백은 한가로이 사오룬 황자와 이야기를 나누고 있을 따름이었다.

아침나절 전서응 한 마리가 날아들었다. 다들 궁금해 했으나 치백은 혼자서 내용을 읽은 후 종이를 태워버렸다.

치백은 무작정 기다리란 말만 하고 있었다. 그러나 뻔히 눈앞에 적을 내려다보며 아무런 준비를 하지 않고 있자니 병사들은 애가 탔다.

황제가 일황자에게 황위를 이양하려 한다는 소문이 암암리에 돌고 있었다.

만약 그것이 사실이라면 이쪽은 황명을 거역한 것이니 꼼짝없이 모반죄를 뒤집어쓸 수도 있었다. 주군을 따라 죽음이라도 불사하겠다는 자들이 다수였지만 불안해하는 병사들도 없진 않았다.

방진(方陣)대형으로 공격태세를 갖추는 적군을 보며 위기감이 고조되고 있었다. 결국 암영의 부위관들이 막사 안으로 쳐들어갔다.

"중랑, 이제 출전해야 하지 않겠습니까?"

"조금 더 기다리게."

"아니, 언제까지 기다려야 합니까?"

"차라리 속 시원하게 얘길 해주십시오. 무슨 계책이라도 있는 겁니까?"

"오늘 출전할 일은 없을 것이니 모두 검을 내려놓게."

"적들이 코앞에 다가왔는데 그 무슨 한가한 소리십니까!"

참다못한 기연천이 버럭 소리를 질렀다.

"아뢰옵니다! 어서 밖으로 나와 보십시오!"

화급한 병사들의 목소리에 치백이 빙그레 미소 지었다.

"왔나 보군."

부위관들이 너나 할 것 없이 서둘러 막사 밖으로 뛰쳐나왔다. 그들은 곧장 보초를 서던 병사에게 따져 물었다.

"무슨 일이냐!"

"저기, 저 일황자군의 뒤편을 보십시오!"

멀리 능선 너머에 흙먼지가 가득 피어오르고 있었다.

희뿌연 흙먼지는 땅을 뒤덮으며 엄청난 속도로 일황자군의 뒤쪽으로 달려들고 있었다. 우렁찬 함성과 사나운 기세가 한눈에도 범상치 않아 보였다.

"저게 뭐지?"

순간 그들의 머릿속에 똑같은 생각이 떠올랐다. 상서위가 후발대를 보낸 것인가. 부위관들의 얼굴에 짙은 먹구름이 드리워졌다.

모두 설상가상이라 생각했을 때 둥둥 북소리가 울렸다. 신호와 함께 달려오던 정체모를 군대의 진형이 바뀌었다.

중앙이 삼각형으로 튀어나온 추행진(錐行陣)이었다.

선봉에 선 기병들이 일황자군의 한가운데를 끊으며 폭풍처럼 휩쓸고 지나갔다. 기병들은 삭[3]과 검을 휘둘러 상대를 도륙했다. 그들이 지나가는 자리마다 순식간에 피보라가 일었다.

혼비백산한 일황자군이 우왕좌왕하는 사이 뒤이어 보병이 들이닥치기 시작했다. 제대로 대응할 겨를도 없이 적들의 목이 추풍낙엽처럼 떨어졌다.

"저, 저것은!"

기연천이 휘날리는 깃발을 보고 소리를 질렀다. 깃발에는 아무런 표시도 없었지만 세 개의 삼각형으로 갈라진 붉은 기는 누구나 알아볼 수 있었다. 낙주의 깃발이었다.

오랜 세월 이민족에 대항해 싸워온 낙주의 병사들은 강하고 용맹스럽기로 유명했다. 과연 명불허전이 아닌가. 부위관들은 잘 훈련된 병사들을 바라보며 감탄을 금치 못했다.

그 병사들의 선봉에서 종횡무진 달리며 사방을 초토화시키는 장수가 하나 있었다. 말과 혼연일체가 된 듯 자유자재로 움직이며 적들을 마치 종잇장 베어내듯 베고 있었다. 그의 주변은 놀라 도망치는 자들로 아비규환이 따로 없었다.

저렇게 소름끼칠 정도로 강한 기를 가진 사람이 세상에 둘일

---

3) 朔. 기병이 쓰는 긴 창.

리 없다.

"무위시랑!"

"무위시랑이시다!"

암영은 모두 땅이 울리도록 환호성을 지르며 기뻐했다.

"나가서 도와야 하지 않겠습니까?"

"무엇하러?"

반색하며 묻는 기연천에게 치백이 대꾸했다.

"저렇게라도 힘을 빼놓아야 나한테 화를 덜 낼 것 아닌가. 그냥 내버려두게."

치백의 말대로 암영이 나설 필요도 없었다. 고작 한 시진 남짓 벌어진 전투에서 일황자군은 병사의 반 이상을 잃었다. 살아남은 자들은 허겁지겁 양신강 너머로 도망쳤다. 그들의 사기가 땅에 떨어진 만큼 이황자군의 사기가 치솟았음은 두말할 나위가 없는 일이었다.

팔짱을 낀 채 치백 앞에 선 이리하는 못마땅한 눈으로 그를 노려보았다.

벼려진 칼날처럼 날카로운 긴장감에 병사들이 꿀꺽 침을 삼켰다. 그들은 일제히 숨을 죽이고 이리하를 주시하고 있었다. 막사 앞은 수백 명의 병사들이 모여 있음에도 바늘 떨어지는 소리조차 들릴 정도로 조용했다.

그들에게 이리하는 태산과도 같은 존재였다. 변함없이 강하고 절대 흔들리지 않을 것 같은 사람.

그러나 서운궁에서 모든 지위를 박탈당하고 맨몸으로 내쫓겼던 사람이다. 정말 그가 우리를 도와주러 온 것이 맞을까.

조마조마하게 지켜보는 병사들 앞에서 이리하가 불쑥 손바닥을 내밀었다.

"내 검 내놔."

"한 달하고도 열흘 만에 뵙는데 첫 인사가 고작 그겁니까? 무위시랑."

치백이 웃으며 병사를 시켜 검을 가지고 오도록 일렀다. 잠시 후 병사 하나가 힘겹게 검을 들고 돌아왔다.

"날 일황자에게 던져주고 잠은 잘 오던가?"

"그럴 리가요? 무위시랑께 동위궁의 동정을 살펴달라 부탁드리긴 했지만 살인 누명까지는 예상치 못했습니다."

"별로 안 믿기는데?"

미심쩍은 눈초리에도 치백은 천연덕스럽게 대꾸했다.

"옥에 갇힐 줄 알았다면 제가 어찌 무위시랑께 동위궁으로 가시라고 청할 수 있었겠습니까? 그래도 이렇게 무사히 낙주까지 다녀오셨으니 얼마나 다행한 일입니까?"

이황자의 장인인 낙주의 주사는 황자의 명에 따라 오래전부터 사병을 양성하고 있었다. 낙주에 머물러 있다고 해도 그들의 주인은 사오룬 황자였다. 맡겨둔 그 병력을 움직일 수 있는 인물은 황자 자신이 아니면 이리하밖에 없었다. 그래서 이리하가 직접 낙주로 내려갔던 것이다.

매서운 시선이 날아왔지만 치백의 태연자약한 웃음은 흔들리지 않았다.

"그 상황에서 네가 쓰고 있는 글씨 따윌 알아챈 게 용한 거야. 미리 귀띔이나 해줄 것이지, 흑아까지 두고 가야 한다는 소리엔 하마터면 다 엎을 뻔했다고."

이리하는 오랜만에 제 손으로 돌아온 검을 허리에 차며 투덜댔다.

사인당에서 치백은 그를 변절자로 몰아붙이면서 태연히 회의록 위에 글을 써내려갔다. 맞은편에 서 있던 이리하만 볼 수 있도록 거꾸로 쓴 글자였다. 동위궁에 수상한 낌새가 있으니 다시 돌아가 상황을 살펴본 뒤 낙주로 향하라는 내용이었다. 그리고 증거인멸을 위해 용의주도하게 찻물을 부어 내용을 지웠다. 치백이 아니라면 생각지 못할 수였다.

"적의 눈을 속이기 위해선 아군부터 속여야 하는 법이지요. 덕분에 우리의 불화가 파다하게 소문나지 않았습니까? 그리고 검을 보호하기 위해서란 말은 사실입니다. 무위시랑을 억류하면 일황자가 검을 빼앗아갈 게 뻔하니까요."

"그건 내가 옥에 갇힐 줄 알았다는 소리군?"

허를 찌르는 말에 아차하고 입을 다물었지만 이미 늦었다. 추운 날씨도 아닌데 치백은 온몸을 내리누르는 한기에 오싹해졌다. 병사들은 그야말로 돌처럼 얼어붙었다.

당장이라도 쩌억 소리를 내며 깨져버릴 듯한 그 냉랭한 공기를 흐트러뜨린 것은 이리하였다.

"뭐, 어쨌든 이젠 끝난 거지?"

가볍게 혀를 찬 이리하가 등을 돌렸다. 그냥 넘어가주겠다는 뜻임을 알아챈 치백이 가슴을 쓸어내렸다.

사실 그것은 암영을 황도에서 빼내기 위해 어쩔 수 없이 쓴 고육계(苦肉計)였다.

황제가 위독하다는 정보를 접한 치백은 우려한 최악의 상황이 닥쳤음을 알았다. 이황자가 황도를 비운 상태니 상서위가 노릴 다음 차례는 암영이었다. 자칫 자신들은 제대로 항거도 못 하고 손발이 묶일 수 있었다.

치백은 암영을 분산시켜 비밀리에 서운궁에서 내보낼 계획을 세웠다. 그리고 당장 노주로 달려가려는 이리하를 다시 동위궁으로 돌려보냈다.

이리하가 암영 대신 상서위와 일황자의 이목을 끌어주길 바란 것이다. 예상대로 이리하가 손안에 들어오자 그들은 자중지란의 술책이 성공했다고 자만했다. 이리하의 황족 시해 건으로 황도가 온통 떠들썩한 틈을 타 암영은 무사히 궁을 벗어날 수 있었다.

사실 이리하의 안전을 보장할 수 없는 위험한 한 수였다. 사전에 사오룬 황자가 알았다면 절대 허락하지 않았을 것이다.

그러나 치백은 이리하라면 반드시 무사할 것이라는 믿음이 있었다. 물론 들키는 날에는 턱뼈가 나갈지 모른다는 각오가 필요했지만.

"그간 고생 많으셨습니다. 무위시랑."

치백은 긴 다리로 성큼 앞서가는 이리하의 뒤를 쫓으며 싱글거렸다.

"고생시킨 장본인이 하는 인사는 안 받아."

퉁명스런 대답에도 치백은 굴하지 않았다.

"아직도 흑임자를 드시지 못한다지요?"

"못 먹는 게 아니라 안 먹는 거야. ……그러고 보니 그것도 너 때문이었지."

과거의 원한이 되살아난 이리하가 낮게 이를 갈았다.

"그 덕에 사신 줄 아십시오."

"뭐? 무슨 소리야?"

"하하. 그런 게 있습니다. 그러니 이번 일은 용서해주시는 겁니다?"

태연자약한 두 사람의 대화를 들은 사람들은 그제야 둘의 불화와 이리하가 내쫓긴 일이 모두 거짓으로 꾸민 것이었음을 깨달았다.

진영 전체가 보이지 않는 거대한 한숨을 내쉬었다. 그제야 여기저기서 안심한 병사들의 말문이 트였다.

따라오려는 치백을 쫓아버린 이리하는 사오룬 황자를 찾아 나섰다. 황자는 가장 높은 언덕 위에 서 있었다. 그는 산 아래를 내려다보는 중이었다. 양신강 너머에서 일황자군이 진을 치고 있었다.

"왔는가?"

"예, 전하."

"물러설 수 없는 곳에 서니 생각이 많아지는군."

단지 그가 있는 절벽 위를 가리키는 말이 아니었다. 사오룬의 얼굴은 어딘가 쓸쓸해 보였다.

"분명 형님과 난 우애 있는 형제간은 아니었는데 말이야. 지금에 와서 생각해보니 어째서 단 한 번도 함께 놀아본 기억조차 없는 것인지, 그게 더 서글프군."

단둘밖에 없는 형제였지만 건널 수 없는 강이 그들 사이에 있었다. 언제나 서로를 견제하고 상대의 빈틈을 노리며 지낸 세월이었다.

"어렸을 땐 왜 피를 나눈 형제와 다투면서까지 꼭 황위를 이어야 하는가 의문을 가졌지. 형님이 훌륭한 군주가 되신다면 난 그저 황가의 일원으로 남아 보필하는 것만으로도 좋을 텐데, 그런 희망을 품기도 했다네."

하루하루 위태로운 삶을 사는 어린 황자에게 제왕의 도나 대의 (大義)는 사치일 뿐이라고 생각했다. 자신의 삶이 걸인의 그것보다 나을 게 무어냐며 비관한 적도 있었다.

그러나 답답한 마음에 어느 날 몰래 궁을 빠져간 사오룬이 맞닥뜨린 것은 한겨울에 맨발로 다니는 거지아이들이었다. 자신보다 어린 아이들이 추위와 굶주림으로 매일 죽어가고 있었다. 스스로가 비참하다 여긴 삶은 그들에 비하면 호의호식하는 어린애의 투정일 뿐이었다.

제 목숨도 겨우 부지하던 어린 황자가 그때 처음으로 다른 사람에게 손을 뻗었다.

살리고 싶었다. 묽은 죽 한 사발에도 기뻐하는 그 어린아이들을.

지키고 싶었다. 갈라진 맨발로 달려오며 황자님 황자님하고 부르던 그 순박한 이들을 지킬 힘을 갖고 싶었다.

그때부터 사오룬은 꿈을 꾸기 시작했다.

사람은 지킬 것이 생기면 비로소 강해지는 법이다. 살아갈 이유를 가르쳐준 그들 때문에 지금껏 사오룬은 살아남을 수 있었다.

"백성과 혈육 중에 하나를 선택해야 한다면 당연히 주저하지 않을 거라 생각했는데, 어느 쪽을 버려야 할지 이미 알고 있다고 생각했는데 막상 이런 날이 오니 쉽지가 않군."

붉은 저녁햇살이 황자의 머리 위로 부서졌다. 고개를 숙인 사오룬은 천근의 짐이라도 진 사람처럼 힘겨워 보였다. 늘 의젓하게 보이고 한 번도 약한 모습을 보인 적이 없어 잊고 있었다. 이리하는 새삼 사오룬이 자신보다 어렸다는 사실을 깨달았다.

언젠가 황제가 한 말이 머릿속에 떠올랐다. 황자가 의지할 수 있는 곁이 되어주라 했다.

"잠시 무엄한 짓 좀 하겠습니다."

"뭐?"

순식간에 이리하가 황자를 끌어당겼다. 얼떨결에 끌려간 사오룬의 머리가 이리하의 어깨에 부딪혔다. 사오룬은 어정쩡하게 이리하의 품에 기댄 모양새가 되었다.

"힘이 드십니까? 전하."

머리 위에서 들린 음성에 사오룬의 몸이 굳었다. 이리하가 어색한 손길로 황자의 등을 툭툭 쳤다. 사오룬이 쿨럭 기침을 했다.

"전 형제나 혈육 같은 거 처음부터 가져본 적이 없습니다. 그래서 전하의 상심이 얼마나 큰지 모릅니다. 하지만 어깨 정도는 얼마든지 빌려드릴 수 있습니다."

이리하는 멀리 시선을 두며 낮게 중얼거렸다. 기침소리가 멎었다.

"여기 모인 이들은 전하가 이끌어야 할 사람들이지만 또한 전하가 믿고 의지하셔야 할 사람들이기도 합니다. 그러니 기대셔도 됩니다. 전하께는 저희가 있다는 사실을 잊지 마십시오."

"……그래."

그러니까 이리하가 한 행동은 자신의 등을 '토닥인' 것이다. 사오룬의 얼굴에 그제야 미소가 떠올랐다. 내가 너무 심약한 소릴 했나 보군. 이 무뚝뚝한 사람이 위로씩이나 할 생각을 하다니.

어쩌면 이리하는 자신이 줄곧 바랐던 형의 모습을 닮아 있었다. 언제나 믿을 수 있고 든든한 버팀목이 되어주는 사람.

물론 그 버팀목이 힘 조절을 못한 바람에 맞은 등이 제법 욱신거리긴 하지만.

황자와 이리하는 나란히 언덕 위에 앉아 노을이 지는 광경을 바라보았다. 서쪽으로 지는 해가 강물을 피처럼 붉게 물들였다.

"내 꿈이 무언지 아는가? 이리하."

살아남아 황제가 되는 것? 제국을 강국으로 키우는 것? 이리하는 갸우뚱 고개를 기울였다. 언제나 목숨을 위협받으며 쉴 새 없이 달려온 세월 속에 그런 이야기를 나눈 기억은 없었다.

"모든 이가 평등하게 살 수 있는 세상. 누구도 굶주리거나 추위에 떨지 않는 세상. 사람이 그저 사람으로 살 수 있는 세상을 보고 싶었다네."

이리하는 놀란 눈으로 황자를 바라보았다. 모든 이가 신분에 구애 없이 평등한 나라라니. 신분제 아래서 누구보다 많은 수혜를 받는 황자가 할 수 있는 생각이 아니었다. 만약 다른 이가 그런 소리를 했다면 역심을 품었다며 참수를 당할 만한 말이었다.

"그런 생각을 하시는 줄 몰랐습니다. 분명 귀족들은 좋아하지 않겠군요."

재미있다는 어조에 황자가 빙그레 웃었다.

"나라의 주인이 백성이 되어야 천하가 평화로워지는 법이지. 소수가 권력을 차지하고 다수를 핍박하여 그들만의 부귀영화를 누리는 세상이 어찌 옳다 하겠나."

지금의 세상이 바로 그 옳지 않은 세상이었다. 그것을 사오룬은 바꾸고 싶다고 하는 것이다. 누구도 감히 꿈꾸지 못한 거대한 꿈을 황자는 꾸고 있었다.

"하지만 문득 내 꿈을 이루기 위해 모두를 위험한 길로 내모는 것이 아닌가 하는 생각이 들더군. 내가 자네들에게 그런 희생을 하라 강요하는 것이 진정 옳은 일일까."

이리하는 피식 웃음을 흘렸다. 자신 때문에 흘리는 피를 결코 당연시하지 않는 사람. 사오룬 황자는 그런 사람이었다. 그런 당신을 어찌 따르지 않을 수 있을까.

"이것은 전하가 강요한 희생이 아니라 저희의 선택입니다. 그러니 저희에게 반드시 그 나라를 보여주십시오."

사오룬은 강한 의지로 빛나는 두 눈을 마주 보며 미소 지었다.

"그래. 언젠가 그런 세상을 만들기 위해 지금은 앞으로 나가야 할 때지."

지나가버린 시간들을 이제와 돌이킬 순 없었다.

앙금처럼 남아 있는 미련은 그만 버려야 할 때였다. 화살은 시위를 떠났고 역사의 수레바퀴는 수많은 사람들의 운명을 실은 채 굴러가기 시작했다.

자화원의 문을 들어서는 월강상단 단주의 얼굴은 잔뜩 굳어 있었다. 늘 허허거리며 웃던 사내의 얼굴에 긴장감이 흐르자 시비들이 고개를 갸웃거렸다.

아침나절 무환은 한 통의 서신을 받았다.

「십 년 전의 약조를 기억하고 계십니까?」

서신에 쓰인 글은 고작 한 줄뿐이었다. 그러나 오늘따라 자화원으로 향하는 그의 다리는 천근같이 무겁고 떨렸다.

"고해주시게."

무환의 말에 시비가 그의 방문을 알렸다. 잠시 기다리자 문이 활짝 열렸다. 무환은 오후의 태양 아래 상대적으로 어둑하게 느껴지는 방 안으로 들어섰다.

햇살이 스며든 창가에 곧게 뻗은 나뭇가지처럼 우아한 인영이 서 있었다. 사락거리는 비단 소리와 함께 그녀가 천천히 돌아섰다.

"어서 오십시오. 단주."

꿈결 같은 그 아름다움도, 물처럼 고요한 표정도 여느 때와 다름없었다. 무환은 그녀를 만나자 혼란스럽던 마음이 오히려 차분해지는 것을 깨달았다.

대체 무엇을 두려워했던가. 은혜를 갚기 위해서라면 불속이라 한들 걸어가겠다고 스스로 맹세하지 않았나. 마침내 그렇게 기다리던 보은의 기회가 찾아온 것이다.

"예. 그간 무고하셨습니까?"

무환의 얼굴에는 평소의 환한 웃음이 돌아와 있었다.

십 년 전 어느 날 황도의 모든 비단상을 들썩이게 만드는 일이 생겼다.

동위궁에 있는 소문의 비인이 세상에서 가장 귀한 비단을 구한다는 소문이었다. 일황자의 총애를 한 몸에 받는다는 비인이니 거래를 트면 결코 손해 볼 게 없는 일이었다.

이름깨나 있다는 비단상은 모두 비단을 바리바리 싸들고 자화원으로 들어갔다. 개중에는 자미희를 속여 한몫 잡으려는 이들도 적지 않았다.

자미희는 모든 비단상과 일일이 독대를 했다. 그러나 내로라하는 비단상조차 그녀의 마음에 드는 비단을 선보이진 못했다.

안목도 없는 어린 계집이라 여겨 속임수를 쓰려던 이들은 모두 내쳐졌다. 놀랍게도 자미희는 가감 없이 정확한 비단의 값어치를 알고 있었고 누구도 그녀를 속여 넘기지 못했다.

당시 서른 살의 무환은 황도에서 작은 비단상을 하고 있었다.

선친이 하던 비단가게를 물려받아 운영하던 그는 드물게 성실하고 정직한 자였다. 다른 상인들은 장사꾼이라면 속임수와 거짓말에 능통해야 한다며 그를 애송이라고 비웃기 일쑤였다. 그러나 무환은 거짓으로 쌓아올린 신용이 오래갈 리 없다고 믿었고 결국에는 자신의 진심이 통할 거라는 생각을 바꾸지 않았다.

그날 무환은 처음 본 소녀의 미모에 놀라고 그 초연함과 당돌함에 더욱 놀라고 말았다.

「어찌해서 이것이 가장 귀한 비단이라 생각하십니까?」

자미희는 직접 그의 손에서 건네받은 비단을 바라보며 물었다. 비단은 올이 가늘고 얇았지만 한눈에 알아볼 정도로 뻣뻣했다.

대륙의 북쪽에 위치한 창은 겨울이 길고 여름이 짧아 두터운 솜옷이나 털옷이 발달했다. 반대로 여름이라 해도 무덥지 않은 기후 탓에 여름옷이랄 게 따로 없었다. 그런 나라에서 얇고 뻣뻣한 비단은 쓸모없는 물건이나 마찬가지였다.

무환이 그런 비단을 들고 온 데는 이유가 있었다.

황도에서는 상서위의 비호를 받는 몇몇 거상들이 횡포를 부리고 있던 상황이었다. 그들은 물건을 매점매석하고 작은 상단들을 흡수하여 덩치를 불렸다. 거기다 자신들의 말을 듣지 않는 상인들은 망하도록 술수를 부렸다.

입소문으로 착실히 고객을 늘려가던 무환의 비단상 역시 그들이 노리던 곳 중 하나였다. 어떤 회유에도 점포를 넘기지 않는 무환은 그들에게 눈엣가시였다.

그들은 일부러 무환의 점포 바로 옆에 새 점포를 내고 싼 가격에 비단을 풀었다. 얼마 안 가 무환은 자금난에 허덕였고 거상들의 훼방에 비단의 공급 또한 원활치 않았다.

결국 그는 반여국까지 힘들게 건너가 새로운 비단을 물색하기에 이르렀다.

그러나 그 역시도 거상들의 비열한 수작 탓에 무환이 살 수 있었던 비단은 남들이 거들떠보지도 않는 사라(紗羅)뿐이었다. 반여국에서는 여름 옷감으로 사라를 즐기지만 제국에서는 거의 사용되지 않는 비단이었다.

부유한 귀족 집안마다 찾아가봤지만 누구도 그 거친 비단을 사주지 않았다. 자신은 괜찮지만 식솔들이 당장 거리에 나앉을 판이었다. 매일같이 빚 독촉에 시달리며 당장 끼니를 굶고 있는 처자식이 눈앞에 어른거렸다. 이러다 여러 목숨 잡는 일이 생길까 두려웠다.

「사람의 목숨이 달린 비단이니 세상에서 가장 귀한 것이지요.」

무환의 대답을 들은 자미희는 시비를 불러 금 이천을 비단 값으로 내어주라 일렀다. 비단 한 필의 가격이 보통 금 이십 정도이니 엄청난 거금이 아닐 수 없었다. 놀란 무환이 받을 수 없다며 사양했다.

「이, 이것은 너무 과합니다. 비단의 값은 금 이십이면 충분합니다.」

무환은 눈을 질끈 감고 외쳤다. 물론 식솔들 얼굴도 생각나고 황금이 욕심나지 않는 것은 아니지만 마음이 편치 않았다. 자신은 그저 비단 한 필이라도 팔 수 있을까 싶어 온 것이지 물건을 속여 팔 생각은 없었다.

「목숨이 달린 비단이니 응당 목숨 값을 치러야 하겠지요. 허나 사람 목숨을 어찌 황금으로 셈할 수 있겠습니까? 그러니 단주께서는 목숨 대신 눈과 귀를 제게 빌려주십시오.」

자미희는 무환이 가지고 있던 사라 전부를 자신에게 팔라고 했다. 무환이 극구 만류했지만 그녀는 뜻 모를 대답을 하며 비단을 사들였다.

「앞으로는 금 오십으로도 이 비단을 사기 어렵게 될 겁니다.」

그녀는 비단의 대리 판매를 무환에게 맡겼다. 그러나 무환은 이제껏 팔린 적 없는 비단이 새삼 팔릴 거라는 생각에는 회의적이었다.

자미희는 난경에서 가장 솜씨 좋은 이에게 특별한 유를 만들도록 지시했다.

　그녀는 그 옷을 입고 일황자의 연회에서 춤을 추었다. 얇고 아름다운 비단은 마치 선녀의 날개옷처럼 자미희를 돋보이게 만들었다.

　자미희가 입은 특이한 옷에 대한 소문은 귀족들 사이에 들불처럼 번져나갔다. 평민은 입을 엄두조차 내지 못하는 고가의 여름옷은 귀족들의 허영심을 자극했고 너도나도 그 옷감을 찾기 시작했다. 게다가 입어보니 몸에 달라붙지 않아 여름에 안성맞춤이었다.

　무환의 점포에서 사라는 그야말로 날개 돋친 듯 팔려나갔다.

　두꺼운 겨울비단이 아니면 거들떠보지도 않던 귀족들이 그 아름다운 옷감에 열광적으로 빠져들었다. 그들은 난생처음 짧은 여름이 지나가는 것을 아쉬워하게 되었다.

　순식간에 거금을 벌어들인 자미희는 무환에게 자신과 손을 잡지 않겠냐고 제의했다. 무환에게 필요한 조언과 자금을 그녀가 대준다는 일방적인 조건이었다. 대신 그녀가 원한 것은 하나의 약속이었다.

　「언젠가 제가 한 가지 부탁을 드릴 때가 올 겁니다. 그때 제 부탁을 들어주시면 됩니다.」

　쉽지 않은 조건이었다. 그것은 상단을 망하게 하거나 목숨을 내놓으라는 부탁이 될 수도 있었다. 그러나 선친은 그에게 장사를 하다 보면 언젠가 인생을 바꿀 수 있는 기회를 만날 것이라 했다. 그 기회를 알아보고 붙잡는 자만이 성공할 수 있다고 가르쳤다.

꽃 아내서

그날 무환은 자신에게 찾아온 천재일우의 기회를 붙잡았다.

자미희는 신기하리만치 귀족들의 취향을 꿰뚫고 있었고 앞을 내다보는 선견지명은 놀라울 정도였다. 무환은 그녀의 조언대로 상품들을 선별하고 거래를 성사시켰다. 창의 귀족들은 이제껏 보지 못한 이국의 화려하고 진귀한 물건들에 흠뻑 빠져들었다.

귀족들이 선호하는 사치품을 주로 하여 시작한 월강상단은 십 년 만에 제국 유수의 거상으로 자리 잡았다.

그러나 그녀는 상단이 성장하는 동안 단 한 번도 자신의 이익을 챙기지 않았다. 무환은 어떤 대가도 원하지 않는 그녀에게 비단 몇 필 가져다주는 게 고작이었다.

오래된 약속은 세월의 흐름만큼이나 마음의 무게를 더해갔다. 그 빚을 이제야 청산할 수 있게 된 것이다.

"단주께서 보시기에 이황자 전하는 어떤 분이십니까?"

무환은 이것이 바로 십 년 전의 약속과 관련된 것임을 직감했다.

"미천한 소인이 어찌 감히 평을 하겠습니까마는, 저는 황자 전하만큼 공명정대하고 어진 성품을 지니신 분을 뵌 적이 없습니다."

사 년 전부터 무환은 그녀의 뜻에 따라 이황자 측과 은밀히 접촉하고 있었다. 이황자가 벌이는 구휼에 필요한 물자를 지원하는 식으로 꾸준히 도움을 주었던 것이다.

"그럼 그런 분이 황제가 되는 것은 어떻습니까?"

"예?"

"이황자 전하의 위치가 알려졌다지요? 이제 두 황자 간의 무력 충돌은 피할 수 없게 되었습니다. 단주께서 사오룬 황자전하를 도와주셨으면 합니다."

그것은 더 이상 어려운 백성들을 돕는 정도의 단순한 사안이 아니었다. 두 황자 간의 싸움에 직접 뛰어들어 한쪽 편에 서는 것이다.

"죄송합니다. 이 일이 위험하고 어려운 일임을 압니다. 그래서 그동안 단주께 이황자 전하를 충분히 살펴보실 기회를 드린 것입니다."

그 말에 무환은 그녀가 처음부터 이 일을 염두에 두고 자신에게 약조를 내건 것임을 깨달았다. 사실 일황자의 비인인 그녀가 이황자의 구휼에 관심을 가질 때부터 충분히 의아한 일이었다.

이 일은 그야말로 자신의 목숨과 상단의 존망까지 걸어야 하는 난제였다. 현재 눈에 드러난 승기를 잡은 쪽이 바로 일황자 하사신이기 때문이다.

그러나 그녀는 무환이 망해가는 소상이었을 때 그와 식솔들의 목숨을 구해주었다. 그뿐 아니라 그를 믿고 월강상단이 제국 굴지의 대상으로 자리 잡을 수 있도록 도와주었다.

그녀가 보잘것없던 자신의 무엇을 보고 선택했는지는 지금도 수수께끼지만 만약 그것이 자신의 신실함이었다면 그 신뢰를 무너뜨리고 싶지 않았다. 무환은 십 년간 온 힘을 다해 상단을 꾸려

오면서 단 한 순간도 그 약조를 잊은 적이 없었다.

게다가 둘 중 하나를 선택해야 한다면 두 번 생각할 것도 없었다. 훌륭한 군주의 덕목을 따지자면 단연 이제껏 원조하며 지켜본 이황자 쪽이 아니던가. 무환은 쉽사리 결심을 굳혔다. 그전에 한 가지 궁금한 것이 있었다.

"만약 제가 이제 와서 약조를 지킬 수 없다 하면 어쩌시겠습니까?"

"그렇다 해도 사람을 잘못 택한 제 잘못이니 누굴 탓하겠습니까?"

차분한 대답에 미간을 찌푸린 것은 오히려 무환이었다. 크게 한숨을 내쉰 그는 고개를 절레절레 흔들었다.

"어찌 이리 허술하십니까? 무조건 약조를 지켜라, 으름장이라도 놓으셔야지요. 그러게 담보도 잡아두고 각서도 받으시라 말씀드렸잖습니까."

"어차피 그런 것은 제게 무용지물인 것을요."

자신에 대한 믿음이 굳건한 것인가, 아니면 십 년을 기다린 일이 무산된다 해도 개의치 않는 것인가. 어쩐지 후자로 느껴져 무환은 씁쓸한 미소를 떠올렸다.

늘 한 걸음 떨어져 세상을 바라보는 그녀의 모습이 위태위태하게 느껴졌다. 그녀는 무엇에도 마음을 두지 않았고 둘 생각도 없는 것처럼 보였다. 그녀를 붙들 수 있는 것이 과연 세상에 있을까 싶어 안타까워한 적도 많았다.

공손하게 고개를 숙인 무환은 자신의 진심을 밝혔다.

"소인 사오룬 황자전하를 도울 것입니다."

"감사합니다. 단주시라면 그러실 거라 생각했습니다."

하지만 그녀는 하사신 황자의 비인이다. 일황자가 몰락한다면 분명 그녀 또한 무사치 못할 것이다. 무환의 눈에 근심이 어렸다.

"허나 은인께서는 어찌하시려고……."

"저에 대한 염려는 하지 마십시오."

담담하게 말하는 그녀의 입술이 조금 벌어졌다. 희미하게 떠올랐다 사라진 그 표정이 마치 미소 같아서 무환은 제 눈을 의심했다. 언제나 당당하고 무심하게만 보였던 그녀가 처음으로 내보인 감정이었다. 그런데 어찌 이토록 애처롭게 느껴지는 건가. 오늘따라 유난히 파리한 그녀의 얼굴이 마음에 걸렸다.

"혹 요즘도 수면초를 드십니까?"

처음 만났을 무렵 그녀는 무환에게 잠꽃을 구해 달라 청했다. 무환은 아직도 종종 그녀에게 그 약초를 가져다주고 있었다.

잠꽃이라 불리는 수면초는 수면에 도움을 주기도 하지만 마취와 마비효과가 강해 장복을 권하지 않는다. 자신이 건네준 양으로 미뤄보자면 자주는 아니라 해도 그녀는 벌써 십 년 가까이 수면초를 사용하고 있는 것이다.

"근래에는 쓸 일이 없었습니다. 염려하지 않으셔도 됩니다."

무환의 걱정에 파사는 고개를 저었다. 처음에는 꿈을 꾸지 않기 위해 수면초를 구했지만 그 후로 자신이 복용한 적은 없었다.

늪꽃 아내서

수면초는 '자미희와의 밤'에 사용되었다.

파사는 하사신이 보낸 사내들에게 수면초를 섞은 술을 먹였다. 상대가 정신을 잃으면 원하는 꿈을 꾸게 해주었다. 그들이 잠자리를 한 대상은 바로 평소에 그들이 꿈꾸던 이상(理想)이었다. 그러니 생애 최고의 밤을 보냈다고 착각한 그들이 자미희를 잊지 못하는 것은 당연했다.

제국 최고의 요부는 그렇게 만들어졌다.

15장

상서위가 보내온 지원군으로 전열을 재정비한 적이 양신강을 건너려 한다는 척후병의 보고가 있었다.

드디어 오늘 일황자군과 제대로 된 일전을 벌이게 될 것이다.

첫 출전이었다.

드넓은 공터에 도열해 있는 병사들의 표정은 비장했다. 그들의 눈앞에 갑주를 입은 사오룬 황자가 나타났다.

높은 단 위에 올라서는 황자를 주시하던 이리하의 입가에 얼핏 미소가 스쳤다. 사오룬의 눈에서는 더 이상 어떤 망설임이나 흔들림도 볼 수 없었다. 모든 상념을 떨쳐버린 듯 믿음직스럽고 든든한 주군의 모습으로 돌아와 있었다.

"그대들은 어떤 꿈을 가지고 있는가?"

황자의 목소리가 울리자 공터에 일순간 침묵이 감돌았다.

제국은 타고난 신분에 따라 인생이 달라진다. 미래는 꿈꾸는 것이 아닌 이미 결정되어진 것일 뿐이다. 누구나 각자의 신분에 따라 교육받고 신분의 한계에 따라 정해진 삶을 산다. 그런 그들에게 꿈이라니. 그것은 닿을 수 없는 신기루요, 이룰 수 없는 환상 같은 것이었다.

"꿈을 꾸기 위해 어떤 노력을 하였는가? 꿈을 이루기 위해 무엇을 할 것인가?"

병사들은 자신도 모르게 가슴속에 솟아오르는 기대감에 숨을 죽였다. 정말 세상이 달라지는 것인가. 달라질 수 있는 것일까.

"이 나라는 바로 그대들의 것이다. 앞으로 그대들이 살아가고, 그 자손이 자라날 나라. 그들에게 어떤 나라를 물려주고 싶은가? 누구나 원하는 일을 할 수 있는 나라. 노력하면 원하는 것을 가질 수 있는 나라."

신분을 넘어서 꿈을 이룰 수 있는 나라. 지금 사오룬은 그 문을 열어주겠다 말하는 것이다.

"나와 함께 누구나 꿈을 꿀 수 있는 세상을 만들자."

우와아아아.

천지를 진동시킬 듯 우렁찬 함성이 쏟아졌다.

신분이라는 굴레에 얽매여 좌절했던 그들이, 억울함에 절망했던 그들이 좀 더 나은 세상을 위해, 세상을 바꿀 수 있으리란 희망을 가지게 된 날이었다.

"이봐, 도적놈."

낯익은 목소리에 한때 화적단 두목으로 이름을 날렸던 여(伽)

나예는 인상을 찡그리며 돌아섰다. 출전 준비로 다들 부산한 가운데 이리하가 느긋하게 걸어오고 있었다.

"거 그렇게 좀 안 부르면 안 됩니까요?"

"도적을 도적이라 부르지, 그럼? 그보다 준비는 잘 하고 있나?"

그들은 후방에서의 기습작전을 위해 따로 떠날 채비를 하는 중이었다.

오늘 전투의 총지휘는 사오룬 황자가 직접 하고 이리하는 후방의 기습을 맡았다. 불과 연기에 잔뜩 그을린 적들이 퇴각할 때쯤 길목에서 기다렸다 덮치는 것이 이리하의 역할이었다.

"기습은 우리 전문입지요. 뒤처지지 말고 잘 따라오기나 하십쇼."

나예와 그의 부하들은 선발대로 이리하의 휘하에 배치되었다. 정규 훈련을 받은 다른 병사들과 어울리지 못할까 봐 치백이 내린 조치였다. 그런데 오히려 자신들은 암영의 병사들에게 질시의 눈길을 받는 묘한 입장이 되고 말았다. 나예는 그 원인이 눈앞에서 웃고 있는 인물에게 있다고 짐작했다.

"기대해보지."

화적을 일망타진해 공을 세우는 것보다 검을 겨루는 데 더 흥미를 보이던 사내.

자신을 사로잡고도 검술대결에서 이기면 놓아주겠다던 사내.

치백의 주선으로 나예는 소원을 풀 수 있었다. 이리하가 돌아온 첫날 그들은 두 번째 검술대결을 벌였다. 물론 지긴 했지만 그 일 이후 나예는 얌전히 이리하의 추종자로 돌아섰다.

그러고 보니……. 나예는 곁눈으로 이리하를 힐끔거리며 궁금해 하던 얘기를 꺼냈다.

"물어볼 게 하나 있는뎁쇼."

"뭐지?"

"그때, 첫 번째 검술내기를 했을 때 말입니다요, 만약 제가 이 겼다면 진짜 놓아줄 셈이었습니까?"

"당연하지."

이리하가 어깨를 으쓱하며 대답했다. 간만에 제대로 검을 겨뤄보고 싶은 자를 만났기에 제의한 것뿐이다. 장난일 리가 없지 않나.

"진심이었단 소립니까요?"

"흠, 그를 놓아준다고 하셨단 말입니까?"

갑자기 등 뒤에서 들려온 치백의 목소리에 이리하는 화들짝 놀랐다. 횃불에 반사된 수정알이 음산하게 반짝이고 있었다.

"언제부터 거기 있었던 거야?"

"제가 먼저 와 있었습니다. 그리고 이건 순전히 호기심에 묻습니다만, 만약 지면 어쩔 셈이셨습니까?"

"다시 잡으러 가면 되지. 한 번 잡은 걸 두 번이라고 못 잡을까?"

별것 아니라는 투의 대답에 두 사람의 얼굴이 동시에 일그러졌다. 한쪽은 두 번 무너진 자존심에, 또 다른 쪽은 검술이라면 정신 못 차리는 이 사내를 믿고 전쟁을 해도 괜찮을까 하는 의구심으로. 억지로 표정을 가다듬은 치백이 배배 꼬인 말투로 선언했다.

"당분간 검술내기는 불허합니다. 기껏 잡은 포로들을 내주는 황망한 일이 생겨선 안 되잖습니까? 그리고!"

"히끅!"

갑자기 고개를 획 돌린 치백이 노려보는 바람에 놀란 나예가 딸꾹질을 했다.

"자넨 저런 소릴 듣고 화도 안 나나?"

"아, 사실 저도 제가 이길 수 있으리라곤……."

엉뚱하게 자신에게 튄 불똥에 나예는 계면쩍게 웃었다.

어느 정도 수준이 비슷해야 질투도 나는 법이다. 감히 올려다 볼 수도 없는 까마득한 경지에 있는 절대자에게 졌다고 투정부릴 순 없지 않은가. 자신은 그렇게까지 우둔한 놈은 아니다.

물론 나예는 얼마 전까지 자신이 그랬다는 사실은 까맣게 잊어 버린 후였다.

"하, 자네, 설마 이길 생각이었나?"

"……예?"

나예는 코웃음 치는 치백을 멍하게 쳐다봤다.

"이기는 건 당연히 기대도 안 했네. 그래도 열 합은 버텼어야지! 그 정도 패기도 없이 어찌 사내라 할 수 있나!"

그게 패기만으로 되는 일이던가. 나예의 얼굴이 종잇장처럼 구겨졌다.

"내가 얼마나 힘들게 마련한 기회였는데 고작 다섯 합 만에 쓰러지다니!"

그 다섯 합이나마 버틴 스스로를 대견해하던 나예의 가슴에 비수를 꽂는 한마디였다.

"모두들 무위시랑이 열 합 안에 이긴다는 쪽에 걸었는데! 열 합만 견디면 자그마치 천 대 일로 내가 돈을 딸 수 있었단 말일세!"

"바, 방금 전에 내기는 안 된다고……."

맹렬한 기세로 쏟아 붓는 말에 나예는 도움을 청하려 주위를 둘러보았다. 어느새 이리하는 소리 없이 사라지고 없었다.

"돈도 안 되는 내기 따윌 왜 하나? 자고로 내기란 것은 금전이 오가야만 의미가 있는 것이지. 에잇! 자네 때문에 이번에 내가 손해 본 게 얼만지나 아나?"

치백은 마치 철천지원수라도 되는 것처럼 나예를 노려보았다. 찔끔한 나예는 슬슬 뒷걸음질을 쳤다. 필사의 각오로 덤볐는데 고작 내기에 이용당했다는 사실에 허탈해졌다.

"자그마치 금 일백을 잃었단 말일세. 금 일백! 그 돈이면 살 수 있는 게 얼마나 많은지 아나? 화살에, 모포에, 군량에……."

두 주먹을 부르르 떨며 중얼거리는 모습이 돈을 잃은 게 정말 원통한 듯 보였다. 안 그래도 이리하와의 대결 때 혼자 유일하게 나예를 응원할 때부터 어째 수상타 싶었다. 밀려드는 억울함에 나예는 울상이 되었다.

살아생전 이리하가 지는 걸 한 번이라도 보는 게 소원이라는 치백은 그 후로도 오랫동안 나예를 닦달했다.

　　전장에서 치백은 군사(軍師)로서의 재능을 유감없이 발휘했다.
　　지형지물을 이용한 변화무쌍한 전술은 매번 적을 당황시켰고 잦은 기습공격으로 적의 허를 찔렀다.
　　치백은 적은 수의 병사로 적을 상대할 수 있는 효율적인 전투법도 고안해냈다. 병사를 세 겹으로 배치해 앞줄에 있던 자들이 싸우다 뒤로 빠지면 뒷줄이 앞으로 나가 교대해서 싸우는 방식이었다. 돌아가며 휴식을 취할 수 있으니 그들은 쉽사리 지치지 않았다. 그러니 이황자군은 두세 배가 넘는 적을 상대로도 조금도 위축되지 않을 수 있었다.
　　무위시랑의 무시무시한 위명 역시 그 위세를 떨쳤다. 흑아의 검 날이 한 번 번쩍일 때마다 적들의 검과 갑주가 무 잘리듯 베어졌다. 일황자군은 시야에 검은 그림자만 보여도 혼비백산해 달아나기 바빴다.
　　일황자를 지지하는 귀족들이 속속 사병들을 보내온 터라 숫자상으론 분명 이황자가 열세였다. 그러나 개개의 전력을 비교해보면 누가 우위를 점하고 있는지는 확연했다.
　　대부분의 암영을 비롯해 낙주의 사병들은 모두 크고 작은 전쟁을 겪은 자들이었다.
　　그에 비해 일황자 측은 전장에서 잔뼈가 굵은 병사들도 아니고 여러 귀족의 사병들이 모이다 보니 쉽게 위계질서가 흐트러졌다. 거기다 서로 공을 세우려 다투다 함정에 빠지기 일쑤였다.

두려움을 품은 자들은 전투에서 이기지도 못할뿐더러 살아남을 가능성도 적은 법이다. 수차례의 전투가 벌어진 후 일황자군은 죽음의 공포에 떨었다. 반면 이황자군의 사기는 날로 하늘 높이 치솟았다.

보초를 서던 병사들이 오십여 명의 사람들을 에워싼 채 돌아왔다.

척후병의 보고를 받고 갑자기 우르르 몰려간다 싶더니 대체 무슨 일이지? 병사들의 움직임을 보던 치백이 혀를 찼다.

"누구냐?"

"강 하류에서 기웃거리던 자들입니다."

"그런데?"

뭐하러 굳이 이곳까지 데리고 왔는가 묻는 것이다. 한눈에도 일반 백성들로 보이는 데다 한두 명도 아닌 저리 많은 인원을.

"저, 그게, 저희를 찾아왔다고 합니다."

"우리를? 왜?"

치백이 못마땅한 듯 눈썹을 추켜세웠다.

대체적으로 젊은 사내들로 이뤄진 무리는 등에 잔뜩 짐을 짊어진 괴상한 모양새였다. 겉보기엔 평범한 농부들처럼 보이지만 정탐하러 온 간자일 가능성도 배제할 순 없었다. 그나마 병사들이 수

칙을 지켜 그들의 눈을 가린 채 데려온 것만은 칭찬해줄 만했다.

"풀어주어라."

치백의 지시에 병사들이 그들의 눈을 풀어주었다. 갑자기 밝아진 시야에 적응하지 못한 사내들이 눈을 끔벅거렸다.

"엇! 너는?"

낯익은 얼굴을 발견한 한월의 눈이 휘둥그레졌다.

"안녕하십니까! 나리. 소인 호루입니다!"

잔뜩 주눅이 들어 두리번거리던 호루가 한월을 보고 반색했다.

"아는 사인가? 한월."

"아, 예. 중랑. 지난번에 말씀드린 그, 전하를 마중하러 왔던 노주의 백성들입니다."

"노주의? 그런데 이곳까지 무슨 일로 왔느냐?"

한월과 대화를 주고받는 사람은 검과 갑주로 무장한 병사들 사이에서 혼자 고고한 학사 같은 분위기를 뿜어내고 있었다. 콧등에 보기 드문 수정안경을 걸친 그는 온화한 미소를 띠고 있었다. 저 사람이 여기서 제일 높으신 분이구나 짐작한 호루가 눈치를 보았다.

"저, 나리. 짐을 먼저 내려놓아도 되겠습니까?"

"좋다."

치백의 선선한 대답에 사내들이 모두 무거운 등짐을 내려놓았다. 아무래도 찾아온 목적이 그 짐인 것 같아 흘깃 시선을 주었지만 치백은 별다른 점을 발견하지 못했다.

"그래, 그것이 무엇인가?"

"저희가 받은 구휼미를 각 집마다 조금씩 모았습니다. 큰 도움은 안 되겠지만 그래도 써주십사 하고 가져왔습니다."

치백은 잠시 할 말을 잃었다. 다음 순간 얼굴을 일그러뜨린 그가 호통을 쳤다.

"여기가 어디라고 이런 무모한 짓을 한단 말인가? 제정신인가? 이곳은 싸움터다! 자칫 전투에 휘말리면 목숨을 잃을 수도 있단 말이다!"

애당초 구휼미란 것이 풍족할 리가 없다. 저 곡식을 모으기 위해 필시 그들은 끼니를 굶었을 것이다. 거기다 노주에서 이곳까지 저것을 가지고 몇 날 며칠 걸어왔을 그들을 생각하니 고마운 마음에 앞서 기가 막혔다.

미소를 말끔히 지운 치백의 얼굴에 사내들이 잔뜩 움츠러들었다. 개중 호루가 용기를 내 머뭇머뭇 말문을 열었다.

"이, 이미 이황자 전하께선 저희 목숨을 살려주셨습니다. 그리고 저희 가족과 마을도 구해주셨습니다. 전하께 입은 은혜에 대자면 부끄러울 정도로 모자란 것도 압니다. 그래도 저희의 정성으로 생각하시고 제발 받아주십시오. 부탁드립니다."

"받아주십시오!"

병사들이 고개를 숙여 청하는 사내들과 치백을 번갈아 보았다.

근래 일황자군은 양신강 근방에 있는 백성들의 집을 불태우고 가축과 식량을 탈취하고 있었다. 이황자군에게 도움을 주지 못하도록 하기 위해서였다. 집과 재산을 잃은 백성들의 원성이 하늘에 닿을 정도였다.

이런 시기에 자신들을 돕기 위해 위험을 무릅쓰고 이곳까지 오다니. 다들 가슴이 묵직해졌다.

"알겠다. 받도록 하지."

"감사합니다! 감사합니다! 그럼 바쁘실 테니 저희는 이만 돌아가보겠습니다."

그들은 몇 번이나 땅바닥에 절을 하며 기뻐했다.

"기다려라."

행여 말을 번복할까 재빨리 돌아가려던 그들을 치백이 제지했다.

"일황자군의 눈에 띄지 않게 어두워지면 내려가도록 해라. 강 아래까지 호위해주겠다. 한월, 그동안 먹을 것이라도 챙겨주도록 해라."

"예, 중랑."

한월이 싱글벙글 웃으며 사내들을 한쪽으로 불러 모았다. 사내들이 머뭇거리면서도 신기한 듯 진영 여기저기를 둘러보았다.

"호, 혹시 저분이 무위시랑이십니까?"

호루가 잔뜩 기대하는 시선으로 한쪽을 바라보았다. 그 시선의 끝에는 나예가 서 있었다.

"나? 나 말이야?"

덥수룩하게 자란 수염을 긁고 있던 나예가 멍한 얼굴로 되물었다.

"으하하하! 자네 여전히 눈썰미라곤 없군! 저 덩치의 어디가 무위시랑 같나? 딱 보면 산적두목이잖나."

한월이 당황하는 나예를 손가락질하며 박장대소했다.

"거참, 그렇게 웃으면 듣는 산적두목 기분 나쁘지 않습니까요."

"설마 지, 진짜 산적은 아니시지요?"

투덜대는 나예를 본 호루가 기어들어 가는 목소리로 물었다.

"예전에 그랬다는 거지. 하하. 이래봬도 내가 사막에서는 알아주던 몸이었다 이거야."

"그래봤자 무위시랑께 맨날 깨지는 도적놈이지."

제 가슴을 탕탕 두드리며 신나게 입을 열던 나예가 그 말 한마디에 시무룩해졌다.

"그럼 진짜 무위시랑은 어디 계십니까?"

"왜?"

한월이 재미있다는 얼굴로 호루에게 되물었다.

"꼭 한번 뵙고 싶어서요."

주저하며 꺼낸 답에는 호기심과 선망이 덕지덕지 묻어 있었다.

"직접 만나지는 못해도 멀리서 얼굴은 뵐 수 있을 거다. 따라와라."

한월은 호루를 진영 한쪽으로 데려갔다. 그는 그곳에 있던 다른 부위관을 붙들고 무위시랑이 어디 계신가 물었다. 그는 호루도 본 적이 있는 인물로 노주에 왔던 기연천이었다. 사정을 들은 기연

145

천이 꾸벅 허리를 숙여 인사하는 호루를 보며 대답했다.

"곧 나오실 거네. 해가 지기 전에 강 아래쪽을 둘러보고 오신다는군."

요사이 이리하는 일부러 일황자군 초병들을 괴롭히고 있었다. 시도 때도 없이 나타나 진영 일부를 휘젓고 눈 깜박할 사이에 사라져버리니 그들로서는 죽을 맛일 것이다. 동에서 번쩍, 서에서 번쩍, 쉴 틈도 없이 들볶아대니 일황자군은 매일 초긴장 상태로 보초를 서고 있었다. 이제는 바람에 흔들리는 갈대소리만 들어도 겁에 질려 경계 나팔을 불어댈 지경이었다.

"굳이 직접 나가실 필요까진 없는데."

"그래도 무위시랑께서 나가시면 어느 때보다 병사들 사기가 충천하잖나?"

"그렇긴 하지."

한월이 턱을 쓰다듬으며 수긍했다.

그들의 앞에는 갑주를 입은 한 무리의 병사들이 열을 맞춰 대기하고 있었다. 호루는 두 사람의 사이에서 까치발을 하고 열심히 그 너머를 주시했다.

잠시 후 앞쪽으로 한 사람이 성큼성큼 걸어 나왔다. 다른 사람들처럼 갑주도 입지 않고 그저 검 하나만 달랑 든 사내였다.

실제로 본 무위시랑은 호루의 기대와 달랐다. 분명히 몸집도 장대하고 수천의 적들을 떨게 할 만큼 위압적인 외양일 거라 상상했다.

그러나 그의 키는 후리후리할 정도로 컸지만 긴 팔다리를 감싼 검은색 무복 탓인지 오히려 말라 보였다. 어깨를 살짝 덮은 머리카락으로 감싸인 얼굴은 이황자의 말대로 제법 준수하게도 느껴졌다. 굉장히 무시무시한 사람일 줄 알았는데 어쩐지 좀 시시하네. 호루가 김빠진 얼굴로 작게 중얼거렸다.

그때 낯선 기색을 감지한 듯 무위사랑의 눈이 똑바로 호루를 향했다. 시선이 마주친 순간 놀란 호루는 눈을 홉떴다.

"쯧."

혀를 찬 한월이 호루의 머리를 손으로 눌러 시선을 떨어뜨리게 만들었다. 한월이 묵례를 하자 이리하가 고개를 돌렸다. 호루는 덜덜 떨며 숨도 제대로 쉬지 못했다. 너무 무서웠다. 엄청나게 커다란 맹수와 마주친 것처럼 순식간에 머리털이 쭈뼛 섰다.

"바보로군. 함부로 무위사랑과 눈을 마주치다니."

기연천이 호루를 나무랐다. 전투를 앞두곤 병사들이라 해도 쉽사리 이리하의 눈을 쳐다보지 못한다. 그의 압도적인 기에 제압당하는 것이다. 일개 농부가 감당할 만한 것이 아니었다.

호루가 숨을 몰아쉬는 동안 힘이 실린 낮은 목소리가 공기를 울렸다.

"우린 죽지 않는다. 반드시 이기고 돌아온다. 그러니까 제멋대로 죽는 놈들이 있으면 용서하지 않겠다. 알겠나?"

"예!"

백여 명의 병사들이 우렁찬 목소리로 일제히 합창했다. 그들의 기운이 얼마나 기세등등한지는 전해지는 열기로도 알 수 있었다. 잔뜩 위축된 호루를 본 기연천이 자신만만하게 웃으며 설명했다.

"전투에 나갈 때마다 하시는 말인데 이상하게도 저 말을 들으면 온몸에 힘이 솟구쳐서 너도나도 따라나서려 한다. 실지로 무위시랑과 함께 전투에 나가는 병사들은 사상자가 거의 없지."

그의 목소리는 자부심으로 가득 차 있었다.

무위시랑을 선두로 일사불란하게 움직인 병사들이 순식간에 시야에서 사라졌다.

"자, 이제 되었나?"

"예! 감사합니다."

호루는 상기된 얼굴로 꾸벅 절을 했다.

무서워서 얼어붙긴 했지만 야만족들조차 맥을 못 춘다는 무위시랑의 명성을 생각해보면 당연한 일이었다. 저런 사람이 이황자 전하의 곁을 지키고 있다 생각하니 태산처럼 든든했다.

호루가 만난 이황자는 황족이라며 거들먹거리지도 않고 자신 같은 일개 평민의 말에도 일일이 귀를 기울여주는 사람이었다.

이황자 전하가 황제가 된다면 우리 같은 사람이 살기에 조금은 나은 세상이 되지 않을까. 호루와 노주의 백성들은 난생처음 미래에 대한 기대로 가슴이 두근거리고 있었다.

그때 병사 하나가 헐레벌떡 그들 앞으로 달려왔다.

"중랑께서 그자를 데려오라고 하십니다."

"왜?"

흙꽃 아내서

눈이 동그랗게 변한 호루의 시선을 느끼며 한월이 병사에게 물었다.

"산을 내려가기 전에 꼭 할 이야기가 있으시답니다."

"겁먹을 필요 없다. 중랑께선 아주 친절하신 분이지."

겉으로는. 뒷말을 삼킨 한월이 호루를 다독여 병사에게 딸려 보냈다. 그들의 뒷모습이 멀어지자 한월은 기연천을 흘끗거렸다.

"그러고 보니 자네는 왜 여기 있나? 오늘 제비뽑기에서 졌지 않나."

한월의 질문에 기연천의 안색이 바뀌었다. 그의 목에서 침음이 흘러나왔다.

"아니, 그냥 지나던 길에 잠시……."

"그런데 용케 무위시랑의 일정을 꿰뚫고 있었군? 혹시 무위시랑의 눈에 띄어 함께 갈 요량으로 앞에서 얼쩡거린 건 아닌가?"

암영의 부위관들은 서로 무위시랑을 보좌하기 위해 치열한 물밑싸움을 벌이고 있었다. 다섯 명이 매일 제비를 뽑아 그날 보좌할 부위관을 정했다.

"무, 무슨 말을 그렇게 하나, 허허, 이 사람. 난 중랑께 보고할 것이 있어 이만 가봐야겠네."

"잠깐 기다리게! 기연천! 이보게!"

도망치듯 자리를 피하는 기연천의 뒤를 한월이 뒤쫓았다.

호루 일행은 노주로 돌아가는 길에 뜻밖의 활약을 펼쳤다.

그들은 들르는 마을마다 자신들이 겪은 일과 이황자에 대한 이야기를 퍼뜨렸다. 소문은 일파만파로 근방 백 리에 파다하게 퍼졌다.

이미 일황자가 민심을 잃은 가운데 노주의 일이 알려지자 마른 짚단에 불을 붙인 것과 같았다. 백성들 사이엔 십시일반으로 군량을 모으는 일이 홍역처럼 번졌다. 그리고 그들이 양신강 하류에 식량을 지고 나타나는 일도 드물지 않게 발생했다.

어느 날 저녁, 치백은 자신의 막사 앞에 병사들을 모이게 했다.

"보아라! 이것이 무엇인가?"

그는 보란 듯 앞에 쌓아놓은 양곡을 가리키며 외쳤다.

"이것이 바로 우리들의 힘이며 우리가 이길 수밖에 없는 이유이다. 민심은 곧 천심인 법. 지금 이 나라의 민심이 어디에 있는지 두 눈으로 똑똑히 보았는가? 제군들의 뒤에는 천군만마나 다름없는 백성들이 있다. 두려울 게 무엇인가! 우리의 부모, 형제, 이웃이 이렇게 우리를 돕고 있지 않은가! 그들을 위해 싸우자! 승리는 바로 우리의 것이다!"

치백의 연설에 감동한 병사들은 눈물까지 글썽이며 환호했다. 비장함으로 목소리까지 떠는 치백을 삐딱한 시선으로 바라보는 것은 이리하뿐이었다.

사실 이리하는 그 모든 일의 배후를 알고 있었다. 호루에게 동네방네 소문을 내라고 시킨 장본인이 바로 치백이었던 것이다.

"위험한 짓이라고 호통도 쳤다면서 그걸 써먹어?"

막사로 돌아온 치백은 이리하의 말에 뻔뻔한 얼굴로 웃었다.

"병사들의 사기를 높일 기회가 굴러들어왔는데 그냥 흘려보내긴 아깝지 않습니까? 게다가 제가 한 말은 모두 진실입니다."

창에는 대귀족인 혜만이 존재하는 것이 아니다. 어리석은 일황자 파들은 결코 깨닫지 못하겠지만 제국민의 구 할 이상을 차지하는 것이 바로 백성들이다. 백성에게 등을 돌린 위정자들이 살아남을 수 있겠는가.

"군량이 떨어진 거지?"

"어떻게 아셨습니까?"

"네가 갑자기 허장성세하는 걸 보니 수상하잖아."

심각해진 이리하의 얼굴을 본 치백이 쓴웃음을 지었다.

처음부터 그들에게는 보급물자가 절대적으로 부족했다. 제국의 유수한 가문들과 혼인관계를 맺은 일황자와 달리 이황자에게는 뒷받침해줄 만한 재력이 없었던 탓이다.

군량은 예상보다 더 빨리 바닥을 드러내기 시작했다. 그에 비해 일황자군의 군량을 실은 배는 꾸준히 양신강을 따라 오르내리고 있었다.

"어쩔 생각이야?"

"뭐, 우리가 굶주리면 일황자군도 굶어야 합니다."

"무슨 수로?"

치백이 수정알을 추켜올리며 싸늘하게 웃었다.

"훔쳐야죠."

어쩐지 상기된 얼굴로 자신을 훔쳐보는(?) 병사들 때문에 이리하는 뒤통수가 뜨거울 지경이었다. 특히나 암영은 너나 할 것 없이 매순간 그의 일거수일투족을 주시하고 있었다.

자신의 앞에선 똑바로 바라보지도 않으면서 뒤에 모여선 저렇게 훔쳐본다. 대체 전부 뭐 하는 짓이냐? 소리치고 싶은 걸 참는 이리하의 미간에 주름이 생겼다.

"진 기라."

"제 이름을 기억하고 계셨습니까?"

놀란 얼굴에는 감격한 기색이 역력했다. 그렇다고 하면 눈물이라도 흘릴 기세였다.

아무리 자신이 사람에 관심 없다 해도 사막에서 여섯 달을 함께 지낸 사람을 모를 리가 있나. 거기다 고작 스무 명, 나중에는 열셋밖에 남지 않은 병사의 이름쯤 기억했다고 저렇게나 기뻐하다니. 이리하는 평소 암영의 병사들에게 자신이 어떻게 비췄는지 깨닫고 입매를 비틀었다.

"내게 칼을 겨누고도 몰라볼 거라 기대했단 말이냐?"

기라의 표정이 금세 시무룩해졌다.

"애초에 널 기억하지 못했다면 어떻게 알아봤을 거라 생각하나?"

"예?"

멍하니 되묻는 청년의 얼굴에 대고 이리하가 피식 웃었다.

"가서 잠영 실력이 뛰어난 자로 오십 명을 추려 데려와라."

"예, 예!"

청년은 잔뜩 기합이 들어간 상태로 바람처럼 달려갔다. 이리하의 전언을 들었는지 병사들 사이로 아우성이 터져 나왔다. 힐끔 그들을 바라본 이리하의 눈에 웃음기가 스쳤다. 덩치는 산만한 장정들이 화톳불 앞에 옹기종기 쪼그리고 앉아 있는 모양새가 꽤나 우스꽝스러웠다.

진 기라는 다른 이들의 부러움과 눈총을 한 몸에 받는 중이었다. 몇몇 병사들이 장난스럽게 그의 등에 올라타 목을 쥐고 흔들었다.

"무위시랑께서 네 이름을 직접 불러주셨다고?"

"말도 안 돼! 암영에 들어온 지 오 년 된 내 이름도 모르시는데!"

"으아아! 이럴 줄 알았으면 나도 간자나 해볼걸."

병사들이 우스갯소리로 자신의 과거를 들먹여도 기라는 웃을 수 있었다. 그 말에 아무런 원망이나 질책도 숨어 있지 않다는 사실을 알고 있는 것이다.

기라는 암영에 다시 합류하면서 그들에게 죽지 않을 정도로만 얻어맞았다. 그것으로 그들은 기라를 깨끗이 용서해주고 다시금 동료로 받아들여주었다.

조정에서는 매일 격렬한 갑론을박이 벌어지고 있었다.

일황자 쪽이 먼저 이황자를 사병으로 공격했고 이에 이황자도 무력으로 대응했다. 이미 일개 소윤의 죽음의 배후 따위가 문제가 아니었다. 이렇게 된 이상 평화로운 선위는 물 건너간 것이나 다름 없었다.

두 황자의 충돌을 막을 수 있는 이는 황제뿐인데 하필 이런 때 황제는 누구의 알현도 받지 않았다. 황제를 배알하려던 몇몇 귀족들의 시도는 매번 태의와 여 귀비에 의해 가로막혔다.

"이보시오, 상사형(尙司刑). 노주에서 올라온 상주문을 읽어나 보셨소?"

"흠흠, 본관의 일인데 어찌 소홀히 했겠소이까."

한 귀족의 질책에 상사형이 괜스레 헛기침을 했다. 노주에서 벌어진 일에 대한 징계를 논의하는 자리였다.

"그런데 왜 상서위의 죄를 묻지 않는 게요?"

계속된 다그침에도 상사형은 딴청을 피웠다.

"상주문에는 그간 노주의 백성을 끝없이 수탈한 혜 우이담의 죄상이 조목조목 나와 있었소. 그자의 집에서는 상서위와 주고받은 서신도 쏟아져 나왔다고 들었소. 이렇듯 만천하에 죄상이 드러났는데 공은 언제까지 좌시할 셈이오!"

"그렇소! 상사형은 제 소임을 다하시오!"

"나라의 녹을 받는 자로서 부끄럽지도 않소이까!"

이황자 파 귀족들이 너나없이 상사형을 성토하기 시작했다. 수세에 몰린 상사형이 상서위의 눈치를 보았다.

"그, 그것이……."

상사형이 제대로 답을 못 하고 어물거리자 혀를 찬 상서위가
직접 나섰다.

"나는 모르는 일이오. 황도에 있는 내가 어찌 노주에서 벌어진
일을 알 수 있었겠소?"

"대감의 처조카사위가 저지른 일인데 모른다는 게 말이 되는
소리요? 상서위."

"어찌 말이 안 된단 말이오? 혜 우이담과 나는 고작 얼굴이나
아는 사이일 뿐 친분이 없었소."

혜 우이담이 노주 주사 자리에 앉도록 힘을 쓴 당사자가 할 말
은 아니지 않은가. 수족처럼 부리던 처조카사위를 한순간에 나 몰
라라 하는 상서위의 태도에 몇몇 귀족들이 눈살을 찌푸렸다.

"허! 그가 열흘마다 대감에게 노주의 상황을 보고한 것은 무어
라 변명할 셈이오?"

"난 그저 안부편지를 받았을 뿐이오. 아무리 먼 처조카사위라
해도 안부를 전하는 것까지 막을 순 없잖소?"

그리 먼 처조카사위들이라 모두 요직에 앉히고 온갖 이권다툼
에 끼어들어 비리를 저질렀단 말인가. 상서위의 뻔뻔한 대꾸에 기
가 막혀 모두 할 말을 잊었다. 이때다 싶은 일황자 파가 공세에 나
섰다.

"맞소! 상서위께서 아니라면 아닌 것이오."

"지금 그걸 말이라고 하시오? 어찌 이리 후안무치하시오!"

"무엄하오! 지금 공은 황자전하의 외숙께서 하신 말을 의심하는 것이오?"

"다들 정신 차리시오! 어찌 이런 천인공노할 죄를 덮으려 한단 말이오!"

"공이야말로 무례하오! 예의를 갖추시오!"

상서위는 시끄럽게 싸우는 자들을 가늘게 뜬 눈으로 훑어보았다.

사오룬 황자가 노주에서 일을 벌여놓은 탓에 조회 때마다 성가시기 짝이 없었다. 멍청한 처조카사위가 모아둔 서신도 제법 골칫거리였다.

그러나 상서위는 무조건 모르쇠로 일관하는 중이었다. 다행히 그는 혜 우이담에게 보낸 서신에 물증이 될 만한 말은 단 한 줄도 쓰지 않았다. 매사에 꼼꼼하고 치밀한 자신의 성격 덕분이었다.

아직 이황자를 처리하지 못한 것은 안타깝지만 상서위는 최후에 웃을 자가 자신임을 믿어 의심치 않았다. 황제가 바로 이 손안에 있는데 두려울 것이 무언가.

상서위는 황제가 일황자에게 제위를 물려주겠다는 칙서를 내릴 것이라는 소문을 흘렸다.

그러자 어느 쪽에 설 것인지 저울질을 하던 귀족들이 조금씩 등을 돌리기 시작했다. 받아 챙긴 뇌물로도 부족해서 이번 기회에 굵직한 자리 하나 얻을 속셈인 자들이 부지기수지만 뭐 어떤가. 조카를 황제로 만들 수만 있다면.

등꽃 아내서

얼마 전 기장군 혜 가라난이 몰래 휘하의 군사를 움직이겠다고
알려왔다. 물론 대군을 움직일 명분은 없으니 소규모이긴 해도 정
규군의 개입은 의미하는 바가 컸다. 이황자를 반역자로 몰아 처단
하는 데 힘이 실리는 것이다.

조만간 이 지루한 싸움도 끝난다. 비어 있는 옥좌를 바라보는
상서위의 눈이 붉게 번들거렸다.

고요한 숲속에 젖은 안개가 한숨처럼 피어올랐다.

군마들이 내뿜는 새하얀 콧김이 차가운 새벽공기와 뒤섞였다.
선두에 선 이리하의 뒤로 백 명의 병사가 대기하고 있었다.

일황자군은 군량을 실은 배가 세 번이나 공격당한 이후로 이동
경로를 육로로 바꾸었다. 이리하는 새로이 입수한 정보에 따라 군
량을 탈취하기 위해 새벽의 습격을 감행 중이었다.

얼마 전 뜻밖의 후원자가 나타나는 바람에 더 이상 군량 걱정
은 할 필요가 없어졌다. 하지만 적의 군량탈취는 빼놓을 수 없는
전술 중 하나였다.

길을 내려다보는 이리하의 미간은 잔뜩 찌푸려져 있었다. 오랫
동안 제대로 잠을 자지 못한 탓인지 머리가 무거웠다. 아무리 몸이
고단해도 그는 밤마다 깨어 있었다. 피곤보다 더한 갈증이 이리하
를 잠식하고 있었다.

동위궁을 떠난 이후로 그 꿈을 꿀 수 없었다. 파사가 숨어 있을
때와는 달랐다. 이젠 아예 꿈조차 꾸지 못했다.

파사와의 연결이 끊겨버린 듯한 상실감에 이리하는 초조해졌다. 그것은 마치 다시는 그녀를 만날 수 없으리란 예감 같았다. 스스로조차 한낱 꿈에 영향을 받을 거라곤 생각지 못했던 터라 이리하는 자신의 몸을 통제하지 못한다는 사실에 당황하고 있었다.

반 시진 정도 기다리자 골짜기 너머로 천천히 행렬이 보이기 시작했다. 어림잡아도 스무 대는 족히 넘는 수레들이 길게 줄을 지어 오고 있었다. 이슬에 젖은 땅 위로 바퀴 자국이 깊게 파일 만큼 짐을 가득 실은 수레였다. 저 정도라면 일황자 측에 제법 큰 타격을 줄 수 있을 것이다. 게다가 행렬의 앞뒤를 호위하는 병사는 고작 수십 명에 불과했다. 식은 죽 먹기보다 쉬운 일이었다.

그런데 왜 이렇게 기분 나쁜 감이 드는 걸까. 뭔가를 놓치고 있는 것 같긴 한데 분명하게 떠오르는 것이 없었다. 치백이 함께 있었다면 금방 답을 내놓았을 것 같기도 한데. 이리하는 작게 혀를 찼다.

단지 불쾌한 예감 때문에 저들을 그냥 보내줄 순 없는 일이다. 가늘게 뜬 눈으로 길을 노려보던 이리하가 조용히 손짓했다.

"모두 무기를 들어라."

이리하의 지시에 다들 조용히 검을 빼들었다.

맨 앞에 가던 수레가 그들이 미리 파놓은 함정 위를 지나고 있었다. 순간 우지끈, 하는 소리와 함께 수레와 말이 구덩이에 빠졌다.

히이이잉.

등꽃 아내서

그것을 신호로 병사들이 일제히 행렬을 덮쳤다. 갑자기 숲에서 무장한 병사들이 뛰쳐나오자 수레를 끌던 말들이 놀라 우왕좌왕하며 멈췄다.

"누구냐!"

몇 명 되지 않는 호위들이 그들을 경계하며 창을 겨눴다.

"짐은 전부 두고 가라. 그러면 피를 볼 일은 없을 것이다."

이리하의 말에 눈치를 보던 일황자의 병사 하나가 재빨리 작은 피리를 꺼내 불었다.

삐이이익.

가늘고 날카로운 소리가 울려 퍼지자 수레의 짐을 덮은 커다란 천이 울퉁불퉁 움직였다. 순식간에 천을 찢고 병사들이 튀어나왔다. 여기저기 멈춰선 수레에서 숨어 있던 병사들이 모습을 드러냈다. 상황은 순식간에 역전됐다.

그제야 이리하는 자신이 놓친 게 뭔지 깨달았다. 숲이 이상할 만큼 조용했다. 작은 풀벌레소리조차 들리지 않았던 것이다. 벌레들이 침묵하는 이유는 단 한 가지뿐이다. 매복이 있다는 것.

아니나 다를까 잠시 기다리자 숲 너머에서 하나둘 인영들이 나타나기 시작했다. 그들은 삽시간에 숲을 빽빽이 채웠다. 수레에 숨어 있던 병사들과 합하면 적어도 오백에 가까운 숫자였다. 마지막으로 말을 타고 앞으로 나선 자는 기장군 혜 가라난이었다.

"루 이리하! 네놈을 기다렸다! 오늘 이곳이 바로 네 무덤자리니라. 들어라! 누구든 저놈의 목을 베는 자에겐 황금 오십 근을 하사할 것이다!"

이리하를 발견한 혜 가라난이 분기탱천해서 외쳤다. 부러진 앞니를 가리려 펼쳐든 접선이 갑주와 어울리지 않아 다소 우스꽝스러웠다. 설마 저 꼴로 검을 휘두를 생각은 아니겠지? 코웃음 친 이리하가 소리쳐 답했다.

"흠, 내 몸값을 그렇게나 높게 쳐주다니 고맙군그래?"

"그게 그리 즐겁습니까요?"

히죽거리는 이리하의 옆으로 다가온 나예가 작게 핀잔을 주었다.

"오십 근이라잖아. 그 정도면 치백이 오매불망 바라는 지붕 수리는 문제도 아닐걸?"

"정 그러시면 꽁꽁 묶어서 저 쪽에 확 내어드릴깝쇼?"

"하하하. 그건 안 되겠는걸? 난 받은 건 꼭 돌려주는 성미라, 혜 가라난에겐 갚을 빚이 있거든."

이리하가 이를 드러내며 웃었다. 자신을 앞에 두고 느긋하게 농지거리를 주고받는 모습에 가라난의 눈에 불똥이 튀었다.

"이놈들이 감히!"

"이리 열렬히 환영해주니 고맙긴 한데, 이번엔 좀 덜 오합지졸로 골라왔나? 남아 있는 어금니라도 지키려면 병사들 틈에 잘 숨어야 할 거야."

숲을 가득 메운 적의 머릿수를 훑어보는 이리하의 입가에 비웃음이 흘렀다.

들꽃 아내서

"네, 네놈이!"

"자, 안부인사는 이 정도로 하고. 다들 기다리느라 지루했을 테니 어서 끝내자."

이리하가 손을 까닥이자 병사들이 일제히 무기를 들어 올렸다.

한순간 무성한 나뭇가지 사이를 뚫고 내려온 햇살이 사라져가는 안개 위로 쏟아졌다. 마치 숲 전체에 투명한 금빛 비단 수백 개가 드리워진 것처럼 몽환적인 광경이었다.

그 눈부신 햇살 한가운데 거대한 흑마를 탄 사내가 칠흑보다 검은 검을 추켜들고 있었다. 온 세상이 빛으로 밝아오는데 오직 그의 존재만이 빛을 모조리 삼켜버린 어둠처럼 뚜렷했다. 마치 죽음의 신이 땅 위에 현신이라도 한 것 같았다. 모든 병사들의 눈에 본능적인 공포심이 떠오른 순간 흑아의 새까만 검신이 새벽의 공기를 갈랐다.

"공격!"

16장

강양(康良) 31년 구월

"······방금, 뭐라고 하셨습니까?"

"그 '이황자의 개'가 죽었다는 소식이구나."

하사신이 만면에 즐거운 웃음을 띠며 대답했다. 혜 가라난이 보내온 낭보였다.

암영의 무위시랑이 죽었다.

등에 가라난의 칼이 꽂힌 채 골짜기 아래 강으로 떨어지는 모습을 두 눈으로 똑똑히 보았다는 자들이 기십에 달했다. 소규모의 전투였지만 그날 이황자군은 우두머리를 잃고 대패했다.

밤이 되자 이황자군의 진영은 통곡소리에 잠기고 상(喪)을 뜻하는 검은 깃발이 내걸렸다. 무위시랑의 죽음으로 사기가 추락한 이황자군은 양신강 너머로 일제히 후퇴해 꼼짝도 하지 않고 있었다.

처음으로 거둔 승리에 고무된 가라난은 자신의 병사들을 데리고 잠시 황도로 돌아와 전열을 가다듬을 계획이라고 전해왔다.

파사는 이야기를 잇고 있는 황자를 망연히 바라보았다.

동위궁을 떠난 이후로 이리하의 모습이 꿈에 나타난 적은 한 번도 없었다. 그동안 이리하가 그녀의 꿈속에 들어올 수 있었던 것도 아마 그가 가까이 있었던 탓이 아닌가 짐작될 뿐이었다.

"내가 직접 놈의 목……, 아깝……. 그래서 혜 가라난……, 너를 만나고 싶다고…….."

마치 물에 빠지기라도 한 것처럼 하사신의 말이 들렸다 들리지 않다 했다. 숨이 쉬어지지 않았다. 심장이 뒤틀리는 기분에 파사는 억지로 입을 벌려 말을 뱉어냈다.

"싫습니다."

"뭐?"

"더 이상은 싫습니다."

한 번 뱉고 나자 두 번째는 쉬웠다.

"왜 이러는 것이냐? 설마…….."

황자의 눈빛이 삽시간에 돌변했다.

"그놈 때문이냐?"

하사신의 손이 한 겹 비단에 싸인 가냘픈 팔목을 잡아챘다. 희번덕거리는 눈동자에는 단 한 번도 그녀를 품지 못한 질투가 배어 있었다.

"그놈은 뭐가 달랐지? 그놈의 물건이 그렇게 좋았나? 그런 천한 놈을 받아들이면서 기뻐했느냐?"

　가끔은 진정으로 이 가느다란 목을 졸라버리고 싶을 때가 있었다. 차라리 죽여버리면, 눈앞에 없으면 더는 괴롭지 않을까. 수천 번 수만 번 유혹에 흔들렸다. 그럼에도 죽일 수 없었던 것은 자신이 이 아름다운 존재를 사랑했기 때문이다.

　하사신은 자희의 맨살에 닿은 적이 없었다. 옷을 사이에 두고서야만 그녀를 만질 수 있었다. 세상 그 무엇보다 그녀를 품고 싶어 하지만 한편으론 자신의 기억과 감정을 읽힐까 두려워 안지 못했다. 누군가에게 자신의 가장 밑바닥까지 보인다는 두려움은 공포였다. 상대가 유일하게 사랑하는 이라 해도 그 두려움을 무릅쓰게 만들진 못했다.

　단 한 번 그 두려움을 이긴 적이 있었다.

　지금도 선명히 기억한다. 그 서늘하고 푸른 새벽을.

　술에 취한 자신은 강제로 자희를 안으려 했다.

　원하는 것을 지척에 두고도 갖지 못하던 수백 번의 밤. 자신의 궁에 자희를 데려다놓고도 손댈 수 없다는 사실에 하사신은 점점 초조해지고 있었다.

　웃지도 울지도 않고 그저 자신에게서 벗어날 생각만 하는 자희를 달래는 데도 지쳤다. 억지로라도 그 아름다운 몸을 가지면 모든 것이 뜻대로 풀릴 거라 믿었다. 누구에게나 무심한 그녀다. 몸이 가면 마음도 간다고 하지 않던가. 어차피 자신밖에 사랑할 수 없는 그녀라 자만했다.

그러나 그날 하사신은 똑똑히 보고 말았다. 그 투명한 눈을 뒤덮는 경멸과 혐오감을.

자희가 자신을 미워할 수도 있다 생각했지만 대수롭지 않게 여겼다. 사실 그는 그것이 어떤 것인지 제대로 알지 못했던 것이다. 그렇게 뚜렷이 자신을 혐오하는 눈을 맞닥뜨릴 거라고는 생각하지 못했다.

내 것이라 생각한 그녀가 나를 진심으로 미워한다고? 저런 눈으로 평생 나를 바라본다고?

하사신은 뒷걸음쳐 방을 뛰쳐나오고 말았다.

하찮은 인간들이 자신을 어떻게 생각하든지 상관없었다. 벌레만도 못한 것들이 자신을 싫어하든 말든 그게 무슨 대수일까.

그러나 자신을 증명하는 유일한 존재가, 단 하나 마음을 준 이가 보여준 증오심에 하사신은 충격 받고 말았다.

두려움이 물러나자 그 자리를 채운 것은 분노였다.

용납할 수 없었다. 너는 내 것인데. 운명이 정했다는 단 하나의 연혼인데. 그런데 감히 자신에게 그런 눈을 하다니.

자신은 그 초라하고 보잘것없는 곳에서 그녀를 벗어나게 해주었다. 신분이 비천해 비인으로 둘 수밖에 없다 해도 후궁전의 모두가 부러워하는 자리였다. 자희는 자신의 총애를 받는 유일한 여인이었다.

천하에 가지지 못할 게 없고 원해서 가지지 못한 것도 없는데 그 하나를 가질 수 없다는 사실에 하사신은 분노했다. 장차 황제가 될 자신이 고작 계집 하나 때문에 휘둘리는 게 참을 수 없었다.

운명이 정한 내 것이면서 내게 마음을 주지 않는 자희. 네 탓이다. 나의 자희. 모든 것이 나를 사랑하지 않는 네 탓이다.

분노와 비틀린 애증이 점차 그의 정신을 좀먹어 들어갔다.

벌을 주듯 처음으로 다른 사내와의 잠자리를 명하고 잠을 이루지 못했던 열여섯의 그 밤.

다음날 아침 자희의 눈을 마주한 하사신은 깨달았다. 이제 영원히 그녀의 마음을 가질 수 없다는 사실을.

그러니, 그러니 나의 자희. 너도 나 이외엔 아무도 가질 수 없다.

그때 하사신은 이를 악물며 다짐했다. 내가 가질 수 없으면 누구도 못 가진다. 네 마음을 망가뜨리고 짓밟아 누구도 그 안에 들어서지 못하도록 하겠다.

하사신은 새로운 인물을 끌어들일 때마다 자희에게 그들과의 하룻밤을 명했다. 그들의 기억에서 정보를 빼내고 자신에게 이롭게 꿈을 심도록 했다.

시간이 흐를수록 자희는 더욱 차가워지고 표정을 잃어갔다.

그녀는 이제껏 함께 밤을 보낸 그 누구도 마음에 두지 않았다. 그녀가 그자들을 얼마나 싫어했는지 알고 있기에 전혀 불안하지 않았다.

자신이 가질 수 없는 몸뚱이 따위 누가 범하든 상관없다. 어차피 살아남을 놈은 아무도 없을 테니. 전부 없애버리면 그만이었다.

그러나 몸은 다른 사내에게 내주더라도 그 마음은, 그 가슴 안에 있는 감정 한 올까지 모조리 내 것이다. 웃음은 줄 수 없다 해도 아픔도, 슬픔도 오직 자신만이 줄 수 있다.

설사 평생 자신을 돌아보지 않는다 해도 놓아주진 않을 것이다.

"제가 그 누구를 마음에 담을 수 있겠습니까?"

나직한 목소리에 깔린 쓸쓸함에 하사신은 자신도 모르게 침을 삼켰다.

"이런 저를 사랑할 수 있는 사람은 아무도 없다고 하셨지요."

단 한 사람, 세상에 없을 것 같던 그런 사람이 있었죠.

"제게는 전하밖에 남지 않았습니다."

전하가 그 사람을 죽였습니다.

"너만은 알아야 한다. 내가 널 얼마나 사랑하는지."

황자의 목소리는 억지로 쥐어짜낸 것처럼 살짝 떨리고 있었다. 원망이 섞인 애절한 그 고백에 파사의 눈빛이 서늘해졌다.

하사신 황자는 이기적인 어린애 같았다. 그녀에게 끔찍한 짓을 서슴지 않으면서도 그녀가 자신을 싫어하는 것은 못 견뎌했다.

늘 입으로 사랑한다고 달콤하게 속삭이지만 그의 말에는 상대를 해치는 독이 묻어 있었다. 황자의 사랑한다는 말을 들을 때마다 끝없는 수렁에 끌려들어가는 것 같았다.

몸이 닿으면 그들의 감정과 기억을 읽을 수 있다는 말에 하사신은 파사를 이용하는 데 주저하지 않았다. 그것이 그녀에게 죽음과 같은 고통을 준다는 사실을 알면서도.

그도 모자라 거짓 꿈을 심도록 파사의 방에 사내들을 밀어 넣었다. 고작 한 번 스치는 것만으로도 고통스러워하는 그녀가 누군가와 잠자리를 하게 되면 어찌될까. 끔찍한 고통에 숨이 멎을 수도 있다는 생각은 해보지도 않았을 것이다.

그녀가 아는 어떤 사내는 단 한 번도 사랑한다 말하지 않았다. 대신 무뚝뚝하고 제멋대로인 그 사내는 사랑이 어떤 것인가 직접 보여주었다. 그녀의 이름을 불러주고, 따뜻한 팔에 안아주었으며, 살고 싶게 만들었다.

당신의 죽음을 들어도 나는 울 수 없어. 우는 것조차 못 해.

하지만 당신의 원수와 함께 지옥에 빠져줄게.

자신의 연혼을 죽음에 이르게 한 벌로 영원히 영겁의 강에 머무른다 해도 그게 어떻단 말인가. 어차피 삶은 그녀에게 고통일 뿐이었다.

「언젠가 한 번은 웃어줘. 내가 보지 못해도 좋아.」

이제 당신은 영원히 보지 못하겠지만.

"어찌 모르겠습니까? 언제나 사랑한다 말해주지 않으셨습니까."

꽃보다 아름다운 입술이 작게 벌어지고 그림 같은 눈매가 초승달처럼 휘었다. 마치 꽃이 향기를 피워 올리듯 아찔한 웃음이었다. 처음 보는 그녀의 작은 미소에 하사신은 완전히 넋을 잃었다.

"제 소원을 들어주신다 하셨지요? 전하."

살짝 휘어진 눈매가 요사스러울 정도로 가슴을 흔들었다. 하사신은 퍼뜩 정신을 차렸다.

"설마 또 궁을 나가겠다는 소리라면⋯⋯."

"아니오. 그 생각은 이미 버렸습니다."

의심이 깃든 시선에 파사는 조금 슬픈 듯 눈을 내리깔았다.

처음 궁에 들어온 후 얼마 되지 않았을 무렵 그녀는 몇 번이고 도망치려 했었다. 그러나 그 시도는 하사신이 그녀 주변의 시종과 호위들을 다 죽임으로써 묻혔다. 세 번째 탈출 실패 후 눈앞에서 어린 시비의 목이 잘리는 것을 본 파사는 의지를 꺾었다. 방금 전까지 자신의 눈앞에서 말하던 사람들이 주검으로 실려 나가는 걸 더 이상 볼 수 없었다. 그들은 불운하게 자신의 시중을 들었다는 이유만으로 죽임을 당한 것이다. 꿈에선 마을사람들과 더불어 그녀를 원망하며 죽어간 자들의 모습이 나타나기 시작했다.

그래서 수시로 주변사람들을 내쫓았다. 하사신이 사람들의 목숨을 담보로 잡고 있다는 사실을 알기에 누구도 그 무엇도 가까이 두지 않았다. 더 이상 상처 입히는 것도, 상처 입는 것도 싫었다.

"정말, 정말이냐?"

반신반의하는 하사신의 목소리가 거칠게 갈라졌다.

"반평생을 이곳에서 살았습니다. 이제와 제가 어디로 갈 수 있겠습니까? 제가 기댈 곳은 오직 전하뿐입니다. 그러니 이제 전하 곁에만 있을 수 있게 해주시겠습니까?"

천천히 숙여진 목덜미는 비에 젖은 꽃처럼 애달프게 보였다.

"그래. 네가 있을 곳은 내 옆이지."

떨리는 손이 그녀를 품으로 끌어당겼다. 하사신은 조심스럽게 그녀의 귓가에 입술을 가져갔다. 가슴을 진탕시키는 달콤한 향기로 가슴이 벅차올랐다.

"나의 자희. 사랑한다. 사랑하고 있다."

고개를 숙인 하사신은 자신이 속삭일 때마다 그녀의 눈빛이 점차 황량해지는 것을 보지 못했다.

빠져나갈 수 없는 수렁이라면 이 끔찍한 곳을 무덤으로 삼는 것도 괜찮겠지. 어차피 오래전 그때, 진실을 깨달은 날부터 벗어나려는 생각은 버리지 않았던가.

황자는 단 한 번도 그녀에게 용서를 구하지 않았다. 후회하지도 뉘우치지도 않았다. 그저 그녀에게 지난 일이니 잊으라고만 했다.

애초에 마을을 불태우고 사람들을 몰살시킨 일 따윈 그에게 별다른 의미도 아니었다. 그 사람들은 단지 그녀를 데려오는 데 걸리적거리는 걸림돌이었을 뿐이다.

그래서 결심했다. 황자가 가장 원하는 것을 무너뜨려주겠다고.

지존의 자리. 그 하나를 위해 모든 일을 벌인 황자였다. 그러니 당신도 원하는 것을 갖지 못하는 게 공평하겠지.

언젠가 올 거라 믿었던 사람은 결국 왔지만 그는 파사의 세상

등꽃 아내서

을 부수고 불을 질렀다. 고작 꿈지기 하나를 얻기 위해 그런 짓을 저지른 황자를 용서할 수 없었다. 그리고 모든 불행의 원흉인 자신도 용서할 수 없었다.

깨어진 연혼은 여전히 그대로였고 이 삶은 오래된 고문과 다름 없었다. 이제는 그만하고 싶었다.

오래전 한 사람에게 살겠다는 약속을 한 적이 있었다.

파사의 어미는 자신의 태를 빌려 태어난 꿈지기를 한 번도 원망한 적 없었다. 불운한 아이라며 외면하지도 않았다. 그저 감정을 잃어버린 것 같은 아이를 안쓰럽고 애처롭게 여겼다.

그녀는 일족에 전해 내려오는 연혼에 대한 이야기를 늘 들려주었다. 위태롭기 그지없는 아이의 목숨을 유지시키기 위해 기약 없는 희망이라도 주기 위해서였다.

자상했던 어미는 죽어가는 순간에조차 파사의 앞날을 걱정하고 있었다. 그녀는 파사가 스스로 생을 끝낸 황량한 꿈지기들의 뒤를 따르지 않도록 약속을 시켰다. 무슨 일이 있어도 파사에게 살아남아야 한다고 다짐했다.

투명한 파사의 눈동자 너머로 오래전 말라버린 눈물이 고였다.

그 사람을 보지 않고도 얼마든지 살 수 있었다.

하지만 이 하늘 아래 그가 없다면 살아갈 수 없었다. 그 사람마저 없는 세상에는 더 이상 살고 싶지 않았다.

하사신 황자가 갑자기 모든 자리에 자미희를 대동하기 시작했다.

　요사이 황자의 곁에는 늘 자미희가 붙어 있었다. 중요한 자리에 비인 따위가 끼어든다며 다들 눈살을 찌푸렸지만 황자가 막을 생각을 하지 않으니 불만을 토로하진 못했다.

　자미희는 날이 갈수록 위태로운 아름다움을 뿜어냈다. 이제는 숫제 보는 것만으로도 숨이 턱턱 막힐 지경이었다. 마치 제 몸을 불살라 피어나는 요화 같다며 모두들 수군거렸다.

　문부위(文簿尉)는 자신의 앞을 지나치는 자미희를 신기한 눈으로 쳐다보았다. 시선을 느낀 건지 자미희가 살짝 고개를 든 순간 그녀가 비틀거렸다.

　문부위는 저도 모르게 손을 뻗어 그녀를 붙들었다. 진주가루를 뿌린 듯 새하얀 얼굴. 흠잡을 데 없이 완벽한 얼굴과 어쩐지 몽환적으로 보이는 맑은 눈동자. 코끝을 스치는 달콤한 향기에 그는 멍해졌다.

　"감사합니다. 허나 이제 그만 놓아주시겠습니까?"

　그제야 자신이 그녀의 손목을 잡고 있다는 사실을 깨달은 문부위는 놀라 손을 놓았다.

　살짝 찌푸린 아미만이 그녀가 살아 있는 사람임을 알려주었다. 이토록 아름다운 사람이 존재하다니. 문부위의 심장이 무섭게 뛰었다. 그는 오랫동안 자미희의 뒷모습에서 눈을 떼지 못했다.

　"문부위는 어떠하더냐?"

등꽃 아래서

"아직 마음을 정하지 못한 것 같았습니다. 지인과의 자리에서 황제폐하의 칙서가 없는 이상 함부로 행보를 정할 순 없다고 속내를 털어놓더군요."

자희는 뇌물을 받고도 어영부영 시간을 끌고 있는 문부위의 기억을 읽고 하사신에게 알려주었다.

요즘 하사신의 기분은 하늘을 날 듯했다. 황좌는 바로 눈앞에 다가와 있었고 자희도 조금씩 자신에게 마음을 열고 있었다.

사실 처음부터 쉽사리 자희를 믿었던 것은 아니다. 지난 십여 년의 세월은 그녀가 내민 화해의 말도 의심케 했다.

그러나 자희가 귀족들을 읽고 자신에게 알려주기 시작하자 달라졌다. 자희는 그 일로 아무런 이득을 얻을 것이 없다. 오직 자신을 위해 싫어하는 일을 자진해서 한 것이다. 자희는 분명 둘 사이의 틈을 메우기 위해 애쓰고 있었다. 그 모습이 더할 나위 없이 사랑스러웠다.

"그런데 어찌 이리 마르는 것이냐? 자희."

자희의 몸은 더욱 가냘파졌다. 하늘하늘 바람에도 날려갈 듯 불안해 보였다. 하사신은 자희의 등을 은근한 손길로 쓸어내렸다.

자희와 하룻밤을 보낸 자들은 모두 한 번이라도 더 그녀를 만나고 싶어 몸이 달아 있었다. 대체 잠자리에서의 자희가 어땠기에 그리 안달인지 궁금하지 않다면 거짓이리라.

조만간 이 사랑스러운 몸을 안을 것이다. 그전에 감히 이 몸을 만진 놈들은 마지막 하나까지 전부 없애버려야겠지.

안타깝지만 그러자면 황제가 된 후에야 가능했다. 아직은 쓸모가 있는 자들이 몇 남아 있었다.

"조금 피곤해서 그런 것뿐이오니 심려치 마십시오."

기억을 읽는 일이 힘들다고 했었다. 요사이 자희는 수십 명의 귀족들을 만났으니 아마 그 때문일 것이다.

하지만 지금은 중요한 시기라 어쩔 수 없다. 귀족들의 동향과 심중을 파악하려면 자희가 꼭 필요했다. 자신이 황제가 된 후에는 자희가 이렇게 애쓸 일이 그다지 많지 않을 것이다. 그때가 되면…….

한 겹 비단 너머로 느껴지는 부드러운 굴곡에 갈증이 일었다. 하사신은 입술을 핥았다. 당장이라도 그 옷을 찢어버리고 싶은 마음이 들었다.

그때 방 밖에서 인기척이 들려왔다.

"전하, 상서위 입시이옵니다."

시종의 고하는 소리에 하사신이 손을 물렸다.

"드시라 해라."

문이 열리고 상서위가 한 사람을 데리고 들어왔다.

"전하, 그간 옥체 강녕하셨사옵니까?"

"하하. 외숙부. 고작 어제 뵙지 않으셨습니까?"

"제국과 저에게 전하의 강녕함보다 중요한 일이 무엇이겠습니까? 오늘은 긴히 말씀드릴 일이 있어 찾아뵈었습니다. 전하. 그전에 잠시 주위를 물리시는 것이 어떠신지요?"

상서위의 시선이 황자의 곁에 서 있는 자미희에게 닿았다. 그들이 나눌 이야기는 비인 따위가 함부로 들어선 안 될 말이었다.

"자희는……, 아, 아닙니다."

그럴 필요 없다고 말하려던 하사신은 마음을 바꿨다.

그는 자희의 능력을 상서위에게도 감추고 있었다. 비밀을 아는 자는 적을수록 좋은 법이다. 그리고 이 자리에서는 굳이 자희가 필요치 않을 것이다.

"그래, 자희. 오늘은 되었으니 그만 쉬도록 해라."

"물러가겠습니다. 전하."

방을 나서며 살짝 묵례를 하던 파사의 눈이 상서위의 뒤쪽을 스쳤다. 화려한 옥색 장포를 걸친 사내는 풍채가 좋았다. 그가 움직이자 허리띠에 달린 구슬이 찰랑거리며 흔들렸다. 은은한 빛을 뿜어내는 단백석(오팔)이었다.

제국의 귀족들은 단백석을 즐기지 않아 거의 수입되지 않는다. 저 정도의 물건이라면 가히 최고급품이었다.

사내는 낯선 인물이었다. 대귀족 중에 저런 얼굴을 본 기억이 없었다. 귀족다운 몸가짐이 반옥에 관련된 자라고 보기도 어려웠다.

대체 누구일까.

이런 시기에 정체를 알 수 없는 인물이 상서위 곁에 있다는 것은 결코 반가운 소식이 아니었다.

늦은 밤 천후전 주변으로 그림자가 숨어들었다.

어깨에 새하얀 수리부엉이가 새겨진 옷을 입은 사내들이었다. 어둠 속에 몸을 숨긴 그들은 품에서 가루를 꺼내 뿌렸다. 잠꽃이라 불리는 수면초의 가루였다.

바람결에 날려온 가루를 마신 시종과 호위들이 꾸벅꾸벅 졸기 시작했다.

문 앞을 지키던 시종들이 완전히 곯아떨어지자 어둠 속에서 불쑥 한 사람이 걸어 나왔다. 그는 당당히 문을 열고 천후전 안으로 들어섰다.

제국을 호령하는 황제의 침전은 깊은 어둠에 잠겨 있었다. 침상에서 떨어진 곳에 놓인 금빛 촛대 하나만이 방 안을 희미하게 밝히고 있었다.

"천의위장."

황금빛 휘장 너머에서 느릿한 목소리가 흘러나왔다. 쇠약한 황제의 음성에는 병색이 짙었다. 천의위장이라 불린 사내는 침상 가까이 다가갔다.

"예, 폐하."

"알아보았는가?"

"태의가 상서위의 겁박을 받고 입을 다물고 있는 것 같사옵니다. 태의에겐 어렵게 얻은 독자가 있는데 언제부턴가 집밖에서 아이의 모습을 본 자가 없다 하옵니다. 상서위가 태의의 어린 아들을 볼모로 잡고 있는 것이 아닌가 짐작되옵니다."

"……역시 그랬던가."

등꽃 아래서

얼마 전 황제는 비밀리에 천의위장에게 밀지를 내렸다.

이 년 전부터 부쩍 침상에서 일어나지 못하는 날이 많아졌지만 별다른 의심을 하지 않았다. 수시로 혼절하는 일이 잦아지자 자신의 몸이 나날이 쇠약해진다고만 생각했다.

여 귀비가 자신에게 독을 먹이고 있다는 사실을 알게 된 것은 우연이었다.

어느 날 황제는 귀비와 상서위의 이야기를 엿들었다. 귀비는 자신의 정신이 돌아온 줄 모르고 부주의하게도 침전 안에서 상서위와 이야기를 나눴다.

귀비는 매일 탕제와 차를 준비하는 일이 버겁다며 하소연하고 있었다. 그런 귀비를 달래며 둘 중 하나라도 빠뜨리면 안 된다고 신신당부하는 상서위의 태도는 몹시 의심스러웠다. 탕제를 먹은 후 반드시 한 식경 내에 차를 마시지 않으면 효과가 없다는 소리도 했다.

병자인 자신에게 굳이 차가 필요한 이유가 무엇이겠는가.

늘 자신의 탕제와 차를 직접 챙기는 귀비였지만 설마 그 속에 독이 들어 있으리라고는 꿈에도 생각지 못했다.

황제는 귀비의 눈을 피해 조심스럽게 차를 버렸다. 그러자 정신을 차리는 날이 많아졌다. 그러나 독이 이미 몸에 뿌리를 내렸는지 날이 갈수록 기력이 쇠했다.

"그리고 하명하셨던 다른 일은……. 폐비되었던 환비는 사가에서 출산을 한 것으로 보이옵니다. 용종의 안전을 위해 일부러 회임 사실을 숨겼던 것 같사옵니다. 아이를 받았던 의녀는 이미 명을 달리 했으나 당시 심부름을 했던 소녀를 찾았사옵니다. 환비는 분명 건강한 황자전하를 출산했다 하옵니다."

"그, 그 아이는, 지금 어디 있는가?"

바짝 마른 황제의 손가락이 경련을 일으키듯 덜덜 떨렸다.

"아뢰옵기 황공하오나, 들이닥친 자객들이 아이를 데려가는 것을 보았다 합니다. 폐하. 아마 살려두지 않았을 것으로 사료되옵니다. 그리고 환비의 사인도 알려진 바와 같이 병사한 것이 아니라 교살인 것 같사옵니다."

"……짐의 죄로구나. 모두가 짐의 죄야."

적지 않은 충격을 받은 듯 황제가 숨을 헐떡였다.

그는 원래 황태자가 아니었다.

황위에 욕심 없던 둘째 황자로 태어나 제왕의 도를 공부한 적도 없었다. 그가 바란 것은 그저 평화롭고 안온한 삶, 그것뿐이었다.

그러나 황태자의 급사와 연이은 부황의 붕어(崩御)로 그는 고작 열일곱 살에 황좌의 주인이 되었다.

황제가 된 그에겐 수많은 권문세가의 여인들이 바쳐졌다. 분명한 목적을 가지고 다가오는 여인들에 그는 부담과 거리감을 느꼈다.

그러던 차에 난생처음 맞닥뜨린 당차고 쾌활한 미녀에게 그는 매료되고 말았다. 자신을 황제가 아닌 한 사내로 대해준 유일한 여인이었다.

사랑하는 여인을 황후로 올리진 못했지만 그래도 진심으로 아꼈다. 귀비의 마음이 자신과 같은 사랑이 아님을 깨달았어도 자신은 여전히 그녀를 사랑할 수밖에 없었다.

나는 그대를 황제가 아닌 한 사내로서 사랑했다. 그 때문에 많은 것에 눈을 감았지.

환비가 호위와 사통했다는 죄로 쫓겨날 때 모함이란 것을 알았지만 침묵했다. 황후의 죽음에 상서위가 관련된 사실을 알았을 때도 그 죄상을 밝힐 수 없었다. 사랑하는 여인을 차마 제 손으로 내칠 수 없었기 때문이었다.

그 모든 것이 자신이 쌓은 죄였다.

사오룬은 언제나 마음 깊은 곳에 가시처럼 박혀 있는 아들이었다. 자신 때문에 어미를 잃은 그 아이를 볼 때마다 안타깝고 미안한 마음이 들었다.

돌아보지 않는 지아비를 기다리던 작고 어렸던 황후.

정략으로 맞아들인 여인이라 관심조차 두지 않았다. 억지로 들른 합방일조차 다정한 말 한 마디 건넨 적 없었다. 그러나 그녀는 원망의 말 한 마디 없이 언제나 고요한 눈으로 자신을 바라보기만 했다.

황후의 눈을 꼭 닮은 사오룬을 마주할 때마다 황제는 죄책감에 시달렸다.

그는 일부러 어린 사오룬을 멀리 낙주로 보냈다. 황도에서 떨어져 있는 편이 안전할 거라 생각한 것이다. 그리고 꾸준히 밀서로 사오른의 성장을 보고받았다.

한 번도 아비 노릇을 해준 적 없던 아들이지만 그렇게 훌륭하게 자란 것을 보며 어찌 대견한 마음이 없었겠는가.

자신은 좋은 황제가 아니었다. 비겁하고 일신의 욕심만을 채운 모자란 황제였다.

한 여인을 사랑하는 사내로서의 마음과 죄 많은 아비로서의 부정 사이에서 이도저도 택하지 못하고 이제껏 끌어왔다. 결국 더는 미룰 수 없는 지경에 이르고야 말았다.

사실 두 황자 중 누가 더 황제의 재목인지는 드러난 지 오래였다. 그러나 욕심 많은 상서위와 하사신이 그를 두고 보지 않을 것이란 사실을 간과했다.

자신이 병석에 누운 이후로 상서위와 그에 아부하는 자들이 본격적으로 야심을 드러낸 것을 알고 있었다. 귀비와 측근들의 전횡을 깨달았을 때는 이미 손을 쓰기가 어려운 상황이었다.

낡고 썩어빠진 것들은 내가 모조리 거둬가야지. 새로운 시대에는 새로운 피가 필요할 것이다. 지금쯤 그 아이는 살려두어야 할 가지가 어떤 것이고, 쳐내야 할 것들은 어떤 것인지 분명히 깨달았을 것이다. 그 아이라면 정말 만고에 칭송받는 훌륭한 황제가 되겠지.

그는 차기 황제가 피비린내 나는 골육상잔으로 제위에 앉기를 원치 않았다. 그러나 결국 못난 아비가 마지막엔 무거운 짐까지 넘겨주고 가는구나.

황제의 주름진 눈가가 물기로 얼룩졌다.

오래오래 보살펴주고 싶었던 여인이었다. 자신이 없어도 좋아
하는 꽃과 비단에 둘러싸여 행복하게 살도록 해주고 싶었다. 상서
위만 없다면 귀비는 아무런 힘도 없는 사람이니 여생을 조용히 보
낼 수 있으리라 여겼다.

그러나 그것조차 귀비 스스로가 망쳐놓고 말았다.

왜 그대는 이런 일을 저질렀는가. 어째서 나의 사랑만으로 만
족하지 못했는가.

죽음을 앞두고 돌아본 자신의 삶이 허망하기 짝이 없었다. 하
늘 아래 가장 높은 자리에 있으나 가진 게 아무것도 없었다. 평생
을 바쳐 사랑한 여인은 그를 독살하려 하고 있었고, 귀족 세력을
등에 업은 그의 큰아들은 아비의 병을 틈타 동생을 죽이려 하고 있
었다.

황제가 깊게 탄식했다.

"천의위장."

"예, 폐하."

"유조를 내리겠다. 명을 받들라."

어느 날부턴가 전장 여기저기에 신출귀몰하는 부대가 있었다.

도무지 정체를 알 수 없는 그들은 모두 검은 수의를 입고 귀신
처럼 얼굴에 붉은 칠을 한 채 나타났다. 그 섬뜩한 핏빛 얼굴들은

일황자군에게 죽음의 공포를 가져다주었다.

점차 그들이 전장에서 죽은 이황자군의 귀신들이라는 이야기가 돌기 시작했다. 게다가 맨 앞에 있는 자가 얼마 전에 죽은 그 무위시랑이라는 이야기는 그들이 산 사람이 아니라는 소문에 무게를 실어주었다.

이황자의 개를 죽여 승승장구하던 혜 가라난조차도 귀신에게 당해 목숨을 잃고 말았다. 그는 목이 떨어져 적군의 말발굽에 이리저리 짓밟히는 수모를 당했다. 일황자군은 끝내 그의 수급을 찾지도 못했다.

17장

강양(康良) 31년 십일월

태강궁의 회랑을 빠르게 가로지르는 인영 하나가 있었다.

예순에 가까운 나이가 믿기지 않을 정도로 민첩하게 걸음을 옮기는 그는 현명하고 공정한 대처로 수많은 대신들의 존경을 받고 있는 태사부였다.

요사이 태사부 혜 아차흠은 더 이상 조정 일엔 관여하지 않겠다고 버티는 귀족들을 끌어내는 데 힘을 쏟고 있었다. 모두 입바른 소리를 하다 쫓겨나거나 더러운 꼴 보기 싫다며 제 발로 물러났던 자들이었다.

황제가 제좌를 비운 지 오래라 조정의 기강이 엉망이었다. 황자의 외숙이 숨겨둔 야심을 본격적으로 드러내지 않나, 기장군이라는 자가 명을 어기고 멋대로 군을 움직이질 않나.

황실과 조정을 함부로 농단하려는 자들에게 황권의 지엄함을 보여줄 때가 된 것이다. 혜 가라난이야 이미 그 벌을 받은 것 같지만.

혜 가라난을 떠올리자 아차흠의 미간 주름이 한층 깊어졌다. 자연스레 아들에게 생각이 미친 탓이다.

조정이 이리 어수선한 판국에 장성한 아들놈마저 속을 썩이다니. 이 불효막심한 놈 같으니라고.

아차흠에게는 자식이 하나밖에 없는데 집을 나간 지 이미 오래였다. 그래도 석 달에 한 번씩은 안부를 전해오더니 다섯 달 전 짧은 전갈을 보낸 이후로는 감감무소식이었다. 그때도 상서위가 동위궁 내에 어린아이를 인질로 잡아두고 있다는 밑도 끝도 없는 한 줄이 전부였다.

제 놈이 재깍재깍 연락을 했으면 늙은 아비가 이리 애를 먹지 않을 것이 아닌가. 한 번도 자신에게 아쉬운 소리를 한 적 없는 아들이 이럴 때는 괘씸했다. 그래도 답답한 쪽이 굽혀야지 어쩌겠는가.

혀를 차며 아들에게 연락할 방도를 궁리하던 아차흠의 눈에 묘한 것이 들어왔다. 언뜻 보면 눈에 띄지 않았지만 회랑의 기둥 뒤로 웬 여인이 기대어 있었다. 그녀는 창백한 얼굴로 숨을 고르고 있었다.

"무슨 일인가?"

아차흠은 말을 건네고서야 그녀를 알아보았다. 일황자의 비인이었다. 어쩌다 연회에서 먼발치서나마 본 게 전부였지만 그 여인이 분명했다.

들꽃 아래서

"어디 불편한 데라도 있는가?"

"아닙니다."

순간 휘청거리는 그녀가 위태롭게 보여 아차흠이 손을 뻗었다. 맞닿은 손에 놀란 듯 그녀는 잠시 눈을 크게 떴다. 그녀가 제대로 서는 것을 확인한 후에 아차흠은 손을 거둬들였다.

이곳은 강익전으로 향하는 대신들이 지나는 길목이었다. 왜 일 황자의 비인이 이런 곳에 홀로 있는 것인가.

요사이 하사신 황자가 대신들과 만나는 자리에 자미희를 데리고 다닌다더니 진짜였나 보군. 그런데 어디 아픈가. 백지장 같은 안색이 예사롭게 보이지 않았다. 아차흠이 혀를 찼다.

"아무래도 안 되겠군. 사람을 불러주겠네."

"염려해주셔서 감사합니다. 허나 괜찮습니다. 태사부 대감."

그녀가 자신을 알아보자 아차흠의 굵은 눈썹이 추켜 올라갔다.

"나를 아는가?"

"궁에 기거하는 자가 어찌 태사부 대감을 모르겠습니까?"

"그렇다면 더욱 아니 될 일이지. 곤란에 처한 미인을 보고도 그냥 지나친다면 내 어찌 사내라 하겠는가?"

근엄한 외양과 달리 아차흠은 유난히 여인들에게 자상하고 너그러운 이로 소문나 있었다. 젊은 시절에는 수많은 염문의 주인공이기도 했고, 한때는 그 부인이 일찍 세상을 떠난 이유가 마음고생 때문이라는 소문이 돌기도 했다. 그러나 그것은 오해에서 비롯된 것일 뿐. 그는 별다른 사심이 있는 것이 아니라 그저 여인에게 친절한 성품이었다.

아차흠은 자미희가 미묘한 표정으로 자신을 바라보는 것을 깨달았다.

"……셨군요."

"무어라 했는가?"

아차흠의 의아한 눈빛에 그녀가 살짝 고개를 숙였다.

"아닙니다. 그저 혼잣말에 불과하니 괘념치 마십시오. 그보다 조회에 늦으신 듯하온데 서두르셔야 하지 않을는지요. 다른 분들이 이곳을 지나가신 지 이미 일 각이 지났습니다."

아차, 싶은 아차흠은 고개를 끄덕이며 자리를 뜨려 했다. 바람결에 흘러든 말이 그의 걸음을 붙잡지만 않았다면.

"심려하시는 일은 조만간 해결될 것입니다."

"어찌 그런 말을 하는가?"

"송구합니다. 존안에 수심이 어려 있어 잠시 넘겨짚었습니다. 그럼 이만 물러가겠습니다."

흠잡을 데 없이 우아하게 절을 하고 돌아서는 뒷모습을 보며 아차흠은 가만히 수염을 쓰다듬었다.

'닮았다'니?

누구와 말인가. 언뜻 듣긴 했지만 그것은 분명 닮았다는 말이었다.

그러나 자신과 닮은, 혹은 닮을 거라 여길 만한 인물을 저 비인이 어찌 안단 말인가? 자신의 집안과 아무런 교류가 없는 여인이?

그저 흘려듣기엔 어딘지 의미심장한 말이었다. 실없는 허언을 할 인물로 보이진 않았기 때문이다. 아차흠은 사람을 보는 자신의 눈이 꽤 정확하다 자부하는 편이었다.

자미희가 저런 느낌의 여인이었던가.

소문으로 음탕하고 사특한 여인이라 들었는데 실제로 가까이서 본 그녀는 침착하고 총기가 흐르는 눈빛의 소유자였다.

그러나 몹시 위태로운 느낌이었다.

죽음을 목전에 둔 사람의 눈이 저러할까. 삭막하고 아련해서 당장이라도 바스러질 것 같았다.

회랑 반대쪽으로 사라지는 보랏빛 옷자락을 잠시 주시하던 아차흠은 이내 강익전으로 걸음을 돌렸다.

포찰위의 포령 수백 명이 먼지를 일으키며 지나가자 놀란 백성들이 몸을 피했다. 너도 나도 집으로 달려간 사람들은 부리나케 창과 문을 닫아걸었다.

살기 좋은 곳으로 이름났던 난경이 엉망이 된 것은 조현이라는 자가 포찰위장에 임명된 후부터였다. 그는 본래의 임무를 등한시하고 포찰위를 상서위의 사병처럼 부렸다. 그러다 보니 자연 난경의 치안에 소홀해지고 범죄가 늘어났다. 포찰위장의 묵인아래 저자의 무뢰배들이 백성들을 핍박하는 일도 종종 벌어졌다.

근래에 들어 조현은 마구잡이로 백성들을 잡아들이고 있었다. 노주의 일이 퍼져나가는 것을 막기 위한 조치였다. 이황자 이야기를 입에 담았다는 이유만으로 많은 사람들이 옥고를 치렀다.

그러나 발 없이도 천리를 가는 말(言)을 사람의 힘으로 어찌 막겠는가. 환궁하지 못한 이황자의 사정과 양신강에서의 전황은 알음알음 퍼져나갔다.

그에 따라 포찰위의 횡포도 날이 갈수록 심해졌다. 살벌하고 위태로운 분위기에 황도에 사는 백성들은 매일 두려움에 떨고 있었다. 간간이 들리는 것은 흉흉한 소식뿐이었다.

며칠 전에는 포찰위장의 말에 차여 어린아이 하나가 죽는 일까지 생겼다. 마부인 제 아비를 잡아가려는 조현의 앞을 아이가 가로막다 생긴 참사였다. 조현은 말발굽에 차여 날아간 아이를 돌아보지도 않고 자리를 떴다고 한다.

불안에 쉬쉬하면서도 백성들의 분노와 불만은 끊임없이 쌓여가고 있었다.

"뭐라고?"

태의의 말을 들은 상서위는 당황했다. 그의 앞에 머리를 조아린 태의는 벌벌 떨고 있었다.

"신이 발견했을 때는 이미 손을 쓸 수 없었나이다."

황제가 숨을 거뒀다.

어젯밤 탕제를 마시고 잠이 든 황제는 그대로 깨어나지 못했다. 아침에 평소처럼 황제의 상세를 살피러 간 태의가 차갑게 식은 황제를 발견하고 놀라 달려온 것이다.

누이가 약의 양을 조절하지 못한 것인가, 아니면 쇠약해진 황제의 육체가 독을 이기지 못한 것인가.

"어서 폐하의 붕어를 알려야……."

생각에 잠긴 상서위를 태의가 초조한 얼굴로 재촉했다.

"아니다. 아직 네가 할 일이 남아 있다."

"예?"

"평소와 똑같이 행동해라. 누구에게도 이 일을 발설치 말고 아무 일도 없는 것처럼 폐하의 침전을 지키란 말이다."

"그, 그러나!"

"재롱떠는 아들의 모습을 다시 보고 싶지 않은가?"

태의의 얼굴이 새파랗게 질리는 것을 보며 상서위는 조소했다.

이리된 이상 서둘러야 했다. 어차피 양위를 준비하고 있었으니 크게 달라질 것도 없었다. 이 여세를 몰아 하사신을 황위에 올려야 했다. 연전연패로 지지부진한 전쟁놀이 따윈 잊어버리고 황도에서 즉위식을 해버리면 되는 것이다.

단지 갑작스런 황제의 붕어로 미처 대비하지 못한 문제가 하나 있었다. 황제가 옥새를 숨겨둔 곳을 아직 알아내지 못했던 것이다.

태강궁에 심어놓은 자들에게 천후전을 샅샅이 뒤지라고 지시했으나 옥새는 좀처럼 발견되지 않았다.

"오는 길이 힘들지는 않으셨는지요?"

치백의 인사에 월강상단 단주 여 무환이 웃으며 손사래를 쳤다.

"하하. 저야 힘들 게 뭐 있겠습니까? 몇 달이나 전장에 머무르고 계신 분들도 있는데. 그간 무고하셨습니까? 중랑나리."

보름 만의 재회였다.

단주가 직접 진영까지 오는 것은 아무래도 위험이 따르는 일이었다. 그래서 그들은 이제껏 서신으로 약속장소를 정해 만나곤 했다. 예정에 없던 오늘의 만남은 단주가 양신강 하류의 마을에 와 있다며 전령을 보내 급히 이루어진 것이었다.

"지난번에 보내주신 곡식으로 당분간 군량 걱정을 덜 수 있게 되었습니다. 감사합니다."

"당치 않습니다. 제가 드리는 도움이라곤 그것뿐이니 인사를 받는 것은 민망한 일입니다."

월강상단 단주가 이황자 측에 군량과 보급품을 지원하겠다는 연락을 해 온 것은 두 달 전이었다. 단주는 막 추수를 끝낸 수천 석의 곡식을 아낌없이 보내주었다.

거기다 단주는 뜻밖의 선물까지 안겨주었다. 당시 치백이 골머리를 앓던 문제를 단번에 해결해준 것이다.

일의 발단은 다라국에서 벌어진 내란 때문이었다.

지난 봄 다라국 왕의 숙부는 어린 조카를 몰아내고 스스로 섭정 자리에 앉았다. 겉으로는 왕위를 선양한 것처럼 보였으나 명백한 찬탈이었다.

몇 달간 조카에게 상왕 대접을 하며 기회를 엿보던 섭정은 대신들을 움직여 후환을 제거하려 했다. 어린 상왕이 실정을 했다는 상주문이 빗발치자 못 이기는 척 상왕의 유배를 결정한 것이다.

그가 간과한 점은 상왕의 측근 중에 충신이 남아 있다는 사실이었다. 다라국의 병권을 쥐고 있던 장군 하나가 어린 왕을 보호하기 위해 반기를 들었다. 섭정은 왕명을 내려 장군을 반역자로 선포하고 대대적인 토벌을 벌였다.

그 난리통에 수확을 앞둔 대나무들이 대거 불타버리는 불상사가 일어났다. 때문에 내란 중에 다소 위태위태하던 거래가 그나마 뚝 끊기고 말았다. 다음 번 수확기는 봄이나 되어야 했다.

제국에서 쓰이는 화살대는 전량 수입에 의존하고 있었다. 당장 제국 내에서 열 배로 값을 주어도 화살대를 구하기 어려워 일황자군과 이황자군 모두 곤경에 처했다.

그런 상황에서 놀랍게도 단주가 미리 비축해둔 물량이 있다며 수만 개의 화살을 가져왔던 것이다.

사실 월강상단 단주는 이미 치백과 친분이 있는 사이였다.

그는 사 년 전부터 물밑에서 자신들을 돕던 인물이었다. 드러내놓고 이황자를 후원한 적은 없어도 백성들을 돕는 일이라면 단주는 언제나 아낌없이 나서주었다. 이황자가 벌이는 구휼의 상당수가 그의 도움으로 이루어진 것들이었다. 노주에서 사오른 황자의 이름으로 나눠준 구휼미도 단주가 마련한 것이었다.

그러나 무턱대고 믿기에는 분명 의심 가는 점이 없지 않았다.

겉으로 보이는 판세는 명백히 이황자가 불리한 쪽이었다. 장사꾼이라면 저울질에 능한 자일 터. 그런 자가 이황자에게 전폭적인 도움을 주겠다고 나섰다?

물론 이미 많은 뒷배가 버티고 있는 일황자보다 세가 약한 쪽과 손을 잡아 차후에 이득을 노리는 걸 수도 있다. 그러나 실패한다면 함께 몰락할 테니 위험부담이 매우 큰 도박이었다.

"단주를 보면 그동안 제가 편견에 사로잡혀 있던 게 아닌가 돌아보게 됩니다. 흔히들 상인은 이득이 없는 일에는 나서지 않는 법이라고 하지 않습니까?"

"하하. 사실 맞습니다. 바로 그 연유로 많은 장사치들이 세상의 손가락질을 받지요. 허나 이득이 되지 않는다고 외면하고, 이득이 된다 하여 길이 아닌 길로 간다면 도적과 무엇이 다르겠습니까?"

단주의 둥근 얼굴에 사람 좋은 미소가 번졌다.

"제가 만 명의 백성을 먹여 살릴 수 있는 재물을 벌어들여 혼자 독차지한다면 장차 나라에 해를 끼치는 큰 도적밖에 더 되겠는지요? 저는 큰 도적이 아니라 큰 장사꾼이 되고 싶을 따름입니다. 재물을 모으는 것보다 더 중요한 것은 바로 그 재물을 어떻게 쓰는가 하는 것이지요. 작은 장사꾼은 재물을 위해 움직이고, 큰 장사꾼은 사람을 위해 움직이는 법입니다. 제 은인께서는 그것이 바로 대상(大商)의 도리라 하셨습니다."

치백은 단주의 말에 감탄했다.

들꽃 아내서

"훌륭한 말씀입니다. 그런 마음가짐을 가지신 단주께선 이미 대상이시지요. 예전부터 황도의 고아들에게 글도 가르치신다고 들었습니다. 워낙 칭송이 자자하니 제 귀에도 자주 들리더군요."

"그 치하는 제 몫이 아닌 것 같습니다."

무환의 얼굴에 난처한 빛이 떠올랐다.

"지나친 겸양이시군요."

"겸양이 아닙니다. 저는 그런 치하를 들을 만한 일을 한 적이 없습니다. 저야 고작 심부름을 했을 따름입니다."

제국의 백성들 중에는 글을 배우지 못한 자가 태반이었다. 글을 아는 자들은 상인이나 녹봉을 받는 시종에 지원할 수 있어 많은 부러움을 샀다. 그러나 당장 내일의 끼니가 걱정인 가난한 자들이 글을 배울 수 있는 방도가 없었다.

자미희는 무환의 이름으로 황도의 가난한 고아와 과부들에게 식량을 빌려주었다. 이자를 제하는 대신 그들에게 글을 가르치도록 한 것은 모두 그녀의 생각이었다.

한번은 자미희에게 어째서 아이들만이 아닌 여인들까지 글을 가르치느냐고 물은 적이 있었다. 아이는 자라면 배운 것을 써먹을 수 있다지만 여인에게는 무용지물이 아닌가 해서였다. 그때 그녀는 무환이 미처 깨닫지 못한 점을 일깨워주었다.

「아이가 세상에 나서 가장 먼저 만나는 스승은 어미이지요. 무지한 어미 아래서 자식들이 글을 깨칠 기회를 쉽게 얻을 수 있겠습니까?」

정말 어미가 글을 익히자 그 자식들에게도 가르치는 자가 생겨났다. 자미희의 말에 따라 무환이 개중 뛰어난 아이들을 뽑아 상단의 일꾼으로 채용하자 그 수는 놀랍도록 늘었다. 조금이라도 나은 삶을 위해 배움의 필요를 깨달은 여인들은 자식을 가르치는 데 앞장섰다. 소소하지만 결코 무시하지 못할 변화였다.

"제 은인께서는 선견지명과 지혜가 뛰어난 분이시지요. 소인은 그저 그분의 십 분지 일이나마 흉내 내려 애쓰고 있습니다. 하하."

단주의 자랑에 치백의 눈이 이채를 띠었다.

단주의 이야기 속에는 가끔 은인이라 부르는 사람이 등장했다. 은인을 언급할 때마다 그는 깊은 존경심을 드러내곤 했다. 단주는 종종 상서위와 그 측근들에 관한 정보도 알려주곤 했는데 치백은 정보의 출처가 그 은인이 아닐까 짐작하고 있었다. 치백이 슬쩍 운을 뗐다.

"그 은인이라는 사람을 꼭 한번 만나보고 싶군요."

"애석하게도 앞으로 그분을 뵙기는 어려울 듯합니다."

단주의 얼굴에는 숨길 수 없는 침통함이 배어 있었다.

"어찌해서 말입니까?"

"그분은 이제 이 일에서 손을 떼신다고 하셨습니다. 상단 일에서도 물러나셨지요. 제게도 더 이상 발걸음하지 말라 하셨습니다."

순간 치백의 눈빛이 차가워졌다.

"단주께선 지금 우리가 정체를 숨기는 자와 손을 잡았다 말씀하시는 겁니까?"

"중랑께서 손을 잡으신 것은 바로 소인입니다. 은인께선 제게 길을 열어주셨지만 선택은 오롯이 제 몫으로 남겨두셨습니다. 저는 이황자 전하 쪽으로 마음을 굳혔지요."

그 말에서 치백은 이 파격적인 후원의 배후가 그 은인이라는 자임을 확신했다.

"딴 속셈이 없다는 걸 우리가 어떻게 믿을 수 있겠습니까?"

"그렇다면 제가 감히 이렇게 나리의 앞에 나설 순 없었겠지요."

그러나 사실 딴 꿍꿍이가 있다고 해도 당장은 받아들일 수밖에 없었다. 단주의 도움이 없었다면 자신들은 심각한 군량 부족에 시달렸을 것이다.

"물론 황자전하께서 제위에 오르시면 심안항의 통행세를 낮춰주시길 바라는 마음도 없진 않습니다. 하하. 지금의 상서위께서는 과하게 주머니를 챙기시는 경향이 있지요."

넉살좋게 웃음을 지은 단주는 소매 안에서 비단으로 싼 길쭉한 물건을 꺼내 내밀었다.

"제 은인께서 중랑께 보내신 선물입니다."

"선물이라니? 제게 말입니까?"

"예. 사실은 이것 때문에 뵙자고 청했습니다. 은인께서 하루라도 빨리 이것을 중랑께 전해야 한다고 하셔서요."

비단을 풀자 나온 것은 돌돌 말려진 그림이었다. 치백은 단주의 말을 들으며 그림을 펼쳤다.

노란 국화가 탐스럽게 그려진 그림은 어딘가 낯익은 구석이 있었다. 그러나 그림의 왼편에 쓰인 시를 읽는 순간 놀란 치백은 그 사실을 잊어버렸다.

그것은 남대륙의 유명한 시인인 도연명의 시『문래사』중 한 구절이었다.

남산 아래 있는 우리 집에는 지금 몇 포기의 국화꽃 피었는가.

(我屋南山下 今生幾叢菊).

치백의 얼굴에서 가식적인 미소가 사라졌다. 다시금 그는 국화가 가득 피어 있는 그림 속 회랑을 뚫어질 듯 노려보았다.

"혹시 이 그림을 준 사람이 전하라는 말이 있습니까?"

"어찌 아셨습니까?"

"무엇입니까?"

"망운지정[4]. 그곳에 길이 있다고 하셨습니다."

순간 치백의 안색이 돌변했다.

투항한 병사들로부터 전해들은 일황자군의 사정은 심각했다.

---

4) 望雲之情. 자식이 객지에서 부모를 그리워하는 마음.

들꽃 아내서

얼마 전 보급로가 끊긴 후로 그들은 새로운 군량을 지원받지 못했다. 그나마 남아 있는 군량은 상관들이 빼돌리는 바람에 병사들은 쉰 밥, 모래 섞인 쌀을 배급받기 일쑤였다. 병사들은 늘 굶주림에 시달렸고 탈영하는 자도 속출했다.

치백은 자신들의 승리가 머지않았음을 확신했다.

그러나 제국은 이미 겨울의 문턱에 들어서 있었다. 겨울에 전쟁을 하는 것은 병사들을 죽음으로 내모는 것과 다름없다.

게다가 내전이 길어지면 주변국에게 제국을 넘볼 빌미를 주게된다. 아직은 본격적으로 정규군이 움직이지 않았다지만 하루라도 빨리 이 싸움에 종지부를 찍을 필요가 있었다.

"……그래서 잠시 다녀올 곳이 있습니다. 전하."

"위험하지 않겠는가? 치백."

"길이 아예 봉쇄된 것은 아니니 충분히 빠져나갈 수 있을 겁니다. 게다가 난경 앞까지는 든든한 호위도 있지 않습니까? 이럴 때 아니면 언제 제가 그런 호사를 누려보겠습니까?"

치백은 사오륜의 근심을 날려버리려는 듯 일부러 너스레를 떨었다.

단주가 전해준 그림과 전언을 들은 후 고심 끝에 내린 결정이었다.

그 은인이라는 자가 어떻게 자신의 출신을 알아냈는지는 미지수였으나 일단 눈앞의 적은 아니었다. 그렇다면 길을 열어주겠다는데 마다할 이유가 없지. 이 지루한 소모전을 끝낼 방도라면 무엇을 망설일까. 수정안경 너머로 치백의 눈웃음이 짙어졌다.

태사부 혜 아차흠의 저택은 황도에서 손꼽히는 고택이었다.

그러나 아홉 명의 태사부를 배출한 명문가의 으리으리한 저택을 예상했다면 다들 놀라고 말 것이다. 세월의 무게를 고스란히 간직한 건물은 번잡한 것을 싫어하는 주인의 성정을 닮아 고즈넉했다. 오래전 세상을 떠난 여주인이 심어놓은 국화꽃만이 유일하게 수수한 저택을 장식하고 있었다.

그 저택의 중심부를 치백은 태연히 활보하고 있었다.

이리하처럼 동위궁의 수로로 숨어들어갈 재주는 없지만 이 집 안의 구조는 눈 감고도 찾아갈 수 있을 정도였다. 어디 담장이 오르기 쉬운지, 어디에 개구멍이 있는지, 어느 길로 가야 눈에 띄지 않고 목적지에 다다를 수 있는지 훤했다.

저택의 가장 깊숙한 곳에 다다를 때까지 치백은 아무런 제지도 받지 않았다.

그는 흐린 달빛 아래 고요한 별채의 문을 열고 안으로 들어섰다. 어둠에 눈이 익길 기다리자 어렴풋이 가구의 윤곽이 보였다. 이 저택 안에서 가장 귀한 보물은 바로 이곳에 있었다.

새하얀 휘장이 드리워진 침상에는 이제 완연히 어린 티를 벗은 여인이 잠들어 있었다. 치백은 발소리를 죽여 가까이 다가가 침상 옆 의자에 앉았다.

창으로 숨어들어온 달빛에 의지해 그는 한동안 그녀를 바라보았다. 치백은 품에서 작은 청보석 인형을 꺼내 그녀의 머리맡에 올려두었다.

"많이 자랐구나."

곧 널 맞으러 오마. 그땐 우리 오랜 약속을 지킬 수 있겠지.

치백은 잠든 그녀의 이마 위로 닿을 듯 말 듯 가볍게 입술을 댔다. 방을 나서기 전 그는 방 안 구석구석 놓인 청보석 인형과 장식물을 바라보며 미소 지었다.

문을 닫고 돌아선 치백의 시야에 긴 그림자 하나가 잡혔다. 희뿌연 달빛이 쏟아지는 회랑에서 한 인영이 뒷짐을 지고 서 있었다.

"밤손님치고 참으로 대범한 놈이로고."

한눈에도 꼬장꼬장해 보이는 노인이 그에게 빈정거렸다.

"훔치러 들어온 것이 아니라 선물을 주러 들렀으니 밤손님이라 하기엔 어폐가 있지 않겠습니까?"

"매정한 놈. 매해 그 애의 생일만 되면 꼬박꼬박 선물을 보내는 주제에 아비에게는 사 년간 얼굴도 비치지 않다니."

괘씸하다는 어조에 치백이 한쪽 눈썹을 추켜세웠다.

"가끔 황궁에서 뵙지 않으셨습니까?"

"나야 생판 모르는 남처럼 쌩하니 사라지는 네놈 뒤통수만 보았지."

태사부 혜 아차흠은 아들의 대꾸에 코웃음을 쳤다.

그가 천천히 회랑을 돌기 시작하자 치백도 보조를 맞추었다. 오랜만에 아들과 함께하는 달밤의 산책은 제법 운치가 있었다.

치백의 어미가 좋아하던 노란 국화가 회랑 주변에 가득 심어져 있었다. 얼마 전까지 만개한 꽃송이로 눈을 즐겁게 하더니 지금은 몇 송이만 남기고 다 시든 상태였다.

치백의 어미는 온천의 지열을 이용해 인위적으로 겨울에 꽃을 피우는 제국식 정원을 싫어했다. 그래서 이 저택에서 꽃을 볼 수 있는 때는 가을 한 철뿐이었다.

회랑의 끄트머리에 다다르자 작은 연못이 나타났다. 목재 다리가 가로지른 수면 위로 둥근 달이 비쳐들었다. 가끔 잉어가 물 밖으로 튀어 오르는 소리가 들릴 뿐 사위는 고요했다.

"그래, 이황자 전하가 네가 선택한 주군이냐? 그분은 네가 원하던 제왕의 조건을 모두 충족시키는 분이더냐?"

"그 조건이 무엇이라 생각하십니까?"

"글쎄 내가 네놈의 그 시커먼 속을 어찌 알겠느냐? 어릴 적에도 몰랐는데."

"제가 저의 주군께 바란 것은 높은 학식도 아니었고, 강한 무력도 아니었습니다. 이 나라에 인재는 많습니다. 대학자도, 뛰어난 무장도 구하려고 하면 얼마든지 있지요. 그런 것은 제왕을 보필하는 자에게 필요한 것들이지 제왕에게 필요한 것은 아닙니다."

"그럼 네가 구하던 주군의 조건은 무엇이었느냐?"

"근본을 중히 여기는 마음과 옳고 그름을 판별하는 눈이었습니다."

"근본이라……?"

"이 나라의 근본은 바로 백성입니다. 그러나 조정에 그것을 기억하는 자가 얼마나 있습니까? 하물며 제가 본 황족 중 직계와 방계를 통틀어 오직 사오른 황자전하만이 백성을 먼저 생각하는 분이셨습니다. 백성을 제 몸보다 아끼고 살피는 그 마음은 감히 누구도 그분을 따라가지 못할 것입니다. 그것은 아무리 학문을 공부해도, 검을 수련한다 해도 얻을 수 없는 가치입니다. 그렇기에……."

"그렇기에?"

갑자기 치백이 무릎을 꿇었다. 그는 당황하는 아차흠의 면전에 대고 큰절을 올렸다.

"전하와 같은 시대에 태어나게 해주셔서 감사드립니다. 아버지."

치백은 아차흠이 늦은 나이에 얻은 유일한 자식이었다.

어린 시절 아들은 백 년에 한 번 나올 만한 신동이라 불렸다. 네 살 때 이미 경서를 줄줄 읽으며 열 살에 최연소로 국시에 합격하여 집안의 기대를 한 몸에 받았다. 그러나 그 아들은 열다섯 살에 자신의 주군은 스스로 선택하겠다며 집을 뛰쳐나갔다.

가문의 후광 따윈 필요 없다던 아들이 스스로의 힘만으로 황자의 든든한 책사가 되어 나타났으니 아비로서 어찌 자랑스럽지 않겠는가. 아차흠은 뿌듯한 마음을 감추려 작게 헛기침을 했다.

"흠흠, 감사는 오히려 내가 전하께 드려야 하겠구나. 전하 덕분에 집안의 멸문을 막을 수 있지 않았느냐."

아차흠이 덧붙인 말에 치백은 소리 없이 미소 지었다. 황가의 직계는 물론 방계 핏줄까지 모조리 살폈다는 말에 그의 아비는 알아차린 것이다. 만약 그들 중 눈에 차는 이가 없었다면 자신이 역천을 했을지도 모른다는 사실을.

"소자, 오늘 아버지께 도움을 얻고자 왔습니다. 힘을 빌려주십시오."

"고작 그것이더냐?"

굵은 눈썹을 추켜세운 아차흠이 코웃음을 쳤다.

"예?"

평생 아쉬운 소리 한 번 하는 법이 없던 아들의 첫 간청이었다. 아차흠은 기꺼운 티를 내지 않으려 목소리를 가다듬었다.

"이 늙은이 하나 끌어들인다고 해서 도움이 되겠느냔 말이다."

치백의 얼굴에 의문이 서리는 것을 보며 아차흠은 느긋하게 팔짱을 꼈다. 간만에 아들놈에게 큰소리칠 이런 기회를 놓칠 성싶으냐. 아들이 잠행 소식을 전해왔을 때부터 내내 기다리던 순간이었다.

"이제 날개를 단 네 주군에게 부족한 것이 무어라 생각하느냐?"

질문을 던진 아차흠은 곧바로 그 답을 알려주었다.

"바로 대의명분이다."

말을 마친 아차흠이 앞장서 걸음을 옮기자 치백은 묵묵히 뒤를 따랐다. 그들이 향한 곳은 아차흠의 침소였다.

문 앞의 시종을 모조리 물린 아차흠은 침소의 바닥을 뜯고 숨겨진 비밀공간을 열었다. 그가 안에서 꺼낸 것은 무언가를 감싼 새하얀 비단보자기였다. 아차흠의 손 아래서 드러난 물건의 정체를 알아본 치백이 눈을 부릅떴다.

"이것은!"

"나는 내일 백관이 모인 자리에서 폐하의 유조를 공개할 생각이다. 너는 네 주군에게 이것을 전하도록 해라. 명분이 있으면 당장이라도 황도로 진격할 수 있을 것이다."

아차흠은 아들의 손에 황금빛 옥새를 건네주었다. 치백은 그의 말에서 이상한 점을 발견했다.

"방금 유조라 하셨습니까?"

"오늘 천의위가 나에게 폐하의 붕어를 알려왔다."

"예? 그런데 어찌 황궁에서 폐하의 붕어를 알리는 북이 울리지……! 역시 그런 겁니까?"

"……그래. 감히 그 사실을 은폐하다니, 상서위의 방자함이 이젠 하늘마저 거스르려 하는구나."

아차흠의 음성에는 비통함이 스며 있었다.

"이 옥새를 전하께 전하란 것은 폐하께서 결정하신 일입니까?"

"그래, 폐하께선 이런 일을 예상하시고 비밀리에 유조를 남기셨다. 그분의 심중에선 이미 오래전부터 이황자 전하를 낙점하셨을 게다."

"그런데 어찌 일이 이 지경이 될 때까지 방관하셨단 말입니까?

두 아들이 서로 싸우다 한쪽이 죽기를 기다리셨던 겁니까?"

"무엄하구나! 치백!"

아차흠의 노성이 방 안을 울렸다.

"그렇지 않습니까? 폐하께선 이미 예전에도 전하를 사지에 몰아넣은 적이 있으셨죠."

사오룬 황자가 낙주로 쫓겨 갈 때 황제가 방관했던 일을 말함이었다. 아들의 차가운 시선 앞에 아차흠이 한숨을 내쉬었다.

"너는 이황자 전하가 어떻게 낙주에서 살아남을 수 있었을까 생각해본 적 있느냐? 귀비와 상서위가 보낸 수많은 자객들이 어째서 한 번도 성공하지 못했을까? 황도에서조차 쫓겨난 어린 황자가 그저 운이 좋아 그들을 피했다 생각했느냐? 폐하께선 비밀리에 천의위를 보내 이황자 전하를 보호하셨다. 그러니 폐하를 너무 원망하진 말거라."

"애초에 폐하께서 귀비의 모든 악행을 눈감아주셨기에 생긴 일이었습니다."

"폐하께서도 번뇌가 깊으셨다. 마지막까지 귀비와 하사신 황자를 놓기 힘들어하셨지."

"폐하의 시기를 놓친 결단으로 애꿎은 이들이 희생을 치렀습니다. 지금껏 피를 뿌리며 죽어간 생목숨이 얼만 줄 아십니까? 그들의 억울함은 어디에서 풀어야 합니까? 이래서 자질이 부족한 군주가 나라를 이끌면 안 되는 겁니다."

"치백!"

"송구합니다. 그러나 붕어하신 황제폐하가 혼군이셨다는 제 생각은 변함없습니다. 물론 폐하를 제대로 보필하지 못한 조정대신들도 책임을 면할 순 없을 테지요."

아차흠은 가차 없는 아들의 비난에 씁쓸함을 삼켰다. 그 역시 황제를 제대로 보필하지 못한 대신 중 하나였다.

"나는 일평생 단 한 명의 주군을 섬기고 그를 받들었다. 주군의 뜻이라면 섶을 지고 불에 뛰어들라 해도 따르는 것. 그것이 나의 충(忠)이었다."

황제가 자의로 음독했다는 말은 할 수 없었다. 그것은 죽음까지 가져가야 할 무거운 비밀이었다.

아차흠은 더 이상 상서위의 볼모로 남아 있지 않겠다는 황제의 마지막 의지를 꺾을 수 없었다. 비록 유지를 받들었다고는 하나 자신은 주군의 참담한 최후를 방관한 죄인이 되었다.

"아니오. 저는 아버지와 다릅니다. 전 제 주군이 잘못된 길로 가는 걸 좌시하진 않을 겁니다."

다부진 의지를 드러내는 아들의 말에 아차흠은 씁쓸하게 고개를 끄덕였다.

"그래, 폐하의 붕어와 함께 이제 내 시대는 끝났지. 앞으로는 너의 시대가 될 것이다."

"두고 보십시오. 저는 그분을 역사상 가장 위대한 성황(聖皇)으로 만들 것입니다."

제 할 말만 하고 서슴없이 돌아서는 아들놈의 뒤통수가 괘씸했다. 아차흠은 무심하게 가려는 아들의 등에 한마디 던졌다.

"그냥 갈 셈이냐? 내일 저 애가 일어나면 울 게다."

"……잘 달래주십시오."

"대체 저 아이는 언제까지 내버려둘 셈이냐?"

"무슨 말씀이십니까?"

"그럼 십 년간 코빼기도 보이지 않는 정혼자를 언제까지 기다리게 만들 셈이냐? 이젠 아마 널 만나도 몰라볼 게다."

"그렇게 말씀하셔도 아직 혼인은 못 합니다."

치백은 아차흠의 도발을 가볍게 받아넘겼다.

어린 소녀였던 그녀를 처음 본 날부터 십 년을 기다린 그였다. 처음에는 그녀의 나이가 어려서, 그 후로는 앞날이 불확실한 자신을 기다리게 만들 수 없어서였다. 이 싸움에서 지는 쪽은 목숨을 장담할 수 없다. 치백은 그녀를 어린 과부로 만들기 싫었다.

"그리 자신하느냐? 그 아이 나이가 차니 요즘 부쩍 관심 가지는 이들이 많구나. 어디 내놔도 빠지지 않는 곱고 맑은 아이니 다들 탐을 내더구나."

"그건 아버지께서 쓸데없이 수양딸이라 이리저리 소문을 내시니 그런 것 아닙니까!"

"네 이놈! 그럼 집 나간 아들놈 십 년째 기다리는 불쌍한 아이라 하란 말이냐! 안 그래도 네놈이 올해 안에 안 돌아오면 수양딸로 삼아 좋은 혼처를 알아볼 생각이다."

"그러시면 부자지간에 연을 끊는 일이 생길지도 모릅니다. 부디 소자가 불효를 저지르지 않도록 해주십시오. 아. 버. 지."

치백은 으름장을 놓는 아비에게 이를 갈며 응수했다.

18장

강양(康良) 31년 십이월

화창한 날이었다.

황제의 칙서가 내려졌다는 소식에 모든 대신들이 허겁지겁 강익전으로 모여들었다. 그간 잘 보이지 않던 얼굴들도 드문드문 섞여 편전 안을 **빽빽**하게 채우고 있었다.

자신의 눈 밖에 나 두문불출하던 귀족들까지 모조리 입궁한 걸 본 상서위가 미간을 찌푸렸다. 쓸데없는 놈들까지 기어들어 왔군.

아니지. 그는 이내 생각을 고쳐먹었다. 경사스런 날에 구경꾼은 많을수록 좋을 것이다. 저들도 앞으로 누구를 향해 고개를 숙여야 할지 똑똑히 깨닫게 될 테니.

"망극하옵게도 폐하께오서 날로 더해지는 환후로 더 이상 황제로서의 책무를 다하기 어렵다 하셨소이다. 이에 제국의 안정을 위해서 하루라도 빨리 새로운 옥좌의 주인을 세우라 하셨소."

등꽃 아내서 물

오! 마침내!

상서위의 근엄한 목소리가 울려 퍼지자 드넓은 강익전 안이 술렁였다. 상서위는 강익전의 가장 높은 단 위에 자리 잡은 옥좌를 바라보며 회심의 미소를 지었다.

오늘 드디어 평생의 숙원이 이루어진다.

그동안 반수가 넘는 귀족들을 포섭해놓았으니 일은 일사천리로 진행될 것이다. 아직 옥새는 발견하지 못했지만 어차피 태강궁 안에 있을 테니 손안에 쥔 것이나 마찬가지였다.

이제 지지부진하던 싸움도 종지부를 찍을 것이다. 하사신 황자가 황위에 오르고 나면 명분이 사라진 이황자는 조용히 목을 내놓아야 할 것이기에.

안도와 기대감이 서린 눈들의 주목을 받으며 상서위가 칙서를 펼쳐들었다. 그가 다시 입을 열려던 찰나 태사부 혜 아차흠이 가로막았다.

"상서위는 그 칙서를 언제 받드시었소?"

"폐하께오서 어젯밤 친히 신을 불러 칙서를 내리셨소이다."

"그럴 리가 있소? 폐하께선 붕어하신 지 이미 사흘도 넘은 것으로 아는데. 상서위는 폐하의 혼백이라도 배알하신 것이오?"

"!"

태사부의 말이 떨어진 순간 끔찍한 정적이 강익전 내부에 내려앉았다.

황제가 붕어했다니? 그것을 아무도 몰랐다는 게 말이 되는가.

황제의 붕어를 어찌 숨길 수 있단 말인가. 이는 있을 수도 없고 있어서도 안 되는 일이었다.

"그 무슨 무엄한 소리요! 태사부."

"말도 안 되는 소리요!"

"그럴 리가 없잖소! 이틀 전에도 상서위가 폐하의 칙서를 가져오지 않았소이까."

먼저 정신을 차린 건 일황자 파의 귀족들이었다. 그들은 목소리를 높여 혜 아차흠을 성토했다.

"그것은 가짜였소. 상서위가 거짓 칙서로 우리의 눈을 속인 후 일황자를 황위에 올리려 술책을 부린 것이오. 나도 어젯밤에야 이 사실을 알았소."

아차흠이 손짓을 하자 대기하고 있던 황궁 호위들이 한 사내를 끌고 왔다. 그를 알아본 상서위의 눈이 부릅떠졌다.

"네가 어찌하여 이 자리에 나온 것인지 알고 있느냐?"

"소신은 폐하의 태의 된 자로 씻을 수 없는 죄를 저질렀습니다."

아차흠의 심문에 태의가 순순히 대답했다. 초췌한 얼굴의 그는 이미 모든 것을 체념한 표정이었다.

"네 죄를 소상히 고하라."

"황제폐하께서는 사흘 전 새벽 붕어하셨습니다."

소리 없는 경악이 귀족들 사이로 퍼져나갔다. 진실이었단 말인가? 황제가 붕어했다는 청천벽력 같은 이 소리가.

등꽃 아내서

"사인은 무엇인가?"

"독살이옵니다. 황공하옵게도 폐하께오서는 이 년 전부터 독이 섞인 탕제와 차를 드셨습니다. 소임을 다하지 못한 신을 죽여주십시오!"

태의가 강익전 바닥에 머리를 찧으며 울부짖었다. 천인공노할 사실이 연이어 밝혀지자 모두 놀라 아무 말도 하지 못했다. 황제에게 진상되는 유루차가 모두 귀비의 집안에서 올리는 것이라는 것을 모르는 자가 누가 있는가.

뒤이어 끌려온 천후전의 시종들이 귀비가 항상 손수 차를 끓여 황제에게 올렸다고 증언했다. 탕제 또한 꼬박꼬박 그녀의 손을 거친 사실이 밝혀졌다.

"상서위가 은밀히 구한 독약은 제국 내에서는 알려지지 않은 것이었소. 서대륙 상인에게 어렵게 수소문하여 알아냈소이다."

아차흠의 말이 떨어지자 뒤늦게 정신을 차린 일황자 파 귀족들이 맹렬히 반발했다.

"그럴 리가 없소!"

"이건 명백한 모함이오!"

"귀비마마는 폐하께서 가장 귀애하시는 분이 아니시오? 태사부는 어찌 함부로 귀비마마를 모함하시오!"

"그렇소! 이 일은 도저히 묵과할 수 없소이다!"

몇몇 귀족들이 으름장을 놓았다.

"폐하께 올리는 모든 음식은 기미를 하지 않습니까? 독이 있었다면 이제껏 발각되지 않았을 리 없습니다.”

“맞소. 이게 대체 어찌된 일이오? 설명해보시오! 태사부!”

“말씀대로 유루차에는 독이 없었소.”

윽박지르다시피 하는 어조에도 아차흠의 낯빛은 태연했다. 저들의 부인은 이미 예상한 바였다. 때맞춰 시종이 미리 준비해둔 탕제와 유루차를 대령했다.

“그럼?”

“폐하께 올리는 이 탕제에서도 독은 발견되지 않았소.”

“이 무슨 말도 되지 않는 소리요! 태사부!”

“지금 우리들을 놀리는 것이오!”

귀족들의 거센 항의에도 아차흠은 잠자코 찻잔 위로 약사발을 기울였다. 몇 방울의 진갈색 약물이 유루차에 떨어져 붉은 동심원을 그리며 퍼져나갔다.

“허나, 이렇게 두 가지를 섞으면.”

아차흠은 피처럼 검붉게 변한 유루차에 은침을 담갔다.

“어허!”

“어찌 이런 일이!”

순식간에 시커멓게 변한 은침을 본 귀족들이 경악했다.

“보다시피 이런 극독이 되오. 조금씩 꾸준히 복용시키면 사지가 마비되고 정신이 혼미해져 결국 피가 말라 죽게 된다 하오.”

말을 마친 아차흠이 찻잔을 바닥에 내팽개쳤다. 아차흠은 상서위를 노려보며 자신의 관복 앞섶을 잡아 뜯었다. 뜯겨나간 흉배가 있던 자리에 희끗한 것이 드러나자 사람들은 제 눈을 의심했다.

"처, 천의위!"

아차흠의 가슴 위에 수놓아진 새하얀 수리부엉이는 천의위의
표식이었다.

천의위(千義衛)는 황제의 친위군 중에서도 황제와 황궁을 수호
하는 밀군이었다. 그들은 모두 무예가 뛰어난 고수들로만 이루어
져 있으나 평상시에는 신분을 숨기고 있었다.

천의위는 천 명을 부르는 이름이지만 동시에 하나를 가리키는
말이기도 했다. 명령에 따라 천 명의 병사가 마치 한 몸처럼 움직
이기 때문이었다. 그들을 부릴 수 있는 자는 오직 황제뿐으로 황제
의 막강한 권위를 상징하는 군대였다.

"나 천의위장 혜 아차흠은 지금부터 상서위와 여 귀비를 대역
죄인으로 규정한다!"

아차흠의 말이 떨어지자 그의 등 뒤로 무장한 천의위들이 가득
나타났다.

문관, 무관부터 시종, 잡일하는 궁인까지 복색은 다양했으나
그들의 얼굴은 한결같이 수리부엉이가 새겨진 흰 복면으로 가려
져 있었다.

천의위의 수장은 대대로 비밀에 부쳐져 세상에 그 얼굴을 드러
내지 않았다. 그래서 사실은 황제가 그 수장이라는 말도 있었고,
원래부터 공석으로 비워진 자리라는 소문도 있었다.

오랫동안 비밀로 감춰져 있던 천의위장이 실은 태사부 혜 아차

흠임이 드러났다.

"또한 황제폐하의 유조를 전하노니 이황자 태이 사오룬으로 하여금 창의 제위를 잇게 하라는 황명이오!"

혜 아차흠이 품속에서 꺼낸 진짜 칙서에 일황자 파 귀족들의 얼굴이 새파랗게 질렸다.

명백한 황제 시해의 증거가 나온 이상 발뺌할 수도 없었다. 자신들이 모르는 일이라 해도 일황자의 편에 선 이상 함께 역적으로 엮일 것은 불을 보듯 뻔했다.

거기다 태사부 혜 아차흠이 황제의 유조를 따라 이황자를 지지하고 나섰다. 이제 정규군의 개입은 피할 수 없게 되었다. 황제 시해라는 최악의 수가 들통 나는 바람에 일황자와 상서위는 모든 명분을 잃게 된 것이다.

눈치를 보던 귀족들이 슬금슬금 물러섰다. 목숨이라도 건지려면 도망쳐야 하는지, 아니면 이대로 모반이라도 일으킬 것인지 그들은 갈팡질팡하고 있었다. 이미 발을 뺄 수 없게 된 자들이 상당수였기 때문이다. 일황자의 확고한 승세를 믿으며 상서위 측으로 돌아섰던 귀족들은 그야말로 날벼락을 맞은 꼴이 되고 말았다.

"이, 이게 어찌된 일이오? 상서위!"

"말해보시오! 이것이 다 사실이오?"

상서위는 시끄럽게 떠들어대는 귀족들에게 눈길도 주지 않았다.

"여봐라! 어서 나와서 저들을 막아라!"

상서위의 노성에 여기 저기 숨어 있던 그림자들이 튀어나왔다.

일을 수월하게 처리하기 위해 그가 미리 배치해둔 반옥의 자객들이었다. 강익전을 에워싼 자객들이 일제히 상서위를 질책하던 귀족들의 목에 칼을 겨눴다.

"이게 무슨 짓이오! 상서위!"

"어허! 감히 황궁에 저런 발칙한 무리를 들이다니!"

몇몇 귀족들이 대경실색하여 외쳤다. 아차흠은 상서위의 속셈을 깨달았다.

"저들을 잡아라!"

아차흠의 명이 떨어지자 천의위와 반옥의 자객들이 맞붙어 싸우기 시작했다. 삽시간에 편전 안은 무기들이 부딪치는 소리와 비명으로 가득 찼다.

"막아!"

"길을, 길을 열어라!"

"비켜라!"

빠져나가려고 밀치고 싸우던 한 무리의 귀족들이 서로에게 밀려 넘어졌다. 우왕좌왕하는 수백 명의 귀족들과 병사들이 뒤섞여 강익전 안은 그야말로 아수라장이 되었다.

상서위와 측근들은 몇몇 귀족들을 제물로 삼아 재빨리 강익전을 빠져나갔다. 상서위는 곧장 운주궁으로 달려갔다. 누구보다 먼저 귀비를 피신시켜야 했다.

피칠갑을 하고 칼을 든 사내들이 들이닥치자 놀란 시비들이 비명을 질렀다.

"마마! 마마!"

상서위가 정신없이 귀비를 찾았다.

"무슨 일인데 이리 소란이십니까? 오라버니."

목욕 후에 느긋하게 안마를 받고 있던 여 귀비는 갑작스런 상서위의 난입에 언짢아졌다. 그녀는 고운 아미를 찌푸리며 제 오라비를 나무랐다.

아무리 온천수에 몸을 담가도, 최고급 향유를 발라도 코끝에서 시체 냄새가 떨어지지 않았다.

썩어가는 시신의 냄새를 감추기 위해 천후전은 향을 태우고 있었다. 그나마 서늘한 날씨라 부패의 진행이 더딘 것이 천만다행이었다.

황제의 온몸에는 푸른 반점이 가득했고 고약한 악취가 나고 있었다. 반평생을 넘게 함께한 황제였으나 그 모습은 무서웠다. 그녀는 이 핑계 저 핑계 대며 혼자서는 절대 황제의 침전 안에 들어가지 않으려 했다.

"폐하의 일이 발각되었습니다! 당장 저를 따라 궁을 나가셔야 합니다."

"싫습니다. 저는 황궁에 있을 겁니다."

"이럴 때가 아니옵니다. 마마. 어서 몸을 피하셔야 합니다. 곧 천의위가 들이닥칠 것입니다."

"나는 이 나라 황제의 귀비입니다. 누가 감히 나를 핍박할 수 있단 말입니까?"

"아혜(兒惠)!"

누이의 투정에 상서위는 큰 소리를 내고 말았다.

역모죄다. 그것도 황제를 시해한 대역죄.

천의위에 붙잡히는 날이면 목숨을 부지할 수 없다. 언제나 물정 모르는 어린애 같던 누이였으나 한시가 급한 이때에조차 철없는 소리만 하는 그녀가 한심했다.

수십 년 만에 불린 자신의 아명에 여 귀비의 눈이 휘둥그레졌다. 그제야 상황이 심상찮다는 것을 깨달은 듯 그녀의 몸이 떨리기 시작했다. 희고 고운 손이 사무갈의 소매를 움켜쥐었다. 그녀의 눈은 기대와 불안이 뒤섞여 흔들리고 있었다.

"오라버니, 오라버니는 방법이 있으신 거지요?"

"마마."

"말씀해주세요. 아무 일 없을 거라고 말해주세요!"

"지체할 시간이……."

"오라버니!"

여 귀비가 비명을 질렀다.

오래전 황궁에 처음 들어와 황제에게 환비라는 후궁이 있다는 사실을 알았을 때도, 쫓겨난 환비가 자신과 같은 날 사내아이를 낳았다는 것을 알았을 때도, 이름뿐인 황후가 회임했을 때도 언제나 오라비가 해결해주었다.

그녀의 오라비는 그녀를 위한 것이라면 어떤 일도 마다하지 않았다. 자신의 앞날에 거슬리는 것은 단 하나도 남겨두지 않았다.

그러니 이번에도 분명 그럴 것이다.

"사백 년 동안 단 한 번도 황궁을 지키는 데 실패한 적이 없는 천의위입니다. 그들이 버티고 있는 한 지금 당장은 황궁을 포기해야 합니다."

상서위는 사시나무 떨듯 몸을 떠는 여 귀비를 진정시켰다.

"천의위는 황제의 명령 없이는 절대 황궁을 벗어날 수 없습니다."

그리고 그 황제는 지금 출궁명령을 내릴 수 없는 상태였다.

천의위의 첫째 임무는 황제와 황궁을 지키는 것이다. 그러니 그들이 자신들을 뒤쫓으려 궁을 비울 순 없다. 그것이 천의위의 발목을 잡아줄 것이다.

여기서 무너지진 않는다. 그렇게 바라던 것이 눈앞에 보이는데, 지금에 와서 포기할 순 없었다.

"일단 표주로 가십시다. 그곳엔 제 사병 삼천이 있습니다."

거기다 그동안 재물을 뿌려 포섭한 귀족들의 사병을 합치면 수만 명에 달할 것이다. 황궁은 병력을 끌어 모아 다시 탈환하면 된다.

그때 포찰위장 조현이 헐레벌떡 달려왔다.

"큰일 났습니다!"

"무슨 일인가?"

"이황자가 난경 가까이 왔습니다!"

"뭐라?"

등꽃 아내서

상서위가 이를 갈았다. 태사부가 미리 이황자와 모의하고 일을 터뜨린 것이 분명했다. 그렇지 않고서야 이황자가 이렇게 빨리 움직일 수는 없었다.

"이미 벽성관에 도착했다 합니다! 대감. 어, 어찌해야 합니까?"

소식을 전하기 위해 황궁에 들어왔다가 강익전에서의 사태를 들은 조현은 대경실색했다. 그는 불안한 눈동자를 굴리며 상서위의 눈치를 살폈다.

파도치는 그의 속마음을 눈치 채지 못한 상서위는 재빠르게 상황을 가늠했다.

만일을 대비해 자신의 저택에 들러 가져와야 할 물건이 있었다. 그러나 그곳은 황도의 남문과 지척이다. 동위궁 또한 남문과 멀지 않았다.

그러니 자신들이 남문 쪽으로 가면 자칫 황도로 진입하는 이황자군과 곧장 마주치게 될 것이다.

일단은 몸을 피하는 것이 우선이었다. 마음을 굳힌 상서위는 조현에게 지시를 내렸다.

"자네는 지금 당장 하사신 황자전하께 달려가게. 반 시진 안에 동위궁을 빠져나오시라 전해야 하네. 우린 동문 앞에서 기다리겠네."

동위궁을 향해 달리는 말 위에서 포찰위장 조현은 머리를 굴렸다.

어떻게 해야 이 난국을 헤쳐 나갈 수 있을까. 하늘을 나는 새도 떨어뜨린다던 상서위가 하루아침에 쫓기는 몸이 되었다. 따라서 자신의 안위 역시 장담할 수 없게 되었다.

이대로 일황자와 상서위를 쫓아가봤자 고작 반역도의 무리에 합류하는 꼴이다. 그들의 반역행위가 만천하에 드러난 이상 그건 자멸의 길이었다.

일황자가 황위에 오르면 자신도 한몫 챙길 수 있을 거란 기대에 이제껏 충복 노릇을 한 것이다. 그는 상사형 같은 고관대작이 되고 싶었다. 이런 결과가 기다릴 줄 알았다면 애초에 발을 담그지도 않았을 것이다.

어떻게 해야 살아남을 수 있을까. 초조하게 입술을 짓씹던 조현의 머릿속에 묘안이 떠올랐다.

이럴 때 동위궁 문을 열고 일황자를 잡는 데 앞장선다면?

역모의 구심점인 하사신 황자의 목을 바친다면?

사오룬 황자도 자신의 공을 인정해줄 수밖에 없을 것이다.

사실 자신이 잘못한 게 무어란 말인가. 관리로서 그저 윗사람의 명을 따른 것뿐 아닌가.

게다가 자신은 진(眞) 출신이란 이유로 수시로 일황자에게 멸시 당했다. 그동안의 수모를 떠올리자 마음이 한층 더 들끓었다.

어서 남문으로 달려가 가장 먼저 사오룬 황자를 마중해야 했다. 상서위의 모반 소식을 들은 귀족들이 앞 다투어 성문을 열려

할 것이다. 다른 자들에게 선수를 빼앗길 순 없었다.

조현은 다급히 말의 옆구리를 찼다.

그가 지나고 있는 곳은 포찰위가 있는 관청거리 앞이었다. 평소 사람들로 북적이던 거리는 오늘따라 유난히 인적이 드물었다. 연이어 들려오는 어수선한 소문에 집집마다 문을 닫아건 탓에 휑할 정도였다. 그러나 지나치게 서두르고 있던 조현의 눈에는 그런 것들이 들어오지 않았다.

한순간 뒤쪽에서 여러 개의 올가미가 조현을 향해 날아왔다. 그중 하나에 먼저 말의 앞다리가 걸렸다. 팽팽히 당겨진 줄에 말의 다리가 꺾였다. 이어 말머리에도 또 다른 올가미가 걸렸다. 놀란 말이 울부짖었다.

히히힝.

최대속도로 달리던 말이 그 자리에 쓰러지자 조현의 몸이 공중을 날았다. 머리부터 땅바닥에 처박힌 조현은 그대로 목이 부러졌다.

한동안 거리는 죽음 같은 침묵 속으로 빠져들었다.

잠시 후 한 쌍의 남녀가 숨이 끊어진 조현 곁으로 다가왔다. 마르고 초췌한 여인은 다리를 절룩거리는 사내를 부축하고 있었다. 찢어지고 말라붙은 핏자국이 선명한 옷차림의 사내는 금방 옥고를 치르고 나온 흔적이 역력했다.

"이건 네놈이 죽인 우리 딸의 몫이다."

사내는 널브러진 조현의 몸에 침을 뱉었다. 시체를 내려다보는 여인의 눈은 잔뜩 운 것처럼 붉어져 있었다. 사내의 팔이 위로하듯 그녀의 등을 토닥였다. 잠시 울먹이던 여인은 사내와 함께 온 길을 되돌아갔다.

그들의 그림자가 모퉁이 너머로 사라지자 숨어 있던 사람들이 슬금슬금 모여들었다.

"이자는 어린 내 동생을 희롱하고 그 애를 도둑으로 몰았소."

한 젊은 여인이 손에 들고 있던 돌멩이를 시체 위로 던졌다.

"이놈은 뇌물을 받고 내 집을 빼앗아간 귀족 놈의 편을 들었지."

또 다른 사람이 돌을 집었다. 둥글게 시체를 둘러싼 사람들이 하나 둘씩 돌을 던지기 시작했다.

"내 형은 억울하게 장을 맞고 병신이 되었소."

"내 남편은 이황자를 칭송했다는 죄로 옥살이를 했지."

삽시간에 조현의 시체 위로 돌무더기가 수북하게 쌓였다.

"이황자가 남문 앞에 다다랐다 합니다!"

숨이 턱에 닿도록 달려온 병사의 말에 상서위는 이를 악물었다. 더 이상은 지체할 시간이 없었다. 황궁 안에 남아 천의위와 싸우던 반옥도 거의 몰살당했다. 이대로 앉아서 죽음을 맞을 수는 없었다.

"가자."

상서위가 마부에게 지시하자 마차 바퀴가 천천히 움직였다. 마

등꽃 아내서

차 안에서 여 귀비가 새된 비명을 질렀다.

"오라버니! 황자가 아직 오지 않았어요!"

"지금 가야 합니다. 마마."

"안 돼요! 황자 없이는 갈 수 없습니다! 당장 마차를 멈춰라!"

언제나 자기 자신을 가장 우선으로 생각하는 여 귀비였으나 유일한 아들은 그녀에게도 소중한 존재였다. 문을 열고 마차 밖으로 나오려는 여 귀비를 상서위가 달랬다.

"마마, 황자전하는 무사하실 겁니다."

"그걸 어떻게 장담할 수 있단 말입니까?"

"동위궁은 특별한 궁입니다. 난경 안에서 그곳보다 안전한 곳은 없습니다. 대문만 걸어 잠근다면 누구도 뚫지 못할 철옹성이 아닙니까?"

"저, 정말이지요? 오라버니, 황자가 위험할 일은 없는 거지요?"

"예. 그러니 한시바삐 군사를 모아 전하를 구하러 돌아와야 합니다."

시비들이 훌쩍이는 여 귀비를 부축해 다시 마차 안으로 이끌었다.

말을 탄 상서위가 앞장서자 마차는 속력을 내어 달리기 시작했다. 그들의 뒤로 수십 명의 귀족과 사병들의 말이 줄을 이었다.

상서위는 황궁을 뒤로 하고 도망치는 자신의 모습이 믿기지 않았다. 그들은 마치 패잔병의 꼴을 하고 있었다.

어떻게 이룬 것들인데!

여기까지 올라오기 위해 내가 얼마나 애를 썼는데!

상서위의 얼굴이 추하게 일그러졌다.

다라국 왕제(王弟)의 딸로 태어난 상서위의 모친은 화친을 위해 제국에 보내졌다. 원래 그녀는 황제의 후궁으로 입궁하기로 돼 있었다.

그러나 당시 제위에 있던 선황은 애초 약속과 달리 그녀를 황가의 먼 핏줄인 늙은 귀족의 재취로 보내버렸다.

추락한 자신의 신분과 남편의 옹색한 형편에 충격을 받은 그녀는 시름시름 앓기 시작했다. 자신을 내친 황제를 원망하고 고향을 그리워하다 젊은 나이에 요절하고 말았다.

억울했다.

어린 시절 그 얘기를 들은 순간부터 그의 가슴엔 꺼지지 않는 울분이 자리 잡았다.

선황이 약속만 지켰다면 자신과 누이는 황자와 황녀로 태어났을 것이다. 어미 없이 집안의 천덕꾸러기로 자라지도, 전처소생 형제들에게 괄시당하지도 않았을 것이다.

하지만 다행히도 그에겐 꽃처럼 고운 누이가 있었다. 누이는 원하는 그 어떤 사내의 마음도 사로잡을 만큼 아름다웠다. 명문가인 우사부의 허약한 아들도, 새로 황위에 오른 풋내기 황제도 모두 그녀에게 빠져들었다.

그와 누이는 세상 부러울 것 없는 부귀영화와 무소불위의 권력을 거머쥐었다. 그 모든 것은 애초부터 자신들이 누려야 할 것이었다.

상서위는 초조함에 고삐를 움켜쥐었다.

그래, 이렇게 허무하게 빼앗길 순 없었다. 반역도로 쫓기다 목이 잘리는 것 따위가 자신의 끝일 리 없었다.

아직 마지막 패가 남아 있지 않은가.

다라국의 섭정이 자신의 집에 머무르고 있었다. 그에게 도움을 요청하는 전서는 이미 보내놓았다.

다라국왕의 숙부였던 화안대군이 은밀히 상서위에게 접촉해 온 것은 삼 년 전이었다. 왕의 눈을 피해 몰래 사병을 양성하고 있던 화안대군은 제국의 우수한 무기를 절실히 필요로 했다. 상서위는 국법을 어기고 몰래 그에게 강철무기를 대주었다.

결국 화안대군은 여덟 달 전 조카를 위협해 옥새를 빼앗는 데 성공했다. 곧바로 조카를 죽인다면 민심이 들고 일어날까 두려웠던 그는 어린 왕이 실정했다는 여론을 조성하며 때를 기다리는 중이었다.

섭정이 된 화안대군은 감사의 뜻으로 직접 제국까지 잠행을 왔다. 그리고 차기 황제가 될 하사신을 위해 아낌없이 재물을 뿌렸다. 상서위는 그의 도움으로 수많은 귀족들을 포섭할 수 있었다.

화안대군은 자신들과 한배를 탄 자니 결코 배신하지 않을 것이다.

국경부근에는 이미 다라국 군사 오만 명이 화적떼로 위장한 채

대기 중이었다. 화안대군의 한 마디면 당장 제국군을 압박하기 시작할 것이다. 그동안 자신은 병력을 모을 시간을 벌 수 있다.

그러니 며칠만 버티면 판을 뒤집을 수 있다. 자신들에게 필요한 것은 그 며칠뿐이었다.

매 한 마리가 푸른 하늘을 날고 있었다.

삐이익.

아래쪽에서 들려온 휘파람소리에 커다란 날개가 순식간에 바람을 타고 하강했다. 매는 바람을 일으키며 창밖으로 뻗어 나온 팔 위에 내려앉았다.

잘했다는 듯 새의 부리에 생고기를 물려준 시종은 다리에 매달린 작은 통을 떼어냈다. 통 안에 든 종이를 빼낸 그는 서탁 앞의 인물에게 공손히 전했다.

「황제 시해. 발각. 도주 중.」

흐음.

종이에 쓰인 내용을 재빠르게 훑어 내린 화안대군은 코웃음을 쳤다.

단단히 믿는 구석이 있는 줄 알았는데 고작 이거였나? 황제 시해? 게다가 일처리도 제대로 못 해 이런 사달을 내다니. 화안대군의 입술이 비웃음을 띠며 휘었다.

"오래 사귈 위인이 못 되는구나."

서탁 위에는 한 식경 전에 또 다른 전서응이 가져온 종이가 놓여 있었다. 다급하게 휘갈겨 쓴 듯 필체가 마구 흔들렸다. 애타게 도움을 청하는 글이었다.

화안대군은 두 개의 종이를 모두 집어 들어 촛불 위로 가져갔다. 순식간에 종이를 집어삼킨 불꽃이 검은 재만 남겼다.

"어찌하실 생각이십니까? 마마."

"승산 없는 싸움에 패를 걸 순 없지."

상서위는 조심성이 많은 인물이지만 의외로 핏줄에 강한 집착을 가지고 있었다. 화안대군은 상서위의 모친이 자신의 종고모였다는 점을 이용해 상서위와 쉽사리 접촉할 수 있었다.

제국에 줄을 대기 위해 알아낸 그 사실은 실상 그에겐 대수로울 게 없는 일이었다. 핏줄이라니. 핏줄 따위가 무슨 보증이 된단 말인가. 화안대군이 왕좌에서 끌어내린 이는 바로 그의 친조카였다. 권좌를 노리는 자에게 친족에 대한 연민 따위는 독만 될 뿐이다.

화안대군이 바친 엄청난 재물에 상서위는 감동한 눈치였지만 그 또한 착각이었다. 자신이 알량한 친애의 정으로 얼굴도 보지 못한 일황자를 도왔겠는가. 뇌물을 받은 자들이 많으면 많을수록 제국의 조정은 자신의 손안에 들어오게 되는 것이다.

화안대군은 철저히 실리에 따라 움직이는 인물이었다. 그는 일황자는 물론 이황자 쪽 귀족들에게도 은밀히 뇌물을 상납했다.

다만 이황자의 최측근과 우사부는 뇌물이 통하지 않는 위인이었다. 타국으로부터 이유 없는 선물을 받을 수 없다며 일언지하에 거절했다고 한다. 녹록치 않은 인물들이니 앞으로 제법 공을 들여야 할 것이다.

이제 어느 쪽이 썩은 동아줄인지 분명해졌으니 잘라낼 것은 잘라내고 튼튼한 동아줄을 잡을 때였다.

일황자 파 귀족들은 어차피 별문제가 되지 못했다. 모두 제 목숨 부지하기도 바쁠 테고 받아먹은 게 있으니 함부로 떠벌리진 못할 것이다.

마음에 하나 걸리는 것은 상서위와 나눈 밀약서다.

상서위가 눈치 채지 못하게 은밀히 서재를 찾아보라 시킨 적이 있지만 발견하지 못했다. 그것이 밝혀지는 날엔 제 목도 함께 조일 것이니 쉽사리 폭로하진 않겠지만 궁지에 몰리면 함께 죽자고 덤빌 수도 있으니…….

"화근을 아예 뽑아버려야겠다."

"예. 마마."

열린 창문 안으로 세찬 바람이 불어 닥쳤다. 겨울바람에 날린 재가 흔적도 없이 흩어졌다. 화안대군은 시종의 시중을 받아 은회색 털을 덧댄 화려한 붉은색 포를 걸쳤다.

"황도의 추운 날씨가 슬슬 싫증나는구나."

문득 세상에 믿을 것은 혈육밖에 없다고 누누이 강조하던 상서위의 얼굴이 스쳐갔다. 화안대군의 입술에 싸늘한 조소가 걸렸다.

어리석기는. 어차피 물욕에 눈이 멀어 제 나라의 무기를 팔아넘긴 주제에 믿네 마네 하는 게 더 우습지 않은가.

"어디로 모실까요? 마마."

"멀리는 아니 갈 것이다. 세상에서 가장 재미난 것이 싸움구경 이라 하지 않더냐? 하하하."

화안대군은 뒷짐을 진 채 성큼성큼 방을 나섰다. 그 뒤를 고개 숙인 시종이 총총히 따랐다.

한 식경 후 상서위의 서재가 원인 모를 불로 전소되었다.

19장

나예는 난생처음 받아보는 환대에 머쓱해졌다.

그들은 백성들의 열렬한 환영 속에 황도의 남문을 들어서고 있었다.

황제의 붕어와 상서위의 역모 사건은 삽시간에 황도를 떠들썩하게 만들었고 백성들을 분노케 했다. 그 와중에 사오룬 황자가 황도로 돌아온다는 소식이 들리자 백성들이 구름떼처럼 모여들었다. 거리에 쏟아져 나온 사람들이 손을 흔들며 그들에게 환호했다.

어쩐지 간질거리는 느낌에 나예는 손으로 얼굴을 벅벅 긁기 시작했다. 그러다 저도 모르게 선두에서 말을 몰고 있는 이리하를 힐끔거렸다.

대체 저이는 사람이 맞긴 한 건가.

멀리 황금빛으로 물든 해가 지고 있었다.

아침에 출발해서 난경에 도착한 지금까지 이리하는 변함없이 저 자리를 지키고 있었다. 이리하가 그냥 말을 달리기만 했느냐면 그것도 아니었다. 가로막는 적들을 모조리 쳐내며 가장 먼저 길을 뚫었던 것이다.

하긴 그 귀신놀이를 할 때부터 기가 질리긴 했다.

그들은 매일 야밤에 절벽을 타고, 강을 거슬러 올라가고 온갖 고생이란 고생은 다 했다. 전직 화적 출신인 자신조차 쉽지 않은 일이었다. 그런데 이리하는 부상까지 입은 몸으로 가장 앞서 산을 타고 제일 먼저 강을 건넜다. 멀쩡한 사람보다 더 펄펄 날아다니니 이거야 진짜 귀신이 아닌가 의심스러울 지경이었다.

그래도 허옇게 질린 적들이 우왕좌왕하는 꼴은 꽤 볼 만했지. 나예는 지난 기억을 떠올리며 킬킬거렸다.

서쪽 사막 지대에서 나고 자란 나예에겐 낯선 추위와 얼음이 복병이었다. 이리하가 미리 조치해주지 않았다면 꼼짝없이 동상에 걸렸을 것이다. 나예는 치열한 쟁탈전을 거쳐 이리하가 쓰라며 던져준 약병을 손에 거머쥐었다. 고향에 돌아가서 그걸 가보 같은 걸로 물려주면 어떨까.

나예의 이상한 행동에 주변의 병사들이 주춤거렸다. 고개를 절레절레 흔들다가 갑자기 웃는가 하면 그 덩치에 얼굴까지 붉히는 걸 보자니 못 볼 꼴을 본 기분이었다.

병사들은 재빨리 나예와 멀찍이 떨어졌다. 나예의 옛 부하들까지 슬금슬금 뒤로 물러섰다.

와장창!

하사신은 거친 손길로 탁자 위를 쓸어버렸다. 바닥에 떨어진 벼루며 연적 같은 것들이 요란한 소리를 내며 깨어졌다.

"왜! 어째서!"

어머니와 외숙부가 그를 버렸다. 그들은 자신을 두고 표주로 도망쳤다고 한다. 하사신은 이를 갈았다.

부황의 사인이 독살이라니. 게다가 어머니와 외숙부가 그 일의 배후였다니. 그들이 모든 일을 망치고 말았다.

게다가 황제에게도 뒤통수를 맞았다. 황제의 유조는 자신이 아닌 사오룬에게 황위를 물려주라는 것이었다.

왜? 자신이 그보다 무엇이 부족했단 말인가. 고작 황후의 몸에서 나지 못했다는 이유로 자신이 이리 버려져야 하는가?

세간에 알려진 것과 달리 황제는 자신에게 관심이 없었다. 철이 들면서 하사신은 자신을 바라보는 부황의 시선에 묘한 거리감이 깃들어 있다는 사실을 깨달았다.

그즈음 시종들이 자신은 황제의 아들이 아닐지도 모른다고 수군거리는 얘기를 엿들었다.

황제를 조금도 닮지 않은 얼굴.

배다른 동생인 사오룬 황자는 누구라도 알 만큼 황제를 빼닮았는데 왜 하사신 황자는 그렇지 않을까. 사오룬 황자는 현명하고 덕이 넘치는 제왕의 자질을 타고 났는데 왜 하사신 황자는 시기심 많고 탐욕스런 성정을 가지고 있는 것일까.

다른 이들이 사오룬의 덕을 칭송할 때마다 하사신의 마음속에는 열등감과 울분이 쌓여갔다. 나는 이 나라 황제의 첫 아들인데. 내가 바로 진정한 황통을 이을 자인데.

두고 보아라. 네놈들에게 보란 듯이 황제가 되어주겠다. 함부로 입을 놀리는 것들은 모조리 목을 쳐주마. 황제가 되고 나면. 황제가 되기만 하면. 그렇게 수없이 다짐했었다.

그런데 지금 자신은 어떤 지경에 처해 있는가.

적이 이미 황도로 들어왔는데 자신은 동위궁에 홀로 고립되었다. 사오룬이 당장이라도 동위궁을 공격해 자신의 목숨을 노릴지 모르는데 그의 곁에는 아무도 없었다. 평소에 그토록 자신에게 알랑거리던 귀족들이 지금은 누구 하나 코빼기도 보이지 않았다.

하사신은 무너지듯 바닥에 주저앉았다. 그는 손톱이 살에 파고들 정도로 손가락을 그러쥐었다.

"너도 날 버릴 테냐?"

고개 숙인 하사신에게서 잔뜩 비틀린 목소리가 흘러나왔다.

"저는 이곳을 떠나지 않을 것입니다."

담담한 목소리에 하사신이 고개를 들었다. 황자의 앞에 선 자희는 무심한 시선으로 그를 내려다보고 있었다.

"진심이냐?"

"이미 말씀드리지 않았습니까? 제게는 전하밖에 남지 않았습니다. 떠날 수도 떠날 곳도 없습니다."

"그래, 자희. 너는, 너만은 날 버릴 수 없지. 세상 전부가 날 버려도 넌 그럴 수 없지."

하사신은 뒤늦게 사실을 깨달은 것처럼 혼잣말을 중얼거렸다.

어린 시절 재미삼아 나갔던 궁 밖으로의 외출에서 점쟁이 하나를 만났다. 황도 제일의 점쟁이라 불리던 노파는 하사신에게 이상한 이야기 하나를 들려주었다.

꿈지기라는 특별한 능력을 가진 운명의 아이, 그 아이와 한날한시에 태어난다는 연혼. 처음엔 그저 자신에게서 황금을 얻어내고자 꾸며낸 헛소리라 치부했다.

그런데 그 점쟁이는 이번 꿈지기의 연혼이 이 땅에서 가장 고귀한 피를 타고난 자라는 점괘를 고했다. 십삼 년 전 하사신이 태어나던 날 남쪽에선 꿈지기의 별이, 황도 위에선 연혼의 별이 함께 떠올랐다는 것이다.

그 순간 난생처음 가슴이 희열로 벅차올랐다.

자신과 같은 날 태어났다는 꿈지기. 그 꿈지기는 하사신이 진정한 황제의 아들임을 증명하는 존재였다. 신은 자신을 위해 그 존재를 만든 것이다.

하사신은 점쟁이의 도움을 받아 대륙의 남쪽에서 꿈지기의 별이 뜨던 날 태어난 계집아이를 찾아냈다. 세상에 비할 바 없이 아름다운 그 꿈지기를 본 순간 하사신은 확신했다. 저것은 하늘이 정한 내 것이다.

하사신은 손을 뻗어 파사의 팔을 움켜쥐었다. 불안하게 흔들리는 목소리가 재차 물었다.

"내 자희는 무슨 일이 있어도 날 떠나지 않아. 넌 내 연혼이니까. 그렇지?"

팔을 옭아맨 손가락 때문에 멍이 들 정도였지만 파사는 내색하지 않았다. 하사신은 스스로를 안심시키려는 것처럼 몇 번이고 다짐했다. 덜덜 떨리는 황자의 손이 그녀의 옷자락을 붙들고 있었다. 그러나 여전히 그녀에게 닿지 못하는 하사신을 바라보며 파사는 싸늘하게 미소 지었다.

파사는 겹겹이 화려한 예복을 차려입고 있었다.

궁 전체가 어수선한 분위기에 휩싸여 있는데 저 무슨 해괴한 짓거리인가. 나이든 시비가 눈살을 찌푸렸다.

탁자 위에는 여러 개의 패물함이 올려져 있었고, 그 안을 가득 채운 것은 장신구였다. 하사신 황자가 파사의 환심을 사기 위해 하사한 그것들은 대부분 그녀의 몸에 걸쳐진 적이 없었다. 시비들은 불안에 떨면서도 영롱한 빛을 뿜어내는 패물에 시선을 빼앗겼다.

자미희가 대체 무슨 일로 이리 사람들을 불러 모은 것일까. 패물에 전혀 신경 쓰지 않기에 두어 개 빼돌린 적이 있는데 혹 눈치 챈 건가. 젊은 시비 둘이 서로 초조한 눈빛을 교환했다.

"떠나라."

"예?"

말을 알아듣지 못한 시비들의 반문에 파사는 다시 입을 열었다.

"모두 도망치란 말이다."

"저, 저희들은 동위궁의 시비로……."

"가라앉는 배에 남아 뭘 하겠다는 거지? 개죽음을 하고 싶은 것이냐?"

차가운 파사의 말에 말을 꺼낸 시비가 움츠러들었다. 사실 그들은 생사를 함께할 정도로 끈끈한 주종 간이 아니었다. 안 그래도 이대로 죽음을 맞아야 하냐며 모여서 울고불고하던 그들이었다.

"각자 살길을 찾아라. 이 방에서 가져가고 싶은 것은 무엇이든 가져가도 좋다."

말을 끝낸 파사는 뒤돌아 침상 쪽으로 들어가버렸다.

잠시 눈치를 보던 시비들이 너나 할 것 없이 방을 빠져나가기 시작했다. 물론 각자의 품에 패물을 가득 보듬어 안고.

잠시간의 소란스러움이 사라지고 방 안에 홀로 남겨지자 파사는 창을 열었다.

종일 흐리던 하늘에서 눈이 내리고 있었다. 흩날린 작은 눈송이가 뺨에 닿았다.

첫눈인가.

일 년 전 그날도 첫눈이 오던 날이었다.

난생처음 느껴본 온기. 그녀의 마음을 녹인 유일한 사람.

당신은 이 겨울 하늘 아래 어디에 누워 있을까. 그저 당신이 없다는 사실만으로 세상은 너무나 춥고 어두워.

오늘 밤 세상이 무너지고 천지가 뒤바뀐다 해도 그녀는 상관없었다. 수천, 수만의 사람들이 죽어도 당신을 잃은 것에 비할 수 있을까.

파사의 세상은 오래전 빛을 잃었고 유일한 온기마저 사라져버렸다.

제국의 미래나 백성의 안위 같은 거창하고 이타적인 생각으로 살아온 것이 아니다. 손안에 남겨진 복수라는 패 하나로 버텨온 것뿐이다. 그렇게 오랜 시간 기다려온 일인데도 복수의 끝은 허망했다.

가슴속에서 서걱거리는 바람이 불었다. 파사는 품에서 작은 비수를 꺼냈다.

이제야 제 손으로 연혼의 끈을 놓는다.

그녀는 지칠 대로 지쳤다. 그만 쉬고 싶었다.

피폐하고 삭막한 삶을 되풀이하는 환생을 끝내고 싶었다. 또 다른 생이 남아 있다 해도 다시는 눈을 뜨고 싶지 않았다.

연혼에 대한 미련 따위 말라버린 지 오래였다.

앞으로 영원히 만나지 못한다고 해도 아무럼 어떤가. 어차피 그건 당신이 아닐 텐데.

"안 됩니다!"

"위험합니다! 맨 앞에 들어가시겠다니, 그것도 혼자서!"

"아직 부상도 낫지 않으셨는데!"

여기저기서 굵직한 목소리가 한꺼번에 떠들어대니 상처가 더 쑤시는 것 같다. 이리하는 미간을 잔뜩 찌푸렸다.

도주 중인 상서위와 여 귀비에게는 추격대가 따라붙었다. 치백은 암영을 황도에 남기고 나머지 병사는 모두 상서위를 뒤쫓게 했다. 태사부도 황도방위군의 절반을 차출해 보냈다.

　　사오룬 황자는 황궁으로 들어갔지만 아직 동위궁에 하사신 황자가 남아 있었다. 일황자를 무릎 꿇리지 않고서는 완전히 이겼다고 할 수 없다.

　　암영은 동위궁을 물샐틈없이 둘러쌌다. 굳게 닫혀 있는 동위궁의 문을 열고 일황자를 끌어내리려면 공성전이 필수였다.

　　승리를 목전에 둔 암영의 기세는 무시무시했다. 일황자의 부덕의 증거처럼 우뚝 솟은 동위궁을 바라보는 젊은 피들은 공성전 따위 수십 번이라도 할 수 있다며 외쳤다.

　　그러나 이리하는 그 의견을 단박에 묵살했다.

　　쓸데없이 병사들을 희생할 필요가 무어 있겠나. 자신이 동위궁 안에서 문을 열면 되는데. 그래서 수로를 통해 먼저 들어가겠다고 했더니 사방에서 고성이 쏟아졌다.

　　"찾을 사람이 있다."

　　"함께 가겠습니다!"

　　"혼자 보내드릴 수는 없습니다!"

　　"저희는 죽어도 무위시랑과 함께……!"

　　"시끄러워!"

　　이리하가 고함을 지르자 그제야 사방이 조용해졌다. 예전엔 눈도 안 마주치더니 요사이는 다들 늙은 암탉처럼 잔소리를 해댄다.

붉꽃 아내서

게다가 잠시도 그를 조용히 내버려두질 않았다.

혀를 찬 이리하는 혼자 임시 막사로 들어가버렸다. 또다시 그의 뒤를 줄줄이 따라오려던 시도는 이리하의 살벌한 눈총에 가로막혀 좌절되었다.

거추장스러운 갑주를 벗어던진 이리하는 얼굴에 남아 있는 붉은 칠을 닦아내기 시작했다.

치백이 제안한 귀신놀이는 생각보다 큰 성과를 거뒀다. 적들은 먼발치에서 그들을 보기만 해도 놀라 달아나기 일쑤였다. 단파곡에서의 패배로 자칫 떨어질 뻔한 병사들의 사기는 그 후로 오히려 드높아졌다.

책사로서의 치백은 전장에서 누구도 따를 자가 없지. 희미한 웃음을 띤 채 옷을 갈아입던 이리하의 손끝에 천이 걸렸다.

잠시 생각하던 이리하는 가슴 위로 두껍게 묶인 면포를 풀어내기 시작했다. 물속에선 어차피 젖어버릴 테니 걸리적거리기만 할 것이다.

등 뒤로 바람이 불었다. 말 안 듣는 놈들이 기어이 쫓아온 건가 싶어 이리하는 낮게 한숨을 쉬었다. 그러나 돌아본 그가 마주한 것은 웃음이 말끔히 사라진 치백의 얼굴이었다. 팔짱을 끼고 입구 앞에 버티고 선 모양새가 듣지 않아도 용건을 짐작할 수 있었다.

"너까지 보낼 셈인가?"

"지금 뭐 하시는 겁니까? 이러니 상처가 안 낫는 거 아닙니까. 그거 이리 내놓으십시오."

타박을 놓은 치백이 이리하의 손에서 면포를 빼앗았다. 이리하에게 겁먹은 의원이 그를 따라오려 하지 않았다. 치백은 의원에게 받아온 약초를 상처 위에 붙인 후 다시 면포를 단단하게 감았다.

"그렇게 세게 매면 움직이기가, 윽."

"시끄럽습니다."

냉랭하게 쏘아붙친 치백이 매듭을 더욱 조였다. 그는 투덜거리며 옷을 입는 이리하를 가라앉은 시선으로 바라보았다.

"그 여인이 그만한 가치가 있습니까?"

치백의 목소리에는 숨길 수 없는 비난이 스며 있었다.

병사들의 희생 없이 궁문을 열 수 있다면 그보다 좋은 일은 없을 것이다. 그러나 이리하의 위기는 군 전체의 사기와 직결된다. 또다시 이리하의 신변에 위험이 닥치는 불상사가 생겨선 안 되는 이유였다.

대륙 내에서 감히 적수를 찾을 수 없는 실력, 놀라운 배짱과 과감한 결단력, 자유롭고 곧은 그 기상은 사람들을 끌어들인다. 원치 않아도 이리하의 옆에는 그를 흠모하는 자들이 모이고 자연스레 추종하는 세력이 생성된다.

원래 지나치게 뛰어난 인재는 양날의 검처럼 위험한 법. 적에게도 위협적인 존재지만 어리석은 군주에게는 그야말로 치명적이다. 얼마나 많은 인재들이 혼군(昏君)의 시기로 뜻을 펴지도 못하고 꺾였던가.

만약 이리하가 권력욕이 있는 사내였다면, 만약 사오룬이 그를 포용할 그릇이 못 되는 소인배였다면 그들의 현재는 분명 달라졌을 것이다. 그렇기에 치백은 천재일우로 만난 이 완벽한 군신관계에 흠이 갈 만한 일은 무슨 짓을 해서라도 막고 싶었다.

그런데 사지에 홀로 들어가려는 이유가 고작 적의 여자를 구하기 위해서라고?

늦바람이 무섭다더니 여태 여인에게 눈길도 안 주던 사내의 달라진 모습이 낯설었다. 자미희 같은 여자에게 빠질 줄 알았다면 억지로라도 다른 여인을 붙여줄 걸 그랬다.

자미희는 절대 안 된다. 그러나 치백 자신은 이리하에게 발각당할 위험을 감수하고 손을 쓸 수는 없었다. 지나고 보니 반옥의 자객들이 자미희를 처리하지 못한 것이 정말 애석한 일이었다.

반옥의 움직임을 주시하던 치백은 누군가 자미희의 암살을 의뢰한 사실을 알고 있었다. 제 비인을 죽여 이리하를 곤경에 빠뜨리려는 일황자의 짓이라 생각한 그는 비밀리에 뒤를 캤다. 그러나 결과는 매우 뜻밖의 인물로 밝혀졌다.

모종의 이유로 치백은 이리하에게 그 사실을 함구했다. 지키는 자가 지나치게 잘난 바람에 결국 수포로 돌아갔지만.

고작 그런 실력으로 무슨 살수 노릇을 한다고. 쓸모없는 놈들. 치백은 실패한 반옥의 자객들을 탓하며 속으로 혀를 찼다.

"왜 그렇게 하나만 보려 하십니까? 조금만 포기하시면 더 많은 걸 얻을 수 있습니다."

"더 많은 것? 뭘 말이지?"

이리하가 담담한 태도로 되물었다.

"세상에 여자는 많습니다. 그보다 아름다운 여인도 찾아보면 분명 있을 겁니다. 그러니……!"

"그만해. 너 지금 날 미색이나 따지는 한심한 얼간이로 모는 거냐?"

이리하의 한심스럽다는 눈빛에 치백이 울컥했다.

"대체 그렇게 싫어하던 여인들과 그녀가 무엇이 다르단 말입니까! 아시기나 합니까? 무위시랑이 변을 당했다는 소식을 듣고도 그 자미희가 어쨌는지? 밤이고 낮이고 일황자에게서 떨어지질 않았답니다. 아예 한 몸처럼 찰싹 붙어 다닌다고 하더군요. 그런데 어딜 들어가겠다고요? 고작 이 사내 저 사내에게 요사나 떠는 그런 계집을 위해……!"

"거기서 한 마디만 더하면 땅바닥에 패대기쳐질 줄 알아."

나지막한 경고에 치백이 조가비처럼 굳게 입을 다물었다.

"파사가 무엇이 다르냐고? 백 가지 천 가지가 다르다고 한들 그게 네게 의미가 있나?"

정곡을 찔리자 얼굴이 굳어버린 치백을 보며 이리하는 혀를 찼다.

치백이 파사 문제에 유난스럽게 구는 이유는 알고 있었다. 과거 이리하의 정혼녀를 수상히 여긴 치백이 뒤를 밟지 않았다면 지금 자신은 살아 있지 못했을 것이다. 그 일 이후로 치백은 자신에게 접근하는 여자들에게 신경을 곤두세웠다. 지금까지는 어차피 관심도 없기에 상관하지 않았다.

하지만 더 이상의 간섭은 용납할 수 없었다.

"끝이 보이지 않는 사막에서 몇 날 며칠을 혼자 떠돌아다닌 적 있나? 무엇을 찾아야 할지, 어디로 가야 할지도 모른 채 죽을 때까지 헤매는 것은 아닌가, 그런 절망감에 짓눌려본 적 있나?"

피비린내 자욱한 전장에서도, 굶주릴 일 없는 궁 안에서도 이리하는 늘 갈증을 느꼈다.

무엇에도 절실해지지 않는 자신은 태어날 때부터 어딘가 잘못된 것 같았다.

그에겐 삶조차 절대적인 가치가 되지 못했다. 이제껏 목숨이 소중해서 하루하루 싸워온 게 아니었다. 단지 벌레처럼 짓밟혀 죽는 게 싫었을 뿐.

평생을 가슴 한 곳이 비어 있는 것처럼 느끼며 살았다. 그 공허감은 무엇으로도 채워지지 않았다. 파사를 만나기 전까지는.

이리하는 두껍게 면포가 감긴 심장 주위를 지그시 눌렀다.

"심장을 포기하고도 살 수 있을까?"

치백은 아무런 대답도 하지 못했다.

"그러니 포기 못 한다. 그 하나가 내겐 전부니까."

결코 흔들리지 않을 바위 같은 대답에 정적이 흘렀다. 그들은 아무 말 없이 서로를 바라보았다. 먼저 침묵을 깬 것은 이리하였다. 무언가 생각난 듯 그가 갑자기 눈썹을 찡그렸다.

"……그런데, 파사가 일황자에게 붙어 있다고? 요사도 떨고?"

잠시 기대했던 치백은 다음 순간 들려온 혀 차는 소리에 얼굴을 구기고 말았다.

"쯧, 그 까다롭고 까칠한 성격에 잘도 그랬겠다. 여자 보는 안목이 그렇게 형편없어서야."

지금 누가 누구에게 하고 싶은 말인가. 어이없다는 듯 고개를 절레절레 흔드는 이리하를 보며 치백은 이를 갈았다. 이 지독한 외골수. 말이 안 통하는 고집불통 같으니라고!

치백이 제 할 말만 하고 휑하니 나가려는 이리하를 붙들었다.

"좋습니다. 그럼 먼저 해주셔야 할 일이 있습니다."

"뭐라고?"

상서위는 자신의 귀를 의심했다.

표주로 피신하는 길에 잠시 숨을 돌리던 중이었다. 그들은 추격대에게 쫓기느라 제대로 쉬지도 먹지도 못했다. 결국 중간부터는 마차까지 버리고 도망쳐야 했다.

"구, 국경 근처에 대기하고 있던 다라국 군사들의 행방이 묘연하다고 합니다."

잔뜩 먼지를 뒤집어쓰고 달려온 전령은 당장이라도 쓰러질 듯 보였다.

상서위는 다라국의 섭정에게 군대를 진격시켜달라고 전서를 보냈다. 그런데 원군을 보내기는커녕 오히려 국경에 숨어 있던 군사들을 철수시켜버린 것이다.

"이런 교활하고 음험한 놈 같으니라고!"

상서위가 마시던 물통을 내팽개쳤다.

화안대군이 자신의 위기를 알아채고 재빨리 발을 뺀 것이 분명했다. 내 이놈을! 상서위는 추한 얼굴을 한층 더 일그러뜨리며 분통을 터뜨렸다.

그러나 정작 이 순간 놈의 숨통을 틀어쥘 수 있는 유일한 물건이 손안에 없지 않은가. 자신의 집 비밀장소에 숨겨놓은 그 밀약서.

화안대군, 그놈은 이대로 그것이 자신과 함께 묻히길 바랄 것이다. 상서위는 이를 빠득 갈았다.

실상 그것은 위협하는 용도이지 세상에 폭로할 수 있는 내용이 아니었다. 알려지는 순간 연루된 자들은 모두 공멸하는 것이다.

그래도 그것이 있다면 무슨 수라도 써보련만!

정규군 소식에 귀족들은 놀란 자라목처럼 잔뜩 몸을 움츠렸다. 저 살기에 급급해진 그들은 더 이상 병력을 내주려 하지 않았다.

상서위에게 남은 것은 이미 물러설 곳이 없는 일황자의 장인들뿐이었다. 그러나 가문의 보전을 위해 딸을 버리고 등을 돌린 자들도 적지 않았기에 그 숫자는 미미했다.

파멸이라는 거대한 바위가 그의 머리 위에서 무너져 내리고 있었다.

어둠속을 엉금엉금 움직이는 인영 하나가 있었다. 싸늘한 날씨임에도 상시령의 등허리에는 식은땀이 주르륵 흘러내렸다.

깊은 한밤중 어찌된 영문인지 동위궁의 대문이 열리고 말았다. 겁을 먹은 자들이 자진해서 대문을 연 것이 틀림없었다. 쓸모없는 것들! 상시령은 속으로 욕설을 삼키며 둔한 걸음을 옮겼다.

궁 안에 남아 있는 병사들이 대문 쪽에서 싸움을 벌이고 있지만 오래 버티지 못할 게 뻔했다. 이황자의 병사들이 본격적으로 궁 안으로 들이닥치기 전에 이곳을 빠져나가야 했다. 그러나 방 안에 숨겨놓은 보물들을 빠짐없이 챙기느라 그만 생각보다 지체하고 말았다.

품 안의 묵직한 짐에만 신경 쓰던 상시령은 미처 발밑을 보지 못했다.

"으아악."

갑자기 튀어나온 뭔가에 발이 걸린 상시령은 꼴사납게 엎어졌다.

미어터질 듯 밀어 넣었던 금덩이와 진주알이 품에서 쏟아져 사방으로 흩어졌다. 허둥지둥 보물을 주워 담으려던 그의 눈에 검은 바지에 감싸인 긴 다리가 보였다. 코끝에 피비린내가 훅 끼쳤다. 그제야 상시령은 누군가 자신의 발을 걸어 넘어뜨렸다는 사실을 깨달았다. 음산한 목소리가 머리 위에서 울렸다.

"누군가 했더니 상시령이 아닌가?"

"뉘, 뉘신지?"

거대한 그림자로만 보이는 사내의 머리가 덮치듯 가까이 숙여진 순간 놀란 상시령이 눈을 홉떴다. 겁에 질린 그는 물러서려다 엉덩방아를 찧고 말았다. 설마 그럴 리가, 분명 그놈은 죽었다 들었는데? 상시령은 무거운 자신의 엉덩이를 원망하며 슬슬 뒷걸음을 쳤다.

"내가 예전에 다짐한 게 하나 있는데 말이야."

"무, 무슨 말씀이신지?"

"자네를 다시 만나면."

이리하의 말이 끊겼다고 생각한 순간 상시령은 코뼈가 내려앉는 고통을 생으로 맛보았다. 곧이어 세상이 깜깜한 암흑으로 뒤덮였다.

"기필코 그 주둥아리를 뭉개주겠다고 했지."

이리하는 주먹 한 번에 대자로 뻗어버린 상시령을 내려다보았다. 피범벅 된 얼굴이 퉁퉁 부어올라 안 그래도 작은 눈이 완전히 파묻혀버렸다.

이리하는 뒤룩뒤룩 살진 몸뚱어리를 넘어 걸음을 재촉했다. 물과 피에 젖은 옷이 뻣뻣하게 굳어져 그의 움직임을 방해했다.

이미 살얼음이 끼기 시작한 수로의 물은 그야말로 뼈가 얼어붙을 정도로 차가웠다. 실제로 그를 따라 들어온 두 명의 암영 중 하나는 도중에 황천으로 곧장 갈 뻔했다.

동위궁의 대문을 여는 데 성공했으니 나머지는 진입하는 병사들에게 맡기면 될 터. 자신에게는 따로 할 일이 있었다. 푸른 기와를 얹은 새하얀 전각이 시야에 들어오자 치백의 말이 귓전에 들리는 듯했다.

「이 일을 가장 빠르게 종결짓는 법은 우두머리를 치는 겁니다. 어차피 일황자가 없으면 상서위는 아무런 명분도 얻지 못하고, 후일도 기약할 수 없을 테니까요. 하지만 전하께서 직접 일황자를 처리하실 일은 없어야 합니다. 비록 반역을 꾀했다 해도 새로운 황제의 손에 형제의 피를 묻히게 할 순 없는 법이지요.」

하사신 황자가 있는 승양전 앞에 선 이리하의 눈매가 가늘게 휘었다.

"그 정도야 얼마든지 처리해주지. 기꺼이."

"죽지 않았나?"

하사신의 안색은 그가 걸친 흰 비단옷만큼 창백하게 질렸다.

"그렇게 쉽게 죽을 목숨이었으면 나자마자 버려졌을 때 얼어 죽었겠지."

이리하는 피식거리며 흑아에 묻은 핏방울을 털어냈다.

"호위들은 모두 어디 갔지?"

"하나가 덤비는 걸 보더니 나머진 도망가더군. 그렇게 평소에 인덕을 좀 쌓지 그러셨습니까? 전하."

이죽거리는 이리하의 말에 하사신의 얼굴이 붉어졌다.

"네 이놈! 더러운 루 주제에 감히 황자인 나를 조롱하는 것이더냐!"

"곧 죽을 처지에 따지는 것도 많군."

하사신은 이를 악물었다.

이상하게 처음부터 놈이 몹시 거슬렸다. 천하디 천한 놈이 뿜어내는 그 당당한 눈빛을 참을 수 없었다.

진작 죽였어야 했는데. 죽여버렸어야 했는데!

자신의 지나친 오만이 불러온 결과였다. 천하다 여기고 무시한 무관 나부랭이에게 이렇게 역습을 당할 줄은 생각도 못 했다.

"치백의 당부가 없었어도 단둘이 끝을 낼 생각이었지. 은원은 내 손으로 직접 해결해야 직성이 풀리거든. 거기다 파사의 몫도 있고."

"파사? 그게 누구지?"

뜻밖의 말에 이리하는 잠시 말문이 막혔다. 다음 순간 터져 나오는 웃음을 참지 못한 그가 배를 잡고 웃었다.

"하하하. 정말 단 한 번도 그녀에게 허락받지 못했군. 황자전하."

이리하의 목소리는 즐거움으로 가득 차 있었다. 애초부터 파사는 눈앞의 황자에게 마음은커녕 이름조차 알려주지 않았던 것이다.

그제야 그 이름의 주인을 알아차린 하사신의 얼굴에 모멸감이 떠올랐다.

"그래봤자 자희는 내 것이다."

"아, 그 연혼인가 뭔가 하는 것?"

이리하가 심드렁한 어조로 대꾸했다.

"그래. 세상의 무엇으로도 우리를 갈라놓을 순 없다."

"그래서 원치 않는 그녀를 궁에 가둬놓고 자미희의 밤이니 뭐니 하며 억지로 다른 놈들에게 보냈나?"

이리하의 얼굴에서 웃음기가 싹 걷혔다.

"난 자희를 초라한 마을에서 데려와 궁에서 살게 만들었다. 모든 여인들이 원하는 부귀영화를 누릴 수 있게 해주었단 말이다."

"그녀가 그런 걸 원한다고 말한 적 있던가?"

"뭐?"

"황금? 비단? 그런 걸 파사가 원했다고? 이 화려한 감옥에서 그렇게 숨 쉬는 꼭두각시처럼 살아가길 그녀가 원했다고?"

"누구나 다 그걸 원한다!"

"그렇겠지. 파사만 빼고."

차가운 조롱에 하사신의 가슴이 부글거리며 끓어올랐다. 자신에 비해 턱없이 모자란 놈이 자희에 대해 잘 안다는 듯 지껄이는 걸 듣자니 참을 수가 없었다. 그녀 곁에 이리하를 불러들인 자신의 결정을 뼈저리게 후회했다.

"잘난 체하지 마라. 그래봤자 네놈도 자희를 갖고 싶어 발버둥 치는 주제에."

"맞아. 나도 파사를 원하지. 죽어도 놓고 싶지 않아."

하사신의 얼굴에 그것 보라는 비웃음이 떠올랐다.

"하지만, 그게 그녀를 조이는 사슬이 된다면 보내줄 거다. 설사 내 목을 잘라서라도."

등꽃 아내서

경멸을 담은 이리하의 차가운 눈빛이 채찍처럼 하사신을 후려쳤다.

"그게 너와 내가 다른 점이지. 상대를 괴롭히고 죽여서라도 갖고 싶은 마음이라면 날 먼저 죽인다."

"상대를 위해 스스로를 죽인다고? 난 존귀한 이 나라의 황자다. 천한 루 따위가 무얼 알겠는가!"

담담한 이리하의 얼굴을 보자 하사신의 피가 거꾸로 치솟았다. 난 잘못한 것이 없다!

날 황태자로 책봉해주지 않은 부황.

황제 시해로 자신의 발목을 잡은 외숙부.

날 위해 태어났으면서도 마음을 주지 않았던 자희.

이렇게 된 건 모두 그들의 탓이었다. 자신의 잘못이 아니었다.

"그래, 말해봤자 서로 입만 아프겠지. 자, 검을 집어라. 난 명예롭게 자결할 기회 같은 건 주지 않을 테니까. 내 발밑에서 버둥거리다 죽을 수 있게 해주지."

이리하는 비틀린 어조로 한껏 하사신을 조롱했다. 분노한 하사신이 소리를 지르며 달려들었다.

하사신과 대적하는 건 이리하에겐 어린애를 상대하는 것이나 마찬가지였다. 그는 일부러 시간을 끌며 하사신의 온몸을 베었다. 이리하의 검이 흔들릴 때마다 황자의 가슴과 다리, 배에서 피가 튀었다. 그러나 이리하는 팔만은 건드리지 않았다. 검을 들고 끝까지 자신에게 덤벼야 했으니까.

자신을 놀리는 듯한 이리하의 행태에 하사신의 눈이 불을 뿜었다.

"이 더러운 놈! 이게 무슨 짓이냐!"

"내가 말했을 텐데? 넌 절대 곱게 죽을 수 없어."

황자의 목 언저리에 또다시 붉은 실금이 생겼다. 벌어진 상처 사이로 핏줄기가 주르륵 흘러내렸다. 새하얗던 황자의 옷은 이제 붉은 색으로 보일 정도였다. 그의 온몸은 베인 상처로 너덜너덜했지만 몸의 고통보다 치욕감이 더했다.

"천한 루 따위가 내 몸에 손대게 내버려둘 줄 아느냐!"

하사신이 벽에 늘어진 휘장을 잡아당겨 촛대를 넘어뜨렸다. 넘어진 촛대에서 흘러나온 불꽃이 휘장에 옮겨 붙은 건 순식간이었다. 붉은 불꽃이 화륵, 하는 소리를 내며 휘장을 타고 곳곳으로 퍼져나갔다. 삽시간에 뜨거운 열기에 휩싸인 방 안에서 이리하는 문 쪽으로 물러섰다.

넘실거리는 불길을 사이에 두고 이리하의 눈이 하사신과 마주쳤다. 점점 덮쳐오는 불속에서 꼼짝 않고 자신을 노려보는 눈을 본 이리하는 한쪽 입술을 끌어올렸다. 제 손에 당할 바에야 불타 죽겠다는 독기가 그 눈에 흐르고 있었다.

제가 죽인 사람들이 겪은 고통을 고스란히 당해보는 것도 좋겠지. 마지막으로 불꽃이 황자의 옷자락을 집어삼키는 것을 본 이리하는 몸을 돌렸다. 전각을 빠져나오는 그의 등 뒤로 단말마의 비명이 길게 터져 나왔다.

연꽃 아래서

사방이 아수라장이라 불이 나도 아무도 달려오지 않았다. 그것이 설사 궁의 주인의 전각이라 해도.

승양전은 활활 불타기 시작했다. 이대로 모조리 타버리는 게 차라리 낫겠지. 세찬 불길이 지붕까지 완전히 뒤덮자 이리하는 걸음을 옮겼다. 온몸에 피칠갑을 한 그와 마주친 사람들은 비명을 지르며 도망치느라 정신이 없었다. 자신의 길을 막지만 않는다면 이리하도 신경 쓰지 않았다.

푸른 새벽이 다가오고 있었다.

병장기 부딪치는 소리도 제법 가까워지고 있었다. 이황자의 병사들이 궁을 장악하기 시작한 것이다. 간간이 달려드는 병사들을 모조리 베어내면서 이리하는 목적한 북쪽으로 움직였다.

멀리 기억에 선명하게 새겨진 지붕이 보인 순간 몇 달간 억지로 눌러놓은 갈망이 순식간에 부풀어 올랐다. 기대감과 흥분으로 심장의 박동이 터질 듯 격렬해졌다.

자화원은 그곳만이 딴 세상인 듯 깊은 침묵에 잠겨 있었다. 창 너머로 새어나온 불빛 하나가 요요하게 어둠을 밝히고 있었다.

한달음에 건물 앞으로 달려간 이리하의 눈이 설산의 얼음덩이처럼 차가워졌다. 문에는 빗장이 가로질러져 있었다. 안쪽이 아니라 바깥에서.

누가 이따위 짓을!

이리하는 곧바로 문을 걷어차버렸다. 벼락같은 소리를 내며 문이 쪼개졌다.

불어온 바람에 촛불이 꺼져버려 방 안은 곧바로 어둠에 휩싸였지만 빛이 없어도 이리하는 얼마든지 알아볼 수 있었다.

방 한가운데 그녀가 있었다. 마지막으로 봤을 때와 똑같이 여전히 아름다운 파사가. 꿈에도 예상치 못한 모습으로.

미처 기쁨을 누리기도 전에 이리하는 그녀의 손에 들린 것이 무엇인지 깨달았다. 심장이 뚝 하고 떨어져 내렸다.

파사의 손이 움직인 순간 이리하가 비호처럼 그녀를 덮쳤다. 꽉 움켜쥔 손에서 단숨에 비수를 빼낸 이리하는 그것을 멀찍이 떨어뜨렸다.

"기억하느냐. 반드시 돌아오겠다 했다."

이리하는 끔찍한 짓을 벌이려 한 그녀에게 놀라 이를 악물고 내뱉었다. 자신이 던져버린 칼을 노려본 그는 다시 파사에게 시선을 돌렸다.

"이런 짓 하라고 저걸 네게 준 게 아냐."

그녀가 칼을 들어 올리는 걸 본 순간 숨이 멈추는 줄 알았다.

"당신은……."

이리하는 충격으로 떨리는 가느다란 어깨를 끌어당겨 품 안에 넣었다. 그 사이 더욱 얇아진 팔과 힘주어 안으면 부러질 듯한 허리를 깨닫고 혀를 차고 말았다.

"제대로 먹지 않은 모양이군. 하사신이 굶겼나? 놈을 고이 죽게 내버려두지 말 걸 그랬어."

"어떻게……?"

"나중에. 지금은 먼저."

말이 끝나기도 전에 이리하의 입술이 파사의 것을 삼켰다. 거칠게 달려드는 입술 사이로 뜨거운 숨결이 겹쳐졌다.

입맞춤에는 그동안의 굶주림과 그리움이 고스란히 배어 있었다. 영원히 잃어버렸다고 생각한 온기가 파사를 감싸 안았다. 죽어 있던 심장이 서서히 깨어났다.

파사는 떨리는 손을 들어 그의 등에 가져다 댔다. 축축하게 물기를 머금은 옷 너머로 단단한 근육이 만져졌다. 거침없이 내리누르는 무게감이 놀랍도록 생생했다.

꿈이 아니었다. 환각도 아니었다.

그녀의 손이 닿자 이리하의 입맞춤은 더욱 격렬해졌다. 단단한 못이 박인 손가락이 비단 같은 긴 머리채 사이로 파고들었다. 거침없이 온 입안을 헤집고 다닌 혀가 그녀의 숨을 남김없이 빨아들였다.

입맞춤은 달콤하지도 부드럽지도 않았다. 그런데도 가슴이 저릴 만큼 애틋했다.

파사는 두 팔을 벌려 그를 마주 안았다. 넓은 어깨와 팔이 다시는 떨어지지 않겠다는 듯 그녀를 부둥켜안았다. 젖어 있는 옷 너머로 뜨거운 심장의 고동이 그녀의 몫까지 울리고 있었다.

멀리서 궁을 뒤흔드는 함성소리도 들리지 않았다. 부서진 문 너머로 차가운 겨울바람이 불어 닥치는 것도 느낄 수 없었다.

다섯 달만의 입맞춤에서는 뜨겁고 격렬한 피 내음이 났다.

20장

　간신히 표주까지 도망친 상서위와 여 귀비는 성 안에 틀어박혀 꿈쩍도 하지 않았다.

　그러나 승양전과 함께 분사한 일황자의 소식이 퍼져나가자 일은 수월하게 마무리되었다.

　대부분의 병사들이 굶주림과 추위에 시달리고 있으리라 짐작한 치백은 회유책을 썼다. 그는 천 개의 화살에 투항하는 자는 목숨을 살려주겠다는 포고문을 매어 성 안으로 날려 보내도록 지시했다. 사흘이 지나도록 표주성은 잠잠했다. 그러나 닷새 후 도망치던 병사 하나가 잡혀 효수당한 뒤로 그 수가 조금씩 늘기 시작했다.

　결국 열흘 후 표주성 안에서 병사들이 소요를 일으켰다. 그들은 백기를 내걸고 스스로 성문을 열었다.

　전의를 상실한 상서위는 포위망이 좁혀지자 자진하고 말았다. 역모의 수괴인 상서위의 목은 효시되고 사지는 찢겨져 들판에 버려졌다. 그의 식솔 중 참형을 면한 자들은 노비로 내쳐지고 가산은 모조리 몰수되었다.

하사신은 황자의 위(位)에서 폐해졌다. 후궁들을 비롯해 그 자식들 또한 모두 천인으로 신분이 강등되었다. 궁에서 쫓겨난 그들은 멀리 변경의 노역장으로 보내졌다.

황도로 끌려온 여 귀비는 형이 결정될 때까지 냉궁에 감금되었다. 그러나 이틀 후 아침 그녀는 대들보에 목을 맨 채로 발견되었다. 황제 시해에 가담한 그녀를 거두려는 이가 없어 시신은 며칠간이나 그대로 방치되었다고 한다.

천하에 두려운 것 없이 멋대로 권세를 휘두르던 자들의 초라한 말로였다.

모든 이가 행여나 역모에 엮일세라 숨죽이며 몸을 사렸다. 살얼음판 같은 정세에 유일하게 이리하만 무관심했다.

상서위가 잡힌 시점에서 무관인 자신이 할 수 있는 일은 모두 끝났다. 나머지 정치적인 문제는 사오룬과 치백이 결정할 일이었다.

처음부터 그가 원한 건 파사 하나뿐이었다.

그녀는 자신이 데려다놓은 좁은 방 안에서 꼼짝도 하지 않았다. 아니, 꼼짝도 할 수 없다는 게 맞는 말이겠지. 이리하의 미간에 깊은 주름이 생겼다.

서운궁에 있는 모든 사람들이 파사를 주시하고 있었다. 드러내놓고 물어보진 않아도 자신에게도 온종일 시선이 따라다녔다.

서운궁은 그녀가 있기에 적합한 곳이 아니었다. 새로운 거처가 필요했다. 그러려면 일단 필요한 것이……, 역시 돈이겠지?

　이제껏 이리하의 녹봉은 치백이 알아서 관리하고 있었다.

　자신에게 어느 정도의 재물이 있는지 모르지만 작은 집 한 채 정도는 살 수 있지 않을까 생각했다. 부족한 건 치백이 융통할 만한 곳을 알지 않을까. ……아마도? 이리하는 손등으로 턱을 문지르며 걸음을 옮겼다.

　"내게 돈을 빌려줄 만한 사람이 있을까?"

　"어디에 쓰시려고 그러십니까?"

　하루 종일 들여다보던 문서에서 잠시 눈을 뗀 치백은 호기심 가득한 얼굴로 이리하를 쳐다보았다.

　치백은 역모에 가담한 자들을 추려내는 일과 그 처리 문제로 골머리를 앓고 있었다. 굵직굵직한 인사들은 쳐냈지만 역병처럼 퍼져 있는 잔당도 만만치 않았다. 혜 사무갈과 일황자가 죽고 없다고 발뺌하는 자도 수두룩했다. 그러나 치백은 백성들에게 기생해 제 배를 불린 자는 하나라도 허투루 넘길 생각이 없었다.

　병든 가지를 내버려두면 멀쩡한 가지까지 병이 옮는 법. 오랜 시간 방치해 썩을 대로 썩은 관리들을 모조리 걸러내야 자신들이 꿈꾸는 새로운 세상을 만들 수 있다. 그들이 다시 움틀 여지를 남겨두면 제국의 앞날에 두고두고 먹구름이 낄 것이다.

들꽃 아내서

거기다 대행황제의 어장[5]과 새 황제의 즉위 준비도 해야 하니 몸이 열 개라도 모자랄 지경이었다.

"집이 필요해."

"고작 집 한 채 사시는데 뭐하러 빚을 지려 하십니까? 기무대장군께서 가지고 계신 금만으로도 열 채는 사실 수 있을 텐데요."

치백은 다시금 산더미 같은 문서를 뒤지며 지나가는 투로 물었다. 이리하는 어리둥절해졌다.

"기무대장군? 그게 누군데?"

"폐하께서 내리신 조서를 읽어보기는 하셨습니까? ……대답 안 하셔도 됩니다. 보나마나 조서를 들고 간 서령(書令)을 귀찮다고 만나주지도 않으셨겠지요. 루 이리하께서는 어제부로 오군을 통솔하는 기무대장군이 되셨습니다."

즉위식 전이지만 사오룬은 이미 황제로서 모든 직무를 처리하고 있었다.

사오룬은 이제껏 문관들이 겸하고 있던 대장군의 지위를 따로 분리해 독립된 무관직을 만들었다. 이로써 무관도 문관들과 어깨를 나란히 할 수 있게 된 것이다.

"내게 금이 있다고?"

자신이 대장군이 됐다는 소식은 한 귀로 듣고 한 귀로 흘려버린 이리하가 반문했다.

---

5) 御葬. 황제의 장례.

"이제껏 쓰신 거라곤 일 년에 두 벌씩 산 무복(武服)이 전부였잖습니까. 십 년간의 녹봉이 고스란히 남겨져 있습니다. 게다가 이번에 기무대장군으로 승차하셨으니 금 일만의 녹봉을 받게 되셨습니다. 땅이 넓은 집으로 하시겠습니까? 아니면 무기고와 연무장이 딸린 집은 어떠십니까? 원하신다면 전(前) 태사부의 집이라도 구해드릴 수 있습니다."

"그건 네 집이잖아."

이리하의 말투에 어이없다는 기색이 고스란히 묻어났다.

"아니오. 정확히 말하자면 제 아버지의 집이죠."

미소 짓는 얼굴에는 사심이 듬뿍 담겨 있었다.

이젠 늙은 아버지를 핍박하다 못해 집까지 빼앗을 셈이냐. 이 불효막심한 놈. 이리하가 천하의 불한당을 보는 눈으로 치백을 바라보았다.

혼란한 정국을 수습하면서 치백이 오래전 집을 나간 태사부의 아들이라는 사실이 드러났다.

자신들의 자리보전에는 문제가 없겠다며 대신들이 안도의 한숨을 쉬려던 찰나였다. 태사부에게 줄이나 대볼까 하던 그들은 곧바로 뒤통수를 얻어맞았다.

치백이 태사부를 비롯한 대신들의 무능함을 이유로 그 직을 파해야 한다고 주청한 것이다. 그는 조회에서 대행황제를 제대로 보필하지 못한 책임을 물어야 한다며 자리만 꿰차고 앉은 늙은 대신들을 사정없이 몰아붙였다.

수많은 대신들이 사직의 압박에 안절부절못하는데 태사부만 느긋했다. 그는 안 그래도 수양딸을 데리고 낙향할 생각이었다며 기다렸다는 듯 관직을 내놓았다.

아비의 사직에는 눈 하나 깜박하지 않던 치백도 낙향하겠다는 말에는 충격을 받았는지 안색이 달라졌다.

조회가 끝나고 두 부자는 한바탕 설전을 벌였다.

어쩐지 그 수양딸 얘기만 나오면 치백의 인상이 구겨졌는데 이리하가 보기에 태사부는 일부러 아들의 화를 돋우려는 것 같았다. 자신도 이제 손자의 재롱을 볼 때가 되었다는 둥 서둘러 수양딸의 혼처를 알아봐야겠다는 둥 말끝마다 수양딸을 들먹였다.

이에 질세라 치백은 평생을 황도에서만 사신 분이 어울리지 않게 무슨 낙향이냐, 나이도 많으신데 먼 길 가다 변고라도 생기면 어쩔 거냐, 그냥 난경에서 편히 쉬시라며 험악하게 대꾸했다.

이리하는 치백에게 절대 밀리지 않는 태사부를 신기한 눈으로 보며 두 사람의 말싸움을 구경했다. 그들의 대화가 심각하게 느껴지지 않았던 건 어쩐지 뿌듯한 눈으로 아들을 바라보는 태사부 때문이었다.

사이가 좋은 건지 나쁜 건지 알쏭달쏭한 부자지간이었다. 덕분에 치백이 어린 나이에 집을 나간 것이 아버지와의 불화 때문이었다는 소문도 돌았다.

"적당한 곳으로 알아봐줘, 네 집은 빼고."

말을 마치고 방을 나서려던 이리하가 걸음을 멈췄다. 뭐냐는 듯 묻는 치백의 시선에 그가 조건을 덧붙였다.

"이왕 구할 거면 후원이 넓은 집이 좋겠어."

"후원……, 말입니까?"

"심을 게 좀 있거든."

좀?

이리하가 했던 말이 떠오르자 치백은 코웃음 쳤다.

그의 눈앞에는 백여 그루에 가까운 등나무가 들어찬 넓디넓은 후원이 펼쳐져 있었다.

말로는 들었지만 실제로 목도하자 어이가 없었다. 이게 무슨 후원인가. 차라리 숲이라고 부르는 게 더 어울렸다.

새로운 거처가 정해지자 이리하는 난경 내에 있던 등나무를 모조리 집안에 옮겨 심었다.

조금이라도 폐황자와 연루되고 싶지 않아 하는 귀족들은 어서 가져가라며 내주었다. 가끔 팔지 않겠다는 귀족이 있으면 이리하가 으르고 얼러 뺏다시피 나무를 파내 왔다.

보름 동안 수백 명의 병사가 새벽부터 밤까지 달라붙어서야 겨우 끝난 대공사였다. 나무의 뿌리를 다치지 않게 하기 위해 주변의 흙까지 함께 파내야 했기 때문이었다.

일손은 모자라지 않았다. 내전도 마무리되었겠다, 치백이 어차피 힘이 남아도는 병사들이니 원하는 자라면 누구나 도와도 좋다고 했기 때문이다.

등꽃 아래서

그러자 지원자가 넘쳐나는 바람에 오히려 제비뽑기까지 해야 할 지경이었다. 자신들의 우상의 새로운 거처를 구경하고 싶어 하는 흑심들이 뻔히 엿보였다.

뭐, 자신도 이렇게 왔으니 남 말할 처지는 아니긴 하지만.

그런데 이걸 만든 게 그녀를 위해서였단 말이지. 치백의 눈이 냉담하게 등나무 후원을 훑었다.

자미희의 새로운 거처는 정갈하고 단아한 멋을 풍기는 별채였다.

화사함과 정교함의 극치를 보여주던 자화원에 비하자면 소박할 정도였다. 그럼에도 방 안 여기저기에서 이리하의 안목이라고 믿기 어려운 고급스런 가구와 물건들이 눈에 띄었다.

월강상단 단주가 부지런히 드나든다는 얘기는 알고 있었다. 이리하에게 줄이라도 댈 생각인지 그가 물건 대금을 받지 않는다는 소리도 들렸다. 시류를 따라 아첨할 사내론 보지 않았는데 내가 잘못 본 것인가. 무심히 방을 살피던 치백의 시선이 자미희에게 닿자 한층 차가워졌다.

이 여인은 대체 언제까지 제게 푹 빠진 사내의 단물을 빨아먹고 살 생각인가.

물론 눈앞의 여인을 안주인으로 들어앉힐 생각에 들떠 있는 이리하에겐 이런 건 보이지도 않을 것이다. 그러니 아무런 해명도 없이 악명 높은 자미희를 품에 끼고 있는 것이겠지. 다른 이들의 눈

따윈 의식도 하지 않고.

입맛이 썼다.

어쩔 수 없이 치백은 이리하가 자미희를 유혹해 일황자의 몰락을 돕게 만들었다는 이야기를 흘려 퍼져나가는 추문을 무마시켰다. 말도 안 되는 소리였지만 자신들의 상관에 미쳐 있는 암영은 그 이야기를 믿었다. 그 놀라운 콩깍지의 위력이라니. 치백이 못마땅한 기색으로 입매를 비틀었다.

사실 이리하에게 미남계가 가당키나 한가. 그런 일을 할 바에는 제 목을 찌를 위인인데.

치백은 복잡한 속내를 감추고 가져온 선물을 내밀었다.

"기행록을 좋아하신다고 들었습니다. 새로 나온 서대륙유람기가 있기에 가져왔습니다."

예전에도 이리하의 부탁에 책을 구해준 것은 그였다. 덕분에 선물을 고르는 데 오래 고심할 필요도 없었다.

"감사합니다."

파사는 느긋하게 차를 마시는 치백을 바라보았다. 어째서 이 사람이 이곳에 와 있는 건가 하는 생각이 들었다. 분명 그는 자신을 탐탁지 않아 했다. 아니, 그 정도가 아니라 독이 든 차를 건네줄 정도였지 않은가.

"분명 저와 한담을 나누러 오신 건 아니겠지요?"

허를 찔린 치백의 눈이 일순간 당황스런 빛을 띠었다. 곧이어 그의 입가에 머물던 미소가 흔적도 없이 사라졌다. 차라리 잘된 일이었다. 이리저리 돌려 말하느라 시간 낭비할 필요가 없어졌으니.

"짐작하신 대로입니다. 그럼 본론만 말씀드리죠. 그가 기무대 장군이 되었다는 소식을 들으셨습니까?"

금시초문이었다. 파사는 고개를 저었다.

"이리하는 새 황제폐하를 받쳐줄 든든한 기둥이 될 사람입니다. 수많은 적들이 그를 끌어내리기 위해 혈안이 되어 있습니다. 그렇기에 흠이 잡힐 만한 일은 애초에 피해가야 옳은 법이지요."

이리하야 눈앞의 여인에게 간이고 쓸개고 다 빼줄 듯이 굴지만 분명히 짚고 넘어가야 할 일이었다.

홍루의 기녀라 해도 차라리 자미희보다는 나을 것이다. 설사 이리하가 자미희를 곁에 둔다 해도 절대 부인으로 맞아선 안 된다. 백보 양보한다 쳐도 비인이 최선이었다.

게다가 그녀는 십 년이 넘는 궁 생활 동안 단 한 번도 회임한 적이 없었다.

하사신이 다른 여인들과의 사이에서 자식을 여럿 보았으니 자미희 쪽의 문제일 것이다. 이리하의 자손을 볼 수 없다니 친우로서도 전혀 달갑지 않은 혼처가 아닌가 말이다.

악명 높던 비인인 그녀는 원래 폐황자와 함께 제거되었어야 할 인물이었다. 이리하 덕에 목숨을 건졌으면 최소한 그 앞날에 걸림돌이 되진 말아야 할 것 아닌가. 치백은 제게 홀린 사내들에게 기생하며 스스로의 안녕을 꾀하는 그녀가 못마땅했다.

예전에 이리하는 처음 본 여자에게 청혼할 정도로 무모하고 순

진했다. 덕분에 죽을 고비까지 넘기지 않았나. 그가 또다시 여자에게 이용당하는 꼴은 볼 수 없었다.

"그의 첫 정혼녀에 대해 알고 계십니까?"

언젠가 일황자가 언급한 적이 있긴 했다. 파사는 다시금 고개를 저었다.

"그녀는 가난한 귀족가문의 여인이었습니다. 이리하는 이상하리만큼 순식간에 그녀에게 빠져들었고 그녀가 원하는 건 무엇이든 들어주려 애썼죠. 당시 사오룬 황자전하께서 피접을 간 낙주에서 혼례를 치를 예정이었습니다."

이리하가 혼인하려던……. 파사의 손끝이 저릿해졌다.

"그녀가 간부(姦夫)를 시켜 이리하를 죽이려던 계획만 발각되지 않았다면 말이죠."

이어진 말에 파사는 찻잔을 놓칠 뻔했다.

"간계가 들통 나자 그 여인은 천민의 피가 흐르는 이리하가 역겹다며 침을 뱉더군요. 정혼녀의 간부는 그 자리에서 목이 달아났습니다. 하지만 이리하는 그녀의 목숨은 살려주었습니다. 그 피로 자신의 손을 더럽히는 것조차 싫다고 하더군요. 결국 나중에 그녀가 간부의 아이를 낳다 죽었다는 이야기를 들려주었을 때도 무심했습니다."

치백은 자신이 얼마나 그 죽은 여인을 경멸하는지 감추려들지도 않았다.

"그 후로 이리하는 여인들을 멀리하기 시작했습니다. 뿌리 깊은 배신감에 여자를 혐오하고 믿을 수 없는 존재로 여겼죠. 그런 이리하가 마음을 연 것은 다행스런 일입니다. 하지만 저는 그가 다시 상처받는 것을 원치 않고 세간의 조롱거리가 되는 일도 없기를 바랍니다."

늘 짓고 있던 작위적인 웃음이 사라진 치백의 얼굴은 놀랄 정도로 차갑게 보였다.

"어리석은 분이 아니니 무슨 뜻인지 잘 아실 거라 생각합니다."

마지막 말을 남긴 치백은 그 길로 돌아갔다.

파사는 식어버린 차를 앞에 두고 한참을 움직이지 않았다. 잠들지도 않았는데 꿈에서 깨어난 기분이었다.

한동안은 일황자의 손에서 풀려났다는 사실이 실감나지 않았다. 단 한 번도 이런 날이 올 거라고 기대한 적 없기에. 언제나 복수의 결말은 하사신의 몰락에 이은 자신의 죽음이라고 생각했었다. 그래서 모든 일이 끝나고도 자신이 살아 있다는 것이 이상했다.

동위궁을 떠나고, 새로운 살 곳이 생기고, 기대하지 않았던 미래가 눈앞에 펼쳐지자 조금은 들뜨기도 했었다.

하지만 오늘 찾아온 치백 덕분에 깨달았다.

아무것도 달라진 건 없었다. 그녀는 여전히 불행을 안겨주는 꿈지기일 뿐이고 이리하는 이황자, 아니 이제는 황제의 가신인 사람이었다.

자신들은 결코 이루어질 수 없는 관계였다.

창백한 달이 서쪽 하늘로 기울 무렵 말 한 필이 흙먼지를 일으키며 황도로 달려왔다. 도성 문이 열리자 첫 번째로 통과한 말은 황금빛 아침햇살을 뚫고 거침없이 거리를 가로질렀다.

쉬지 않고 달려온 말이 멈춰선 곳은 보름 만에 드넓은 꽃나무 후원이 생겼다는 소문이 자자한 저택 앞이었다.

서늘한 아침 공기에 말이 내뿜는 더운 콧김이 뒤섞였다. 지친 말을 문지기에게 넘겨준 이리하는 가벼운 걸음으로 날듯이 대문을 지나쳤다.

그러나 일 각이 지난 후 별채 문을 여는 이리하의 얼굴은 먹구름이 잔뜩 끼어 있었다.

……역시.

방에 들어서자마자 파사의 파리한 낯과 마주친 이리하는 속으로 혀를 찼다. 닷새였다. 못 본 지 닷새 만에 이리하가 여태껏 애쓴 일이 수포로 돌아가버렸다.

요사이 치백은 내란 후에 흐트러진 군을 정비하기 위해 대대적인 개편과 감찰을 시행하고 있었다.

그는 녹봉을 돌려준 대가를 요구하며 이리하에게도 일거리를 잔뜩 떠안겼다. 덕분에 이리하는 황도를 둘러싼 다섯 개의 성을 차례대로 순시하는 중이었다. 쉴 새 없이 몰아붙이는 치백 때문에 이삼 일에 한 번 파사의 얼굴을 보는 것도 힘들었다.

이번은 가장 멀리 떨어져 있는 담서성이었다. 일이 끝나자마자 밤새 말을 달렸지만 새벽이 되어서야 겨우 도착했을 정도로 먼 곳이었다.

이리하는 자신이 없을 때 파사의 끼니를 챙기도록 시시콜콜 지시를 해놓았다. 하지만 별채에 오기 전 들른 부엌에서 그동안 파사가 제대로 식사를 하지 않았다는 사실을 알았다.

의자에 털썩 주저앉은 이리하는 간만에 보는 그녀를 뚫어질 듯 바라보았다.

황도의 성문을 나서는 순간부터 보고 싶던 얼굴이다. 닷새 동안 보고 싶어 미치는 줄 알았다. 잠자는 시간도 아까울 지경이었다.

처음엔 그저 자신의 곁에 있는 파사를 보는 것만으로도 충분하다 여겼다. 어차피 평생 기다리기로 했으니 느긋하게 마음을 먹자고 다짐했다. 천천히 파사가 자신에게 오는 것을 기다릴 수 있다 자신했다.

그런데 보고 싶었다. 보면 만지고 싶었다. 손을 뻗어 닿으면 안고 싶어졌다. 서로의 몸 가장 깊숙한 곳을 이어 그 존재를 느끼고 싶었다.

가끔 몸속의 짐승이 튀어나오려 발버둥 친다. 평생을 시달려온 갈증은 쉬이 가라앉지 않았다. 당장이라도 안고 안아서 제 품에서 확인받고 싶어 한다.

이리하는 자신이 일단 파사를 안으면 절대 멈출 수 없을 걸 알았다. 수십 수백 번을 안는다고 해도 부족할 것이다. 자신은 끊임없이 그녀를 원하고 안달하고 욕망한다.

하지만 짐승처럼 덤벼들고 싶지 않았다. 저렇게 부서질 듯 약해 보이는 몸을 안아 제 욕심을 채울 생각은 없었다. 파사가 건강해지고 살이 올라 혈색이 돌기 전까진 손대지 않을 것이다.

그렇게 생각하면 바빠서 못 만나는 게 차라리 낫다고 여겼는데 막상 얼굴을 보니 마음이 달라진다.

까짓 욕구불만에 시달리면 좀 어떤가. 역시 하루라도 빨리 일을 마무리 지어야겠다.

이리하는 부엌에서 받아 온 소반을 탁자 위에 내려놓았다. 소반에는 삼키기 쉬운 죽이 놓여 있었다.

"어제 석반을 걸렀다고 들었는데, 음식이 입에 맞지 않아?"

"먹고 싶지 않아요."

파사에게는 담백하고 향이 강하지 않은 것들로만 올리라고 일러두었었다. 여전히 까다로운 입맛 덕에 큰 효과는 보지 못해도 조금은 살이 붙는가 싶었는데 못 본 사이 도로 해쓱해졌다. 아까워 죽겠군.

이리하는 치백의 추천으로 들인 찬비(饌婢)를 새로 바꿔야 하나 고민하며 그릇을 훑었다. 죽에서는 고소한 냄새가 흘러나왔다.

"……나갈 수가 없었어요."

혼잣말처럼 흘러나온 말에 이리하의 미간에 주름이 잡혔다.

파사를 가둬둔 기억은 없었다. 방 바깥으로 나가지 않은 건 오히려 그녀였다. 가끔 창을 열기는 했지만 애석하게도 파사는 그가 고심해 꾸민 후원에조차 발걸음하지 않았다.

역시 사람들의 눈이 신경 쓰였던 건가. 치백의 도움으로 집을 관리할 최소한의 사람만 두었지만 불편했던 거다.

예상치 못한 파사의 말에 이리하의 마음이 솔깃해졌다.

귀찮은 일들 모두 팽개치고 이대로 떠날까. 당장 단둘이서 아무도 모르는 곳으로 가버리는 거다.

그 강렬한 유혹에 이리하는 잠시 갈등했다.

고민에 빠진 이리하를 바라보는 파사의 눈이 아련히 가라앉았다.

그녀에게는 돌아갈 곳이 없었다. 고향은 잿더미로 변해버렸고, 감옥과 다름없던 자화원조차 사라졌다.

막상 자유로워지니 갈 곳도, 가고 싶은 곳도 없다니.

당신 옆에 머물 수가 없는데 대체 이 하늘 아래 어디로 가야 할까.

"이걸 다 먹고 바람이 불어도 날려가지 않을 정도가 되면 같이 나가자."

욕심과 염려 사이에서 저울질하던 마음이 결국 한쪽으로 기울었다. 그간 몸도 마음도 지쳤을 텐데 당장 먼 길을 떠나는 것은 파사에게 너무 가혹한 일이다.

애써 욕심을 누른 이리하가 탁자 위의 그릇을 흘끔 내려다보았다. 이리하는 한 숟가락 가득 뜬 죽을 입으로 가져갔다. 그의 긴 눈매에 웃음이 떠올랐다 싶은 순간 갑자기 이리하가 파사의 얼굴을 들어올렸다. 따뜻한 입술이 닿자 그녀는 굳었다. 이리하는 파사의 턱을 교묘히 잡아 입을 열도록 만들었다. 그의 혀와 함께 묽은 죽이 입안으로 흘러들어왔다.

파사는 뿌리치려 했으나 얼굴을 붙들고 있는 이리하 때문에 꼼짝도 하지 못했다. 결국 억지로 죽을 삼키게 되자 화가 난 그녀는 그의 가슴을 두드렸다.

"윽!"

갑자기 고통스런 신음과 함께 이리하가 허리를 굽혔다. 설마 하는 생각에 파사의 얼굴이 창백해졌다. 그녀는 떨리는 손으로 그의 옷깃을 젖혔다. 가슴과 갈비뼈 위로 두꺼운 면포가 칭칭 감겨 있었다.

"이건……."

"가라난에게 찔린 자국이야. 포위당하는 바람에 등이 비었거든."

상처는 심장 바로 아래쪽이었다. 석 달 전 입은 상처는 그동안 쉴 새 없이 전장을 누비고 다닌 통에 수시로 덧나고 있었다. 그나마 치백이 닦달해서 요즘은 착실하게 치료를 받는 중이었다.

"가라난이 공을 세우겠답시고 직접 손을 쓴 게 천운이었지. 조금만 위쪽이었어도 황천 갈 뻔했거든. 다행히 왼쪽이라 검을 쓰는 데는 지장 없어."

이리하가 젖은 입술을 혀로 핥으며 만족스럽게 웃었다.

들꽃 아내서

"계속할까?"

스스로 먹지 않으면 끝까지 입으로 먹여주겠다는 소리였다.

어쩐지 얼굴이 달아오르는 기분에 파사는 결국 숟가락을 집어들 수밖에 없었다.

한때 어마어마한 위용을 자랑했던 동위궁은 삼분의 이가 불로 소실되어 초라한 모습을 드러내고 있었다.

겨울의 막바지에 다다른 어느 날 파사는 을씨년스러운 후궁전 앞에 서 있었다.

여인들의 웃음소리와 분 냄새가 흘러나오던 건물들은 여기저기 무너지고 부서져 온전치 못했다. 화려했던 정원의 꽃나무들은 검은 숯덩이로 변해버려 흉물스러웠다.

폐황자비가 파사를 만나고 싶어 한다고 전해온 것이 어제였다.

문밖에 남겨진 이리하의 따가운 시선이 그녀의 등 뒤로 따라붙었다. 그의 반대를 무릅쓰고 이곳을 방문한 파사 때문에 이리하는 내내 못마땅한 얼굴이었다.

오랜만에 본 은리산의 얼굴은 마르고 초췌했다.

하긴 편할 리가 없었다. 반역에 가담했던 그녀의 친정은 풍비박산이 나고, 어린 딸들은 폐서인되어 먼 국경으로 쫓겨났다. 그나마 은리산은 과거 덕망 있고 자애로운 이로 칭송받던 명성 덕에 천인 신세를 면한 것이다.

모든 특혜를 박탈당한 은리산은 그러나 두 딸의 곁으로 가지 않고 동위궁에 홀로 남았다. 무엇 때문에 남은 인생을 이 쓰러져가는 궁의 한구석에서 보내길 청한 것일까.

횅할 정도로 초라해진 방 안에 놓인 위패에 파사의 시선이 닿았다. 죽은 황자의 넋이라도 위로할 셈이었을까.

하사신은 순전히 정략적인 이유로 황자비를 택했지만 은리산은 달랐다. 아주 오래전이지만 파사는 그녀를 읽은 적 있었다. 질투로 탁한 붉은 빛을 띠었지만 하사신에 대한 은리산의 마음은 진심이었다.

더 이상 시중드는 이를 둘 수 없는 처지라 은리산이 직접 차를 따랐다.

"들게나."

파사가 앞에 놓인 찻잔을 물끄러미 바라보자 은리산의 표정이 씁쓰레해졌다.

"그렇지, 자네는 단 한 번도 내가 가져다준 음식을 먹지 않았지."

은리산은 들고 있던 자신의 차를 내려놓았다. 그리고 파사의 찻잔을 가져다 단숨에 비웠다. 꽤 뜨거웠을 텐데 그녀의 표정은 흐트러지지도 않았다. 잔을 파사 앞에 놓은 은리산은 다시금 차를 따라주었다.

"자, 이래도 싫다 할 셈인가?"

파사는 천천히 찻잔을 집어 들었다. 말리차였다. 향이 강한 차로 자신이 즐기지 않는 차였다. 파사는 잔 위로 입술을 가져다 댔다.

"바깥에 선 자는 이번에 가장 큰 공을 세웠다는 무위시랑……."

차를 마시는 파사에게 시선을 준 은리산은 말끝을 흐렸다.

"예전에 자네의 호위를 했던 그자가 맞는가?"

"그렇습니다."

"……자네가 그와 통정하여 전하를 해하였다는 소리가 들리던데, 사실인가?"

간부와 짜고 주인을 모살한 천하의 요부. 일황자의 죽음으로 파사에 대한 소문은 더욱 추하고 악랄해졌다.

황자의 몰락에 자신이 관여한 것은 사실이다. 개인적인 복수라지만 어차피 별다른 차이도 없었다.

부정하지 않는 파사의 태도에 은리산의 눈빛이 흔들렸다.

"어, 어이하여 전하를! 전하께서 자네를 어찌 대했는데!"

애타게 부르짖는 그녀에게 파사는 아무런 변명도 하지 않았다. 굳이 과거를 들추고 싶은 생각도 없었고 모든 것을 잃은 은리산이니 이 정도 분노를 품는 것은 당연하다 여겼다.

"……하긴 이제 와서 그게 다 무슨 소용인가. 자네 나름의 사정이 있었겠지."

결국 은리산이 지친 듯 길게 한숨을 내뱉었다. 그녀가 다시금 차를 따르는 동안 파사는 천천히 차를 삼켰다.

"내 이야기를 들어보겠나?"

은리산이 쓸쓸한 목소리로 말문을 열었다.

"내 나이 열일곱에 처음 그분을 만났지. 꽃이 부끄러워 할 정도로 아름다운 홍안의 미소년이셨네. 나는 평생 그분만큼 가슴을 설레게 하는 분을 뵌 적이 없어. 첫눈에 연모에 빠져 가슴앓이를 했지. 집안이 세도가였던 덕에 그분의 아내는 될 수 있었지만 사랑은 받지 못했네. 연상인 데다 미색도 아닌 나는 그분의 눈길을 붙잡아 둘 수 없었지. 게다가 전하께는 이미 다른 여인이 있었고."

진하게 우려낸 탓인지 목구멍을 타고 넘어가는 차가 씁쓸한 뒷맛을 남겼다.

"선녀처럼 예쁘지만 사갈처럼 차디찬 성정의 계집."

파사는 무심히 속눈썹을 내리깔았다. 자신이 궁에 갇힌 지 일년이 지나서 하사신과 황자비의 국혼이 있었다는 사실이 기억났다. 그때의 자신은 무엇에도 관심이 없던 시절이라 기억은 희미했다.

"그분의 마음을 송두리째 움켜쥐고도 한 톨의 정도 되돌려주지 않는 무정한 계집. 그러나 아무리 더럽고 추한 소문을 흘려도 그분은 그 계집을 내치지 않더군. 오히려 날이 갈수록 그 계집을 바라보는 눈에는 안타까운 정념이 흘러넘쳤지. 내게는 단 한 번도 그런 눈빛을 보낸 적이 없는 분이셨는데. ……미웠다. 정말 끔찍하도록 그 계집이 미웠다."

자애롭고 온화한 겉모습 뒤에 숨어 있던 진득한 검은 감정이 흘러나왔다. 오랜 세월 퇴적된 그 감정은 음습하고 썩은 내를 풍겼다.

"어느 날 여 귀비마마께 그 속내를 들키고 말았지. 귀비마마는 날 이해하고 위로해주셨다. 지아비를 빼앗아간 계집을 용서할 수 있는 여인이 하늘 아래 어디 있을까. 같은 일로 상심한 적이 있는 귀비마마는 내게 방법을 일러주셨지. 오래전 상서위가 황후에게 썼던 비책이었다. 어떠한 흔적도 남지 않고 발작이 시작되면 피를 토하다 죽게 되는 극독, 귀면초."

파사의 숨결이 다소 흐트러졌다.

"귀면초는 무색무취인 대신 쓴맛 때문에 한꺼번에 사용할 수 없지. 소량으로는 장기간 복용하지 않으면 효과를 보기 어렵고. 자네 처소의 시비들이 수시로 바뀌는 탓에 매수할 이를 찾는 건 쉽지 않았네. 하지만 상시령은 욕심이 많은 자이지. 매달 후궁들로부터 받는 뇌물이 그 녹봉보다 많을 정도라는 소문이 돌더군. 유일하게 뇌물을 주지 않는 자네가 미운털이 박혔으리라는 것은 충분히 예상 가능한 일이었지. 상시령은 그것이 아이가 들어서지 않게 하는 약이라는 내 말을 믿고 자네 처소로 들어가는 찻잎에 섞어 들여보냈네."

은리산이 자애롭게 눈을 휘며 웃었다.

"방금 전 마신 차 속에는 치사량의 귀면초가 들어 있다네."

미소 짓는 은리산의 입가에 한 줄기 붉은 핏물이 흘러내리고 있었다.

"나 또한 무사치 못할 테지만 네게는 그야말로 치명적일 테지. 마치 가득 찬 물잔 위에 떨어진 마지막 한 방울처럼. 이제껏 네 몸

속에 남아 있던 독이 한꺼번에 발작할 것이다. 넌 천천히 고통 받으며 죽게 되겠지. 아하하하, 컥……!"

은리산이 울컥 한 움큼의 피를 토했다. 파랗게 질린 그녀가 가슴을 쥐어뜯으며 바닥으로 쓰러졌다. 탁자를 덮은 비단보가 은리산에게 휘말리는 통에 찻잔과 주전자가 쏟아져 내렸다. 얇은 도자기가 와장창, 소리를 내며 부서지자 문이 벌컥 열렸다.

방 안으로 뛰어 들어온 것은 이리하였다. 그는 벌레처럼 꿈틀거리는 폐황자비 따윈 보지도 않았다. 그의 시야를 채운 것은 손으로 입을 가린 채 허리를 숙이고 있는 파사였다. 그녀의 새하얀 손가락 사이에서 핏방울이 떨어지고 있었다.

황급히 의원이 불려왔다.

이리하는 고통스럽게 뒹굴며 죽어가는 폐황자비는 내버려두고 – 제 스스로 자초한 일이니 – 파사를 돌보게 했다.

몇 번이나 피를 토한 파사는 결국 고통을 이기지 못하고 까무러쳤다. 의식을 잃은 그녀를 치료하는 내내 의원의 등은 식은땀으로 흠뻑 젖었다.

모반을 일으킨 일황자의 명줄을 끊어놓은 사내.

수천의 반란군을 공포에 떨게 했던 사내.

적에게 죽음의 이름으로 불리던 그 사내가 일개 의원인 자신에게 머리를 숙였다.

「……살려다오, 제발. 살려줘.」

들꽃 아내서

흉흉할 정도로 핏발 선 눈이, 잠긴 것처럼 잔뜩 낮아진 음성이 귓전에서 떠나지 않았다. 여인의 가느다란 숨이 멈추기라도 하면 그 서슬 퍼런 기가 어떻게 돌변할지 상상하고 싶지도 않았다.

마침내 그녀의 토혈이 멈추고 숨이 안정되자 의원은 안도감에 주저앉을 뻔했다. 그러나 결국 그는 몹시도 송구한 얼굴로 이리하에게 사실을 고할 수밖에 없었다.

그동안 그녀의 몸 안에 축적된 독이 문제였다. 그것은 천운인 한편 돌이킬 수 없는 불행의 씨앗이 되었다.

그녀가 장기간 음독하는 바람에 내성이 생겨 오늘 마신 양에도 불구하고 당장 숨이 끊어지는 것은 막을 수 있었다. 그러나 의원은 누적된 독이 장기를 상하게 한 탓에 그녀가 오래 살지 못할 거라 전했다.

분명 그동안 이유도 없이 마르거나 입맛이 예민해지거나 하는 증상이 있었을 텐데 아무도 몰랐다는 사실이 안타까웠다.

새로운 황제의 개라 불리는 사내는 아무 말도 하지 않았다. 그저 그을린 얼굴이 창백해 보일 만큼 핏기가 사라진 채 꼼짝도 않고 침상에 누운 여인을 바라볼 뿐이었다.

"그럼 소인은 이만……."

의원은 눈치를 보며 조심스레 물러났다. 방을 나서는 그의 눈에 언뜻 사내의 상체가 기울어지는 모습이 비쳤다.

방금 본 게 뭐지.

의원은 멍하니 닫힌 문을 바라보았다. 그는 머뭇머뭇 문에 귀를 대보았다. 방 안에서는 아무런 소리도 들려오지 않았다.

그제야 의원은 사내의 등이 희미하게 떨리고 있었다는 걸 깨달았다. 마치 억지로 울음을 참는 것처럼.

"……춤추지 않아도 돼. 그림 같은 거 그리기 싫다면 붓도 모조리 꺾어줄게. 화가 날 때마다 던질 수 있게 접시도 가득 사줄 테고. 그러니……, 이제 그만 좀 일어나는 게 어때?"

어디선가 작게 투덜거리는 소리가 들렸다. 어두운 심연에서 끌어올려지는 것처럼 천천히 그녀의 의식이 떠올랐다.

누군가 자신의 이마를 만지고 있었다. 무척이나 소중한 것을 만지듯 조심스럽게. 굳은살이 박인 커다란 손은 거칠지만 따뜻했다. 그 온기에 파사는 자신에게 말을 거는 사람이 누군지 깨달았다.

입술 위로 뭔가 축축한 것이 닿았다. 젖은 면포가 바짝 마른 입술을 조심스럽게 적셨다.

"……죽지 않았군요."

눈을 뜬 파사의 첫마디에 이리하는 울컥했다.

"내가 널 죽게 내버려둘 리 없잖아."

퉁명스럽게 내뱉는 이리하의 눈은 붉게 핏발이 서 있었다.

"얼마나 잤어요?"

"닷새."

"나 말고 당신이요. 그동안 한숨도 안 잔 건가요?"

"잠귀가 밝은 줄 알았더니 순 엉터리더군. 아무리 불러도 잠만 잘 자던데?"

잔뜩 잠긴 목소리가 쇳소리처럼 들렸다. 이리하는 그녀의 이마에 흘러내린 머리카락을 쓸어 넘겨주려던 손을 움츠렸다. 눈에 띄게 손이 떨리고 있었다.

파사는 꼬박 닷새 동안 의식이 없었다.

소식을 들은 사오룬이 새로운 태의를 보내주었다. 그러나 최고의 명의라 불린다는 태의도 그녀의 상태를 보고는 고개를 저었다. 태의는 몸을 보하고 고통을 덜어주는 처방을 일러주고 돌아갔다.

이리하는 먹지도 자지도 못했다.

꿈속에서라면 어쩌면 파사를 볼 수 있을지도 모른다는 생각이 들었다. 그러나 아무리 애를 써봐도 잠이 오지 않았다.

두려웠다.

자신이 눈을 떼면 무슨 일이 생길까 봐 잠들 수 없었다. 고작 한 식경도 안 되는 시간을 떨어져 있었는데 파사는 독을 먹었다.

평생을 기다려 겨우 찾은 그녀를 이렇게 잃을지도 모른다는 공포는 이리하가 난생처음 경험하는 것이었다.

그는 쉴 새 없이 그녀에게 말을 걸고 가느다란 숨소리를 확인하며 파사가 깨어나길 기다렸다.

"사랑해."

흔들리는 그녀의 눈동자를 바라보며 이리하는 고백했다.

자신들에게는 수많은 시간이 남아 있다고 생각했다. 그래서 터무니없는 여유를 부렸다. 파사와 함께할 수 있는 순간순간이 얼마나 귀중한 것인지 깨닫지 못했다.

사랑한다. 찰나의 순간이 될지라도 영원처럼 사랑하고 있다.

시선을 피하듯 그녀가 눈을 감아도, 그렇게 공허한 메아리가 될지라도 이리하는 그 애끓는 고백을 멈출 수 없었다.

파사가 입을 연 것은 그로부터 오랜 시간이 지난 후였다.

"황자비는…….”

"그따위 계집은 왜.”

다시금 치밀어 오르는 거친 분노에 이리하의 말이 끊겼다.

"죽었나요?”

"그러지 않았다면 내 손에 죽었겠지.”

나직한 말이 잇새로 씹어뱉듯이 흘러나왔다. 숨이 끊어진 은리산은 황도 밖의 야산에 쓸쓸히 묻혔다. 시신을 산짐승의 밥으로 던져주지 않는 것만으로도 이리하는 온갖 인내심을 끌어 모아야 했다.

파사는 은리산의 복수를 담담하게 받아들였다. 어쩌면 이것도 자신이 감내해야 할 벌일 것이다. 은리산 역시 꿈지기의 불행한 운명에 휘말린 것인지도 모른다.

수많은 사람들이 자신 때문에 다치고 죽었다. 기어코는 제 연혼까지 죽음으로 몰아넣지 않았던가. 그들의 피를 손에 묻히고 혼자만 살겠다는 건 너무 뻔뻔한 생각이었으리라. 신도 용납할 수 없었겠지.

"긴 꿈을 꿨어요."

나직한 목소리에 이리하의 얼굴이 어두워졌다. 역시 그 꿈속에 있었던 것이다.

억지로 기절이라도 해볼 걸 그랬다. 기둥에 머리라도 부딪치면 잠들 수 있었을지도 모르는데.

"꿈지기 이야기를 기억하나요?"

이리하가 고개를 끄덕이자 파사는 천천히 이야기를 시작했다.

따뜻한 남쪽의 산속 마을에는 소박하고 착한 사람들이 살고 있었다.

꿈지기의 천형을 일족의 운명으로 받아들인 사람들이었다. 불운한 운명을 가지고 태어난 꿈지기를 그래도 신의 아이라며 소중히 여겨주었던 그들이었다.

그러나 어린 꿈지기의 시선은 언제나 바깥세상을 향해 있었다.

그저 그 작은 마을에서 벗어나 자유롭게 세상으로 나가고 싶어 했다. 심장의 한가운데를 채워줄 연혼이 바깥세상 어딘가에서 자신을 기다리고 있을 거라 믿었다.

어리고 어리석었던 시절이었다. 다시 한 번 그때로 돌아갈 수 있다면 평생 그곳을 나올 수 없다 해도 기꺼울 것이다.

그러나 한번 깨진 꿈은 다시는 돌이킬 수 없는 법.

어느 날 갑자기 들이닥친 화적떼로 작은 마을의 평화는 깨졌다.

외진 산속에는 약탈할 것이 아무것도 없었다. 화적들은 그저 온 마을을 불태우고 사람들을 죽였다. 순식간에 폐허로 변한 마을에서 살아남은 사람은 어린 계집애들뿐이었다.

화적들은 아이들을 모아 나이든 여인에게 데려갔다. 그녀는 여자아이들을 일렬로 세워두고 하나씩 얼굴을 들여다보며 차례차례 고개를 저었다.

「바로 너로구나, 신에게 버려진 아이.」

마침내 어린 꿈지기와 마주친 노파의 눈동자가 희열로 번들거렸다. 꿈지기는 그녀가 운명을 엿보는 자라는 사실을 깨달았다.

「널 찾았으니 선물을 주마. 네가 기다리는 연혼에 대한 이야기란다.」

연혼이란 말에 어린 꿈지기의 눈이 흔들렸다. 바짝 마른 고목 같은 손가락이 꿈지기를 가리켰다.

「너의 연혼은 이 땅에서 가장 고귀한 피를 가진 사내. 누구보다 끈질기고 뜨거운 피를 가진 자. 천 년이 흘러도 식지 않는 심장을 가진 자. 그는 눈물까지 말라버린 네 혼에 닿을 수 있는 단 한 사람이지. 그가 널 구할 것이다.」

「뭔 쓸데없는 소릴 지껄이는 거야! 할멈. 그보다 이 애라고? 하필 점찍어놓은 애라니. 자라면 경국지색의 미녀가 될 텐데 손도 못 댄다니 아깝군. 다른 계집애들보다 수백 배는 더 받고 팔 수 있을 텐데. 빌어먹을.」

화적두목은 끊임없이 꿈지기를 힐끗거리며 안타까워했다.

팔아넘긴다는 소리에 아이들은 공포에 질렸고 그들의 두려움과 슬픔에 맞닿은 꿈지기는 질식할 정도의 고통을 느꼈다.

그날 새벽 화적떼는 일단의 병사들에게 습격당했다. 그 와중에 초막에 불이 나는 바람에 갇혀 있던 아이들이 모조리 죽고 말았다. 화적두목의 지시로 따로 묶여 있던 어린 꿈지기만 무사히 구출되었다.

「내가 바로 너의 연혼이다.」

번쩍이는 옷을 입은 준수한 소년이 거만하게 한 손을 내밀었다.

그 말을 들은 순간 마침내 영겁의 고통에서 그녀를 구해줄 유일한 사람이 온 것이라 생각했다. 천 년을 기다렸다. 마을사람들의 피로 물든 땅에 홀로 남았지만 꿈지기는 도저히 그 손을 포기할 수 없었다.

그러나 뒤이어 찾아온 진실이 꿈지기를 찢어발겼다. 단 한 번 닿은 하사신의 손에서 그녀는 모든 것을 읽었다.

마을을 습격했던 화적들은 황자의 하수인에 불과했다는 것을, 증거를 남기지 않기 위해 그들조차 모두 죽여버렸다는 사실도, 그 모든 살겁이 단지 그녀를 가지려는 황자의 욕심에서 비롯됐다는 것조차.

꿈지기는 연혼을 부르는 자신의 염원이 황자를 불러들였다 생각했다.

반평생 그날의 악몽을 되풀이하며 고통 받는 것. 그것은 연혼만을 찾아 주변을 돌아보지 않던 자신에게 내려진 형벌이었다.

파사는 자신이 하사신의 기억을 읽고 진실을 알았다는 사실만 빼고 모든 이야기를 마쳤다.

죄의 대가라면 어떤 것이라도 달게 받겠지만 그것만은 차마 밝힐 수 없었다. 아니 이리하에게만은 결코 알리고 싶지 않았다.

세상 모두가 그녀를 두려워하고 외면한다 해도 이리하는 그러지 않기를 바랐다. 운명에 철저히 조롱당한 삶이었지만 그의 마음만은 지키고 싶었다.

답해줄 수도 없으면서 당신의 마음이 변하는 게 싫어. 당신이 사랑하는 나는 이다지도 비겁하고 이기적이다.

이리하가 고개를 숙이는 것을 본 파사가 입술을 깨물었다. 그녀의 손바닥에 메마른 입술이 닿았다. 낮은 속삭임이 흘러나왔다.

"……미안하다. 내가 늦어서 미안해."

내가 널 먼저 찾지 못해서. 널 구하지 못해서. 그녀의 손에 얼굴을 묻고 있어 이리하의 얼굴은 보이지 않았다. 그러나 뜨거운 물기로 천천히 젖어드는 손에 파사는 아무 말도 할 수 없었다.

21장

태흥(太興) 원년 이월

새 황제의 즉위를 축하하기 위한 예물과 사절들이 속속 도착하고 있었다.

비단의 산지인 반여국의 사신은 예물로 수백 필의 최고급 비단을 바쳤고, 다라국에선 축하를 위해 섭정이 직접 제국을 방문했다.

국상 중이라 즉위식은 간소하게 치러졌지만 새로 즉위한 황제의 행보에 주변국은 촉각을 곤두세우는 중이었다.

제국의 조정에는 새로운 바람이 불고 있었다.

태사부 혜 아차흠이 스스로 물러나고 뒤이어 그를 따르던 몇몇 대신들도 사직했다. 주요 요직마다 청렴하고 능력 있는 인재들이 새로이 등용되었다.

사오룬은 공신들에게 포상으로 적당한 재물은 내려주었지만 함부로 관직을 주진 않았다. 인사는 철저히 능력 위주로 이뤄져 애초에 무능한 자들에게 돌아갈 자리는 없었다.

은근히 한자리씩 기대하던 자들은 불만스러웠지만 입을 다물 수밖에 없었다. 새 황제의 등극에 결정적 역할을 한 태사부가 논공행상에서 발을 빼버린 터라 비빌 언덕이 사라지고 만 것이다.

게다가 그들은 애써 기른 사병도 해산시켜야 했다.

치백은 젊은 학사들을 움직여 사병의 수를 오십 명 이내로 제한해야 한다는 상주문을 올리게 만들었다. 수백에서 수천에 달하는 대귀족의 사병 양성이 일으킨 폐해를 혜 사무같이 똑똑히 증명하지 않았던가.

제일 먼저 황제의 외조부인 우사부가 자진해서 사병을 내놓자 나머지는 눈물을 머금고 따를 수밖에 없었다. 거부하다간 역심을 품고 있는 게 아니냐는 의혹을 받기 십상이었다.

귀족들이 몸을 사리며 납작 엎드린 틈을 타 사오룬은 그간 유명무실해진 감찰기구를 대대적으로 개편했다.

어사위(御司尉)를 황제직속으로 두고 권한을 강화시켜 관리들의 감찰에 만전을 기했다. 앞으로 뇌물을 수수하는 관리들은 삭탈관직은 물론 받아 챙긴 뇌물의 스무 배를 나라에 물어야 할 터였다.

파사가 치백을 만나고 싶다고 전해온 것은 그렇게 눈코 뜰 새 없이 바쁜 어느 날이었다.

치백은 떨떠름한 얼굴의 이리하에게 억지로 일거리를 맡겨두고 문병을 갔다.

사실 치백은 그녀를 만나는 것이 약간 껄끄러웠다. 자신은 반옥에 자미희의 암살 의뢰를 한 인물이 폐황자비라는 사실을 알고 있었다. 그러나 이리하나 그녀에게 조심하라는 언질을 주지 않았다.

결국 폐황자비가 스스로 손을 써 그녀의 목숨이 위태롭게 된데 치백은 일말의 책임을 느끼고 있었다. 그녀에게라기보다는 이리하에 대한 마음이었지만.

실낱처럼 가느다란 그 죄책감 때문에 치백은 그녀의 병문안을 오지 않을 수 없었다.

"몸은 좀 괜찮으십니까?"

탁자에 마주 앉으며 안부를 묻는 치백의 말투는 조금 긴장돼 있었다. 그녀가 자신 때문에 자리에서 일어나 있는 것 같아 신경이 쓰인 탓이었다. 이거 또 이리하에게 한소리 듣겠구나 싶은 생각이 들었다.

"많이 나아졌습니다. 염려하실 정도는 아닙니다."

투명하게 보이는 갈색 눈동자가 웬 가식이냐는 듯 경계의 빛을 띠고 있었다.

하긴 독이 든 차를 뻔히 눈앞에서 건네주기도 했고, 얼마 전에는 이리하와 헤어지라고 종용한 자신이 아닌가. 살갑게 안부 인사를 나눌 만한 사이가 아니었다.

그러나 그녀가 어떤 상태인지 아는 치백으로서는 묻지 않을 수 없었다.

　사실 그녀는 빈말로라도 좋아 보인다고 말할 수 없었다. 그러나 파리한 안색과 핏기 없는 입술조차 그 미모를 손상시키진 못했다. 병색이 짙은 가련한 얼굴이 오히려 묘하게 시선을 끌었다.

　"그보다 역모에 가담한 자들의 색출에 작은 어려움을 겪고 계신다고 들었습니다. 제가 말씀드리지 않은 일이 하나 있어서 뵙기를 청했습니다."

　치백이 수정안경 너머로 미심쩍은 시선을 보냈다. 그녀가 알 만한 일이라면 자신이 모를 리 없기 때문이었다.

　"혹시 근래 삼십대 정도에 풍채가 좋고 화려한 옷을 좋아하는 타국인을 만나신 적 있으신지요? 왼쪽 눈 옆에 붉은 사마귀가 있는."

　"다라국의 섭정인 화안대군의 인상이 그와 흡사하겠습니다만 무엇 때문에 그러십니까?"

　"다라국 사람일 거라 예상은 했지만 섭정이 직접 움직였을 줄은 몰랐군요."

　치백은 그녀의 말에서 이상한 점을 발견했다.

　다라국 섭정이 황도에 도착한 것은 오늘 아침이었다. 그런데 그녀는 마치 섭정을 본 적이 있는 것처럼 말하고 있었다. 이리하도 모르던 사실이니 그가 알려주었을 리는 없고 방 안에만 있던 그녀가 어떻게 그를 안단 말인가.

　"섭정은 이미 석 달 전에도 황도에 온 적이 있습니다."

들꽃 아내서

"그럴 리가?"

섭정이 제국을 방문한 것은 이번이 처음이었다.

일국의 섭정이 그리 함부로 움직일 리가 있나. 몇 달 전 다라국에서 이쪽에 은밀히 접촉을 시도한 적이 있지만 그때 온 것은 분명 밀사였다. 치백은 그녀의 말을 믿을 수 없었다.

"그때는 상서위, 아, 전(前) 상서위였던 사무갈의 손님이었죠. 사무갈은 삼 년 전부터 비밀리에 다라국에 강철무기를 넘겨주고 있었답니다."

치백의 안색이 돌변했다. 사실이라면 이것은 엄청난 파장을 불러올 사안이었다.

창은 우수한 강철무기를 기반으로 감히 넘볼 수 없는 대국이 되었다. 그렇기에 황제의 허가 없이 무기를 타국에 파는 것은 금지돼 있었다. 강철무기 밀매는 제국의 근간을 무너뜨리는 대역죄였다.

"어디서 그런 소릴 들은 겁니까?"

사무갈은 신중한 자였다. 황자의 일개 비인에게 그런 중대한 비밀을 누설했을 리가 없었다.

"사무갈은 다라국의 섭정과 거래를 했습니다. 강철무기를 공급해 섭정이 왕위를 찬탈하도록 돕는 대신 다라국은 사무갈에게 군사를 지원해주는 조건이었죠. 실질적인 군사지원이 이뤄질 시엔 그 대가도 따로 정해둔 것으로 알고 있습니다."

치백의 얼굴이 경악으로 물들었다.

호전적인 선대의 다라국왕들은 수시로 제국과 자잘한 분쟁을 일으켰다.

화친을 위해 양국 귀족가문 간의 혼인을 제의하고 한편으로는 병사들을 화적떼로 위장시켜 국경을 침범하는 식이었다. 제국의 귀족들과 혼인한 다라국 사람들이 몰래 간자 짓을 하다 발각되어 쫓겨나는 일도 비일비재했다.

겉 다르고 속 다른 다라국의 행태에 격노한 선선대 황제는 제국의 중요 가문에 다라국과의 혼인 금지령을 내리기도 했다.

호시탐탐 제국의 영토를 노리는 다라국은 언제나 경계의 대상이었다. 그런데 감히 다라국의 군사를 제국 땅에 들이려 했다고?

그리고 보니 다라국과의 국경 부근에서 수상한 움직임이 있었다는 보고를 받은 적이 있었다. 치백의 낯이 무섭게 굳었다.

"사무갈의 저택에는 작은 별채가 하나 있습니다. 그가 종종 기녀나 창부들을 은밀히 부르던 곳이었죠. 그 별채에 겉으로는 드러나지 않는 밀실이 있습니다. 북쪽의 벽이 이중벽입니다. 그곳에 섭정과의 약속을 상세히 기록한 밀서가 있습니다. 이 년 전의 일이기는 하나 아마 다른 곳으로 옮기지는 않았을 겁니다."

"그 밀서를 본 적이 있습니까?"

사무갈의 집을 수색할 때 치백은 동행하지 않았기에 그런 밀실이 있는 줄도 몰랐다. 원인 모를 불로 불타버린 사무갈의 서재에서는 무엇 하나 나오지 않았다. 그런데 동위궁 안에서만 산 그녀가 이런 일을 알고 있다고? 게다가 그녀는 마치 눈앞에서 그것을 목도한 것처럼 말하고 있었다.

"제 눈으로 본 것은 아닙니다."

"지금 제게 그 말을 믿으라는 것입니까? 사무갈의 집을 가본 적도 없는 사람이 그런 밀실과 밀서의 존재를 알고 있다는 것이 수상한 일이 아니라고요?"

날카로운 치백의 추궁에 파사는 작게 한숨을 내쉬었다. 그가 쉽사리 자신의 말을 믿을 거라 생각하진 않았다. 이 만남을 청했을 때 이미 각오한 일이었다.

"예전에 그의 기억을 읽었을 뿐입니다."

"기억이라니, 무슨⋯⋯!"

그 순간 한 사람이 홀연히 그들의 눈앞에 나타났다.

콰당.

놀란 치백이 일어서며 의자를 넘어뜨렸다. 그는 자신의 눈을 믿을 수 없었다. 이미 죽은 지 오래인 사무갈이 맞은편에 태연히 앉아 있었다.

사무갈을 잡으려던 손이 허공을 통과하고서야 치백은 그것이 실체가 아님을 깨달았다.

"이게 대체?"

치백의 눈이 부릅떠졌다. 몇 번이나 눈을 비벼보아도 눈앞의 인물은 사라지지 않았다. 보고도 믿기지 않는 일이었다.

치백은 고개를 돌려 파사를 바라보았다. 아무런 동요도 보이지 않는 눈빛에 이 괴이한 일이 그녀와 무관하지 않음을 깨달았다.

생시에 이런 환영을 보는 것이 가능한가. 게다가 사람의 기억을 읽는다고?

퍼뜩 치백의 머릿속을 스쳐가는 일이 있었다. 설마 그때 일도?

자화원에서 일하던 어린 시비는 자신이 동위궁에 들여보낸 간자 중 하나였다.

치백은 그녀를 통해 이리하의 식사에 독이 섞이지 않도록 세심히 살폈다. 하사신이 음식에 손을 쓴 날에는 그 위에 흑임자를 뿌리도록 했다. 이리하가 굶어 죽는 한이 있어도 절대 먹지 않는 것이 바로 흑임자가 들어간 음식이었기 때문이다.

옥사에 갇힌 이리하를 빼내기 위해 기라를 보내며 치백은 그 시비에게도 따로 임무를 주었다. 옥사를 지키던 병사들에게 약을 탄 술을 가져다주는 것이었다. 그러나 한 병사가 술을 마시지 않는 바람에 모든 이를 잠재우는 데 실패하고 말았다.

치백은 탈옥과정에서 발생할 약간의 소란도 염두에 두었는데 의외로 일은 순조롭게 풀렸다. 기라가 잠입했을 때 약에 취하지 않았던 병사는 이미 자리를 비운 뒤였던 것이다.

옥사에서 이리하를 놓친 병사들은 모두 태형을 받았다. 자리를 이탈했던 병사는 귀신이 나타나는 바람에 놀라 도망쳤다고 항변했다. 결국 그는 미친 소리를 한다며 동위궁에서 쫓겨났다고 들었다.

게다가 그날은 분명 보름에 가까웠는데도 이리하가 옥사를 빠

들꽃 아래서

져나갈 땐 어둠이 유독 짙었다. 기라는 동위궁을 벗어나자 밝아진 달빛에 놀랄 정도였다고 했다. 마치 어둠이 자신들을 가려주는 것 같은 기이한 기분이 들었다는 것이다.

하필 유일하게 술을 마시지 않은 병사가 헛것을 보고, 하필 그 날따라 동위궁에서만 달빛이 사라졌다?

그것도 이리하가 탈옥하는 때에 딱 맞춰서?

당시엔 그저 억세게 운이 좋았다고 생각했는데 눈앞에서 기이한 일을 목격하자 의구심이 치솟았다. 만약 그 일들이 방금 본 것 같은 환영으로 생긴 것이라면?

"당신, 대체 뭡니까?"

치백의 눈이 서릿발처럼 차가워졌다.

'무엇'?

자신은 대체 무얼까? 괴물? 요물?

역시 이런 힘을 가지고 있으면 사람처럼 보이지 않겠지. 자조하던 파사는 입술을 깨물었다. 몸이 아직 회복되지 않았나 보다. 참을 수 있을 줄 알았는데 힘의 여파가 생각보다 빨리 되돌아오고 있었다.

온몸을 찢어발기는 듯한 통증이 삽시간에 그녀를 덮쳤다. 고통이 어두운 장막처럼 시야를 흐트러뜨렸다. 파사는 힘겹게 말을 뱉었다.

"그에겐 ……리지……."

그에겐 알리지 말아줘요. 희미해지는 의식 너머로 치백의 놀란 외침이 들렸다.

파사가 쓰러졌다는 소식을 들은 이리하는 말 그대로 펄펄 뛰었다.

열이 오른 그녀는 의식을 잃고 꼬박 하루를 앓았다. 그동안 이리하는 한시도 파사의 곁을 떠나지 않고 돌보았다.

정신을 차린 파사가 처음 마주한 것은 그 어느 때보다 딱딱하게 굳은 이리하의 얼굴이었다. 그 표정에 파사는 결국 치백이 자신의 비밀을 밝힌 것이라 짐작했다.

이렇게 될 줄 몰랐던 것은 아닌데. 그래도 당신에게만은 알리고 싶지 않았다. 파사는 아무런 말도 하지 않는 이리하를 보며 힘겹게 말을 꺼냈다.

"내게는 비밀이 한 가지 더 있어요. 난 사람의 기억을 읽어요……."

몸이 닿으면 물속을 들여다보듯 상대방의 기억과 감정을 읽을 수 있다. 선명한 색을 뿜어내는 감정의 덩어리들 사이로 수많은 기억들이 떠다닌다. 그 찰나의 순간 집중하면 상대에게 중요한 기억을 읽을 수 있다.

그것 역시 신이 내린 벌이었다.

먼 옛날 연혼을 잃던 순간부터 꿈지기는 자신에게 닿는 모든 사람들의 감정을 읽을 수 있게 되었다. 단 한 사람 사랑하는 이에게서 전해지던 다정한 감정이 아닌 무차별적으로 쏟아지는 감정들은 형벌이 되어 꿈지기를 괴롭혔다.

어쩌다 시비들의 손만 닿아도 그들의 감정이 고스란히 흘러들었다. 그럴 때마다 파사는 온몸을 할퀴는 고통과 싸워야 했다. 어둡고 강한 감정일수록 미치는 영향도 커서 때론 그것에 산 채로 뜯어 먹히는 기분이 들 정도였다.

조용조용 들리는 그녀의 말에 귀를 기울이던 이리하의 표정이 점차 노기를 띠었다.

뭔가가 있다는 건 어렴풋이 느끼고 있었다. 타인의 손이 닿을 때마다 매번 핏기가 사라지는 모습은 단순히 까다롭다는 말로는 설명되지 않았다.

파사는 백랍처럼 창백해진 얼굴로 식은땀을 흘리고 있었다. 스스로의 생명을 깎아내는 행동을 하는 그녀가 용서되지 않았다. 벌떡 일어난 이리하는 분을 참지 못하고 거칠게 내뱉었다.

"다시 한 번만 더 그런 짓을 한다면 가만두지 않겠다."

황급히 그녀에게서 손을 떼는 이리하를 보자 머릿속이 쩅, 하고 얼어붙는 느낌이었다. 날 피하는 건가? 당신이. 이 저주받을 힘 때문에? 파사의 눈동자가 풍랑을 맞은 배처럼 흔들렸다.

"내가 두려워요? 당신을 엿볼까 걱정되나요?"

"무슨 소리야."

그녀에게서 멀찍이 떨어져 선 이리하의 미간이 찌푸려졌다.

"지금 그러잖아요."

"아니야. 이건……."

난처한 듯 머뭇거리면서도 다가서기를 주저하는 이리하의 모습에 파사가 분노했다.

"거짓말하지 말아요!"

"……네가!"

이리하는 답답한 듯 맞고함을 질렀다.

"아프다며! 이렇게 고통스러워하면서!"

뭐? 뜻밖의 대답에 놀란 파사는 말을 잃었다. 침상 옆에 주저앉은 이리하가 스스로의 머리칼을 쥐어뜯었다.

"제발 다시는 이런 짓 하지 마라. 그 어떤 것도 네가 아플 만한 가치는 없어. 나를 읽고 싶다면 얼마든지 알려줄게. 다른 자의 속을 알고 싶다면 내가 목을 비틀어서라도 밝혀낼 테니까 다시는 이러지 마."

파사는 두 팔을 내밀어 이리하를 끌어안았다. 놀라서 물러서려는 그의 목을 더 힘껏 끌어당겼다. 눈가가 뜨거워지는 묘한 느낌에 파사는 단단한 어깨에 얼굴을 묻었다.

사랑한다.

아, 정말 이 사람을 사랑한다.

이리하는 여전히 그녀를 아프지 않게 떨어뜨리려 애쓰고 있었다.

"단 한 번도 당신을 읽은 적 없어요."

그의 귓가에 닿은 파사의 목소리는 낮게 가라앉아 있었다.

"이상하게도 당신만은 읽을 수 없었어요."

이리하의 얼굴에 커다란 안도감이 내려앉았다.

"……뭔지 모르지만 다행이다."

잠시 뜸을 들인 이리하는 그녀의 몸을 부서져라 끌어안았다. 이리하가 파사의 목에 얼굴을 묻고 소리 내어 웃었다.

"널 아프지 않게 안을 수 있는 유일한 사람이, 그게 나라서 정말 다행이다. ……그 연혼이라는 거, 사실 내가 아니라서 배 아팠는데 내게는 이게 백배 천배 더 나아. 이렇게 네게 닿을 수 없다면 그런 게 다 무슨 소용이야."

파사의 어깨가 흠칫 떨렸다. 문득 오래전 들었던 점쟁이의 말이 떠올랐다.

「너의 연혼은 눈물까지 잃어버린 네 혼에 닿을 수 있는 단 한 사람이다.」

가장 고귀한 피를 가졌다는 말에 당연히 하사신일 거라 생각했다. 그녀와 한날한시에 태어난 사람 중 황제의 피를 이은 유일한 사람이 황자였으니까.

그 말이 그녀를 장님으로 만들었다.

"다시는, 다시는 널 아프게 하지 마라."

무뚝뚝한 다짐에 파사의 얼굴 위로 흐린 미소가 피어올랐다.

"……그렇군요. 그래서였어."

어째서 알지 못했을까.

꿈지기가 사랑에 빠질 수 있는 사람은 단 한 사람뿐이다. 자신의 연혼.

그리고 그녀가 사랑한 사람은 황자가 아니라 이리하였다.

깨닫지 못한 채로도 사랑에 빠졌다. 연혼이라 그녀의 꿈에 들어올 수 있었고, 연혼이기에 고통을 주지 않고도 그녀에게 닿을 수 있었던 것이다.

난생처음 파사의 눈이 뜨거운 물기로 젖어들었다. 말라버린 심장과 혼을 적시듯 눈물은 멈추지 않았다.

당신이었다.

아득한 천 년의 세월을 넘어 결국 당신이 날 찾아온 것이다.

"……무척 오래 기다렸어요."

"응?"

목소리가 떨리는 것을 알아챈 이리하가 그녀의 얼굴을 보려 했으나 파사는 고개를 저었다.

"잠시만 이대로 안아줘요."

이리하는 파사를 더 가깝게 끌어안아주었다. 마치 언젠가 하나의 혼으로 태어나 서로를 느꼈던 그때처럼. 그의 옷 위로 작은 눈물방울이 떨어졌다.

하지만 이제 와서 어떻게 말할까.

이 망가진 운명에 더 이상 어떻게 당신을 끌어들일까.

혜 사무갈의 비밀장소에서는 그야말로 물증들이 산더미처럼 쏟아져 나왔다.

온갖 치부책과 밀약서가 그 안에 고스란히 보관돼 있었다. 사무갈은 자신이 주고받은 뇌물 액수와 청탁 내역을 빠짐없이 기록해놓았다.

그중에 사무갈과 다라국의 섭정이 맺은 밀약서도 있었다.

섭정이 군사를 원조하여 사무갈을 돕는 경우 연문의 점유권을 삼십 년간 다라국에 넘겨준다는 내용이었다.

연문은 단지 사막에 있는 조그만 도시 하나가 아니었다. 서대륙으로 가는 길목에 위치해 두 대륙 간 중개무역의 거점으로 이용되는 중요한 곳이었다.

또한 광활한 사막 지대의 한가운데 자리 잡은 연문이 다라국 측에 넘어가면 국경선이 달라져 제국의 영토가 좁아지는 결과를 초래하는 것이다.

그 천인공노할 밀약서에 백오십 한 명의 귀족들이 연명(連名)했다. 의심 많은 사무갈이 그들의 이탈을 막기 위해 세운 방비책이었다.

백오십 한 명이나 되는 귀족이 파렴치한 매국행위를 눈감아주었다는 사실에 사오룬은 분노했다. 제 이득에 눈이 어두워 나라를 팔아먹는 짓거리까지 마다않는 자들에 신물이 날 지경이었다.

사오룬은 썩어빠진 잔당들에게 철퇴를 내렸다. 그들은 한밤중에 들이닥친 병사들에게 꽁꽁 묶여 황궁으로 끌려가는 날벼락을 맞았다.

그즈음 조정에서는 새 황제의 전정에 도움이 되지 않으니 사무갈의 역모 건은 이쯤해서 덮는 것이 어떠냐는 의견도 나오고 있었다. 그러나 매국행위의 결정적 증거가 드러나자 누구도 그들을 구명하려들지 않았다.

"너희는 제국의 귀족으로 태어나 무수한 특혜를 누렸다. 권리에는 마땅히 의무가 따르는 법. 그동안 누린 모든 것은 누구보다 앞장서 나라를 지키고 백성들의 본보기가 되는 대가였다. 너희가 오늘 이를 저버렸으니 죽음으로도 그 죄를 사하지 못하리라. 또한 국법은 만백성에게 평등한 것. 신분에 따라 가벼이 처벌한다면 어느 백성이 이를 따르려 하겠는가? 불의한 전례를 남기면 앞으로 사사로이 제 이득을 위해 나라를 파는 자가 속출할 것이다. 저자들에게 국법의 지엄함을 보이고 그 말로를 사초에 남겨 후세의 경계가 되도록 하라!"

황제가 강익전 앞에 줄줄이 끓어앉혀진 죄인들에게 추상같은 목소리로 일갈했다.

나라와 백성을 팔아서 권세를 얻으려던 자들은 저자로 끌려 나갔다. 포고문으로 그 죄상을 낱낱이 알게 된 백성들은 치를 떨었다. 분노한 백성들의 돌팔매질에 그들의 숨이 끊어졌다.

사무갈의 모반과 관련해 도합 백오십 한 명의 귀족들이 처형당했다.

밀약서에 이름을 올리진 않았으나 섭정에게 뇌물을 받은 열두 명의 귀족은 가산을 몰수당하고 유배형에 처해졌다.

다라국의 섭정 또한 무사하지 못했다. 그와 다라국 사신들은 제국의 반역도와 내통한 혐의로 억류되었다.

들꽃 아내서

당장 군사를 일으켜 다라국에 쳐들어가도 부족함이 없는 명분이었다. 그러나 현재의 제국은 영토 확장보다는 내치가 시급한 형편인 바 치백은 실리를 챙기기로 했다.

　자칫 양국 간의 전쟁으로 번질 수도 있는 위중한 사안이라 유배지에 있던 어린 왕이 자연스레 복위되었다. 다라국 왕은 자국의 왕족이 제국의 역모에 개입한 문제를 해결하기 위해 사신을 파견했다. 사신은 국왕의 친서를 황제에게 바치고 섭정의 신변을 인도받았다. 섭정은 다라국으로 호송되자마자 곧바로 처형당했다.

　치백은 다라국에게 합당한 배상을 요구했다. 노련한 협상 끝에 십 년간 가을마다 이백 수레의 공물을 받기로 하고 일이 일단락되었다.

　눈처럼 흰 영견 위에 자그마한 홍화가 점점이 피어올랐다.

　파사는 붉게 번져가는 핏방울을 물끄러미 바라보았다. 가슴속에 메마른 불덩이를 품고 있는 것 같았다. 기침을 할 때마다 목이 타들어갔다.

　피를 토한 것은 오늘로 두 번째.

　자신의 상태가 이상하다는 것은 어렴풋이 느끼고 있었다. 꼬박꼬박 탕약을 먹어도 별반 나아지는 기미가 없었다. 몸이 회복되지 않은 상태로 힘을 쓴 여파라기엔 지나치게 회복이 더뎠다.

　결정적으로 이리하의 태도가 어딘지 달랐다. 그의 눈은 숨길 수 없는 불안으로 흔들리고 있었다. 무슨 일에도 꿈쩍하지 않는 그를 저렇게 동요시킬 수 있는 건 자신이 관련된 일뿐이었다.

필경 폐황자비가 쓴 독이 완전히 해독되지 않았던 것이리라.

……그리고 그는 이 사실을 이미 알고 있는 거겠지.

파사는 한숨을 내쉬었다.

자신을 그의 집에 데려다놓은 것이 문제였다. 폐황자를 죽음에 이르게 했던 요부가 또 다른 사내를 홀렸다는 소문이 난경 내에 파다했다. 자신을 곁에 두면 이리하의 입지가 위태로워질 것이다.

어차피 길지 않을 목숨이다. 얼마나 버틸 수 있을까.

정오부터 몸이 좋지 않음을 느낀 파사는 건시자[6]를 먹고 싶다는 핑계로 이리하를 밖으로 내보냈다. 매번 상을 물리기만 하던 그녀의 입에서 무언가 먹고 싶다는 말이 떨어지자 이리하는 뛸 듯이 기뻐했다.

황실의 진상품으로 이름 높은 동주의 건시자는 쉬이 구할 수 있는 게 아니다. 그러나 월강상단이라면 구비해놓고 있을 거란 말에 이리하는 당장 구해 오겠다며 달려 나갔다.

한 시진을 넘겼으니 머지않아 그가 돌아올 시간이었다. 파사는 입술에 영견을 눌러 남은 핏자국을 지웠다.

아니나 다를까 별채로 다가오는 발소리가 가까워졌다. 무인이라 기척을 내지 않는 이리하가 자신을 위해 일부러 소리를 낸다는 걸 그녀는 알고 있었다. 파사는 서둘러 피 묻은 영견을 화병 속에

---

6) 乾柿子, 곶감.

밀어 넣었다.

문이 열리자 차가운 바람이 밀려들었다. 계절은 봄에 접어들었지만 아직 황도의 날은 서늘했다. 바람을 몰고 온 당사자는 재빨리 문을 닫고 그녀를 끌어당겼다.

"왜 문가에 서 있어? 추울 텐데."

의자에 파사를 앉힌 이리하는 가져온 목합을 탁자 위에 올렸다. 검붉게 옻칠이 된 목합 뚜껑을 열자 하나하나 곱게 화선지에 싼 건시자가 드러났다.

"할 일도 없는지 단주가 직접 나서서 챙겨주더군. 그 작자는 왜 아직도 네게 그렇게 관심이 많은 거야? 마음에 안 들어. 그나저나 맛을 보겠어?"

무환과 파사의 관계를 모르는 이리하가 투덜거렸다.

"지금 말고 나중에요."

"그, 그럴까. 흠, 사실은 할 말이 있는데, 흠."

어쩐지 그는 무척 들떠 보였다. 눈동자를 이리저리 굴리며 목을 가다듬던 이리하가 말을 꺼냈다.

"얼마 전에 단주의 아들이 혼약을 했다고 하더라고. 혼례에 이것저것 준비할 게 많은지 예물을 구하느라 배도 띄운다더군. 그러면서 내게도 필요한 게 있는지 물어보잖아. 그래서 말인데……."

순간 이리하의 얼굴이 약간 붉어진 것 같았다. 고개를 든 그가 곧장 시선을 맞춰 왔다.

"혼인하자."

그러고 보니 대행황제를 능에 모신 어장행렬이 황궁으로 돌아왔다고 들었다. 대행황제가 붕어한 지 석 달이 지났으니 민가의 혼인이 가능해진 것이다.

파사는 차마 이리하의 눈을 마주 볼 수 없어 외면했다.

"난 폐황자의 비인이에요."

"그래서? 그자는 이제 없어."

"당신은 많은 걸 잃게 될 거예요."

"난 원래 가진 게 아무것도 없어. 너밖에는."

"내가 무어라 불리는지 모르지 않잖아요? ……사내를 잡아먹는 등꽃의 요녀. 그런 여자와 혼인해 세상의 웃음거리가 되고 싶나요?"

"그까짓 게 무슨 상관이야. 세상의 눈 따윈 잊어버려."

"당신에게 어울리는 사람을 찾아요."

"내게 어울리는 사람은 너밖에 없어. 네가 아니면 누가 나같이 출신도 모르는 무례한 루에게 시집오겠어?"

커다란 손이 흘러내린 파사의 머리칼을 귀 뒤로 넘겨주었다. 다정한 손길에 파사는 저도 모르게 숨을 멈췄다.

"내게 와. 행복하게 해줄게."

웃는 이리하의 얼굴이 너무도 환해서 가슴이 묵직하게 저려 왔다.

그녀는 언제나 구차하게 살아남았다. 마을사람들을 죽음으로 몰아넣고도, 주변에서 사람들이 매번 죽어나가도 자신은 살아 있었다. 이제 이 사람까지 진창의 삶에 끌어들여야 할까.

"얼마나 살 수 있다고 하던가요?"

이리하의 표정이 얼어붙었다.

"한 달? 석 달? 일 년? 고작 그 짧은 시간 때문에 당신 삶을 망칠 건가요?"

"너의 하루를 얻기 위해서라면 남은 생 전체를 버려도 아깝지 않아."

그 단호한 어조에 불현듯 그녀는 깨달았다. 이 사람은 자신을 따라올 속셈이다. 죽음조차 그에겐 아무런 장애가 되지 못한 것이다.

왜 당신은 항상 내게 생각지도 못한 일을 하는 거지?

난 당신에게 아무것도 해준 게 없는데. 연혼인 걸 알아보지도 못했고, 사랑한다 말해준 적도 없는데. 눈시울이 뜨거워지는 느낌에 파사는 눈을 내리깔았다.

"그럼 부인을 맞아들여요. 그리고 날 비인으로 삼아요."

"하! 하사신이 그런 것처럼 널 고작 비인 따위로 두라고?"

"나 같은 여잘 아내로 맞는 사내는 없어요."

"그 사내가 바로 여기 있잖아. '이황자의 개'가 아니면 누가 '등꽃의 요녀'를 가질 수 있겠어?"

그의 장난기 가득한 미소에 제멋대로 심장이 흔들렸다. 파사는 부드러운 손바닥에 손톱이 파고들 만큼 힘껏 주먹을 움켜쥐었다. 그리고 혀끝 너머로 억지로 말을 밀어냈다.

"부인을 들여요. 그리고 아이를 가져요."

혼인을 하고 아이를 낳고 당신은 오래오래 살았으면 좋겠어.
주변의 모두를 불행으로 이끄는 저주받은 꿈지기 따위 잊고 평범
하고 행복하게 살았으면 좋겠어.

"그러지 않으면 당신을 받아들이지 않겠어요. 억지로 하면 혀
를 깨물 거예요. ……얼마 남지 않은 명이라 해도 당장 눈앞에서
죽는 꼴을 보긴 싫을 테지요."

"지금 네 목숨을 가지고 날 겁박하는 건가?"

그가 얼마나 화가 났는지는 하얗게 질렸다가 이내 흙빛으로 변
한 얼굴로 알 수 있었다. 이리하는 기가 막힌다는 듯 그녀의 말을
되풀이했다.

"날더러 딴 사람을 아내 자리에 앉히고 자식을 낳으라고?"

"그것만이 우리가 함께 있을 수 있는 길이니까요."

이름 모를 그녀가 당신을 붙들어주길.

당신의 아이가 당신이 삶을 이어가는 힘이 돼주길.

"날 다른 계집의 품으로 밀어 넣을 셈이야? 또다시 비인 따위
가 되겠다고?"

파사는 더 이상 대답하지 않았다.

"……후회하지 않아?"

"후회하지 않아요."

자신에게 이런 짓을 하는 그녀가 믿기지 않은 이리하는 이를
악물었다.

능꽃 아내서 ⁂

"끔찍하군."

낮은 탄식을 내뱉은 이리하가 문을 박차고 나가버렸다.

그 후 닷새간 이리하는 집으로 돌아오지 않았다.

암영의 무사들이 중문 근처에 모여서 두런두런 이야기를 나누고 있었다. 갑자기 발치에 드리워진 그림자에 돌아보던 그들은 깜짝 놀랐다.

"어?"

"중랑? 어쩌다 그……!"

소리치던 무사의 입이 순식간에 우악스러운 손들로 틀어 막혔다.

"왜? 내게 할 말이 있나?"

치백이 사냥감을 쬐는 듯한 은근한 목소리로 물었다. 대문 앞에서부터 마주치는 얼굴마다 묘한 표정을 달고 있었다. 자신도 이유를 모르는 바는 아니다. 하지만 이렇게 티를 내면 괜히 심술을 부리고 싶어지지 않겠나.

"하하하, 얼마 전 승의[7]로 승차하셨지 않습니까?"

"아무렴, 이제는 승의대감이라 불러드려야지요."

나머지 무사들이 눈치 없는 동료를 뒤로 밀치며 얼버무렸다. 치백의 입가에 걸린 웃음이 한층 환해지는 걸 보니 심사가 꼬인 게

---

7) 承意, 주3품의 문관.

분명했다.

치백의 턱에는 누구라도 알아볼 만큼 커다란 푸른 멍이 떡하니 자리 잡고 있었다. 어쩌다 얼굴에 저런 것이? 분명 심상치 않은 일이긴 한데 물어보자니 후환이 두려웠다. 무사들이 궁금증을 푸느냐 몸보신을 하느냐의 기로에서 한쪽으로 돌아선 것은 순식간이었다. 요사이 하도 굴려지다 보니 더 이상의 몸 고생은 사절이었다.

"그런데 여긴 어쩐 일이십니까?"

승의가 된 치백은 지금 조정에서 가장 바쁜 인물이었다.

역모에 가담한 귀족들의 가산이 모조리 나라에 귀속되는 바람에 그간 바닥났던 국고가 채워졌다. 불어난 국유지를 효율적으로 운용하기 위해 새로운 관리들은 온종일 머리를 맞대고 있었다. 귀족들에게서 빼앗은 땅은 백성들에게 세를 받고 빌려줄 예정이었다. 일정량의 세곡만 내면 나머지 수확은 모두 자신의 것이 되니 앞으로 백성들이 굶어 죽는 일은 줄어들 것이다. 그 일로 치백이 일거리에 파묻혀 살면서도 얼굴에 웃음꽃이 폈다는 소문이 있었다.

치백은 누렇게 뜬 얼굴들을 바라보며 속으로 혀를 찼다. 한눈으로 훑어도 울긋불긋 오색 창연한 멍 자국이 즐비했다.

"누가 서운궁에서 장히 민폐를 끼치는 중이라고 해서 말이지."

그의 말이 떨어지자마자 무사들이 일제히 동그래진 눈으로 치백을 쳐다보았다.

저희 좀 살려주세요. 그분 좀 모셔가주세요. 제발, 제발요. 애절한 눈빛과 소리 없는 아우성이 서운궁 안에 메아리쳤다.

현재 암영의 숙소로만 쓰이고 있는 서운궁에 그저께부터 이리하가 죽치고 있었다.

처음엔 좋았다. 이리하가 오자마자 몸을 풀겠다며 무사들을 연무장으로 불러냈던 것이다. 이리하가 직접 상대를 해준다니 이게 꿈인가 싶어 모두 허벅지를 꼬집어봤을 정도였다.

그러나 그것은 대련을 빙자한 일방적인 구타였다. 그들은 날을 세우지 않은 철검에 사정없이 두드려 맞았다. 실력차이가 하늘과 땅만큼이다 보니 피할 도리가 없었다.

사흘 만에 암영 내에 멀쩡한 자가 없을 정도가 되자 연무장 주변은 휑해졌다. 이리하는 보기만 해도 암울하고 살벌한 기운을 사방에 퍼뜨리고 있었다. 그 때문에 암영의 무사들은 숨도 크게 못 쉬고 도망치는 형편이었다.

"기무대장군께서는 지금 어디 계신가?"

"그, 글쎄요."

"중반 때부터 보이시지 않습니다."

"아무도 본 사람은 없고?"

"아마 궁 안 어딘가에 계시지 않겠습니까?"

불확실한 대답에 치백의 얼굴이 난감해졌다. 이리하가 어디 간다 말하고 다니는 이도 아니고, 설사 그가 홀쩍 궁을 나갔다 한들 알아챌 만한 사람이 있겠나.

"그럼 저희가 찾아보겠습니다."

무사들이 슬슬 눈치를 보며 하나둘 자리를 떴다. 재빠르게 사라지는 뒷모습들을 보며 치백은 혀를 찼다. 이리하를 찾으러 가는 건지, 피해서 도망을 치는 건지 모를 움직임이었다.

"기무대장군이 누구야?"

불쑥 머리 위에서 들린 빈정거림에도 치백은 놀라지 않았다. 지붕 위는 이리하가 귀찮은 사람을 피할 때 자주 이용하는 장소였다. 오래전 그를 따라다니며 암영을 맡아 달라 조를 때 자신을 피해 주로 도망가던 곳도 지붕 위였다. 그야말로 닭 쫓던 개 꼴로 지붕을 노려보던 기억이 지금도 생생했다.

"이제야 뵙는군요."

치백은 석양빛을 후광처럼 두른 커다란 인영을 올려다보았다. 안 그래도 키가 큰 사람이 지붕 꼭대기에 앉아 있으니 목이 아플 지경이었다.

"그거 분명 고사한 걸로 아는데?"

이리하가 서늘한 눈으로 치백을 내려다보았다.

애당초 이리하는 관직 따위에 관심이 없었다. 무사히 즉위식이 끝났으니 자신의 할 일도 끝났다 여겼다.

대장군이라니, 귀찮기 짝이 없었다. 대체 얼마나 부려먹으려고.

"루 따위가 대장군 자릴 맡다니 말이나 돼?"

"불복하는 자는 언제든지 비무를 청해도 좋다고 말해두었습니다. 마음껏 휘두르셔도 됩니다."

치백의 말이 끝나자 이리하의 긴 눈매가 가늘어졌다. 갑자기 자신이 올린 사직상소의 행방이 몹시 의심스러워졌다.

"내 사직상소, 어디로 빼돌린 거지?"

"어차피 폐하께서 가납하지 않으셨을 겁니다."

치백은 태연히 자신의 죄를 자백했다.

"그럼 파직시켜."

나직하게 깔린 목소리는 짜증이 배어 있었다.

당치도 않을 소리였다. 누구 좋으라고? 저이는 파직당하면 좋아라하고 냉큼 짐을 싸 떠날 위인이었다. 수정안경 너머로 치백의 눈썹이 추켜 올라갔다.

"무슨 죄목으로 말입니까?"

"관리 폭행."

대화가 성가셔진 듯 이리하는 멍으로 뒤덮인 치백의 얼굴을 턱짓으로 가리켰다.

"더 맞고 싶은 게 아니라면 그만 내 눈앞에서 사라지는 게 좋을 텐데?"

나흘 전 파사의 요구에 어찌할 바 모르던 이리하는 치백을 찾아갔다. 죽지 않을 정도로 술이 들어가자 이리하의 입에서 이야기가 흘러나왔다. 당황한 치백은 자신이 파사에게 찾아가 이리하를 떠나라고 한 사실을 이실직고하고 말았다. 얼굴의 얼룩덜룩한 흔적은 그가 이리하의 분풀이에 군말 없이 당해준 결과였다.

살벌한 협박에도 아랑곳하지 않고 치백은 정중하게 고개를 숙였다.

"상의드릴 일이 있습니다."

"네가 뭐라 하든 관심 없으니 꺼져."

인내심이 닳아버린 이리하가 으르렁거리듯 내뱉었다. 치백의 입가에 속을 알 수 없는 미소가 떠올랐다.

"기무대장군께 혼담을 넣으러 왔습니다."

"전 귀족나리의 혼례는 한 번도 본 적 없어요."

여자아이가 작은 새처럼 재잘댔다.

"아, 주인어른은 귀족이 아니지만 그래도 높은 분이니까, 에헤, 먹을 것도 엄청 많고 기예단도 오겠지요? 새로 오시는 마님도 분명 선녀님처럼 고울 거라던데. 에헤헤, 그래도 전 그렇게 예쁜 사람은 아닐 거 같아요."

아이가 동그란 눈을 반짝이며 짐짓 파사에게 고개를 끄덕였다. 세상에 이보다 예쁜 사람은 있을 수 없다는 듯이.

집을 나갈 정도로 화가 난 상태에서도 이리하는 그녀에게 시중드는 아이를 보냈다. 자신이 없는 동안 행여 그녀가 불편할까 아플까 걱정하는 마음이 고스란히 느껴졌다.

아이는 열심히 파사의 시중을 들었다. 시중이라고 해봐야 종종거리며 그녀 주위를 맴돌거나 말을 거는 게 전부였지만.

열 살 정도 되었을까. 구김살 없이 밝은 아이였다. 파사가 거의 대꾸를 해주지 않아도 쉴 새 없이 웃고 조잘댔다.

아이는 파사를 처음 본 순간부터 홀린 듯 바라보았다. 이따금 검은 비단 같은 그녀의 머리나 얼굴을 아쉬운 눈으로 쳐다보는 것이 만져보고 싶은 듯했다. 그럼에도 결코 파사에게 손을 뻗진 않았는데 따로 언질을 받은 게 아닌가 싶었다.

이리하가 이렇게 어린 아이를 보낸 것은 혹시라도 몸이 닿을 때를 대비한 것이리라.

하지만 이리하는 그 아이가 전하는 말이 그녀를 괴롭힐 거라곤 생각지 못했을 것이다. 순진한 아이는 어른들이 떠드는 말을 파사에게 그대로 옮겼다.

이리하의 혼담이 오가고 있다.

소문이 파사의 귀에 들어온 것은 고작 하루 만이었다.

이렇게 빨리 일이 진행될 줄 파사는 생각도 못 했다. 자신이 그의 곁을 떠난 후에 생길 일이라 막연히 생각했다. 아직은 그의 혼례를 직접 볼 마음의 준비가 되지 않았다.

가슴이 생으로 뜯겨지는 기분이었다. 각오를 하고 있다고 생각했는데 전혀 아니었다. 싫다는 그의 등을 떠밀어놓고 이제와 상처를 입다니. 스스로의 모순에 파사는 입술을 깨물었다.

들끓는 가슴을 진정시키지 못한 채 밤이 되었다.

이리하는 뛰쳐나갔을 때처럼 느닷없이 돌아왔다. 이른 봄의 바람을 품고 온 얼굴이 시리게 굳어 있었다.

"널 안을 거다."

"안 돼요."

이리하는 고개를 내젓는 파사를 붙잡아 자신을 보게 만들었다.

"날이 밝으면 혜 아차홈의 저택으로 청혼서가 갈 거야. 이미 얘기가 끝난 일이니 혼례는 달포 내로 치러지겠지."

그는 이를 갈듯이 말을 내뱉었다. 기다란 눈매가 서늘한 분노로 타오르고 있었다.

"자, 네가 원하는 대로 난 아내를 맞아들일 거야. 첫날밤도 이 집 안에서 치를 거고, 하루라도 빨리 아이를 가지도록 충분히 그녀를 안아주지. 그러니 너도 약속을 지켜라."

파사의 창백한 얼굴에서 남은 핏기마저 사라졌다.

이리하가 왜 이렇게 화가 났는지 잘 알고 있었다. 그녀에게 잔인하게 구는 이유도 이해하고 있었다. 자신이 그에게 원치 않는 혼인을 강요해 상처를 입혔기 때문이다.

하지만 아팠다.

망가져가는 가슴에 새로 그어진 생채기는 몹시도 아렸다.

22장

이리하는 갈증에 허덕이던 사람이 감로수라도 만난 것처럼 굴었다. 손안에 움켜쥔 맑고 부드러운 몸을 샅샅이 핥고 마셨다. 그녀의 피부 한 겹, 숨결 한 자락조차 모조리 삼킬 듯 구는 이리하 때문에 파사의 온몸은 울긋불긋 열꽃이 피어올랐다.

이리하는 지난번처럼 침착함을 가장하지는 못했다. 파사에게 닿을 때마다 단단한 몸은 속절없이 떨리며 깊은 한숨을 토해냈다. 사납게 달궈진 불덩어리가 그의 몸속에 도사리고 있었다.

그럼에도 이리하는 그녀의 온몸이 따뜻하게 젖어들 때까지 기다려주었다. 그 행동이 쉬운 것만은 아니라는 사실은 붉게 상기된 그의 눈가와 단단한 팔뚝에 불거진 힘줄이 말해주고 있었다.

파사와 몸을 겹치는 순간 이리하는 숨을 멈췄다.

조금씩 자신을 삼키는 그녀가 직접적으로 느껴지자 머리가 어지러웠다. 붉은 욕망이 그의 시야를 잠식했다. 탐욕스럽고 거친 짐승이 몸 안에서 뛰쳐나가려 으르렁댔다.

"너무 좁군."

수년간 짓눌러진 욕망이 터져 나와 천천히 한다는 게 결코 쉽지 않았다. 그러나 이리하는 느리게 그녀의 몸을 열었다. 조금씩 물러났다 다시 앞으로 나아가기를 수없이 반복했다. 그의 생애를 통틀어 가장 조심스러운 몸짓이었다.

끔찍할 정도로 긴 시간이 흐른 것 같았다. 어쩌면 찰나 같기도 했다.

채 절반도 들어가지 못했다는 사실에 암담함을 느낀 이리하가 시선을 들었을 때였다. 입술을 깨문 파사의 표정이 눈에 들어왔다. 땀으로 차갑게 식은 몸도.

생각보다 파사가 너무 힘들어하자 그녀에 비해 자신이 지나치게 큰 게 아닌가 덜컥 걱정이 들었다. 이대로 계속하면 그녀는 다칠지도 모른다.

그가 가만히 멈춘 것을 깨달은 파사가 이리하를 올려다보았다.

"이리하."

떨리는 한숨이 귓가에 닿는 바람에 이리하가 움찔했다. 고작 그녀에게 이름 좀 불렸다고 한층 더 크기를 늘리는 눈치 없는 아랫도리에 짜증이 났다. 지금도 숨 막힐 정도로 좁은데 더 커지면 어쩌겠다는 건가.

"왜?"

태연하게 말하려 애쓰느라 자신의 귀에도 목소리는 무뚝뚝하게 들렸다.

"괜찮아요. 참을 수 있으니까."

파사의 말에 이리하의 미간이 찌푸려졌다.

아픔 따위 참게 만들고 싶지 않았다. 평생 동안 고통을 견디며 산 사람이었다. 이 순간조차 아픔으로 기억되게 하고 싶지 않았다.

자신이 느끼는 그대로, 아니 그 배로 기쁘고 즐겁게만 해주고 싶었다. 고통에 숨죽이는 것이 아닌 열락에 젖은 신음소리를 듣고 싶었다.

"차라리 그냥 들어와요. 이대로 밤이라도 샐 생각인가요?"

"걱정해주는 건 고맙지만……."

찡그린 얼굴로 대답한 순간 파사가 이리하를 끌어안았다. 매끈한 다리가 그의 허리에 감겼다. 벼락같은 전율이 아찔하게 등허리로 내달렸다.

잠시 정신이 나갔던 게 틀림없었다. 한순간에 이리하는 뿌리끝까지 파고들고 있었다. 그러나 따뜻한 속살에 감싸인 쾌감을 채 느낄 틈도 없었다.

비명소리에 놀란 이리하는 서둘러 몸을 빼내려 했다. 그러자 다시 숨죽인 신음이 들려왔다. 얼어붙은 이리하의 눈이 파사를 내려다보았다.

그녀의 얼굴은 새파랗게 질려 있었다.

그들이 하나로 이어진 곳을 본 이리하의 심장이 선득하게 내려앉았다. 붉은 혈흔이 내비치고 있었다.

상처를 입혔단 말인가. 지나치게 아파한다 싶더니 결국엔 이 사달을 내고 말았다. 이리하는 종잇장보다 얇은 제 인내심을 욕했다.

제법 시간을 들였기에 그녀가 무리 없이 자신을 받아들일 거라 여겼다. 고작 삽입만으로 이렇게 피까지 볼 줄은 생각도 못 했다. 어디서 잘못된 거지?

자신에게 화가 나서라고 생각했던 어색한 그녀의 몸짓이 머릿속을 스쳤다. 흥분으로 젖어들면서도 내내 굳어 있던 몸도 떠올랐다. 마치 단 한 번도 사내를 받아들인 적 없는 것처럼 지나치게 좁은 안과…….

설마!

생각지도 않은 진실이 그의 뒤통수를 후려쳤다.

자신은 처녀에 대해 아는 게 없었다. 여기저기 주워들은 이야기가 전부였다. 많은 여인이 첫 잠자리를 할 때는 피를 흘리며 고통스러워한다고 했다. 바로 지금의 파사처럼!

"빌어먹을!"

욕지거리를 내뱉자 움찔거린 파사에 의해 고통에 가까운 쾌감이 정수리를 관통했다. 이리하는 이를 악문 채 아득해지는 정신을 다잡으려 애썼다.

파사는 힘겨워하면서도 그를 끌어안은 팔을 풀지 않았다. 이대로 산산이 부서져버린다 해도 상관없었다. 이 사람을 놓고 싶지 않았다. 이 순간만은 죽어도 놓고 싶지 않았다.

"그만두지 말아요."

"그만두고 싶어도 지금은 못 해!"

이리하는 파사의 귀에 거의 고함을 지르다시피 했다. 점점 더 부풀어 오르는 그와 고통으로 굳어진 그녀의 몸이 맞물려 더 이상 나아갈 수도 그만둘 수도 없는 상황이었다.

머리끝까지 화가 치밀었다. 그나마 충격적인 깨달음 탓에 붉게 보이던 눈앞이 다소 맑아진 것이 다행이었다.

"지금 당장 네 안에서 미친 듯 날뛰지 않는 것만 해도 다행인 줄 알아. 난 성인군자 따위가 아니라고!"

말은 거칠었지만 자신의 목에 감긴 파사의 팔을 풀어내는 손길 은 조심스러웠다.

이리하는 차갑게 굳은 손끝에 입술을 가져다 댔다. 손바닥을 지나 푸른 맥박이 뛰는 손목까지 길고 긴 입맞춤이 퍼부어졌다. 뜨 거운 숨결이 얼어붙은 그녀의 살갗을 녹였다.

이리하는 처음부터 다시 시작할 기세로 빠짐없이 파사를 애무 했다. 자신의 아랫도리 사정쯤은 아무것도 아니라는 듯 느긋했다. 빈틈없이 그녀를 채우고 있는 단단한 물건만 아니었다면 진짜라 고 믿을 정도로.

낯선 침입에 굳어졌던 파사의 몸에서 조금씩 긴장이 빠져나갔 다.

팔꿈치를 타고 내려간 입술이 새하얀 가슴의 둔덕에 닿았다. 동그랗게 부푼 가슴 위로 앞서 그의 손에 한껏 희롱당한 젖꼭지가 붉게 도드라져 있었다. 이리하는 단물이라도 떨어질 듯한 그것을 입안에 머금었다. 혀끝에 닿는 진홍빛 과실을 깨문 순간 파사의 입술에서 작은 헐떡임이 새어나왔다.

이리하의 손가락이 빠듯하게 그를 품고 있는 연약한 곳을 스친 것이다. 이리하는 꽃잎 같은 살을 부드럽게 손끝으로 문질렀다. 파사는 감미로운 비처럼 몸을 두드리는 손길에 젖어들었다.

두 사람은 누가 먼저랄 것도 없이 서로의 입술을 찾았다. 상대의 입술을 가지지 못하면 당장이라도 죽을 것처럼. 입술이 맞닿고 젖은 숨결이 섞이고 농밀한 애무가 이어졌다.

숨이 막힐 정도로 긴 입맞춤이 끝났을 무렵 파사의 몸은 한결 부드러워져 있었다.

"아프겠지만……. 제길, 아프게 만들긴 싫지만……. 조금 덜 아프도록 해볼게."

이리하가 으르렁거리며 다시 그녀 안으로 파고들었다. 그는 천천히 움직여 파사가 자신에게 익숙해질 수 있도록 시간을 주었다.

잔뜩 성난 물건이 가장 안쪽까지 닿을 정도로 깊게 들어왔다가 거의 끝까지 빠져나갔다. 도드라진 핏줄 하나까지 고스란히 느껴질 정도로 느린 움직임이었다. 몸 안쪽 깊숙한 곳에서 그의 존재를 느끼는 기분이 오싹할 정도로 생생했다.

어느 순간 고통으로 한껏 예민해진 파사의 몸이 미묘하게 반응하기 시작했다. 그가 들어올 때마다 몸 안에 뭔가가 고여드는 기분이었다.

등꽃 아내서

그를 둘러싼 벽이 한껏 조여들자 이리하가 신음을 흘렸다. 이미 한계라고 생각한 물건이 터질 듯 부풀어 올랐다.

몸속에 가득 들어찬 것이 매끄럽게 빠져나가더니 다음 순간 빠르게 밀고 들어왔다. 희미해져가는 아픔 사이로 낯설 만큼 강렬한 감각이 차올랐다. 이리하가 부딪쳐 올 때마다 뱃속이 뜨겁고 화끈거렸다. 간헐적인 신음이 파사의 입술에서 새어나왔다.

한층 거세진 움직임에 시야가 흔들렸다. 파사는 온 힘을 다해 이리하를 끌어안았다.

사랑하고 있다. 사랑받고 있다.

아무 생각도 떠오르지 않았다. 그저 이 순간만은 마음껏 그를 가질 수 있다는 것뿐.

단단한 등과 빈틈없이 조여진 허리가,

희미하게 물결치는 잔근육이,

손끝에 닿는 체온과 흘러내리는 땀방울이 선명하도록 박혀들었다.

뜨거웠다. 온몸이 열기에 녹아드는 것 같은 환각이 느껴졌다. 비할 데 없이 딱 들어맞는 두 사람의 몸은 마치 서로를 위해 태어난 것 같았다.

마침내 호흡조차 하나로 이어진 순간 몸 안에 뭉쳐 있던 무수한 빛의 조각들이 터져 나갔다. 수천 수만 개로 갈라진 빛 속에서 그들은 산산이 부서져 내렸다.

영원히 땅에 닿지 않을 것 같은 아득한 부유감에 이리하가 힘껏 파사를 부둥켜안았다. 강철처럼 단단한 팔이 전율하고 있었다. 자신의 이름이 불리는 순간 파사는 몸속으로 흘러드는 뜨거움을 느꼈다.

이리하는 평생의 기다림과 열정을 모조리 그녀에게 쏟아 부었다. 비어 있던 심장이 넘치도록 차올랐다. 태어나 처음으로 그는 스스로가 완전해졌음을 느꼈다.

난생처음 겪는 아찔한 충족감에 거칠게 숨을 고르던 이리하가 갑자기 고개를 들었다.

"어떻게 된 거지?"

"뭐가요?"

아직도 몸이 겹쳐진 채로 이런 얘기를 나누는 게 어색해진 파사는 시선을 피했다. 그녀가 일어나려 하자 이리하는 억지로 몸을 일으켜 비켜주었다.

"모른 척 넘어가려 하지 마. 널 다치게 만들었잖아."

"난 괜찮아요."

가볍게 말했지만 이리하의 표정이 풀리지 않자 파사는 낮게 한숨을 내쉬었다.

"그냥 잊어버리면 안 되나요?"

"가라난과는 대체 뭘 한 거야?"

이리하는 고집스럽게 화제를 바꾸지 않았다.

"내가 꿈지기인 걸 잊어버렸나요? 난 그저 그들이 원하는 꿈을 꾸게 해줬을 뿐이에요. 제국 최고의 요녀와 잠자리를 하는 꿈을."

"……그럼 하사신은?"

"그는 내 몸을 만진 적이 없어요. 늘 내게 자신을 읽힐까 두려워했죠."

"날 속였군!"

이리하가 펄쩍 뛰었다.

"물어본 적도 없잖아요."

조용히 답하는 파사의 입가에 쓴 자조가 떠올랐다. 꿈속에서 매번 자신의 환영이 사내들에게 능욕당하는 모습을 바라본 기억은 즐거운 얘깃거리가 못 됐다.

"기대와 달라서 실망했어요?"

그녀의 목소리는 낮게 잠겨 있었다.

"무슨 기대?"

"소문처럼 능수능란한 요부가……!"

아니라서라는 뾰족한 말은 갑자기 덮친 입술에 가로막혀버렸다. 이리하는 벌을 주듯 그녀의 입술을 깨물었다.

"그런 말은 하지 마. 형편없다고 생각할까 봐 내내 고민한 건 오히려 내 쪽이라고."

무슨 말인지 이해 못 한 그녀가 쳐다보자 이리하가 황급히 시선을 피했다.

"……사실 나도 네가 처음이란 말이다."

입속으로 재빨리 우물거리는 듯한 말을 처음에는 알아듣지 못했다.

다시 말하라고 하지 마, 이거 왠지 부끄럽잖아. 계속해서 투덜 거리는 그의 귓불은 촛불 아래서도 선명하도록 붉었다.

파사의 얼굴은 잔뜩 굳어 있었다.

침상 위에 다리를 벌리고 누운 자신의 상태와 그 사이로 파고 든 손이 맘에 들지 않았던 탓이다. 이리하는 그녀가 괜찮다고 해도 굳이 상처를 보겠다고 우겼다.

피와 자신의 흔적을 닦아내는 손길은 조심스러웠다. 뜨거운 물 에 적신 영견이 닿자 한결 편안해진 것도 사실이었다. 그러나 주변 을 부드럽게 쓰다듬는 손가락이 몹시도 신경 쓰였다.

"조금 붓긴 했어도 상처를 입은 것 같진 않아. 다행이군."

불만스럽게 입술을 물고 있던 파사는 다음 순간 느껴지는 따뜻 한 입김에 기절할 듯 놀랐다.

"무슨 짓!"

얼굴이 빨개진 파사는 찰싹 소리가 날 정도로 그의 어깨를 때 렸다. 이리하가 웃음을 터뜨렸다.

"하하하. 이러면 좀 빨리 나을까 싶어서."

파사는 이리하를 밀어내며 이불을 끌어당겼다. 그러나 이불 끝 을 잡고 놓아주지 않으려는 이리하와 한참 실랑이를 벌여야 했다. 어느덧 웃음을 그친 그의 표정이 진지해졌다. 이리하의 손끝이 열 이 오른 그녀의 뺨을 스쳤다.

"왜요?"

"얼굴이 붉어진 건 처음 보는데."

곱게 물든 뺨에 입술이 부딪쳤다. 이리하는 파사의 뺨을 지나쳐 턱 선을 따라 가벼운 입맞춤을 했다. 뜨거운 한숨이 그녀의 귓불을 간지럽혔다.

곤란한데. 문득 이리하가 혼잣말처럼 중얼거렸다.

"빌어먹을, 이젠 말을 듣지 않아."

이리하가 눈을 찡그린 채 허공을 올려다보았다. 조금의 접촉에도 허리 아래쪽은 이미 아플 정도로 곤두서 있었다. 오랜 금제에서 풀려난 몸이 난생처음 맛본 환희를 되돌려달라며 아우성쳤다.

그녀가 그 위협적인 기세에 놀라 쳐다보자 이리하는 찌푸린 얼굴로 한숨을 내쉬었다.

"걱정하지 마. 오늘밤은 더 이상 괴롭히지 않을게."

이리하는 품 안에 그녀를 꼭 끌어안은 채 가만히 목덜미에 얼굴을 묻었다.

이리하가 참아준 것은 정말 그날 밤뿐이었다.

밤새 뜬눈으로 기다린 이리하는 파사가 선잠에서 깨자마자 성마르게 달려들었다. 그로부터 사흘 밤낮을 파사는 침상 밖으로 한 발짝도 나가지 못했다.

그들은 함께 잠들고 함께 꿈을 꾸었다. 이리하는 꿈속에서도 그녀를 품에서 놓아주지 않았다. 꿈은 변함없었지만 이리하의 가슴에 기대면 슬픔이 조금은 무뎌지는 것도 같았다.

혼약이 정해졌다는 소문이 파다하게 퍼졌지만 이리하는 하루도 빼지 않고 파사를 찾아왔다. 그녀의 온몸에 빠짐없이 새겨진 붉은 입술 자국이 증거였다.

이리하는 그동안 참았던 걸 모조리 풀어버리려는 듯 파사와의 잠자리에 몰두했다. 하룻밤에도 몇 번이나 그녀를 환락의 정점에 올려놓았다. 그처럼 정력적인 사내가 어떻게 고자라는 누명을 쓴 건지 불가사의할 정도였다.

이리하는 낮에도 파사 곁에서 떨어질 생각을 하지 않았다. 그 자신의 신방을 단장하는 일로 하루 종일 성가시게 굴었다.

앞으로 그가 아내와 함께 쓸 방인데 왜 자신이 그곳을 꾸며야 하는가. 파사는 억울함에 이리하에게 따진 적도 있었다.

「난 여자들의 취향은 잘 모르니까. 네가 어울릴 만한 걸로 골라 줘.」

그 무신경한 대답에 파사는 월강상단에 어마어마한 양의 주문을 넣었다. 최고급 가구와 비단, 자수병풍을 고르고 골라 신방을 단장하는 수고를 아끼지 않았다. 마지막으로 단주에게 따로 부탁한 일은 그녀의 작은 심술이었다. 파사는 아연한 얼굴로도 때맞춰 일꾼들을 보내주겠다 약속하던 무환을 떠올렸다.

아직은 휑한 방 안에 유일하게 놓인 침상 위에는 색색의 비단이 널려 있었다. 이리하는 비단을 고르는 파사의 옆에서 꿈쩍도 하지 않고 있었다.

들꽃 아내서

얼마 전에는 그만 황궁에 가봐야 하지 않냐고 물었더니 어이없게도 사직했다는 대답이 되돌아왔다.

이리하는 황군을 정비하는 일이 끝나자마자 벼르던 사직상소를 던지고 홀가분하게 황궁을 떠난 것이다. 실제로 그는 자신의 복직을 위해 매일같이 찾아오는 사람들을 문전박대하고 있었다.

오늘 이리하는 진지한 얼굴로 파사의 머리칼을 땋고 있었다. 분명 단장을 해주겠다고 시작한 일이었지만 공들여 빗어놓은 머리가 다 망가지기 전에 파사는 그의 손에서 머리칼을 빼냈다.

"휘장은 홍황색 호접문을 쓸 거예요. 이불은 어떤 색이 좋아요? 적토색 귀면문과 진홍색 포도문이 있어요."

두 필의 비단을 늘어놓은 파사는 약간 심술을 부리는 기분으로 물었다.

"네가 하고 싶은 대로 해."

아쉬운 눈길이 그녀의 머리칼에서 떨어질 줄 몰랐다.

"이런 귀면[8] 문양을 덮고 자고 싶어요?"

어이없다는 그녀의 손짓에 이리하는 어깨를 으쓱했다. 다소 사납게 보이는 귀신의 얼굴들이 비단 위에 점점이 찍혀 있었다.

"난 상관없어. 네가 만족한다면."

말을 마친 이리하는 파사의 허리를 끌어당겨 비단이 가득 펼쳐진 침상 위에 눕혔다. 부드러운 비단이 구겨지는 소리가 파사의 귓

---

8) 鬼面. 귀신 얼굴.

가에 울렸다.

"비단이 망가져요."

"괜찮아."

이미 그녀의 치마를 걷어낸 이리하가 진하게 미소 지었다. 처음 있는 일도 아니었다. 그녀의 머리칼이 흩어져서, 입맞춤으로 붉어진 입술이 예뻐서, 온갖 사소한 핑계를 대며 이리하는 수시로 그녀를 안았다.

그들은 이미 이 방 안에서 셀 수도 없이 서로를 가졌다.

새 주인이 들어오기도 전에 그녀는 이곳에서의 기억을 넘치도록 가지게 된 것이다. 파사는 앞으로 이 방에서 그와 함께 지내게 될 사람을 떠올리지 않으려 눈을 감았다.

"진홍색."

입술이 맞닿기 직전에 이리하가 낮게 속삭였다.

"?"

"진홍색이 좋겠어. 달아오른 네 피부와 잘 어울리는군."

어느새 달포가 훌쩍 지났다.

내일은 바로 이리하의 혼례가 있는 날이었다.

안채는 이미 새 주인을 맞을 단장을 마친 상태였다. 외따로 떨어진 곳이라는 이유만으로 고른 파사의 방에서는 안채나 바깥채가 보이지 않았다. 그러나 온종일 부산스럽게 들떠 있는 집안 분위기는 그녀도 느낄 수 있었다.

파사는 술렁이는 심장께를 손으로 눌렀다. 억지로 든 석반 탓인지 가슴이 답답했다.

이리하는 식사에 대해서는 결코 양보하는 법이 없었다. 그녀가 먹기 싫어하면 억지로 먹였다, 그것도 입으로. 옆에 누가 있건 말건 상관하지 않았다. 어쩔 수 없이 파사는 입맛이 없어도 끼니를 거를 수 없었다.

갑작스럽게 문이 열리자 파사는 놀란 표정을 감추지 못했다.

"왜 그런 얼굴이지?"

"……당신이 올 거라곤 생각지 못했어요."

"왜? 내일 혼인한다고 해서 오늘 널 안지 못할 이유가 있나? 어차피 오늘밤이 마지막이야. 내일부터는 네가 정해준 신부를 안아야 하잖아?"

그의 음성에는 잔뜩 억눌러진 분노가 깔려 있었다. 이렇게 화가 난 이리하는 두 사람이 잠자리를 함께한 이후로 처음이었다.

어떻게 자신 앞에서 다른 사람을 안을 거라 말한단 말인가. 스스로가 원했다 해도 듣고 싶지 않은 일이었다. 그의 혼인과 관련된 것은 아무것도 알고 싶지 않았다. 그동안 이리하의 다정함에 익숙해져 그런지 신랄한 그의 태도는 그녀를 깊게 상처 입혔다.

창백하게 질린 파사를 바라보는 눈은 여전히 날이 서 있었다.

"싫다고 해도 오늘 밤은 봐줄 생각이 없어. 이리 와."

손을 뻗은 이리하는 파사를 침상 위에 눕히고 한 겹 한 겹 옷을 벗겨냈다. 더 이상 바닥에 떨어뜨릴 옷가지가 남지 않았을 때 갑자기 이리하가 고개를 숙였다.

그가 뭘 하려는 건지 깨달은 파사가 얼어붙었다. 이리하는 그녀의 거부에도 아랑곳하지 않고 다리 사이에 입술을 묻었다. 매끄럽게 파고든 혀가 느리게 안쪽을 적셨다. 몸속을 헤집는 혀에 파사는 짧은 비명을 삼켰다. 젖은 살덩이가 그녀의 깊은 곳을 물고기처럼 유영했다.

가느다란 손가락 사이로 움켜쥔 비단이불이 팽팽하게 당겨졌다. 지나치게 달아오른 몸이 당장이라도 녹아내릴 것 같았다.

이리하가 그녀의 몸 위로 올라온 순간 파사는 흠칫 놀랐다.

서늘한 무명천이 그녀의 맨 다리를 스쳤다. 이리하는 옷을 그대로 입고 있었던 것이다. 바지 끈만 풀어헤친 그가 곧장 그녀에게 파고들었다. 거대한 물건이 빈틈없이 들어차는 압박감에 한순간 숨이 막혔다.

이리하는 허리를 얕게 움직이며 조금씩 밀고 들어왔다. 천천히 길을 내듯 안을 휘젓는 느낌에 등허리가 떨려왔다.

뭉근하게 차오르는 쾌감이 파사의 숨을 흐트러지게 만들었다. 불거진 핏줄은 물론 맥박까지 생생하게 느껴질 정도로 느릿한 움직임이었다. 잔뜩 고양된 감각이 정점에 다다르려던 순간 갑자기 이리하가 허리를 뒤로 뺐다.

그녀의 한쪽 다리를 접어올린 이리하는 비스듬히 옆쪽에서 허리를 맞추었다. 그사이 더 묵직해진 아랫도리가 그녀의 허벅지 사이에 미끄러졌다. 한껏 달아오른 기둥이 스친 자리가 뜨겁고 축축해졌다.

젖은 입술이 가만히 파사의 목덜미에 닿았다.

"내일 밤이면 이렇게 새신부에게 입 맞추고……. 그녀의 깊은 곳에 씨를 뿌려야겠지."

귓가에 서늘하게 내려앉는 속삭임에 파사의 호흡이 멎었다. 파사가 그를 밀어낼 듯 움츠리자 이리하는 가느다란 손목을 한 손으로 붙잡았다.

탄탄한 상체가 덮치듯 그녀를 내리누르고 곧이어 두터운 물건이 성큼 밀려들었다. 아까보다 한층 깊어진 삽입에 소름이 돋았다. 곧바로 뿌리까지 파고들 듯 거침없는 허릿짓이 이어졌다.

단단한 기둥이 빠듯하게 안을 벌리며 들어올 때마다 숨이 찼다. 빠르게 밀어붙이는 힘에 파사의 몸이 밀렸다. 이리하는 한 줌 허리를 움켜쥐고 아래로 끌어당겼다.

어느 순간 파사는 자신도 모르게 허리를 움직이고 있었다. 굵은 기둥이 안쪽을 스칠 때마다 아래가 조여드는 것을 스스로도 느낄 수 있었다.

뜨겁게 달아오른 몸이 탐욕스럽게 이리하를 원하고 있었다. 마치 꽃잎을 활짝 벌려 나비를 유혹하는 것처럼 그를 끌어들이고 있었다. 온몸의 감각이 하나하나 살아서 그를 갈구했다.

자신의 어디에 이토록 강렬한 정염이 숨어 있었던가.

화로처럼 달궈진 몸이 덜덜 떨리고 있었다. 사지를 옭아매는 진한 쾌감에 정신을 잃을 것 같았다.

이 지독한 열락을 당장이라도 끝내주길 바랐다. 그러나 이리하는 쉽게 그것을 허락하지 않았다.

조금 익숙해졌다 싶으면 자세를 바꾸는 이리하 때문에 잦아들던 감각은 다시금 높아졌다. 매번 절정에 닿기 직전에 물러나는 바람에 채워지지 못한 열망이 한계에 다다르고 있었다.

도를 넘어선 쾌락에 어느 순간 하얗게 의식이 바랬다가 깨어났다. 얼마나 시간이 흘렀는지 알 수 없었다.

파사가 정신이 든 것을 깨달은 이리하가 그녀를 끌어안은 채 몸을 일으켰다. 몸속에 굵은 기둥을 품은 채로 앉혀지자 예민해진 몸이 비명을 질렀다. 제멋대로 흘러나오는 신음이 흐느낌처럼 울리자 파사는 입술을 깨물었다.

이리하와 숱한 밤을 보냈으나 이런 적은 처음이었다. 언제나 뜨거운 열락으로 가득 찬 잠자리였지만 이리하는 다정함을 잃지 않았다. 이렇게 무자비할 정도로 몰아붙인 적도, 쾌감을 강요한 적도 없었다.

마치 그동안 조금씩 일깨워진 감각들이 일제히 만개하는 꽃처럼 피어올랐다. 서서히 쾌락에 빠져들어 익사하는 기분이었다.

자신의 몸이 제 것이 아닌 것 같았다. 마치 길들여지는 것 같다.

쾌감이 등줄기를 내달릴 때마다 문득 스치는 그 선득한 느낌이 두려웠다.

그러나 이 팔은 이리하의 것이다.

설사 가장 비참한 나락에 떨어진다 해도 어떻게 당신을 거부할 수 있을까. 그것도 내가 준 상처로 이렇게 아파하는 당신을.

파사는 이리하의 어깨에 얼굴을 묻으며 떨리는 몸을 기댔다. 힘이 빠져 부들거리는 팔로도 딱딱하게 굳은 등을 끌어안았다.

이리하는 흐려진 시야로 파사를 살폈다. 몸은 열기로 타버릴 만큼 뜨거운데 머리는 좌절감에 미치기 직전이었다.

한 달간 눈덩이처럼 불어난 초조감은 고작 하루 앞으로 다가온 혼례로 극에 달했다.

태연하게 자신이 오지 않을 줄 알았다는 말을 듣는 순간 속이 뒤집어졌다. 오늘은 무슨 수를 써서라도 그녀의 진심을 듣고 말겠다고 생각했다. 파사가 자신에게 매달릴 때까지 멈추지 않을 거라 다짐했다.

이리하는 자라난 환경 때문에 성(性)을 이용해 목적을 이루는 것을 혐오했다. 하지만 파사를 자신 없이 잠들지 못하는 몸으로 만든다면, 그렇게 길들인다면 자신을 다른 여인에게 보낼 생각은 하지 않을 거란 생각에 사로잡혔다. 그렇게 해서라도 파사를 붙잡고 싶었다.

붙잡을 수만 있다면, 그 마음을 얻을 수 있다면 하지 못할 일이 무얼까.

그러나 파사와 몸을 이으며 이렇게 씁쓸한 기분이 될 거라곤 생각도 못 했다. 이리하는 몰려오는 비참함에 질끈 눈을 감았다.

사실 영원히 상대와 이어지고 싶은 것은 자신뿐인지도 모른다. 자신은 파사와 함께할 수만 있다면 이대로 숨이 멎어도 좋았다. 하지만 그녀는 그렇지 않을 것이다.

상처 입은 가슴이 쓰라렸다.

자신이 줄 수 있는 건 이 마음 하나뿐인데 이제 어떻게 해야 할까.

살며시 뺨에 부드러운 것이 닿았다. 소스라치게 놀란 이리하는 말없이 바라보는 투명한 갈색 눈과 마주쳤다.

파사가 다정하게 그의 뺨을 쓸어주고 있었다. 폭주하는 그를 걱정하듯 다정한 손길이었다.

벼락이라도 맞은 듯 정신이 들었다. 이리하의 얼굴이 자괴감으로 한껏 일그러졌다. 대체 자신은 지금 무슨 짓을 하는 건가.

하사신이 그랬던 것처럼, 나 역시도 널 힘들게 하는 존재밖에 되지 않는 걸까.

행복하게 해주겠다고 큰소리쳐놓고선 고작 이런 짓이나 하다니. 몸으로 상대를 옭아매려는 자신이 너무 어리석고 한심했다.

"잘못했어."

이리하는 그녀의 손바닥에 입술을 비비며 고백했다. 내가 잘못했어. 미안해. 나직한 목소리가 절박하게 용서를 구했다.

나도 미안해요. 당신을 아프게 해서 미안해요. 앞으로도 당신을 아프게 할 거라 미안해요. 파사는 수많은 말을 입안으로 삼키며 속삭였다.

"입맞춰줘요."

느리게 입술이 닿았다 떨어졌다. 천천히 다가온 입술이 맞닿은 시간은 안타까울 정도로 짧았다.

다음 순간 이리하는 물어뜯을 듯 그녀의 입술을 빼앗았다. 달콤한 혀가 달라붙었다. 달뜬 숨결이 겹쳐졌다. 거칠게 감겨드는 혀에 순순히 응하자 이리하의 입맞춤이 한층 사나워졌다.

입맞춤은 쓰고 그만큼 더 달았다.

몇 번의 움직임만으로도 절정은 순식간에 다가왔다. 짧게 터져 나온 신음과 함께 뜨겁고 사나운 씨앗이 그녀에게로 흘러들었다. 파사는 몸서리쳐질 정도로 길고 깊은 절정에 올랐다.

파정이 끝나자 이리하는 이내 몸을 일으켰다. 저도 모르게 그를 붙잡으려다 놓친 파사는 어지러운 숨을 골랐다.

이리하의 행동이 이상했다.

그는 밤새 그녀를 품에서 놓는 법이 없었다. 아침마다 못내 아쉬운 눈으로 그녀에게서 떨어지곤 했던 것이다.

침상 끝에 우두커니 앉아 있는 그는 무척 낯설었다. 넓은 어깨가 어둠에 짓눌린 것처럼 잔뜩 웅크리고 있었다.

아무리 생각해봐도 모르겠어. 이리하가 혼잣말처럼 멍하게 중얼거렸다.

"너는 왜 나를 버리려는 걸까?"

파사는 얼음물을 뒤집어쓴 것처럼 놀라 굳어버렸다.

단 한 번도 그렇게 생각한 적 없었다. 자신은 그를 버리는 것이 아니다. 스스로를 버릴 수는 있어도 어찌 그를 버릴까.

이리하가 그렇게 느낄 것이라곤 상상도 못 했다.

천천히 고개를 돌린 이리하가 그녀를 바라보았다. 그 어두운 눈에는 파사가 한 번도 보지 못한 사막이 떠올라 있었다. 모든 생명이 사라져 오직 바람만 남아 있다는 그곳.

"한 번이라도 내가 어떻게 될지 생각해본 적 있나? 네가 없는 세상에서, 하루하루 억지로 숨을 쉬고, 죽지 않기 위해 먹고 자는 내 모습을. ……네가 원하는 게 그런 건가? 내가 산 채로 죽어가는 것."

당신을 위해서라고, 그러니 그렇게 아파하지 말라고 말해야 했다. 그러나 입술이 붙어버린 것처럼 파사는 아무 말도 하지 못했다.

하얗게 굳어버린 그녀를 바라보는 이리하의 눈이 아프고 황량했다.

"난 너 말고 아무것도 볼 수 없는 장님인데 네가 어둠속에 날 버리고 가면 난 어찌해야 할까."

꺼질 듯 한숨 같은 목소리가 방 안에 울렸다.

옷을 추스른 이리하는 휘청거리는 걸음으로 방을 나갔다. 지치고 가라앉은 그 뒷모습의 잔상이 눈앞에서 지워지지 않았다.

칠흑 같은 어둠이 여명에 밀려 사라질 때까지도 파사는 눈을 감을 수 없었다.

23장

　먼동이 밝았다.

　들뜨고 분주한 공기가 밤사이 내려앉은 고요를 깨뜨리고 있었
다.

　오늘은 그의 혼례 날이었다.

　방을 나선 파사는 바삐 움직이던 한 무리의 시비들과 마주쳤
다. 바깥채의 위치를 묻는 그녀에게 놀란 시선들이 따라붙었다.
돌아선 등 뒤로 주저하듯 부르는 소리가 들린 듯했지만 파사의 걸
음을 막지는 못했다.

　처음으로 찾은 이리하의 거처는 적막감이 흐르고 있었다.

　문을 열고 가장 먼저 눈에 들어온 것은 설익은 붉은 햇살이 쏟
아져 들어오고 있는 동쪽 창이었다.

　이리하는 창턱에 걸터앉아 떠오르는 태양을 바라보고 있었다.
기척에 민감한 이리하이니 분명히 문이 열리는 소리를 들었을 텐
데 꼼짝도 하지 않았다. 그는 아직 혼례복도 갈아입지 않은 상태였

다.

"사랑해요."

순간 넓은 등이 긴장으로 팽팽해졌다. 이리하는 마치 삐걱거리는 소리가 날 것처럼 느리게 고개를 돌렸다. 자신이 들은 것을 믿을 수 없다는 듯 굳어 있는 얼굴에 파사의 가슴이 뭉클해졌다.

당신에게 단 한 번도 말해주지 못했다. 이생에서 마지막 기회일지 모르는데.

혼을 묶지 못한 연혼은 언제 다시 만날 수 있을지 기약도 없다. 후회를 안고 앞으로 또다시 천 년을 기다려야 할지도 모른다.

사랑하고 있다. 세상에 오로지 이 사랑 하나만 보일 정도로 사랑하고 있다.

그래서 그의 앞날을 망치지 않으려 했다. 가끔 열이 오르거나 상태가 나빠질 때 자신보다 더 하얗게 질리는 이리하를 보며 죽어가는 몸으로 그를 붙잡을 수 없다고 생각했었다.

그러나 더 이상은 스스로를 속일 수 없었다.

이기적이라 해도 어쩔 수 없다. 저 사람을 누군가와 나눠 가질 수 없었다. 오직 그녀만의 사람이었다. 천 년을 기다려 만난 연혼. 자신이 원하는 단 한 사람인 것이다.

"늦었을지도 모르지만……. 그래도, 혼인하지 말아요."

거칠게 차오르는 희열이 이리하의 심장을 다시 뛰게 만들었다. 밤사이 그를 억누르던 공포가 한꺼번에 빠져나가자 그제야 몸을 움직일 수 있었다.

연꽃 아내서

치백은 자신의 잘못을 만회하기 위해 기꺼이 이리하를 도와주겠다고 했다. 그는 소문을 흘려 파사의 질투를 불러일으키기만 한다면 분명 승산이 있다고 장담했다.

이리하는 치백의 조언에 따라 혼례를 준비시켰다. 그리고 한 달간 피가 마르는 심정으로 기다렸다. 네가 날 잡지 않으면 난 어찌해야 할까. 버림받고도 살아갈 수 있을까.

결국 어젯밤 이리하는 시커먼 아가리를 벌린 절망 앞에 무릎 꿇기 직전이었다.

더 이상은 무얼 해야 할지 알 수 없었다. 자신은 그녀를 강제로 붙들 수 없다. 그녀의 상처를 알면서 그 상처를 후벼 파는 짓을 어찌 할까.

그러나 어떻게 죽음 따위가 그들을 갈라놓을 거라 믿는단 말인가.

자신은 절대 파사를 놓을 생각이 없었다. 이생이 끝난다면 후생이라도, 그도 아니 된다면 저승까지라도 쫓아갈 것이다.

그러니 내게로 와. 파사.

제발 한 번만 날 붙잡아줘. 이 사랑이 나 혼자만의 이기심이 아니라고 말해줘.

억겁보다 긴 하룻밤을 보내며 이리하는 난생처음 신에게 기원했다.

그리고 지금, 그는 나락에서 구원받았다.

기쁨으로 가슴이 부풀어 당장이라도 터져버릴 듯했다. 미친 듯 웃고 싶어 입꼬리가 제멋대로 올라가고 있었다. 그런데 파사의 눈 앞에 선 순간에 그의 입은 엉뚱한 소리를 내뱉고 있었다.

"이미 늦었어. 혼례는 한 시진 뒤니 취소시킬 수 없어."

순간 파사의 눈이 젖어들자 이리하는 심장이 떨어질 만큼 놀랐다. 처음 보는 파사의 눈물에 그는 허둥거렸다.

"아, 아니, 그게 아니라!"

다급한 나머지 이리하는 퉁명스럽게 다그쳤다.

"울지 마. 신부가 퉁퉁 부은 눈으로 나오면 모두 내가 널 억지로 끌고 나왔다고 수군댈 거 아냐. 내 혼례를 망칠 셈이야?"

파사가 눈물이 고인 눈으로 올려다보자 이리하는 당황했다. 그의 광대뼈가 붉게 물들었다.

"설마 내가 딴 여자와 혼인할 거라고 생각한 건 아니겠지? 네가 아니면 혼례 같은 거 평생 치를 리……. 무슨 짓이야!"

뒤늦게 그녀의 맨발을 발견한 이리하가 고함을 질렀다. 달려가 문을 열어젖힌 그는 정신없이 외쳤다.

"물! 물! 아니 약, 약을! 둘 다 어서 가져와!"

늘 무심하고 어딘가 무서워 보이던 이리하의 갈팡질팡하는 모습에 놀란 시비들로 작은 소란이 빚어졌다.

이리하는 따뜻한 물에 영견을 적셔 발에 묻은 흙과 피를 닦아냈다. 하얗고 고운 발에는 여기저기 긁힌 생채기가 나 있었다.

"처음 만나던 날에 말이야."

발목 안쪽 복사뼈에 뜨거운 입김이 닿았다.

"그때 널 데리고 그대로 줄행랑치는 건데 그랬어. 그랬다면, 그랬다면……."

이리하는 잠시 말을 잇지 못했다. 파사의 손이 숙여진 그의 머리칼을 쓸었다. 한동안 묵묵히 약을 바르던 이리하가 고개를 들어 파사에게 웃었다.

"이젠 무르지 못해. 네가 나에게 온 거야."

다짐하는 목소리는 조금 떨리고 있었다.

"내가 너의 바람이 되어줄게. 네가 원하는 곳 어디든 세상 끝까지 널 데려가 주겠다. 그러니 영원히 내 곁에 있어."

대답 대신 그녀의 얼굴에 떠오른 미소는 태양을 가릴 만큼 눈부셨다.

햇살이 선연한 봄날이었다.

그들의 혼례 날 그가 병사들을 그토록 닦달해 심게 한 등나무들이 이르게 보라색 꽃을 피워냈다.

맨발의 신부와 이례적으로 직접 신부를 안아들고 혼례장으로 나간 신랑은 행복했다. 앞에서 그들을 기다리고 있는 사람과 마주치기 전까지는.

"네가 왜 여기 있어?"

이리하는 노골적으로 싫은 기색을 내비쳤다.

월강상단 단주의 도움으로 이리하가 준비했다는 혼례복은 아름다웠다. 은사로 수백 개의 꽃송이를 수놓은 엷은 보랏빛 예복은 그녀를 살아 있는 꽃처럼 보이게 만들었다.

　그리고 마침내 그 꽃을 손에 넣은 사내는 훼방꾼을 보는 듯한 눈으로 자신을 노려보고 있었다. 치백은 애써 이리하를 무시하고 파사에게 목례를 건넸다.

　"잠시 드릴 이야기가 있습니다."

　"싫어."

　딱 잘라 거절하는 이리하에게 치백이 어이없다는 시선을 던졌다.

　"제가 말씀드린 쪽은 기무대장군이 아닙니다."

　"부부는 일심동체지. 그리고 네게 들을 얘기 따윈 없어."

　치백은 신부에게서 한시도 떨어지지 않으려는 한심한 새신랑의 작태에 이를 갈았다.

　"잠. 시. 만. 비켜주시겠습니까?"

　"안 되겠는데?"

　"무슨 일이시죠?"

　둘의 실랑이를 약간 경계의 눈빛으로 바라보던 파사가 물었다. 아무리 눈치를 주어도 꿈쩍도 않는 이리하를 포기한 치백은 그녀에게 고개를 숙였다.

　"사죄드립니다. 제가 저지른 잘못에 대해 사과하고 싶습니다."

　치백의 턱에는 손톱만 한 흉터가 남아 있었다. 이리하에게 맞아서 깨진 수정안경 위에 넘어진 자국이었다.

　이리하에게 자초지종을 듣고서 치백은 자신의 오판을 인정했

꽃 아래서

다.

이리하의 짝사랑인 줄로만 알았다. 그가 이용당하는 것이라 생각했다.

그러나 그녀는 숨어 있는 변절자들을 밝히기 위해 자신의 앞에서 그 기이한 힘을 드러냈다. 분명 평생 감추고 싶었을 것이다. 비밀을 아는 하사신이 그녀를 어떻게 이용했을지 보지 않아도 눈에 선했다.

눈먼 사랑이 아니라면 또다시 그렇게 이용당할 위험을 무릅쓰겠는가.

게다가 치백은 집요하게 캐물은 끝에 결국 월강상단 단주로부터 자신들을 도운 은인의 정체를 들었다. 그제야 이야기의 빠진 조각들이 모두 맞아 들어갔다.

치백은 오지랖 넓게 참견한 죄를 얼굴의 멍과 파사를 수양누이로 받아들이는 것으로 갚기로 했다.

"그리고 진심으로 혼인을 감축 드립니다."

누가 뭐라 해도 치백은 오늘의 혼례를 애타게 기다린 사람 중 하나였다. 파사가 끝내 혼인을 거절한다면 이번에야말로 그의 턱뼈가 무사치 못할 것이기 때문이다.

잠시 치백을 바라보던 파사의 입가에 작은 미소가 떠올랐다.

"감사합니다."

그날 난경의 한 저택에서 벌어진 혼례는 두고두고 즐거운 후일담이 돌았다.

황제가 내린 하사품이 끝도 없이 들어가던 장관하며, 수백 명
의 무관들이 떼를 지어 들어가려다 집주인에게 쫓겨난 것이며, 쫓
겨난 무관들이 담벼락 너머에서 서로 들여다보겠다고 아웅다웅하
던 일까지. 사람들은 몇 날 며칠 그 화사한 날의 혼례로 이야기꽃
을 피웠다.

미소를 띤 신부가 너무도 아름다워 모든 하객들의 눈이 멀 뻔
했다는 이야기와 혼례식 내내 웃느라 턱이 빠진 게 아닌가 의심을
산 새신랑 이야기도 빠지지 않았다.

그들의 첫날밤, 새로 꾸민 신방이 처량하게 버려졌다.

치백은 잔치가 끝나도 돌아가지 않고 버텼다. 가당치도 않게
스스로를 수양처남 운운하며 이리하에게 등청을 종용했다. 숨어
들어온 암영들도 가세해 한목소리로 떠들며 귀찮게 굴었다. 결국
이리하는 불청객들을 모조리 내쫓고 한밤이 되어서야 겨우 신방
에 들 수 있었다.

한 걸음 들어선 방 안에서 이리하는 할 말을 잃었다.

신방은 훌륭하게 꾸며져 있었다. 화려한 자수병풍과 진귀한 가
구들이 빼곡히 들어찬 방은 그의 눈에도 파사가 얼마나 단장에 신
경을 썼는지 보일 정도였다.

그러나 오늘밤 가장 중요한 한 가지가 빠져 있었다.

침상이 있던 자리가 횅하니 비어 있었던 것이다. 나흘 전에도

들꽃 아내서 ☷

이곳에서 파사를 안았던 일이 꿈이 아니라면 분홍색 휘장 안쪽에는 분명 침상이 있었다.

그 커다란 침상을 내가는 동안 자신이 눈치 채지 못했다는 게 놀라웠다. 어지간히도 피 말리는 날들이었나 보군.

자평한 이리하는 이 사건의 유력한 용의자를 돌아보았다.

"나 모르게 이 집안에 도둑이라도 든 건가?"

파사는 모른 척 시치미를 떼고 있었다.

"내가 이 방에서 첫날밤을 보내는 게 싫었던 거지?"

대답은 없었지만 파사의 뺨에 홍조가 피어오르고 있었다.

한껏 웃음을 머금은 이리하가 등을 돌려 순식간에 뛰쳐나갔다. 두어 번 눈을 깜박일 동안에 되돌아온 그의 팔에는 커다란 이불 한 채가 들려 있었다.

"고작 침상 때문에 내 신부와의 첫날밤을 포기할 순 없지."

파사를 안아든 이리하는 창을 넘어 달빛 내리는 후원으로 내달렸다. 곱게 부서지는 파사의 웃음소리에 그의 심장이 한껏 부풀었다.

후원은 이제 제법 자리를 잡은 등나무들이 거대한 숲을 이루고 있었다. 길게 늘어진 꽃송이들이 만든 그늘은 향기로운 침상이 되어주었다.

그들은 가장 큰 등나무 아래에 비단이불을 깔고 사랑을 나누었다. 꽃 그림자 사이로 스며든 달빛을 맞으며 느리고 느리게 서로를 가졌다. 입술과 입술이 만나 숨결을 나누고 마침내 두 개의 몸이 이어졌다. 완전한 하나가 될 때까지.

마치 영혼을 잇는 것처럼 충만한 밤이었다.

바람이 불면 이따금씩 보라색 꽃잎이 그들의 몸 위로 떨어져 내렸다. 달빛에 젖어 진해진 등꽃 향기가 두 사람을 감싸고돌았다.

그들은 꿈결처럼 서로의 품에 기대어 달을 바라보았다.

"나와 세상을 보러 가자."

이리하는 나지막한 목소리로 파사의 귓전에 속삭였다.

반평생을 갇혀 살던 사람이었다. 제 마음대로 걸음 하나 옮기지 못하고 늘 먼 하늘만 보던 사람이었다. 그래서 더는 가둬두고 싶지 않았다. 마음껏 세상을 보여주고 싶었다.

"붉은 사막과 바다, 광활한 대륙 너머 어디라도 함께 가자. 숨이 다하는 순간까지 둘만의 세상을 보는 거야. 영원히 우리 둘이서."

"다음번에는 꼭 함께 늙어줄게요."

"뭐?"

"그러니까 이번에는 날 보내줘요."

등 뒤에서 이리하의 숨소리가 딱 멎었다.

"내가 싫다 해도 네가 끌고 갈 거라 기대했는데 무척 실망스럽군."

잠시 굳어 있던 이리하는 무뚝뚝하게 답했다.

"보내줄 거죠?"

등꽃 아내서 물든

"그런 약속은 안 해. 널 혼자 보낼 생각 따윈 추호도 없으니까. 그게 저승이건 어디건."

"고집부리지 말아요."

고개를 기울인 파사가 그의 가슴에 기대자 강철 같은 팔이 그녀를 끌어당겼다.

"나더러 여기 남아 있으라고? 내가 너와 그랬던 것처럼 다른 계집과 함께 자고 웃는 그런 꼴을 두고 볼 자신이 있다고?"

이리하는 잔뜩 낮아진 목소리로 사나운 심기를 드러냈다.

"당신이 한눈팔지 않을 걸 알아요. 이제 와 그런 말 해봤자 통하지 않으니 날 으를 생각 말아요."

작은 한숨을 내쉬자 그녀를 가둔 팔이 움찔거렸다. 순간 허리를 옥죄는 힘이 느슨해졌다. 그러나 그의 품을 빠져나갈 수 있을 정도는 아니었다. 파랗게 핏줄이 도드라진 팔뚝을 쓸던 파사는 이리하가 자칫 그녀를 거칠게 안을까 봐 힘을 주어 버티고 있다는 사실을 알아챘다.

당신은 내 작은 숨소리, 눈빛 하나도 놓치지 않는다. 세상에 두려울 것 없는 당신이 내게만은 한없이 다정해서 욕심을 부리게 된다.

나는 당신이 이 약속을 들어줄 것을 알아. 아무리 힘들어도, 설사 가슴이 갈가리 찢겨도 결국엔 내 말을 들어줄 당신을 알아.

그래서 미안해요. 내 마지막 욕심을 용서해요.

파사는 이리하의 손을 이끌어 자신의 아랫배에 가져다 댔다.

"나중에 와요. 이 아이가 다 자라고 당신 머리가 새하얀 서리로 덮일 때쯤……."

뭐? 아이? 이리하가 벌떡 일어나는 바람에 그의 몸 위에 있던 파사는 굴러 떨어질 뻔했다. 다행히 재빠르게 뻗어온 팔이 그녀를 받쳐 안았다.

두 눈이 휘둥그레진 이리하가 파사를 마주 보았다. 파사의 입가에 잔잔한 미소가 떠올랐다.

의원의 진맥 따위 없어도 그녀는 알 수 있었다. 오늘 밤 파사는 그의 아이를 가졌다. 자신의 뱃속에 자리 잡은 생명을 뚜렷이 느낄 수 있었다. 반딧불처럼 작은 기운이지만 아이는 그 존재감을 내뿜고 있었다.

꿈지기는 신에게 죄를 지어 영원히 환생을 거듭하는 존재. 새로운 생명을 잉태할 수 없다.

그러자 자연스럽게 깨닫게 되었다. 그들의 혼이 묶인 증거가 바로 이 아이라는 것을. 갈라진 연혼이 하나로 합쳐져 드디어 꿈지기의 어긋난 환생이 멈춘 것이다.

"그러니까 꿈에도 생각지 말아요. 이 아이를 혼자 자라게 만들면 절대 용서하지 않을 거예요."

"너무하는군."

이리하의 얼굴이 달빛 아래서도 창백하게 질렸다.

"너무해도 안 돼요. 우리 아이에게 내 얘길 해줄 사람은 당신뿐이니까. 약속을 어기고 날 따라오면 얼굴도 안 볼 거예요."

달빛을 받은 파사의 미소는 빛이 난다고 착각할 정도로 화사했다. 자신을 떼어놓으려 하면서 저렇게 곱게 웃어주다니.

　　"천천히 와요. 이 아이를 안아주고 행복하게 해줘요. 나에게 그랬던 것처럼 웃어주고 사랑해줘요. 그러고 나서 와요."

　　이리하의 눈이 아프게 가라앉았다. 너는 내게 왜 이렇게 잔인할까.

　　"당신을 기다릴게요. 그러니 아주 천천히 와요."

　　"어째서……."

　　파사의 목덜미에 닿은 이리하의 목소리가 젖어들었다.

　　달을 가린 구름이 밤하늘을 따라 천천히 흘렀다. 눈송이를 닮은 꽃잎이 달빛 아래 새하얗게 흩날리는 밤이었다.

눈물로 차오른 달이 기울고
창백한 별들이 밤을 건너면
새벽이 오겠지요.

실푸른 서리가 내리고
매운 삭풍도 지나가면
머나먼 봄이 오겠지요.

봄날의 꿈을 꾸어요.
흔들리는 등꽃 너머

당신과 함께 거니는 오랜 꿈.

나는 보랏빛 꿈속에 잠겨 봄을 기다려요.

저 등꽃 아래서.

등꽃 아래서 謹

혜 치백의 미망(未忘)

태흥(太興) 33년 오월

등꽃의 계절이 돌아왔다.

무수한 세월의 흐름에도 아랑곳없이 매년 반가운 손님처럼 찾아드는 꽃이었다.

치백은 사람의 손길이 닿지 않아 삐걱거리는 문을 열고 후원에 들어섰다. 일 년 만에 다시 찾은 그곳은 보랏빛 운무에 휩싸인 꿈속의 세상 같았다.

흐드러지게 피어오른 꽃송이를 보고 있자니 오래전 이 후원에 서 있던 사내가 떠올랐다. 오늘따라 새삼 옛 기억이 선명해지는 건 자신의 나이가 이미 이순(耳順)에 접어든 탓일까.

마지막으로 전장을 향해 떠나던 날, 이리하는 홀로 커다란 등나무 아래 서 있었다. 갑주 위로 떨어지는 보랏빛 꽃잎이 마치 연인의 손길이라도 되는 것처럼 그는 눈을 감고 있었다. 삼십 년을 함께 한 친우의 모습이 그날따라 몹시도 아스라이 보였다.

「이상도 하지. 아직도 이 향기를 맡으면 가슴이 설레.」

혼인 다음날 사라졌던 두 사람은 이듬해 등꽃이 지던 날 돌아왔다. 등에 갓난아이를 매고 작은 유골함을 품에 안은 채 돌아온 이리하는 가장 큰 등나무 아래 그녀를 묻었다.

「가끔은 이곳에 나도 함께 묻혀 있는 게 아닌가 하는 생각이 들어.」

「왜 그런 생각을 하시는 겁니까?」

「지금은 그저 깊은 꿈을 꾸고 있는 것만 같아서. 그녀가 없는 하루하루를 견디는 꿈. ……혼자선 깰 수 없는 꿈. 난 그저 이 슬픈 꿈이 언제 깰까 기다리는 것밖에 할 수 없지. 얼마나 많은 낮과 밤을 견뎌내야 하는 걸까.」

이리하의 아내는 그가 자신을 따라 죽지 못하도록 맹세를 시켰다고 했다. 그 약속이 아니었다면 이리하가 어떤 선택을 했을지 너무도 분명했다.

누군가는 세월이 약이라며 시간이 가면 그 애틋한 정도 잊힐 것이라 했다. 그러나 이리하는 단 한 순간도 그녀를 잊지 못했다.

죽음조차 거둬갈 수 없었던 그 지독한 사랑이 저 사내를 완전히 삼켜버리지나 않을까 걱정하며 지켜본 그날이 마지막이었다.

제국은 지금 자애로운 황제의 치세 아래 진정한 태평성대를 누리고 있었다. 그렇게 되기까지 누구보다 혁혁한 공을 세운 이가 바로 이리하였다.

등꽃 아내서

사오룬이 황제로 즉위한 후 벌어진 한 번의 전쟁은 물론이요, 산적 토벌과 국경주변 이민족 토벌까지 ― 대장군인 그가 직접 나서지 않아도 될 일까지 ― 이리하는 도맡아 처리했다.

이리하는 죽고 싶어 안달난 사람처럼 전장을 쫓아다녔다. 전쟁터에서는 언제나 거친 바람을 맞으며 가장 앞서 달려 나갔다. 덕분에 그에겐 미칠 광(狂)자까지 붙어 '황제의 미치광이개'로 불렸다.

유일하게 이리하가 움직이지 않는 때는 짧은 봄의 한때였다. 등나무 꽃이 피는 계절이 오면 세간에서 보라색 꽃무덤(紫花墓)이라 불리는 저택에 틀어박혀 꼼짝도 하지 않았다.

그럴 때면 이리하의 근황에 목말라하는 측근들은 저택의 담을 기웃거렸다.

어제는 기무대장군이 죽은 아내를 닮은 딸의 머리를 빗겨줬네, 오늘은 가장 무성한 등나무 꽃그늘 아래 앉아 아이에게 어머니의 얘길 들려줬네, 멀리 담 너머로 훔쳐보다 내쫓긴 자들의 증언은 애잔하고 절절했다.

그러나 수많은 병사들의 심금을 울린 그 이야기를 들을 때마다 치백은 입이 근질거렸다.

「네 어미는 정말 모진 사람이구나. 이렇게 긴 세월 낭군을 독수공방시키다니. 내 아가, 넌 그런 건 절대 닮으면 안 된다. 네 인연을 만나면 절대 포기하거나 물러서지 마라. 꽉 붙들고 놓치면 안 된다.」

「이제 나도 흰머리가 제법 나지 않더냐? 대체 언제까지 기다리게 할 셈인지. 너무 오래 기다리게 하는 거 아니냐. 십오 년이 지났는데도 데리러 오지 않다니. 날 보고 싶지도 않은 건가? 이러다 네 어미가 내 얼굴도 못 알아보겠구나.」

곁에서 들을 때마다 가관이었다. 그렇듯 이리하가 딸에게 들려주는 이야기의 태반은 아내의 험담이었다. 대장군씩이나 되는 사람이 어린 딸을 붙들고 푸념이나 줄줄 늘어놓다니. 사실을 까발리고 싶어도 추락할 제국군의 사기를 생각해 치백은 매번 침묵할 수밖에 없었다.

이리하가 딸이 잠든 순간에만 진심을 말한다는 것을 아는 것도 치백뿐이었다.

바람이 몹시 불던 어느 여름날이었다. 등나무 그늘 아래서 이리하는 잠든 딸을 무릎 위에 뉘인 채 속삭이고 있었다.

「미안하다. 내 아가. 무엇보다 소중한 내 아가, 널 사랑한단다. ……하지만 심장 없이 어찌 살아갈까. 그립고 그리워서 이제는 숨을 쉴 수가 없어.」

치백은 그토록 담담하면서 슬픈 목소리를 들어본 적이 없었다.

이리하는 아내가 죽고 십구 년을 더 살았다. 그러나 치백은 두 번 다시 그가 소리 내어 웃는 모습을 보지 못했다. 이리하의 삶을 이어준 유일한 딸조차도 그 슬픈 꿈에서 그를 구하진 못했다.

뭐, 그래도 그다지 나쁜 아버지는 아니었다. 치백은 떨떠름하게 인정했다. 아내를 따라 죽지 못해 맛이 가긴 했어도 이리하는 진심으로 딸을 아끼고 사랑했다.

이리하는 전쟁터에 있지 않은 시간은 모조리 딸과 함께 보냈고

곁을 비울 때에도 아이가 외롭지 않게 사람들로 둘러싸이도록 조치했다. 어릴 때부터 아이에게 들려준 이야기들은 어느 날 갑자기 자신이 사라져도 놀라지 않도록 준비를 시킨 것이었다.

동대륙 제일의 검을 부친으로 두고, 황제를 대부로 둔 – 사오룬은 어여쁜 대녀를 무척 귀애해 소화(笑華)라는 아호까지 내려줄 정도였다 – 배경이 아니라도 모친의 외모를 빼닮은 데다 쾌활하고 밝은 성격의 소녀는 모든 사람에게 사랑받았다.

이리하의 장중보옥 외동딸은 아비의 말을 충실하게 따라 어린 시절 문부위의 막내아들을 처음 만난 자리에서 제 것이라 점찍어 놓았다. 십 년 가까이 어린 소녀의 구애를 피해 다니던 청년은 지금에 와선 장인에 버금갈 만한 끔찍한 애처가로 변모해 호사가들의 입을 즐겁게 해주었다.

애지중지하던 딸을 혼인시키고 전장으로 떠나던 이리하의 뒷모습이 오래도록 눈에 밟혔다. 그리고 그해 겨울 대승을 거두고 돌아오던 이리하는 잔당들의 암습으로 독화살에 맞았다.

곁을 지켰던 자들이 전하는 그의 마지막은 참혹했다. 극독이 온몸에 퍼지는 고통은 상상할 수 없을 만큼 고통스러웠을 것이다. 그러나 이리하는 피를 한 움큼씩 토해내면서도 웃었다고 했다.

「이제야……, 겨우, ……함께.」

마침내 이리하의 숨소리가 편해졌을 때 그의 눈이 아련하게 휘어졌다고 한다.

비보를 듣고 달려간 치백이 마주한 것은 십여 년 만에 처음으로 편안하게 눈을 감은 이리하의 모습이었다.

　주인이 모두 집을 떠나고 이제는 무성한 등나무만이 빈 자리를 지키고 있었다.

　흐드러지게 핀 꽃망울들은 오래전 봄날 눈부시게 아름다웠던 여인과 그 곁에서 웃고 있던 사내를 떠올리게 만들었다.

　그렇게나 아내와 함께 있고 싶다던 사내는 원하던 대로 지금 그 곁에 누워 있었다. 바람에 흔들린 등꽃이 사각거리는 소리가 마치 아득한 웃음소리처럼 들렸다.

　"흥, 소원대로 하셨으니 아주 좋으시겠습니다?"

　무정한 친우가 괘씸해진 치백이 굵은 나무밑동을 냅다 걷어찼다. 심술을 부린 대가는 즉각 돌아왔다. 보랏빛 꽃잎이 나이 든 태사부의 머리 위로 눈처럼 쏟아져 내렸다.

　"눈꼴시어서 정말."

　꽃잎을 잔뜩 뒤집어쓴 치백은 목이 메어 더 이상 말을 잇지 못했다. 주름진 눈가를 훔치는 그의 손등에서 희미한 물기가 묻어나왔다.

　휘날리는 보라색 꽃보라 속에서 아련한 추억이 흩어졌다.

　한 사내가 있었다.

　겨울의 북풍처럼 세차고 한여름의 태양보다 격렬한 사랑을 한 사내가 있었다.

　한 여인이 있었다.

　덧없이 지는 꽃처럼 아련하고 향기롭던 여인이 있었다.

등꽃 아내서

해마다 계절을 돌아오는 그런 사랑이 있었다.

그들의 사랑이 있었다.

終

숨겨진 이야기

[어느 하루]

　이리하는 첫 황자의 탄생으로 온 제국이 떠들썩하던 날, 아이를 잃은 지 얼마 안 된 창부가 주워온 아이였다.

　황제는 황자를 얻은 기쁨에 죄질이 가벼운 죄인을 모두 방면하고 황도의 백성에게는 술과 음식을 나눠주도록 했다.

　모처럼 얼큰하게 술에 취해 밤길을 걷던 창부는 돌부리에 걸려 구르는 바람에 그것을 발견했다. 매음굴에는 어울리지 않는 비단 보자기가 낡은 다리 아래 버려져 있었다.

　팔면 최소한 달포는 끼니 걱정을 하지 않아도 된다는 생각에 그녀는 비틀거리며 다리 밑으로 내려갔다. 공짜 술에 이런 횡재까지 하다니, 아비의 손으로 포주에게 팔린 이래 가장 운이 좋은 날이었다.

　덮여진 비단보 아래서 그녀는 갓 태어난 핏덩이를 발견했다.

추위에 파랗게 질린 얼굴이 그대로 두면 해뜨기 전에 숨이 멎을 게 분명했다.

제가 낳은 친자식이라 해도 버리는 일이 숱한 곳이었다. 애물 단지에 불과한 아이를 거두는 것은 멍청하기 짝이 없는 짓이었다.

그녀는 순간의 변덕으로 그 핏덩이를 데려갔다. 술기운에 그랬을 수도 있고, 어쩌면 제대로 젖도 물리지 못하고 죽어버린 제 자식이 떠올랐을 수도 있다.

그러나 제 몸 하나 건사하기 어려운 처지에 입이 하나 더 늘어난 것은 그리 녹록한 일이 아니었다. 더 자주 굶주리게 되자 그녀는 이리하를 귀찮아했다.

그래도 이리하는 괜찮았다. 어쩌다 내키는 날이면 그녀가 이리하를 돌봐주고 얼어 죽지 않게 이불도 던져주었기 때문이다. 게다가 친부모도 버린 그를 그녀는 내다버리지 않았다.

그나마 어린 이리하에게 울타리가 되어주던 그녀는 어느 겨울, 손님으로 받은 귀족에게 목이 졸려 죽어버렸다.

높으신 귀족 손님에게 불려간다며 간만에 배불리 먹을 수 있을 거라던 그녀는 푸르딩딩한 얼굴을 한 채 차갑게 굳어서 돌아왔다. 귀족이 하룻밤 데리고 놀던 창부 하나쯤 죽이는 것은 드문 일도 아니었다. 송장 값을 받아 챙긴 포주는 시신을 대충 거적에 말아 버리고 이리하는 거리로 내쫓았다.

그때의 이리하는 마른 몸뚱이에 팔다리만 길쭉한 어린애였다. 다행히 가장 혹독했던 그 겨울을 지나고도 이리하는 살아남았다.

명줄 하나만은 질기게 타고난 그였다.

어릴 때는 구걸로 연명했고 머리가 굵어지면서는 닥치는 대로 일을 했다. 처음에는 부랑배들에게 맞고 먹을 것을 뺏기는 일도 허다했다. 그러나 나이가 들고 체격도 커지자 싸워서 스스로를 지키는 일도 점차 수월해졌다.

열여섯이 된 이리하는 웬만한 어른사내만큼 키가 컸다. 그러고도 계속 자라는 중이었다.

그날은 이리하가 약재상 행렬에 끼어 황도로 다시 돌아온 지 고작 이틀째 되던 날이었다.

여러 상단에서는 물건을 호송하기 위해 이따금 사람을 구하곤 했다. 한곳에 오래 머물지 않고 떠돌아다니는 이리하에겐 나쁘지 않은 일거리였다.

이리하는 그날그날 배를 채우고 등을 눕힐 자리만 해결되면 삯에 그다지 신경 쓰지 않았다. 그러다 보니 다른 일꾼들이 이상한 놈이라고 백안시하기 일쑤였다. 외톨이가 편한 이리하로서는 오히려 홀가분한 일이었다. 다만 다들 기피하는 불침번을 몰아서 그에게 맡겨버리는 단점이 있었다.

열흘 가까이 잠을 설친 탓에 지붕 위에 누워 졸던 이리하는 앵앵거리는 소리에 눈을 떴다. 대여섯 명의 사내들이 처마 아래 모여서 도둑질을 모의하고 있었다. 얼굴에 복면을 하고 숨어서 쑥덕거리는 것이 우리는 도둑입네 하고 자랑하는 꼴이었다.

"비렁뱅이들에게 먹을 것과 신을 나눠준다던데?"

들꽃 아내서

"쓸데없는 짓을 하는군. 어린놈이 정신이 나간 게지."

"달에 한 번, 제 발로 이 거리에 나타난다니 찾기 어렵진 않을 게다."

"그러니까 두목, 우리는 일단 그 검만 훔쳐오면 된다는 거 아 뇨?"

"그래. 그것만 넘겨주면 한밑천 두둑이 챙겨준다더군. 지키는 놈들도 있다 하니 다들 정신 바짝 차려라."

누군가의 사주를 받고 검을 훔치려는 자들이었다.

이리하는 도둑들이 일을 벌일 때까지 느긋하게 기다렸다. 그리고 검을 훔쳐 달아나는 그들을 지붕 위에서 뛰어내려 덮쳤다. 애써 훔쳐온 물건을 코앞에서 강탈당한 도둑들은 황망했다.

그러나 지붕 위와 땅을 신출귀몰하게 오르내리는 이리하를 쫓을 방법이 없었다. 결국 발을 동동 구르던 도둑들은 뒤쫓아 온 무사들에게 쫓겨 도망쳤다.

검을 내던지듯 돌려주고 사라지려는 이리하를 붙잡은 것은 열서너 살 정도로 보이는 어린 소년이었다. 단정한 용모의 소년은 귀티가 흘렀다.

"고맙네. 물건을 찾아준 사례를 하고 싶은데."

세상물정 모르는 귀족 어린애로군. 이리하의 눈이 검소하게 보이지만 비단일 게 분명한 소년의 옷차림을 훑었다.

동(銅) 몇 푼보다 사람 목숨이 싼 거리다. 도둑과 창녀, 포주, 도박꾼이 득실대는 곳에서 저런 차림으로 얼쩡대면 어서 털어달라는 소리나 진배없지. 이리하는 혀를 찼다.

　별로 이 어린애를 도와줄 생각까진 아니었다. 잠시 어린 시절의 기억이 스치긴 했지만 자신은 그저 날파리들이 시끄럽게 굴어서 나선 것일 뿐.

　귀족 어린애가 이곳에서 일을 당하면 포찰위의 포령들이 들이닥칠 테고 당분간 시끄러워질 것이다. 저 어린애를 기다리던 거지들은 다시는 음식을 얻지 못하겠지.

　"필요 없어."

　"자네가 내 사람이 되어주었으면 좋겠는데."

　소년은 제법 귀하신 몸이 분명했다. 한눈에도 범상치 않은 무사 셋이 보호하듯 소년을 둘러싸고 있었다. 그걸로도 부족해 자신까지 끌어들이겠다고?

　"뭣하러? 내가 왜 물정모르는 애송이의 뒤치다꺼리를 해야 하지?"

　요사이 이리하를 눈여겨본 몇몇 상단에서 호위무사로 들어오라는 요청이 끊이지 않았다. 한곳에 소속되는 건 질색인 그라 모조리 거절하는 중이었다. 그런데 더 귀찮은 애 보기 따위를 할 것 같으냐.

　"네 이놈! 감히!"

　"저놈이 지금 뉘 안전이라고!"

　방약무도한 말에 호위들이 기함하며 검을 빼들려 했다.

　"다들 조용히 하라!"

소년의 한마디에 그들은 다들 입을 다물었다.

"혹시 관직에 나갈 생각은 없나? 그렇다면……."

이리하는 코웃음 쳤다. 보기보다 더 대단한 어린애인가 보군.

"그따위 관심 없어."

호위들이 또다시 발끈했다. 그러나 소년의 눈치를 보며 말은 꺼내지 못했다.

남루한 옷차림을 보면 고작해야 평민, 어쩌면 천민인 루일지도 모른다. 천둥벌거숭이 같은 행동거지로 보아선 천민일 가능성이 더 높았다.

관직을 얻으면 녹봉이 나온다. 하급 무관만 해도 천민들은 꿈도 꾸지 못할 구름 위 자리다. 그런데 저 덩치만 큰 애송이가 감히 자신들을 무시했다.

"이봐, 얼뜨기 샌님. 난 잠잘 곳도 있고 지금도 굶지 않아."

소년은 가소롭다는 듯 자신들을 보는 이리하를 주의 깊게 바라보았다.

하찮은 토끼무리를 보는 들개의 눈이 저러할까. 범상치 않은 눈빛이었다. 초라한 옷을 걸치고 있어도 그 눈동자는 사람을 압도하는 기세가 있었다.

"다른 원하는 것이 있으면 말해주겠나? 꼭 자네에게 보답을 하고 싶네."

소년은 이리하의 눈이 잠시 뒤편을 스쳐가는 것을 놓치지 않았다.

그리고 아까 이리하가 검을 들고 오던 모습을 기억해냈다. 훔치려던 도둑들조차도 그 무게에 당황해 허둥거렸던 검을 저이가 어찌했던가.

그 검은 어제 선조의 가호를 빈다며 황제가 하사한 것이었다. 그러나 상징적인 의미 외에는 쓸모가 없는 물건이었다. 휘두를 수 없는 검은 무기가 아니라 고철덩어리에 불과하다.

소년은 호위에게 손짓해 다시 검을 가져오라 시켰다.

"나와 겨뤄보겠나? 날 이기면 이 검을 주지."

이리하는 소년이 가리키는 검을 보며 한순간 갈등했다.

도둑들이 전낭이 아닌 검을 노릴 때부터 이상타 생각했지만 흔한 검은 아니었다. 얼핏 보면 투박하고 보잘것없는 검처럼 보이지만 빛을 모조리 삼키는 흑색이 심상치 않았다.

이리하는 소년의 꼬임에 넘어가주기로 했다.

"좋아. 그 재수 없는 면상을 납작하게 해주지."

"저, 저런 발칙한!"

"있을 수 없는 일입니다! 전! 아니, 공자님!"

소년의 주변인들이 기겁하며 말리려들었다. 저 검이 어떤 검이던가. 황제가 직접 하사한 물건이다. 게다가 검 자체의 가치는 황금으로 따질 수 있는 것이 아니었다.

"모두 가만히 있으라."

검집에서 검을 뽑아든 이리하의 표정이 진지해졌다. 검집만 그런 줄 알았더니 빛을 빨아들이는 새까만 검신이 특이했다.

사실 이리하는 검을 좋아하지 않았다. 무기는 상대에게 가하는 충격의 정도를 마음대로 제어할 수 없다. 차라리 맨손으로 싸우는 편이 편했다.

그러나 그 까만 검을 손에 쥔 순간 이리하는 이제껏 만져본 검들이 자신에게 지나치게 가벼웠다는 사실을 깨달았다.

손안의 무게감이나 날의 균형이 완벽하게 맞아 떨어졌다. 손바닥에 감기는 묵직한 느낌이 마치 오랜 시간 헤어졌던 혈육이라도 만난 것처럼 반가웠다. 쓸데없는 장식 따위가 없는 것도 마음에 들었다.

이것은 자신을 위한 검이다. 이리하는 확신했다.

그는 점잖은 귀족이라면 상상도 못 할 방법으로 싸웠다. 상대의 다리를 걷어차는 일은 예사고 검을 주먹처럼 휘둘렀다. 온갖 괴상한 짓이 난무하는 대결에 소년의 측근들은 아연실색했다.

다행스럽게도 승부는 소년의 승리로 끝났다.

그러나 소년은 이리하의 힘과 빠른 움직임에 놀라고 있었다. 마치 사람이 아닌 짐승과 싸운 기분이었다. 자신이 가까스로나마 그를 이긴 것은 훌륭한 검술스승의 지도 아래서 체계적으로 배운 덕이 컸다. 만약 상대가 조금이라도 제대로 된 훈련을 받았다면 승리를 장담할 수 없었을 것이다.

자신보다 덩치도 작고 약해 보이는 소년에게 당한 패배에 이리하는 기가 죽었다.

"이런 검은 어디 가면 살 수 있지?"

"그 검은 우리 집안 대대로 전해온 보검이네. 값을 따지자면 수레 가득 금을 채워도 모자라지. 고작 몇 푼에 살 수 있는 검이 아니야."

어쩐지 이리하는 검에서 시선을 뗄 수 없었다. 마치 검이 자신을 부르는 것 같은 기분이었다.

"그 검은 제대로 된 주인을 만나지 못한 지 사백 년이 넘었지. 원한다면 이 검을 쓸 수 있는 기회를 주겠네."

소년의 말에 귀가 번쩍 뜨였다.

"어떻게?"

"내 사람이 되면 얼마든지 원하는 대로 검을 쓸 수 있지."

다시 나오는 내 사람 운운에 이리하의 얼굴이 찌푸려졌다.

"제대로 그 검을 써보고 싶지 않나? 어중이떠중이나 할 법한 그런 검술 말고, 진짜 검술 말이야."

무언가에 얽매이는 건 질색이다. 더군다나 다른 사람을 주인으로 모시라니. 하지만 손안에 감기던 검의 감각을 잊을 수가 없었다.

"당분간만이야. 난 한자리에 묶여 있는 건 질색이거든."

결국 이리하는 미끼를 덥석 물고 말았다. 그 당분간이 평생이 될 줄은 꿈에도 생각지 않고.

나중에 안 사실이지만 그때 사오룬 황자가 선뜻 이리하에게 건네준 검은 예사 물건이 아니었다.

창은 풍부한 철광산과 제련술의 발달로 명검이 많지만 특히나 이름 높은 검이 하나 있었다.

창의 초대 황제였던 시강황제(始强皇帝)의 패천검(霸天劍).

구 척 장신에 힘이 장사였다고 알려진 시강황제는 수많은 정복 전쟁을 승리로 이끌어 제국의 기초를 마련한 인물이었다. 그가 사용하던 패천검은 사백 년 동안 황실의 보물로 전해 내려오고 있었다.

적의 핏방울 하나도 허용하지 않는 검신의 재료는 바로 황금보다 귀하다는 흑철. 검집조차 나무로 만드는 다른 검집과 달리 흑철을 얇게 펴서 만든 것이었다. 무겁고 단단한 검집은 웬만한 검과 맞부딪쳐도 흠집 하나 나지 않아 그것만으로도 훌륭한 무기가 될 정도였다.

그러나 처음 그 검을 들어본 사람들은 모두 그 범상치 않은 무게에 놀라고 만다. 웬만한 무사들도 두 손으로 겨우 들 수 있을 정도였다.

제아무리 천하제일의 명검이라 해도 사용할 수 있는 후손이 없으니 패천검은 황실보고의 장식품으로 전락한 지 오래였다.

그걸 이리하는 처음부터 제 몸처럼 휘둘러댔다. 키가 크긴 해도 우락부락한 몸집이 아니었던 터라 그에게 그런 힘이 있으리라곤 누구도 예상치 못했다. 어울리지 않는 그 괴력을 처음 본 이는 다들 혼비백산할 정도로 놀랐다.

이황자 밑으로 들어간 이리하는 밤낮으로 미친 듯 검을 연마했다. 그의 관심사는 오직 검술뿐이었다. 먹고 자는 시간조차 아까워하며 검에 몰두했다. 이리하는 어린 묘목이 물을 빨아들이듯 무서운 속도로 검술을 익혔고 고작 한 달 만에 사오룬 황자를 이겼다.

언제고 떠나려던 이리하의 발목을 잡는 일이 생긴 것은 그로부터 두 달 후였다.

[또 다른 하루]

"어디 출타하십니까?"

방을 나서자마자 들려온 소리에 이리하의 얼굴이 찌푸려졌다. 또 너냐는 듯 대놓고 노려보는 시선에도 치백은 빙긋이 눈을 휘며 웃었다.

이리하보다 다섯 달 먼저 서운궁에 합류했다는 치백은 그와 동갑내기 문사였다. 사오룬 황자와 하루 동안 문답을 하고선 자진해서 황자의 밑으로 들어왔다고 들었다.

사람들은 안경이라는 괴상한 물건을 콧등에 걸친 온후한 미소의 치백을 좋아했다. 그러나 툭하면 놀리거나 시비를 거는 바람에 이리하 쪽에서는 진저리를 치는 상황이었다.

자신의 방문 앞에서 불청객이 기다리고 있는 줄 알았다면 창문으로 나갈 걸 그랬다. 아니, 애초에 치백의 팔이 아니라 다리를 부러뜨렸어야 했다고 이리하는 후회했다. 그랬다면 이렇게 나돌아다니며 또다시 자신의 부아를 돋우진 않을 게 아닌가.

"여기서 뭐 하는 거야?"

치백은 바닥에 종이를 깔아놓고 멀쩡한 왼손으로 글을 쓰고 있었다. 그런데 글자가 좀 이상하게 보였다. 평소 치백의 반듯한 필체가 아니라 어딘가 모양이 어설펐다.

"넘어진 김에 쉬어간다고, 이참에 거꾸로 글 쓰는 연습을 하는 중입니다."

"그럼 이 글자가 거꾸로란 말이야?"

목소리에서 호기심을 읽은 치백이 싱글거렸다. 그는 이리하가 글에 관심이 있다는 사실을 이미 눈치 채고 있었다. 글자를 알면 여러 병법서나 무예서를 읽을 수 있다는 말을 흘리자 이리하가 흥미를 보였던 것이다.

"이것이 바로 제가 말씀드린 무사단의 이름입니다. 암영(暗影)."

치백이 글자가 적힌 종이를 자랑스레 들어 보였다.

"암영? 무슨 이름이 그따위야?"

미소 띤 얼굴은 비웃음에도 굴하지 않고 꿋꿋했다. 치백은 요즘 이황자를 위한 무사단을 만들겠다며 열을 올리는 중이었다.

무사단 따위 만들든지 말든지 이리하는 관심 밖이었지만 문제는 그것을 자신에게 맡아달라는 데 있었다. 아니나 다를까 또다시 지겨운 공세가 시작되었다.

"암영을 맡아주시면 글을 알려드리죠."

"좋아."

이리하는 환하게 밝아지는 얼굴에 대고 덧붙였다.

"네가 날 이기는 날이 오면 맡아주지, 그 자리."

몸을 쓰는 일에는 눈곱만큼의 재주도 없는 치백이었다. 그러나 그는 이내 굳었던 입꼬리를 의미심장하게 끌어올렸다.

"……뭐, 이기는 방법에는 여러 가지가 있으니까요."

"또다시 약 따월 쓰면 남아 있는 팔다리도 다 부러뜨릴 줄 알아."

이리하가 떨떠름한 얼굴로 경고했다. 그리고 어쩌다 이렇게 이상한 놈과 엮인 걸까 심각한 고민에 빠져들었다.

치백이 이리하에게 농간을 부리려다 호되게 당한 것이 달포 전이었다.

기녀 하나와 작당한 치백은 이황자가 부른다며 이리하를 기루로 끌고 갔다. 이리하가 술을 그다지 즐기지 않는 것을 알고 치백은 일부러 다과를 준비시켰다. 이리하는 오지도 않을 황자를 기다리며 난생처음 먹어본 흑임자다식의 맛에 빠져들었다.

그러나 어느 순간 묘하게 몸이 더워진 데다 기녀가 덮치려들자 과자 속에 미약이 섞였다는 사실을 깨달았다. 자신의 의지에 반해 흥분하는 기분은 끔찍하게 불쾌했다. 강제로 몸을 파는 창부가 된 기분이었다.

이리하는 억지로 속에 든 것을 모조리 토해냈다. 치백은 내장까지 토해낼 듯 속을 게워내는 이리하를 지켜보며 혀를 찼다. 애써 그럴 것 없이 즐기면 된다는 둥 색에 눈을 뜨게 해주려 했는데 안타깝다는 둥 마구 지껄여댔다.

잠자코 그 헛소리를 듣던 이리하는 곧바로 모든 일의 원흉에게 응징을 가했다. 치백의 팔을 부러뜨린 것이다. 정확히는 맞아서 잘못 나동그라진 바람에 팔이 부러진 거지만.

"그러면 제 소원을 들어주시면 되잖습니까?"

"싫어. 성가셔."

귀찮다는 기색이 역력한 심드렁한 목소리에 치백은 그만 미소를 짓고 말았다.

지난 한 달간 치백은 눈앞의 사내에게 관직을 떠안기기 위해 애쓰는 중이었다.

사내라면 누구나 하나쯤 욕망을 가지고 있는 법이다. 권력욕이나 물욕, 하다못해 색욕이라도.

그런데 이리하는 달랐다.

그는 마치 세상에 아무런 욕심이라곤 없는 사람처럼 굴었다. 청렴결백해서 그렇다기보단 그저 관심이 없을 뿐이라는 사실이 더 신기했다.

처음에 그것을 가식이라고 생각한 치백은 여러 번 이리하를 시험했다. 그러는 동안 본의 아니게 미운털이 박히고 말았지만.

사실 치백은 이리하가 무척 마음에 들었다. 그래서 싫다는 이리하를 끈질기게 쫓아다닌 것이다. 치백은 이리하를 윗사람으로 올려놓고 부려먹을 꿈에 잔뜩 부풀어 있었다. 동갑인 이리하에게 자신이 일부러 존대하는 것도 출신 때문에 그를 함부로 대하는 자가 없도록 하기 위해서였다.

"죽은 사람 소원도 들어준다는데 너무하신 거 아닙니까?"

이리하는 아이처럼 보채는 치백을 노려봐주었다.

"비켜. 너와 입씨름할 시간 없어."

"어딜 가시기에 그리 급하십니까?"

"청혼하러 가야 해."

뜻밖의 대답에 수정안경 너머 치백의 눈이 차가워졌다.

치백도 부쩍 서운궁을 드나드는 그 여인을 알고 있었다. 애꿎게 강도 사건에 휘말리는 바람에 죽을 뻔하다 이리하의 도움으로 살았다는 여인이었다.

청혼이라고? 만난 지 고작 보름 남짓 된 여인에게?

이리하보다 네 살 많은 스물로 하급귀족인 진(眞)의 집안에 태어난 그녀는 조실부모하는 바람에 가세가 기울었다고 했다. 그녀가 허드렛일을 하며 힘겹게 살았다는 안타까운 사연을 말하던 순간에도 치백의 시선은 냉랭했다.

사오룬 황자를 훔쳐보는 그녀를 보았기 때문이다. 고운 처녀의 얼굴에서 가면이 벗겨진 한순간 치백이 본 것은 진득한 탐욕이었다.

황족의 눈에 띄기 위해 그 측근에게 접근하려는 여인은 드물지 않게 있었다. 다만 이리하가 그 덫에 걸린 것은 의외였다.

매음굴에서 자란 영향인지 이리하는 여인의 유혹에 무덤덤했다. 루 출신이라 자신을 꺼릴 거란 이리하의 생각과 달리 사실 그에게 눈길을 주는 여인들은 제법 있었다. 풋내 나는 또래의 소년들과 달리 사내 티가 물씬 나는 단단한 체구는 기녀들의 시선을 끌었다.

황도의 내로라하는 기녀도 매정하게 내치던 이리하가 왜 그녀에게 관심을 가지는 걸까. 일 년 치 녹봉을 잡히고 지낼 곳을 얻어 줬다는 얘기에는 기가 막혀 웃음도 나오지 않았다.

이리하는 거칠게 살아온 자치고 음흉함이나 영악함이 없었다. 남을 속이지 않고 거침없이 자신을 드러내는 단순한 성격이었다.

그러나 치백이 보기에 그 여인은 겉과 속이 다른 부류였다. 결코 이리하에게 어울릴 만한 여인이 아니었다.

꺼림칙한 마음에 슬쩍 알아보니 미심쩍은 점이 한둘이 아니었다.

그녀는 얼마 전까지 동위궁의 후궁전에서 시비로 일한 사실을 감췄다. 동위궁에서는 그녀가 궁 밖으로 심부름을 나갔다 행방이 묘연해졌다고 알고 있었다. 왜 감췄을까?

일단 일황자가 보낸 간자는 아닌 듯하지만 그녀가 거짓말을 하고 있는 것은 확실했다.

게다가 그녀가 항상 하고 다니는 금팔찌는 흔치않은 귀물이었다.

세공만으로 어지간한 집 한 채 값이 나가는 물건을 이제껏 팔지 않았다는 말인가. 어려운 형편 때문에 혼기까지 넘겼다는 여인이? 말이 되지 않는 소리였다.

그녀의 말대로 모친의 유품이라 믿어주기엔 팔찌가 지나치게 새것이었다. 치백은 그 팔찌에서 어떤 세월의 흔적도 발견하지 못했다.

너무도 수상하지 않은가. 팔면 한 재산을 챙길 수 있는 팔찌를 가지고 몸을 숨기고 있는 여인이라니. 보통 이런 경우는 그 팔찌의 출처부터 의심해보아야 하는 법이다.

사실 어느 것도 치백이 신경 쓸 만한 일은 아니었다. 이리하가 연관돼 있지 않다면.

아직은 의심뿐이니 이리하에게 말할 계제가 아니었다. 그러나 분명 그 여인의 주변을 자세히 조사해볼 필요가 있었다.

"서두르실 필요가 있습니까?"

"이유는 너도 알잖아."

어깨를 으쓱한 이리하의 대답에 치백의 미간에 금이 갔다.

며칠 전 사오룬 황자가 독을 먹는 일이 생겼다.

다행히 적은 양이었고 즉각적인 처치가 뒤따라 황자의 생명에는 지장이 없었다. 그러나 그 일로 여 귀비는 이황자의 건강을 위해 남쪽으로 피접을 보내야 한다고 황제에게 주청하였다. 조만간 자신들은 황도를 떠나야 할지도 모른다.

이리하가 이황자를 만난 지 고작 석 달 만에 벌어진 일이었다.

"혼인은 인륜지대사이니 숙고하셔야 합니다."

"충분히 생각했어."

늘꽃 아내서 編

이리하는 그제야 입을 다문 치백을 지나쳐 처소를 빠져나갔다.

치백의 참견은 틀린 소리가 아니다. 그러나 자신 역시 쉽사리 결정한 일은 아니었다. 그녀를 두고 이대로 떠날 순 없다고 생각한 이리하는 결국 어젯밤 청혼을 떠올렸다.

그녀를 만난 것은 보름 전.

길을 가던 이리하는 괴한들에게 피습당하는 남녀를 발견했다.

괴한들을 쫓아내고 보니 사내는 이미 치명상을 입어 절명 직전이었다. 그는 움켜쥐고 있던 그림을 주인에게 전해달라는 말을 남기고 숨을 거뒀다. 사방에 피가 낭자했지만 기름을 먹인 종이에 꽁꽁 싸여 있던 그림은 무사했다.

사내의 이름이나 신분을 알 방법이 없던 이리하는 일단 그림을 펼쳤다.

그것은 한 여인의 초상화였다.

그림의 주인공은 마치 살아 있는 것처럼 생생했다. 길게 흘러내린 머리가 가냘픈 어깨와 허리를 부드럽게 감쌌다. 새하얀 옷자락이 바람에 흔들리고 색색의 나비들이 꽃을 맴돌듯 여인의 주위를 날고 있었다. 그러나 소녀 같기도 하고 여인 같기도 한 가냘픈 뒷모습만으론 나이조차 짐작할 수 없었다.

그림은 이름 모를 여인의 뒷모습을 그린 것이었다.

여인의 얼굴을 보고 싶었다. 그림 속 여인의 이목구비를 전혀 알 수 없자 이리하는 애가 탔다. 뭔가 놓치면 안 되는 것을 놓치는 기분에 안타까움이 울컥 솟았다.

누굴까? 누구기에 자신을 이렇게 만드는 건가.

이리하는 그때까지 꼼짝 않고 한편에 웅크리고 있던 젊은 여인을 불러냈다. 죽은 사내의 동행으로 보이는 그녀로부터 그림의 실마리를 찾기 위해서였다.

이리하는 덜덜 떠는 그녀에게 서운궁의 무관이라 자신을 밝히고 안심시켰다.

그녀는 자신이 운 나쁘게 그 자리에 있다 횡액을 맞게 되었다며 눈물을 흘렸다. 의지할 부모나 남편도 없는 처지인 데다 괴한들이 그녀의 얼굴까지 보았으니 분명 후환이 있을 거라 하소연했다.

이리하는 그녀를 포찰위에 데려다 주겠다고 했다가 거부당했다. 겁에 질린 그녀는 이리하에게 잠시만이라도 몸을 숨길 곳을 빌려달라 청했다.

자신은 초상화의 주인을 찾아야 한다는 이리하의 말에 그녀가 품에서 꺼낸 것은 팔찌였다. 그림 속 여인이 한 것과 똑같은 팔찌였다.

놀랍게도 그 순간 이리하를 뒤흔들던 설렘이 사라져버렸다.

얼마 전 그녀는 자신을 연모한 화공이 몰래 그림을 그린 사실을 알게 되었다고 했다. 그림을 돌려받기로 하고 만났는데 갑자기 화공이 괴한들에게 습격을 당했다는 것이다.

그녀는 이 모든 게 그림 탓이라며 초상화를 찢으려 했다.

그림을 없애겠다는 소리에 가슴이 철렁한 이리하는 그녀를 도와주겠다고 나섰다. 대신 죽은 화공의 마지막 부탁이니 그림은 간직하는 게 어떻겠냐고 부탁했다. 그는 차마 그림이 망가지는 걸 두고 볼 수 없었다.

희미하긴 하지만 난생처음으로 느낀 기분이었다. 설사 한낱 그림이라 해도 그걸 잃어버리고 싶지 않았다.

이리하는 그녀에게 작은 집을 구해주고 매일 들러 살펴주었다. 그녀는 고맙다며 서운궁에 자주 찾아왔고 치백이나 황자와도 안면을 익혔다.

상냥하고 착한 여인이었다. 이리하가 루라는 사실을 들었을 땐 조금 놀라는 듯도 했지만 변함없이 미소 띤 얼굴로 그를 맞아주었다.

다만 그녀는 허락받지 않고 그린 초상화를 못마땅하게 여겨 없애고 싶어 했다. 이리하가 자신을 앞에 두고도 그림에만 눈길을 준다고 서운해 하곤 했다.

분명 그림에 마음을 뺏긴 것은 사실이었다. 하지만 그녀를 그린 그림이니 결국 그녀가 아닌가. 분명 머지않아 그녀를 보고도 심장이 울리는 날이 올 것이다.

이리하는 지루하고 삭막한 인생에 처음으로 보이는 실낱같은 희망을 포기할 수 없었다.

사실 이리하가 서운궁에 눌러앉을 생각을 한 것도 그녀 때문이었다.

녹봉을 미리 잡히기도 했지만 처음으로 자신의 가슴을 움직인 존재를 두고 황도를 떠날 수 없었다. 청혼을 생각한 것도 같은 이유였다.

혼인을 하면 가슴에 몰아치는 이 헛헛한 바람을 잠재울 수 있지 않을까. 가족이란 걸 만들면 이 심장의 빈틈을 채울 수 있을지도 모른다.

이리하는 그녀가 자신과 함께 떠날 결심만 해준다면 앞으로 마음을 다잡을 것이라 다짐했다.

게다가 그녀가 홀로 황도에 남아 있으면 신변에 위험이 닥칠 수도 있었다.

화공을 습격했던 괴한들은 훈련받은 자들이었다. 정확하게 급소를 찌른 칼은 단순한 강도의 솜씨가 아니었다. 그러나 자객이 왜 일개 화공을 노렸는지 알 수 없었다.

포찰위에서는 보름이 지난 지금까지 무엇 하나 밝혀낸 것이 없었다.

사건 조사를 맡은 조현이라는 포찰위의 하급관원은 차일피일 일을 미루고 있었다. 누군가 포찰위에 손을 쓴 게 아닌가 의심이 들 정도였다. 이리하는 조사가 흐지부지되고 그 자객들을 이대로 놓치는 게 아닌가 우려하고 있었다. 그렇다면 그녀도 황도를 벗어나 있는 게 안전할 것이다.

걸음을 재촉하던 이리하는 지름길로 접어들다 작은 소란과 맞닥뜨렸다. 인상이 험악한 부랑배 셋이 넝마를 걸친 늙은 여인을 괴롭히고 있었다.

"뭬, 누가 여기서 구걸을 해도 된다고 했어?"

"어디서 굴러먹던 할멈이야? 여긴 우리 허락 없이 함부로 자리를 펴면 안 된단 말이지."

"놔! 놔라! 내가 누군 줄 알고……!"

"이거 미친 할멈일세. 구걸을 하려면 먼저 자릿세를 내놓으라니까?"

노파는 사내들의 발에 마구 밟히면서도 동냥 그릇을 놓치지 않으려 했고 그들은 그녀의 지팡이를 부러뜨렸다.

"네놈들에겐 누가 여기서 자릿세를 갈취해도 된다 그랬지?"

말을 하면서 이리하가 희미하게 눈살을 찌푸렸다.

어쩐지 부쩍 이런 일이 잦아진 것 같은 느낌이 든 것이다. 그러고 보니 사오룬 황자와 엮인 것도 이런 놈들 때문이었지. 번거로운 일은 질색인 자신이 왜 매번 이런 일에 휘말리는 걸까.

"뭐냐, 네놈은?"

부랑배들은 소리도 없이 갑자기 눈앞에 나타난 이리하에 놀랐다.

"그렇군. 이건 분명 너희 같은 놈들이 늘어난 탓이렷다."

귀찮게스리. 엉뚱한 깨달음에 이리하가 나직하게 이를 갈았다. 그 희번덕거리는 눈에 부랑배들은 자신도 모르게 주춤 물러섰다.

"나, 남 일에 상관 말고 몸 성히 보내줄 때 가지 그래?"

"다치기 전에 꺼져!"

사내들이 움츠러들던 게 언제였냐는 듯 이리하를 윽박질렀다.

떼로 몰려다니며 남을 겁박하던 놈들이니 머릿수를 믿고 이리 나오는 것일 테지.

"말귀를 못 알아듣는 놈들에겐 몽둥이찜질이 제격이지. 갈 길이 바쁘니 한꺼번에 덤벼라."

이리하의 도발에 셋이 함께 소리를 지르며 달려들었다. 이리하는 시큰둥한 얼굴로 검을 뽑지도 않고 검집째로 사내들을 흠씬 두드려 팼다. 결국 그들은 만신창이가 되어 허둥지둥 꽁무니를 빼고 달아났다.

이리하가 땅 위에 널브러진 노파를 일으켜주었다.

"내, 내 그릇."

바닥을 더듬거리는 모양새가 눈이 보이지 않는 노파였다. 이리하는 그녀의 손에 그릇을 쥐여 주었다.

"자, 여기 있……."

별안간 갈고리처럼 구부러진 손가락이 그의 손을 잡아챘다.

"허우대는 멀쩡해도 속은 병신이로구나."

미간을 구긴 이리하는 흘깃 시선을 내렸다. 지금 이 노파가 자신에게 시비를 거는 건가 싶어 어이가 없었다.

"찾는 것이 있지?"

"뭐?"

칼에 베인 흉터가 선명한 눈꺼풀 아래로 허옇게 백태가 낀 눈동자가 드러났다.

"언제나 심장이 마르는 것처럼 갈증이 느껴지지?"

순간 뜨끔한 이리하는 반박할 말을 잊었다.

"그건 네놈의 혼이 반쪽뿐이라 그런 거다. 날 도와준 네게 특별히 선물을 주지. 네놈이 칠칠맞게 잃어버린 혼이 어디 있는지 알려주마. 감사히 여겨라. 예전 같으면 너 같은 놈들은 평생 이 몸의 그림자도 보지 못했을 게다."

킬킬거리며 웃는 노파의 썩은 이가 흉측했다.

"무슨 헛소리야?"

"내 비록 앞을 보지 못하게 됐지만 아직 신기는 마르지 않았다."

노파는 낡고 때가 낀 나무통을 흔들더니 그 속에서 가느다란 막대기 하나를 뽑아들었다. 뭉개진 손끝으로 패에 새겨진 글자를 더듬던 노파가 갑자기 벼락을 맞은 듯 몸을 떨었다. 뿌옇게 막이 낀 눈동자가 경악으로 일그러졌다.

"다, 당신은 황제의……!"

"뭐?"

노파의 눈앞에 삼 년 전의 기억이 주마등처럼 스쳐갔다.

황금과 권력을 탐한 그녀는 결코 해서는 안 될 짓을 저질렀다. 신이 내린 운명을 뒤바꾸려 한 것이다.

같은 날 태어난 세 사람 중 둘은 진짜지만 하나는 가짜였다.

운명을 엿보는 자는 거짓을 고할 수는 없지만 사실을 말하지 않을 수는 있다. 그녀는 그 점을 이용해 출생에 의문을 품고 있던 가짜에게 접근했다. 그 귓속에 원하던 말을 들려주고 운명을 가지라며 부추겼다.

그녀가 간과한 점은 만만하게 생각했던 가짜가 간악한 뱀의 새끼였다는 것이다.

제 것이 아닌 줄도 모르고 운명을 손에 넣은 가짜는 포상보다는 살인멸구를 택했다. 죽음의 문턱에서 목숨은 겨우 건졌지만 노파는 모든 것을 잃고 말았다. 천기를 어그러뜨리려 한 자에게 내려진 천벌이었다.

"악! 잘못했습니다! 용서해주세요! 용서해주세요!"

늙은 여인은 부들부들 떨며 이마를 땅에 박았다. 퍽퍽, 소리가 날 정도로 바닥이 울렸다. 그러다 돌부리에 잘못 찧었는지 정신을 잃고 풀썩 쓰러졌다.

제정신이 아닌 늙은이의 말에 잠시 혹했던 자신이 바보 같았다. 이리하는 한숨을 쉬며 노파를 흔들었다.

"이봐, 정신 차려!"

"으아악!"

정신이 든 노파는 그의 손이 닿자마자 곧장 비명을 질러대기 시작했다. 피가 줄줄 흐르는 이마를 하고도 엉금엉금 바닥을 기며 용서를 빌었다.

"사, 살려주세요! 제발 용서해주세요!"

누가 죽인다고 했나? 아닌 밤중에 날벼락도 유분수지. 매 맞는 걸 구해줬더니 멀쩡한 자신을 살인자로 몰고 있었다.

이리하가 아연한 얼굴로 쳐다보는 동안 노파는 허겁지겁 달아났다. 앞이 보이지 않아 이리저리 부딪치고 넘어지는 꼴이 가관도 아니었다.

마치 사신에게라도 쫓기는 것처럼 혼비백산한 모습이었다. 그토록 챙기던 동냥 그릇조차 내버려둔 채였다.

멀리 사라지는 인영을 황당한 눈으로 바라보던 이리하는 혀를 찼다. 눈 뜨고 뒤통수를 맞은 기분이었다.

뭐, 어쩌다 이런 날도 있는 거겠지. 어깨를 으쓱한 이리하는 미련 없이 뒤돌아 가던 길을 재촉했다.

열여섯, 무심히 지나간 늦가을의 어느 날이었다.

인연(因緣).

가끔은 그 길이 엇갈리기도 한다.

그러나 아무리 멀리 돌아가도 결국은 제자리를 찾게 되는 운명, 그것이 바로 인연이라.

작가 후기

　　가장 완벽한 해피엔딩이 뭐냐고 묻는다면 저는 두 사람의 마음
이 영원히 변치 않는 거라고 하겠습니다.

　　그래서 흔히 사랑의 반대말은 증오가 아니라 무관심이라고 얘
기하는 것이겠지요.

　　몇 년 전 보라색 등꽃이 가득 떨어지던 봄날, 몇 시간이고 벤치
에 앉아 바람에 날리는 꽃잎을 바라본 적이 있습니다.

　　등꽃은 필 때도 아름답지만 지는 모습이 무척이나 극적인 꽃입
니다. 저 꽃처럼 아름답고 아련한 여주인공을 쓰면 어떨까 하는 생
각이 떠오르더군요.

　　그리고 경국지색(傾國之色)의 고사에 나오는 웃지 않는 미인을
모티브로 삼아 이야기를 만들어갔습니다. (물론 고사 속 미인과 파사는
웃지 않는다는 것 외에는 닮은 점이 없습니다. ^^)

　　제국의 황도는 제가 오래전 보았던 베네치아와 언젠가 가고 싶

등꽃 아래서

은 땅인 샹그릴라를 섞어 상상 속에서 키워낸 도시입니다.

　나라의 토대를 세우고 신분제와 관제를 일일이 만드는 것이 실제 역사자료를 활용해 쓰는 것보다 어렵다는 사실을 실감한 글입니다.

　이 이야기에서는 세상에 존재하는 것들과 가상으로 지어낸 이름들이 이리저리 뒤섞였습니다. 예를 들면 건시자는 실재하지만 설화고는 현실에 없는 과자입니다. 검색해보셔도 안 나온답니다. ^^

　많은 동양사 자료조사가 이야기의 거름으로만 쓰인 건 조금 아깝습니다. 하지만 언젠가 또 쓰일 날이 있을 거라 생각합니다.

　이번 이야기의 테마는 영원한 사랑입니다.

　그런 의미에서 환생은 사랑의 영원성을 보여줄 수 있는 좋은 소재가 아닌가 합니다.

　두 사람은 저승에서도 다음 생에서도 영원히 함께 있을 테니까요. 이리하는 꽤나 끈질긴 주인공이거든요. (천년의 집착남······. ^^;)

　'등꽃 아래서'는 한 번은 꼭 쓰고 싶었던, 하지만 꼭 한 번만 쓰고 싶은 이야기입니다.

　이 이야기를 쓰는 동안 몸과 마음이 유난히 힘들었습니다. 가끔은 제가 기를 뽑아 글을 쓰는 것이 아닌가 하는 느낌도 들 정도였습니다.

그러다보니 생각보다 긴 시간이 흘렀고, 결국 또다시 '오랜만에' 선을 보이게 되었습니다.

항상 저를 믿어주고 든든한 지원군이 되어주는 가족과 친구들에게 감사를 보냅니다.

제게 채찍질을 아끼지 않으셨던 몇 분의 작가님, 덕분에 올해를 넘기지 않았네요. (ㅎㅎ)

무던히 기다려주신 도서출판 가하에도 감사드립니다.

마지막으로 자주 뵙지도 못하는 부실한 글쟁이지만 기다려주시고 또 이 책을 읽어주시는 독자 분들께.

책을 읽으시는 동안 조금이라도 재미를 느끼셨기를 바랍니다.

저는 여러분들께 힘을 얻어 글을 씁니다.

2013년 겨울을 바라보며

이금조

등꽃 아내서